KB057686

물방울 하나 떨어지면

물방울 하나
떨어지면

김원일 소설

문이당

작가의 말

　《그곳에 이르는 먼 길》을 출간한 뒤 12년 만에 여섯 번째 중·단
편집을 내놓게 되었다. 중편 세 편, 단편 두 편은 여러 계간지에 발표
한 근작들이다. 장편에 매달리느라 짧은 소설은 10년 가까이 손 놓
았는데, 마땅한 글감을 잡지 못한 이유도 있었다. 문학의 사회적 책
무가 물신주의 속물화로 치닫는 당대 현실과 맞서서 시대의 상처와
고통을 싸안고 고뇌해야 된다고 반성해 온 나날이었다.

　여기에 실린 소설들은 엄혹했던 시대와 비인간화의 악조건 속에
서 힘들게 삶을 붙잡아 온 사람들과 죽어 간 이들의 이야기이다. 다
섯 편 중 세 편은 장애인의 세계를 들여다본 소설이다. 1996년에 출
간한 장편 《아우라지로 가는 길》 이후 장애인들의 힘든 삶에 관심을
가져온 결과물이다. 중편 두 편은 젊은 시절부터 내 소설의 주류로
들어온 한국전쟁 전후의 흔적을 다루었다. 전쟁 전후 우리 민족이
겪은 이념 갈등, 이산, 빈곤 문제를 다수 소설화했기에 동어 반복이
되지 않게 조심하며 집필했다. 단편 〈고난 일지〉는 암울한 시대였던
1970년대 중반, '인혁당 사건'에서 소재를 빌려 왔다. 냉전시대 분단
의 희생양으로 유례가 없는 고문 끝에 사형당한 여덟 분은 내가 청
소년기를 보낸 대구 사람들이라 그 충격을 언젠가 연작 소설로 써보

려 생각을 여투어 왔는데, 30년이 지난 이제야 단편 하나를 만들었다. 주인공을 픽션으로 빌려 왔으나, 아직도 눈물이 마르지 않았을 유족에게 작은 위로라도 되었으면 좋겠다.

글의 내용이 형식을 지배한다는 말이 있다. 다섯 편의 소설은 정공법에서부터, 의식의 연상 작용을 활용하기도 하고, 기록 문학적인 수법을 가미하기도 했다. 원고를 출판사에 넘기기 전에 일별하다 보니 물 건너고 산 넘어 문학의 길을 40년 가까이 걸어왔음에도 내 글은 아직 정련이 더 필요하다는 자괴지심이 든다. 이 자리에서, 여력이 있는 한 정진할 것을 다짐해 본다.

정상인의 편견과 열악한 환경 속에 소외된 장애인들, 전쟁이 남긴 상처로 아직도 괴로움을 겪고 있는 나이 든 세대, 인혁당 사건의 연루자들과 그들 가족에게 이 소설집을 바친다.

2003년 세모에
김 원 일

차 례 / 물방울 하나 떨어지면

작가의 말　　4

미화원　　9
물방울 하나 떨어지면　　49
고난 일지　　115
4가 네거리의 축대　　153
손풍금　　215

해설 : 병든 세상 껴안기/김병익　309

미
화
원

● ● ● ● ● ● ● ●

케테 콜비츠, 〈위대한 연인 II *Große Liebesgruppe II*〉, 1913.

미화원

김씨가 사무실에서 일일 사납금을 맞추고 공용 주차장을 나서기는 자정이 넘어서다. 종점 부근은 편의점과 술집 몇 군데만 불을 밝혔을 뿐 거리가 한산하다. 며칠 사이 날씨가 완연히 달라졌다. 밤바람이 한결 서늘해 반소매가 선뜩하다. 그 무덥던 더위가 물러가고 어느덧 가을이 성큼 다가왔다. 김씨는 트럭에 과일과 채소를 싣고 다니며 파는 장사꾼들이나 내일 비번을 맞는 택시, 버스 기사들이 아직도 술추렴을 하고 있을 재래시장 안의 두만네 밥집에 들러 소주나 한 병 마실까 하다, 발걸음을 집으로 돌려 언덕길을 오른다. 날마다 터지는 교통사고 보잖아. 죽는다는 게 나이고 순서고 뭐고 없다구. 세상 근심 다 싸안은 상판으로 지낸다고 죽은 사람이 살아 돌아와? 김씨도 이젠 정신 좀 차리고 자기 몸 생각도 해야지. 부실한 자식을 봐서라두 그래야잖아? 지금 당신 생활 자세가 그렇다면 사고 치기 십상이겠다는 투로 상무가 말했다. 김씨가 두만네 밥집에서 만취되어 부린 주사가 상무 귀에도 들어간 모양이었다.

김씨는 언덕길을 오르느라 숨이 차고 어깨가 뻑적지근하다. 게딱지처럼 오밀조밀 붙어 앉았던 블록집 산동네는 몇 해 전 재개발 바람을 타고 3, 4층짜리 서민용 연립주택이 촘촘히 지어졌다. 소나무와 상수리나무 20여 그루가 어우러져 풍치를 이루었고 산동네 유일한 쉼터였던 공지에는 나무들을 솎아 내고 어린이 놀이터와 노인정이 들어섰다. 외등이 환한 어린이 놀이터는 텅 비어 있다. 김씨가 성남시 이 달동네에 살기도 10년이 넘었다.

김씨는 4층짜리 연립주택으로 들어선다. 김씨가 반지하 철문을 당기니 늘 그렇듯 잠겨 있지 않다. 종수는 그때까지 자지 않고 텔레비전 앞에 턱받이하여 앉아 있다. 파리채를 든 종수가 도수 높은 안경 낀 눈으로 김씨를 힐끗 보더니 수줍은 미소를 머금는다. 아버지 이제 오셨어요, 하는 표정인데, 그 미소는 스물한 살 나이에 어울리지 않는 순진함이 뚝뚝 듣는다. 종수의 천진스러운 미소를 보자 김씨는 한숨부터 나온다. 자신도 쉰을 코앞에 둔 나이인데 저 어리석어 빠진 어른 아닌 아이를 어느 나이까지 보살펴야 하나를 생각하면 복장이 터지고, 연민으로 가슴이 미어진다.

「눈도 안 좋은데 왜 그렇게 바싹 붙어 앉아 텔레비전을 봐. 다른 말은 잘 알아들으면서 그 말은 왜 못 알아들어? 아버지가 골백번도 더 한 말이잖아.」

김씨가 텔레비전을 보니 전문가를 여럿 앉혀 놓고 남북 경제 협력에 따른 심야 정담이 한창이다. 네가 이런 건 봐서 뭘 안다구, 하며 그는 텔레비전 화면을 지운다.

「저녁밥은 먹었어?」

종수가 식탁 쪽을 돌아본다. 먹었다는 그 나름의 표현법이다. 집 구석에 박혀 하루 종일 심심하게 보내다 보니 종수의 취미는 텔레비전 보기일 수밖에 없다. 텔레비전을 한번 켜면 채널을 바꿀 줄 모르고 처음 켜진 상태에서 종영 시간까지 줄기차게 본다. 어린이 프로일망정 종수가 그 내용을 알고 보는지 모르고 보는지 알 수 없다. 화면의 등장인물이 웃으면 따라 미소 짓고 울면 따라 슬픈 표정을 짓는다. 운동 경기 장면에는 그도 긴장하여 두 주먹을 불끈 쥐기도 한다. 재미있니? 하고 김씨가 물어도 종수는 씰쭉 웃기만 할 뿐 대답이 없다. 남의 말귀는 알아들으면서도 제 속에 든 말은 왜 못해. 생긴 건 멀쩡한데, 저 머릿속에는 무엇이 들어앉아 있는지 알 수가 있어야지. 종수 엄마가 복장이 터지겠다는 투로 푸념하곤 했다.

「시간이 늦었다. 이젠 방에 들어가 자야지.」 피곤에 젖어 김씨의 목소리가 오늘따라 더 쉬었다.

그제야 종수가 파리채를 들고 일어나더니 꺼꾸정한 자세로 제 방에 들어간다. 세면실에서 대충 씻고 나온 김씨가 식탁을 보니 물컵으로 눌러 둔 메모지가 눈에 띈다.

'오빠, 낮에 다녀가요. 장만해 온 몇 가지 반찬은 냉장고에 넣어 뒀어요. 종수를 봐서라도 제발 술 좀 작작 마시고 담배는 줄이세요. 오빠라도 오래 사셔야죠.'

김씨가 일 나갈 동안 집 안의 하루 일과를 두고 종수가 보고할 리 없지만, 그는 막냇동생 미숙이가 다녀갔음을 안다. 유일하게 정오의 햇살이 한두 시간 스쳐 가는 좁장한 뒤란 다용도실 빨래걸이에는 세탁한 옷들이 줄줄이 걸려 있다. 미숙이는 남편이 산재(産災)를 당해 직장을 놓은 지 한 해째고 재활 치료를 받고 있지만 아직도 쌍지팡이에 의지하다 보니, 자신이 벌이에 나서서 보험 회사 생활설계사로 뛰고 있다. 집 안에선 거동이 불편한 남편 시중들랴, 미취학 개구쟁이 사내애 둘을 키우랴, 바깥에선 보험 가입자를 물색하며 다니랴, 제 일도 바쁠 텐데, 종수 엄마가 죽은 뒤 일주일에 한 번꼴로 남자 둘만 사는 오빠네 연립주택으로 온다. 집 안 청소와 설거지는 종수가 잘하기에, 세탁기를 돌려 밀린 빨랫감을 처리하고 찬거리를 준비해 둔 뒤 돌아간다.

김씨는 전기밥솥 뚜껑을 열어 본다. 미숙이가 밥을 한 솥 가득 해 두고 갔다. 그는 냉장고에서 마시다 남긴 소주병과 미숙이가 장만해 왔을 밑반찬인 멸치조림을 꺼낸다. 담배를 피워 물고 식탁 의자에 앉아 빈 잔에 소주를 채운다. 첫 잔을 마시는 순간 울컥 기침이 쏟아져 입 안의 술을 뿜어내고 만다. 운전대 잡는 근무 시간 중에는 점심 때라도 마셔서는 안 되기에 평소에 술을 즐기는 김씨로서는 아내가 죽은 뒤로는 술이 유일한 낙이 되어 버렸다. 비번날은 하루를 쉬니 그날은 점심때부터 반주로 시작했고, 일 나가는 날은 근무 끝나면 파김치가 된 하루 피로를 푼다는 이유를 대어 술을 마셨다. 술을 마시면 종수의 막막한 장래 문제며, 세상살이의 근심 걱정과 울증이 가셨다. 술을 마시지 않으면 잠자리에 들어도 종수가 그렇듯 쉬 잠을 이룰 수 없고, 한밤중에 자주 잠을 깼다.

종수 엄마가 죽은 지도 벌써 두 달이 가깝다. 아내가 죽은 뒤부터 한밤중에 잠을 깨면 김씨는 다시 잠에 들기가 영 어려웠다. 그럴 때면 그는 거실로 나와 물 한 컵을 마시고 담배를 피워 물었다. 골목길 가로등 불빛이 천장에 바투 붙은 창을 통해 흐릿하게 밀려드는 한밤중의 적요 속에서 정신 놓고 멍하니 앉아 있으면, 아내 없는 집 안이 새삼 적막강산 같았다. 자신이 무엇 때문에 살고 있는지 나날의 삶에 아무런 의미가 없고, 하루하루가 그저 지겨울 뿐이라는 우울증에 빠져들곤 했다. 광부들은 하루 종일 마신 석탄가루를 녹인다고 퇴근 길에 술집에 들르면 반드시 돼지고기를 먹는다지 않아요. 서울 시내 공기가 오죽 탁해요. 당신도 미련하게 깡술만 마시지 말고 안주로 돼지고기라도 챙겨 먹어요. 아내의 목소리가 새삼 마음에 닿는다. 아내가 살아 있다면 돼지고기 편육이나 두루치기쯤 냉장고에 있을 터이다.

우리 종수를 보더라도 내가 오래 살아야 하는데, 만약 내가 어찌 되면……. 당신이나 오래 살아 우리 종수를 책임져야 해요. 숨을 거 두기 하루 전날 병원 침상에 누워, 자주 했던 말투로 당부한 아내의 그 말이 결과적으로 유언이 되고 만 셈이다. 버스 기사와 기사 식당 종업원으로 만나 한솥밥을 먹기 시작한 뒤, 아내는 하루도 마음 편할 날 없이 고생만 하다 죽었다. 아내와 함께 산 스물세 해 동안 즐거웠 던 추억은 별로 떠오르지 않는다. 종수가 정신 지체 장애아로 판명 나자 종수 엄마는 종수 아래로 자식 더 두기를 단념하고, 오로지 저 자식 하나만이라도 인간으로 만들어야 한다며 이를 악물었다. 그러 나 종수는 학교에 입학할 나이가 되도록 정상아로서의 가능성에 아 무런 진전이 없었다. 그 뒤부터 종수 엄마는 장애아 자식 하나의 장 래를 생각해서 돈을 모아야 한다며 절약과 검소를 신주단지처럼 안 고 벌이에 나섰다. 병원 간병사, 파출부, 식당 종업원 따위에서부터 막일까지, 여자가 몸으로 때워 할 수 있는 일을 얼추 거쳤다. 그러나 인생이란 뜻대로 성취되지 않는 경우가 허다한 것처럼, 부부가 열심 을 다해 살아왔으나 생활은 늘 힘에 겨웠다. 김씨가 없는 집안의 장남이기에 병으로 오래 자리보전한 부모의 병원비며 약값으로, 동생 셋의 학자금을 보태고 걔네들 성례시키느라 저축할 여유가 없었다. 거기에다 가난 탓에 제대로 배우지 못한 건달 처남 둘이 사고를 치고 허구한 날 돈을 뜯어 간 세월이 10년 넘었다. 큰처남은 종수 엄마가 죽자 몇 푼 들어오지 않은 조의금에까지 눈독을 들이다 30만 원을 뜯어 갔고, 작은처남은 중학교를 중퇴하고부터 가출한 친구들과 어울리더니 조폭 패거리가 되어 지금은 폭력에 공갈협박죄로 교도소에 있다. 이십수 년 기름밥 먹을 동안 자신의 운전 부주의와 상대방의 과실로 여러 차례 인사 사고가 있었다. 그러다 보니 버는 족족 돈이 수중에 남아날 짬 없이, 여기저기 터지는 구멍을 가까스로 막아 온 셈이었다. 종수 엄마의 벌이를 따로 접더라도, 김씨가 수도권에서 서울 시내 중심부를 돌아오는 버스 기사 생활 십수 년, 택시 기사 10년 만에 남은 거라곤 스물두 평짜리 반지하 연립주택 한 칸이 고작이었다.

따져 보면 종수 엄마의 죽음에는 그럴 만한 이유가 있었겠지만, 아내가 그토록 빨리 이승을 떠날 줄은 김씨도 예상 밖이었다. 얼굴과 온몸에 붉은 반점이 돋고 가슴 뜨끔거리는 통증이 있어 종수 엄마가 약국을 찾자, 약사는 식중독에 과로라며 일주일분 약첩을 조제해 주었다. 요즘은 스트레스가 병의 원인으로 작용하는 경우가 많아요. 이 기회에 근심 걱정 잊고 푹 좀 쉬셔야겠어요. 약사가 그렇게 충고하더라고 종수 엄마가 말했다. 붉은 반점이 얼굴 전체에 퍼져 종수 엄마가 식당 종업원 일을 쉬고 집 안에 들어앉았기 열흘, 통증과 반점이 어느 정도 가라앉자 또 몇 푼 벌겠다고 구청 사회복지과에 등록하여 취로 사업 용원으로 나다녔다. 그게 화근이 됐는지 어쨌는지,

종수 엄마는 가슴 통증에 두통까지 심해 동네 병원을 찾지 않을 수 없었다. 의사는 대상 포진이 악화되었다며 입원을 권고했다. 김씨가 귀 선 그 병명을 처음 들었을 때만도, 요즘 의술로는 그까짓 병을 못 고치랴 싶었다. 그러나 종수 엄마는 입원한 지 열흘 만에 덜컥 숨을 거두고 말았다. 균이 뇌에 침입해 더 이상 손쓸 수 없었다는 의사의 말이었다. 화장으로 장례를 치르면서도 김씨는 아내의 죽음이 사실로 받아들여지지 않았다. 지금도 아내가 안방에서 눈 비비며 부스스한 꼴로 나와, 이제 왔어요, 하며 자신을 맞을 것만 같다. 아내가 세상살이 이야기며, 산동네 이웃들의 근황이며, 하룻동안의 종수 일과에 대해 이런저런 말을 늘어놓던 밤 시간이 지금 따져 보면 김씨로서는 그래도 좋았던 시절이었다.

소주 반 병으로는 기별이 없어 김씨는 새 술병 꼭지를 따고 절반쯤을 더 마신다. 기침이 쏟아지고, 취기가 올라 머릿속이 자우룩해진다. 아무도 말할 상대가 없는 집 안의 침묵이 그는 싫다. 이제 그만 잠자리에 들기로 한다. 오늘따라 심신이 더욱 피곤하다. 내일은 비번으로 하루를 쉬는 날이다. 미숙이가 식탁에 널린 소주병을 보고 그런 메모를 남겼으리라 짐작하고 그는 빈 소주병을 현관으로 옮겨 둔다. 내일 아침 종수와 함께 목욕하고 이발하러 나갈 때 소주병을 버리기로 한다.

김씨는 종수가 쓰는 방 문을 열어 본다. 잠자리에 든 줄 알았던 종수가 파리채를 들고 천장을 살피고 있다. 파리나 모기를 잡으려는 모양이다. 김씨가 방 안을 둘러보니 파리가 있는 것 같지 않다. 바깥 기온이 떨어지자 반지하실이라 모기가 들어온 모양이었다. 종수는 평소에도 집 안에 날아드는 파리나 모기를 보면 가만두지 못하는 버릇이 있었다. 어릴 적부터 파리나 모기가 눈에 띄기만 하면 그놈을 꼭 잡아야 직성이 풀린다는 듯 기를 쓰고 쫓아다녔다. 손바닥을 마주 쳐 잡으려 했으니 약삭빠른 그놈들이 종수의 어둔한 손놀림에 쉬 걸려들 리 없었다. 그러나 그는 포기하지 않고 끈질기게 따라다녔다. 이제 그만 해둬. 네가 혼내 줬으니 다시는 너한테 덤비지 않을 거야. 땀을 뻘뻘 흘리는 종수를 보다 못해 김씨가 한마디하면, 그는 그쯤에서야 아쉽다는 듯 그 짓거리를 포기했다. 그러나 잠시 뒤 그놈들이 날아다니는 게 눈에 띄면 어김없이 다시 따라다녔다. 특수학교의 정신 지체 장애아반을 졸업할 때였던가, 종수가 주방 바닥에 배를 깔고 엎드려 개수대 밑을 들여다보고 있기에 김씨가 뭘 찾느냐고 물었더니, 바퀴벌레를 본 모양이라고 아내가 대신 말했다. 바퀴벌레를 봐도 엄마, 하고 부르기만 할 뿐 그놈을 죽이진 못해요, 하며 종수 엄마는 혀를 찼다. 그래서 아내는 자식의 그런 엉뚱한 집념을 미연에 막는 방법으로 집 안에 해충이 기식하지 못하게 철저히 방지하곤 했다.

「모기가 한두 마리 들어온 모양이군. 이불 덮고 자면 돼. 그만큼 했으면 됐으니 이제 자거라.」

김씨 말에 종수가 파리채를 책상에 놓고 안경을 벗는다. 책상에는 어제까지 없던 사진틀이 김씨 눈에 띈다. 종수는 반닫이 위에 개어 둔 이부자리를 꺼내어 펴더니 겉옷을 벗어 머리맡에 차곡차곡 개어 놓고 이불 속으로 슬며시 들어간다. 잠자리에 들며 벗어 놓은 옷을 개어 두는 것만 해도, 녀석의 정리 정돈 능력은 알아줄 만하다. 종수는 몸을 모로 돌려 새우처럼 옹크리고 눈을 감는다. 김씨는 책상 위의 사진틀을 집어 든다. 재작년 여름, '동원택시' 기사친목회가 주선한 가족야유회 때 산정호수에서 찍은 가족사진이다. 반바지 차림에 운동모를 쓴 김씨는 피우던 담배를 든 채 멀쑥이 섰고, 아내는 종수를 놓치기라도 할까 봐 손을 잡고 쪼그려 앉아 있다. 사진 속의 아내는 놀란 토끼처럼 눈을 동그랗게 떴고, 종수는 사진 찍기가 부끄러운 듯 시선을 내리깔고 예의 수줍은 미소를 띠고 있다. 사진틀은 미숙이가 사다 줬는지 모르지만, 이를 책상에 얹어 두기는 종수 짓임이 분명하다. 카메라가 흔한 세상이 되었지만 집 안에 카메라가 없고, 남이 찍어 전해 주는 사진을 모아 둔 게 그럭저럭 사진첩으로 두 권이다. 종수는 그 사진첩을 책상에 얹어 두고 자주 들여다본다. 김씨 내외의 결혼사진은 물론, 종수 돌잔치 사진도 있다. 종수가 먹을거리 가득한 첫 생일상을 받고 설빔 치레하여 의젓하게 앉은 사진을 두고, 이 애가 너야, 하고 말해 주었을 때 종수는 수줍게 미소를 띠었다. 그 뒤 그는 그 사진만은 오래 들여다보는 버릇이 생겼다.

새벽이면 한기가 들 것 같아 김씨는 방충망 쳐진 열린 창문을 닫는다. 김씨는 종수 방 형광등 불을 끄고 거실로 나온다. 누구 말이든 순종을 잘하는지라 잠자리에는 쉽게 들었지만 종수는 한동안 잠에 들지 못할 것임을 김씨는 안다. 종수는 잠자리에 들었어도 무슨 말인가 혼잣소리로 옹알거리며 한동안 뜸을 들였다. 아니, 종수는 아버지가 나갔음을 알고 잠자리에서 살그머니 일어나 형광등을 다시 켜고 파리채를 든 채 모기의 행방을 쫓아 방 안 구석구석을 살피고 있을는지 모른다.

김씨는 두만네 밥집에서 동료 기사 둘과 술을 걸친 뒤 시장에 들러 김치와 조리된 찬 몇 가지, 콩나물국에 쓸 재료를 산다. 종수가 삶은 돼지족발을 좋아하기에 그것도 사서 집으로 돌아오던 길이다. 종수가 족발을 집어 들면 얼마나 알뜰하게 발겨 먹는지 하얀 뼈에 살점을 찾아볼 수 없다. 깨알만 하게 붙은 살점도 놓치지 않겠다고 이빨을 들이댔다. 우리 종수 족발 좋아하는 것 보면 이담에 장충동 돼지족발집 처녀한테 장가보내야지. 종수 엄마는 살아생전 우스개 삼아 그런 말을 하기도 했다.

낮이 짧아져 저녁 일곱시 반인데도 어스름이 자욱이 내렸다. 김씨가 어린이 놀이터를 거쳐 오자 아직 집으로 돌아가지 않은 동네 아이들이 미끄럼틀을 지치거나 그네를 타며 놀고 있다. 설핏 종수 모습이 보인다. 슬리퍼 신은 종수가 허리를 꾸부정히 숙여 놀이터 가장자리를 돌며 무언가를 열심히 줍고 있다. 김씨는 종수를 부르려다, 아들의 하는 짓을 철망 울타리 밖에서 지켜본다. 종수는 검정 비닐봉지에 휴지, 담배꽁초, 비닐 따위를 주워 담고 있다. 얼음과자 꼬챙이로 모래사장을 후비며 반쯤 묻힌 쓰레기를 찾아내기도 한다. 하는 짓거리가 늙은이들이 폐지를 모으는 꼴이다. 자식이 엄마 대신 취로사업이라도 나섰나 하는 생각이 들어 김씨는 피식 웃는다. 문득 며칠 전 동료 기사 박씨가 했던 말이 떠오른다. 형님, 거짓말이 아니라니깐요. 종수가 담배 재떨이를 닦는 걸 제 눈으로 똑똑히 봤어요. 담배 재떨이만 아니라 재떨이통 주위의 담배꽁초와 휴지를 모두 줍구요. 박씨가 시내로 들어가는 큰길가에 새로 생긴 대형 할인 마트에 아내와 함께 생필품을 사러 갔다 했다. 마트 안은 일절 금연이라 입구 한쪽에 재떨이통 두 개를 비치해 두었는데, 종수가 그 재떨이통을 청소하는 걸 봤다는 것이다. 형님, 종수를 언제 거기다 취직시켰어요? 일을 부지런히 곧잘 하던데요. 내가 반가워, 종수 군, 일 잘하네, 하자 얼굴이 빨개져 어찌나 부끄러워하던지……. 박씨 말이었다.

취직을 시키다니? 난 그런 적이 없어. 박씨의 뜬금없는 소리에 김씨가 오히려 황당했다. 산동네에서 마트까지는 버스로 한 정류장 시내 쪽에 있다. 종수가 거기까지 버스 타고 갔을 리는 없고 만약 갔다면 걸어갔을 것이다. 집에서 반경 1백 미터 안쪽, 어린이 놀이터 정도가 유일한 나들이 터인 종수가 마트까지 나갔다는 것도 신기하지만, 왜 손수 재떨이통을 치우겠다는 생각을 했을까는 김씨로서도 더욱 풀리지 않는 의문이었다. 내가 담배를 많이 피우니 종수가 어릴 적부터 담배꽁초 수북한 재떨이를 유심히 보았을까. 그럴 수도 있다는 생각이 든다.

여보, 신종 채홍사 얘기 들어 보셨죠? 종수가 장애인 직업 훈련원에 다닐 때 어느 날, 아내가 말했다. 김씨는 아내가 말한 채홍사를 가출한 10대 소녀들을 꾀어 다방이나 술집에 접대부로 팔아넘기는 거간꾼쯤으로 받아들였다. 역이나 터미널, 동대문시장같이 사람 많이 모이는 데는 남자 낚아채는 채홍사들이 설친대요. 그런 곳에 배회하는 노숙자, 부랑자나 정신이 온전치 못한 사람으로 보이면 채홍사들이 접근해서, 먹고 자고 월급 주는 좋은 곳에 취직시켜 주겠다며 꼬신다지 않아요. 그렇게 데려가선 목포에서 배에 태워 다도해 새우잡이 하는 멍텅구리배에 팔아넘긴다지 뭐예요. 바다 한가운데 배를 정박시켜 놓고 새우잡이를 하는 거기에 한번 팔려 가면 빠져나올 수가 없대요. 매질은 물론, 노예처럼 죽도록 일만 시킨다지 뭐예요. 채홍사가 만약 종수보고 날 따라와, 하고 윽박지르면 종수는 꼼짝없이 끌려갈 거예요. 그러니 애를 바깥에 내돌리면 큰일나겠어요. 아내 말이 그럴듯해 김씨는 지갑을 사서 그 속에 천 원짜리 몇 장과 쪽지를 넣어 종수가 늘 호주머니에 지니게 했다. 종수야, 길을 잃으면 이 돈으로 떡볶이든 빵이든 사먹구 무조건 빈 택시를 타. 택시 기사한테 이 쪽지를 보여 줘. 그럼 아버지처럼 친절한 택시 기사가 너를 우리 집까지 데려다 주실 거야. 김씨와 종수 엄마가 여러 차례 당부했다. 쪽지에는 '김종수는 정신 지체 장애인이니 종수를 보신 분은 아래 주소로 연락하거나 데려다 주시면 사례하겠습니다'라 쓰고 집 주소와 전화번호, 택시 회사 전화번호, 집 약도를 그려 두었다. 그리고 종수가 혼자 멀리 못 다니게 단속해 왔다. 그러나 한 달이 지나도 종수지갑 속의 돈은 그대로 있었고, 공영 주차장까지 더러 내려올 적은 있어도 길을 잃을 정도로 혼자 멀리 나다니지는 않았다.

「종수야, 뭘 하니?」

김씨가 아들을 부르자, 종수가 나쁜 짓을 하다 들킨 아이처럼 찔끔 놀라며 비닐봉지 든 손을 얼른 허리 뒤로 감춘다.

「집에 가서 저녁밥 먹어야지.」

종수가 놀이터 입구의 휴지통에 손에 든 비닐봉지와 꼬챙이를 버리고 김씨 쪽으로 다가온다. 꺽다리 키에 머리를 빠뜨리고 걸어오는 자세가, 잘못했으니 벌을 받겠다는 태도다.

「놀이터의 쓰레기를 치우다니, 착한 일을 하는군. 너보고 쓰레기 주우라구 누가 시켜서 했니?」

「…….」

「말해 봐.」

고개를 숙인 종수가 무슨 말인지 입속으로 옹알거리는데, 김씨는 알아들을 수 없다. 큰 소리로 말해 보라면, 그럴 경우 입을 아주 꼭 닫아 버리기에 누구도 더 물을 수가 없다. 너, 며칠 전 저쪽 새로 생긴 마트에 나가 재떨이 청소를 했다며? 하고 물어봐야 종수가 선선히 대답할 리 없다. 김씨는 종수 주머니에서 지갑을 꺼내어 든 돈을 확인해 본다. 천 원권 지폐 다섯 장이 그대로 들어 있다.

반지하 집으로 돌아오니 종수가 점심때 먹은 그릇과 수저를 깨끗이 씻어 물기가 빠지게 식기대에 엎어 놓았다. 재떨이에 수북하던 담배꽁초를 쓰레기통에 버리고, 재떨이는 물에 헹구고 닦아 담뱃재 한 점 묻어 있지 않다. 종수가 시키는 일을 불평 없이 고분고분 잘하자, 식당 종업원으로 나다니던 종수 엄마는 곧잘 종수에게 집안일을 시켰다. 종수야, 양쪽 방 좀 닦아 줄래? 단체 손님이 밀어닥쳐 오늘은 엄마가 너무 피곤해. 네가 설거지 좀 해줘. 아버지 재떨이 비우고 깨끗이 닦아. 종수야, 이것 바퀴벌레약이니 부엌 싱크대 밑이며 다용도실 구석에 놓아 둬. 종수가 다른 일은 젬병이더라도 그런 일은 정확하게 곧잘 해냈다. 특히 방 쓸고 닦기와 설거지 일은, 만약 그런 대회가 있다면 선수로 내보내고 싶을 정도였다. 종수가 방을 쓸고 닦으면 티끌이나 얼룩 한 점 발견할 수 없었다. 그래서 종수 덕에 집안이 늘 깨끗했다. 처음은 그릇을 씻다 자주 깨기도 했으나 종수 엄마가 여러 차례 시범을 보이자 차츰 숙달되었고, 제 엄마보다도 더 깨끗이 닦았다. 한번은 종수 엄마가 꽃잎 무늬가 있는 새 그릇을 사왔을 때 공정 과정의 실수로 유약이 엉뚱한 곳에 묻은 불량품 그릇이 있었다. 종수가 그 부분까지 닦겠다고 수세미로 얼마나 공을 들여 문지르는지, 종수 엄마가 미처 발견하지 못했다면 하루 종일 잘못 찍힌 무늬를 지우겠다며 그릇을 닦았을 터였다. 이런 일도 있었다. 녹이 슨 양푼이 있었는데 종수 엄마가 녹 닦아 내는 약을 전철 안 뜨내기 장사꾼으로부터 사와서 종수에게 양푼을 닦아 보라고 하자, 녀석은 양푼을 광이 번쩍번쩍하게 닦아 놓았다. 우리 종수 예전에 태

어났으면 명절 앞두고 놋그릇 닦아 주는 일로 돈벌이할 수도 있었겠
어. 종수 엄마의 말이 그랬듯, 이튿날 종수는 부엌 세간 중 특히 화기
가 닿는 밑부분의 그을음까지 깨끗이 닦아 놓았다. 그러나 뜨거운
국그릇을 나른다든가, 전기제품 다루기, 가스 불을 켜고 끄는 위험한
일은 시킬 수 없었다. 종수가 화상을 입기도 여러 차례였고, 지금도
허벅지와 발등에는 흉터가 남아 있었다. 한번은 감전을 당해 애가
실신하여 병원에 실려 가기까지 했다. 이다음에 엄마가 우리 종수와
함께 식당을 차려 봐야겠어. 우리 종수는 식당 청소며 설거지하고,
나는 음식 만들면 되지. 종수 엄마가 자주 하던 말이었다. 그러나 그
약속은 지켜지지 않았다.

  김씨가 종수와 함께 점심밥을 먹곤 텔레비전을 보다 반주에 취해
잠시 졸았다. 그가 고갯방아를 찧다 기침이 터져 눈을 뜨니 텔레비
전의 주말 프로야구 중계를 함께 보던 종수가 보이지 않는다. 방에
있나 하고 방문을 열어 보았으나 종수가 없다. 김씨 머리에 얼른 짚
이는 곳이, 어린이 놀이터가 아니면 마트이다. 종수가 두 곳 중 어느
한 곳에 있을 터였다. 길이 어긋나 종수가 집으로 먼저 돌아올 수도
있으므로 김씨는 문을 잠그지 않고 집을 나선다. 가난한 집에도 도
둑 들 물건은 있다지만 집 안을 뒤져 봐야 가져갈 만한 변변한 물건
이 없고 종수가 늘 집을 지키기에 평소에도 문단속은 허술히 하는
편이다. 소형 다세대주택들이 밀집한 데다 놀이터가 변변찮은 산동
네라 어린이 놀이터에는 아이들만 법석거릴 뿐 종수 모습이 보이지
않는다.
  「여기 안경 끼고 청바지 입은 젊은 아저씨 못 봤어? 여기 자주 놀

러 왔잖니.」 김씨가 시소를 타는 아이에게 묻는다.

「쓰레기 줍던 아저씨요?」 아이가 놀이터를 둘러본다. 「어, 조금 전까지 있었는데 없어졌네.」

「명구 엄마가 마트에 같이 가자며 명구 데려갈 때, 그 아저씨가 뒤따라가는 것 같던데요.」 시소 건너쪽에 앉은 아이가 말한다.

김씨는 그러잖아도 비번날에 종수가 집을 빠져나가 마트 쪽으로 가면 그 뒤를 밟아 봐야겠다고 벼렸던 참이라 선걸음에 언덕길을 내려온다. 한 정류장 거리라 걸어갈까 하다 마음이 급해 버스 종점에서 출발을 앞둔 버스에 오른다.

먼눈에 보아도 복작대는 인파 사이, 종수가 틀림없다. 군청색 점퍼에 청바지를 입은 종수의 여윈 얼굴은 며칠 면도를 하지 않아 입 주위가 검추레한데, 마실 나온 듯 슬리퍼를 신어 노숙자 꼴이다. 김씨는 종수로부터 눈을 떼지 않고 얼음판을 밟듯 천천히 마트 출입문 쪽으로 다가간다. 주말 오후여서 마트 출입문은 매장으로 들어가는 사람, 비닐봉지에 물건을 덩이덩이 담아 나오는 사람들로 붐벼, 할인매장의 인기가 대단함을 한눈에 알 수 있다. 세워 놓는 철제 재떨이통 두 개 주위에도 사람들이 북적대기는 마찬가지다. 종수는 한 손에 검정 비닐봉지를 들고 한 손에는 휴지를 들고 있다. 김씨가 숨어서 종수의 하는 일을 지켜본다. 종수는 먼저 재떨이통 윗면의 그물망에 얹힌 담배꽁초와 담뱃재를 휴지로 쓸어 붙여 망 안으로 밀어넣곤 비닐봉지에서, 어디서 주웠는지 펌프식 플라스틱 샴푸통을 꺼내어 망에 물을 뿜는다. 다음은 손에 쥔 휴지로 망을 깨끗이 닦는다. 종수가 그렇게 청소할 동안도 담배꾼들은 재떨이통 망에 연방 담뱃재를 털거나 꽁초를 비벼 끄기도 한다. 그들은 종수를 마트 청소원

쯤으로 여기는 눈치다. 종수 역시 사람들의 그런 담배꽁초 버림에 아랑곳없이 열심히 재떨이 청소를 하다, 이따금 코에 걸친 안경을 밀어 올리며 경계하는 눈빛으로 주위를 둘러본다. 닦던 휴지가 더러워지면 이를 재떨이통 옆구리에 뚫린 구멍에 버리고 비닐봉지에서 두루마리 휴지를 꺼내어 두세 번 손에 감아 끊어선 다시 재떨이통 닦기를 계속한다.

김씨가 종수의 일하는 모습을 한참 보고 섰자니, 푸른 작업복을 입고 마트 상호가 붙은 모자를 쓴 청소원 아주머니가 바퀴 달린 대형 쓰레기통을 끌고 재떨이통 쪽으로 다가온다. 종수가 청소원을 보더니 못된 짓을 하다 들킨 사람처럼 하던 일을 순간적으로 멈추고 얼른 돌아서 버린다. 종수는 유리벽에 붙은 가을 상품 세일 광고 문안을 보는 체하며 딴전을 편다. 청소원 아주머니가 끌고 온 큰 쓰레기통에 재떨이통의 담배꽁초와 쓰레기를 비우고 떠나자, 종수는 이제 재떨이통 주위를 돌며 발로 비벼 끈 타일 바닥의 담배꽁초와 휴지, 우유팩과 야쿠르트병 따위를 주워, 들고 있는 비닐봉지에 담는다. 그리고 재떨이통 옆에 붙어 서서 조금 전에 했던 청소일을 다시 열심히 시작한다.

김씨는 종수를 부르려다 말을 입 안으로 삼키고 사람들 사이에 섞여 마트 출입문 안으로 들어선다. 에어컨이 가동되어 매장 안이 시원하다. 김씨는 에스컬레이터를 타고 식품점이 있는 지하층으로 내려간다. 매장에 비치된 빈 바구니를 들고 진열대를 둘러보다 비닐로 밀폐시켜 포장한 냉동 훈제 돼지족발이 눈에 띄어 바구니에 담는다. 양념하여 갓 버무려 놓은 김치 한 포기를 사고, 아내가 했던 말이 떠올라 정육점에서 돼지고기 삼겹살 두 근에, 상추 한 다발과 깐 마늘한 봉지를 산다.

김씨가 마트 출입문을 나서니 재떨이통 주위에 종수가 보이지 않는다. 일을 끝내고 집으로 돌아갔나 하다 혹시나 싶어 김씨는 다른 출입문을 찾아 마트를 한 바퀴 돌아보기로 한다. 아니나 다를까, 종수는 서편 출입문 입구에서 또 열심히 재떨이통 청소를 하고 있다. 아버지를 보면 걔가 얼마나 당황해하며 부끄러워할까 싶어 김씨는 모른 체 걸음을 돌린다. 박씨가 마트에 왔다 종수를 본 날도 종수가 무사히 집으로 돌아왔기에 김씨는 혼자 먼저 집으로 들어가기로 한다. 그는 버스를 타지 않고 종수가 걸어올 길을 천천히 걷는다. 종수가 누구의 안내도 없이 마트까지 혼자 갔다 올 수 있었다는 점만으로도 획기적인 발전이라 아니할 수 없었다. 종수 엄마가 살아 있다면, 우리 종수 장하다며 업어 주기라도 했을 것이다.

바람은 소슬한데 오후의 초가을 햇살은 따갑다. 담배를 피워 물자 김씨는 오랜만에 마음이 홀가분하고 흐뭇한 기분이 든다.

'동원택시' 기사들이 1년에 한 번씩 받는 정기 검진이 있어 김씨가 지정 병원에 들러 종합 검진을 마친 날, 그는 버스 편에 서울로 들어온다. 강남 고속버스 터미널에서 내린 그는 터미널의 호남 지방 노선을 전담하는 사무실을 찾는다. 동년배 강씨는 예전에 김씨와 함께 '우진교통'에서 교대 조로 성남과 동대문을 왕복하는 버스를 몰았는데, 김씨가 택시 회사로 옮겨 가고 강씨는 몇 년을 더 버티다 고속버스 기사로 일자리를 옮긴 지 몇 해째다. 작년까지만도 그가 광주와 서울 간 고속버스 기사로 있다는 말을 들은 터라 김씨는 그를 찾아 나선 길이다. 배차계원 말로는 강 기사가 광주에서 서울로 올라오는 중인데 한 시간 뒤에 강남 터미널에 도착할 거라고 말한다. 급한 용건이라면 강 기사 휴대전화로 전화를 내보라는 배차계원의 말에, 김씨는 어차피 얼굴을 봐야 할 친구니 기다리겠다고 말한다. 김씨가 기사 대기실에 앉아 텔레비전을 보며 시간을 떼우기 한 시간 남짓, 모자 쓰고 제복 입은 강씨가 모습을 보인다. 이게 얼마 만이냐며 강씨가 반갑게 김씨를 맞는다.

「뒤늦게야 인편으로 소식을 들었어. 안사람이 갑자기 그렇게 됐다며? 문상도 못 가보구 미안해서 어떡해? 우리가 어디 그럴 사이인가. 한 회사에서 오륙 년을 함께 기름밥 먹구, 식구들도 내왕하며 지내지 않았는가.」 강씨가 오후에 한탕 더 뛰어야 하는데, 시간 반 여유가 있다며 김씨를 터미널 밖으로 이끈다.

둘은 부근의 큰 식당 '횡성한우가든'으로 자리를 옮긴다. 마침 점심 시간대라 강씨가 갈비탕 두 그릇을 시키고 위로주를 사겠다며 불고기 2인분과 소주 한 병을 따로 주문 낸다. 서로의 집안 안부와 일터 고충 이야기 끝에 화제가 종수 쪽으로 옮아간다.

「자네 안사람도 종수 때문에 평생 속골병이 들어 그렇게 먼저 갔는지도 몰라. 종수도 이젠 스무 살 넘겼겠다, 요즘은 좀 나아졌나? 내가 우진교통에 있을 땐 장애인 직업 훈련원에서 목공일을 배운다 했잖은가?」

「그건 일찍이 그만뒀지. 목공일도 정교한 기술인데 걔 머리가 그렇게 돌아가지 않나 봐. 톱질을 하면 연필로 그어 둔 선대로 톱날이 바로 나가지 못해. 요리 학원에도 보내 봤지만 결과는 신통찮았구.」

「그럼 집에서 놀고 있나?」

「그러잖아도 종수 문제 때문에 자네와 의논 좀 해봤으면 싶어 걸음 했어. 걔를 터미널 청소원으로 취직시키면 어떨까 해서. 자네가 그쪽 부서에 다리를 좀 놓아 주게. 총무부 인사 담당을 소개시켜 주면 내가 직접 만나 보든지 하겠네.」 김씨는 점퍼 주머니에서 준비해 온 종수의 이력서를 꺼낸다. 「이력서래야 사진이나 찍어 붙였지 보잘것없어. 월급이 문제가 아니라 종수한테 무슨 일이든 일거리를 만들어 주고 싶어서 그래. 직장마다 장애인 몇 프로를 의무적으로 고용하게 되어 있잖아. 그런 점에서도 유리할 테구.」

「불고기 타겠어. 우선 먹자구. 자, 술 한 잔 받구. 난 근무가 남았으니깐.」 강씨가 종수 이력서를 넘겨받곤 김씨 잔에 술을 친다. 김씨의 말을 들은 그의 표정이 밝지 않다. 「미화원으로 취직하겠다? 걔가 그런 험한 일을 잘 견뎌 낼까?」

「실은 어릴 적부터 종수한테 한 가지 장기랄까, 특이한 집착이 있었는데, 우리 내외는 여지껏 그걸 대수롭지 않게 봐왔거든. 걔 하는 일이 대수롭지 않기두 했구⋯⋯.」 김씨는 종수의 집 안 청소와 설거지 일이며, 특히 마트에서의 재떨이 청소 이야기를 강씨에게 들려준다. 말을 하는 그의 입이 절로 입바람을 탄다. 「어린이 놀이터에 놀고 있는 자기 애를 데리고 동네 아주머니가 마트에 가는 걸 종수가 우연찮게 따라갔나 봐. 거기서 종수가 출입구 앞에 있는 지저분한 재떨이통을 봤겠지. 내가 일 나가고 나면 종수가 종종 마트로 나가나 봐. 어느 날 내가 숨어서 종수 하는 일을 지켜봤지만, 누가 시키지도 않았는데 걔가 그 일에 그렇게 열심일 수 없었어. 배운 지랄이라구 우리가 운전대 못 놓듯, 누가 시키지도 않았는데 마치 천직처럼 재떨이 청소를 열심히 하더군.」

「그래? 걔한테도 숨은 재능이 있었군.」 갈비탕을 먹으며 강씨가 조금 놀란 얼굴로 머리를 주억거린다.

「그런 걸 재능이랄 것까지야 없겠구.」

「바람도 쐬줄 겸 종수를 데리고 나오지 않구?」

「자네가 우선 총무부에 자리를 알아봐 줘. 면접을 하겠다면 내 비번날 종수를 데리고 나올게. 그날 여기서 직접 현장 실습을 시켜 봐도 좋겠구.」

강씨가 총무부의 청소원 채용 담당 주임을 안다며 종수의 자리를 알아봐 주겠다고 말한다. 김씨는 강씨에게 다시 한 번 종수한테는 월급 자체가 중요하지 않다는 점을 강조했다.

「두 식구 먹어 봐야 얼마 먹겠어. 내 벌이만으로도 충분해. 종수가 아침에 일터로 출근하고 저녁에 퇴근해서 집으로 돌아오는 모습이 보고 싶을 뿐이야. 언젠가는 종수도 제힘만으로 혼자서 살아 나가야 할 테니깐.」

「하여간 알았어.」 강씨가 김씨 얼굴을 본다. 「집안이 큰일을 당해선가, 자네 안색이 좋잖네. 쉰 밑자리 깐 우리 나이가 이젠 건강 챙길 때야. 여기도 최근 건강상 이유로 셋이 사직서를 냈구, 하나는 뇌졸중으로 쓰러졌어. 다 우리 또래들이지. 나도 작심하고 올해 신정부터 담배를 끊었어.」

강씨가 식대 계산을 치를 동안 김씨가 한길에 나와 서 있자, 잠시 뒤 나온 강씨가 접은 봉투를 내민다. 김씨는 강씨가 종수 이력서 봉투를 되돌려 주나 하고 찔끔해한다.

「이거 얼마 안 되지만, 문상을 가야 도리인데 소식을 늦게 들었으니…….」 한사코 사양하는 김씨 바지 주머니에 강씨가 봉투를 찔러 넣었다.

그날, 둘은 서로 휴대전화 번호를 적고 헤어졌다.

「검진 결과 의사의 소견이 그러니, 물론 재검진을 받아 봐야겠지
만……. 아무래도 이번 기회에 당분간 건강을 돌보며 쉬는 게 좋겠
어.」 상무가 '종합 검진 결과표'철을 접으며 김씨에게 말하더니, 단도
직입으로 말을 자른다. 「송별회는 친목계가 기회 봐서 연락할 테구,
며칠 내로 퇴직금이나 정산하지. 우리 회사 근무가 오 년찬가? 경리
보고 계산 좀 빼보라구 일렀어.」

「제가 술 좀 좋아한다기로서니, 영업 때 술 마시는 것 봤어요? 이
거, 핑계치곤 너무한데요.」

여기 아니면 어디 운전대 잡을 운송 회사가 없냐고 한마디하려다
김씨는 참는다. 마른하늘에 벼락 치듯, 근무 나갈 사람의 차 키를 돌
려받으며 내뱉는 상무의 말을 김씨는 믿을 수 없다. 사고 담당을 오
래 맡아 온 상무인지라 평소 냉담한 말투를 접고 듣더라도 정기 검
진 소견서를 이유로 대어 일언지하의 해고 조치 통고가 너무 가혹하
다는 느낌이다.

「버스며 택시 업주들, 유능한 기사를 못 구해 환장인 줄 난들 왜 몰
라. 곤조통 부리지 말구 내 말 들어. 이게 다 김씨를 위해서 하는 소
리야.」

「그럼 검진 결과가 시한부 인생, 말기 암이라도 된다는 말입니까?」

「글쎄, 내가 의사는 아니니깐……. 하여간 당분간은 쉬게 하는 게
본인 건강에도 좋겠다는 소견서가 붙어 왔어. 병원이 자네한테 무슨
원수졌다구 없는 말을 둘러대겠어? 나 역시 마찬가지구.」

「내 다른 종합병원에 가서 엑스레이 찍어 가져오겠소!」 김씨가 책

상을 주먹으로 치곤 휑하니 사무실 문을 나선다.

「말이 씨가 된다는 속담도 있어.」 상무가 김씨 등에 대고 한마디 던진다.

김씨는 막상 주차장을 나서긴 했으나 새벽부터 어디로 가야 할는지 막막하다. 아직도 날이 채 밝지 않아 거리는 인적이 뜸하다. 일 나섰다 다시 집으로 들어가자니 맥이 빠지고, 그렇다고 종합병원을 찾자니 어느 병원에 가야 할지 방향이 서지 않는다. 발걸음이 자연스럽게 시장 쪽으로 옮겨진다. 김씨는 두만네 밥집 문을 열고 들어선다. 일 나갈 공사판 인부들과 행상인 몇이 이른 아침밥을 먹고 있다. 두만네가 김씨를 보더니 첫새벽부터 웬일이냐며 놀란다. 김씨는 아침 러시아워 시간대까지 한탕을 뛰곤, 아침밥은 열시 전후 기사 식당을 찾아 먹는 게 상례였다.

「나 백반 한 상 관두고 해장국에 소주나 한 병 줘요.」 김씨가 불퉁하게 말하곤 구석자리에 앉는다.

「비번날인가 본데, 어디 안 좋은데 출타하나 부지?」 두만네가 소반에 해장국과 소주병을 나르며 묻는다.

김씨는 울화가 끓어 대답을 않고 잔에 술부터 친다. 그는 습관적으로 담배 개비를 꺼내 물다 주춤하며 담뱃갑에 꽂는다. 운전대를 놓아야 할 정도로 폐에 이상이 있다? 그러면 폐결핵 말기, 아니면 폐암? 상무 앞에서 큰소리치고 나왔지만 어쩌면 그럴 수도 있다는 수긍이 간다. 잠을 자다 목구멍에 가래가 끓어 숨 쉬기가 답답하거나, 계속 터지는 기침으로 한밤중에 눈을 뜨는 40대 초반부터였으니 매연 심한 서울 중심부를 관통하다 보니 그러리라 여겼고, 근래에 기침이 부쩍 늘었다. 밥을 먹거나 술을 마시다, 운전 중에, 텔레비전을 보다,

시도 때도 없이 기침이 터지면 한동안 속에 든 것을 죄 올리듯 얼굴에 열이 받치고 기침이 계속되었다. 그보다도 열여덟 살 이후 줄기차게 피워 온 담배가 원인일 수도 있다. 하루 평균 담배 두 갑, 술을 마실 땐 세 갑 정도 피워 왔다. 죽은 아내 말처럼, 버스나 택시를 몰며 매연으로 들어찬 서울 시내 거리를 스무 해 넘게 누벼 왔다. 삼복더위에 서울 시내 교통이 정체가 심할 때면 자기 코로도 지독한 매연이 느껴졌으나 주차장이 된 도로에서 오도 가도 못하는 짜증을 달래느라 환기창을 열고 담배를 피워 물었다. 그는 자기가 몰던 택시에 금연이란 표지를 붙여 본 적 없었고, 손님이 담배 한 대 피우겠다고 양해를 구하면 차내 금연을 이유로 막아 본 적 없다. 스트레스를 삭이는 데는 담배만 한 명약이 없지요, 하고 손님에게 말하기도 했다.

술이 몇 잔 들어가자 분김도 가라앉고 김씨의 마음이 자포자기 상태로 눅어든다. 살면 몇천 년을 산다구, 언제 죽든 어차피 한 번 죽는 목숨 아닌가 하는 심정에 그는 담배를 피워 문다. 담배맛이 그 어느 때보다 좋다. 연기를 깊이 빨아들이자, 너 왔냐 반갑다 하듯 목 안이 훤히 뚫리고 기분이 상쾌해진다. 소주 한 병을 비울 동안 그는 일곱 개비의 담배를 피운다. 아침부터 술에 취해선 병원이고 어디고 갈 수가 없겠고 아무래도 오늘 하루는 실직에 따른 생각이나 정리하며 집에서 쉬어야 할 것 같다. 그는 담뱃갑과 라이터를 주머니에 넣고 자리에서 일어서다 문득 담배꽁초 소복한 재떨이에 눈이 머문다. 종수 생각이 난다. 만약 내가 폐암으로 아내를 뒤따라 곧 죽게 된다면 세상 물정 모르는 순둥이 종수를 어떡하냐란 생각에 미치자, 김씨는 정신이 번쩍 든다. 갑자기 목이 메고 코끝이 시큰해 온다. 강씨한테 종수 이력서를 전해 준 지도 열흘이 넘었다. 그는 두만네 밥집 전화로 강씨 휴대전화를 연결한다.

「나이 드니 이제 새벽잠도 없어졌어. 벌써 일어났지……. 그러잖아도 오늘쯤 자네한테 연락하려 했어. 내가 자네 말을 인사계 노 주임한테 그대로 옮겼지. 천직 맡을 우수한 인재를 소개하겠다구. 그러자 노 주임이 종수를 한번 봤음 싶대.」 그러곤 강씨가 묻는다. 「지금 영업 중이야?」

「아니. 오늘은 집에서 쉬어. 그럼 오늘 종수 데리고 거기 총무과 찾아갈까?」

「여긴 광주야. 자네가 직접 종수 데리고 가서 노 주임 찾아도 되겠지만, 아무래도 내가 같이 있음 낫겠지. 아홉시에 버스 끌고 서울 올라가니 오후 두시쯤, 전에 만난 기사 대기실에서 보지.」

「고마워. 종수 취직되면 자네 은공은 평생 가슴에 새길게.」 감격한 김씨의 목소리가 울먹인다.

김씨가 두만네 밥집을 나서니 날이 밝아 거리에는 등교와 출근하는 사람들로 붐빈다. 그는 이제 출근할 직장을 잃어버렸다. 김씨가 그길로 연립주택 반지하로 돌아오자, 어느새 일어났는지 종수가 세 평 남짓한 거실 바닥을 걸레질하고 있다. 김씨가 아침밥 먹었느냐고 묻자 종수가 식탁 쪽을 돌아본다. 종수의 아침상을 차려 두고 나갔는데 식탁 위가 깨끗이 치워져 있다.

「종수야, 나하고 목욕하고 이발하자. 깨끗한 옷 차려입고 서울 시내에 아버지하구 같이 나가. 너 취직 자리가 생길 것 같아. 오늘 아버지가 맛있는 점심밥 사줄게.」

김씨는 종수에게 세면도구 주머니를 들게 해서 집을 나선다. 목욕탕은 언덕을 내려가 버스 종점 주차장 부근에 있다. 김씨는 종수를 어릴 적부터 지금 이날까지 목욕탕에 혼자 보내지 않고 늘 데리고 다녔다. 종수를 혼자 목욕탕에 보내 놓고 미행하기도 여러 번이었지만 김씨가 중간에 끼어들 수밖에 없는 속 터진 경우를 번번이 당하자 숫제 함께 가는 게 애간장 안 태우고 속이 편했다. 목욕탕에 가는 게 보통 사람에게는 그게 무슨 문제인가 하겠지만, 정신 지체 장애인에게는 그 절차도 여간 복잡한 게 아니다. 목욕탕 들어갈 때 창구에 입욕료 내기부터, 열쇠 받아 옷장 번호 찾아 옷 벗어 챙겨 넣고 문을 잠근 뒤 열쇠를 발목에 채우기, 욕실에 들어갈 때 비치해 둔 수건 한 장 들고 들어가 온도를 조절하여 샤워기 틀어 머리부터 감고 몸을 얼추 씻기, 욕탕에 들어가 때를 불리는 적당한 시간 맞추기, 욕탕 밖에 나와 자리 차지하고 앉아선 때밀이 수건으로 몸의 때를 골고루 씻어 내기, 때를 뺀 뒤 수건에 비누질해서 몸 닦기, 마지막으로 샤워기 틀어 다시 물 온도 조절하여 몸 헹구고 나와 비치된 수건으로 몸을 닦곤 제 옷장 찾아 발목에 채워 둔 열쇠로 장문 열어 옷 입기, 신발장에서 제 신발 찾아 신곤 길 잃지 않고 집으로 돌아오기의 순서를 차례대로 이행하기란 종수 머리로서는 여러 난관에 부딪칠 수밖에 없다. 김씨가 그 순서를 번번이 일러 주건만 열쇠를 받아 들고 제 옷장 찾는 데도 몇 분이 걸린다. 종업원에게 옷장 위치를 물으면 되련만 번호와 닮은 꼴의 숫자를 찾느라 안경 벗은 지독한 근시 눈을 옷장 번호판에 바싹 붙여 일일이 확인하며 옷장을 몇 바퀴 도는 꼴을 보면, 김씨가 뒤쪽에 숨었다가도 답답해서 불쑥 나서지 않을 수 없다. 종수는 탕실 입구에 비치된 수건을 보고도 가지고 들어갈 줄 모른다. 남의 물건에 왜 손을 대냐는 겁먹은 조심스러움이다. 샤워기의 냉온수 조절도 못해 뜨거운 물에 몸을 데거나 찬물을 뒤집어쓰기도 한다.

목욕탕 안 이발실에는 손님이 없어 부자가 이발용 의자에 나란히 앉는다. 김씨는 종수를 맡은 이발사에게 종수 머리카락을 군대식으로 시원하게 보이도록 짧게 깎아 달라고 주문한다. 종수는 가리개천을 두르고 단정한 자세로 앉아 있다. 김씨가 종수를 처음 이발관으로 데려갔던 어렸을 적, 종수가 가위와 이발 기계를 든 이발사를 보더니 공포에 질려 울음을 비쭉거리던 게 생각난다. 부자가 이발을 마치자, 탕실로 들어가기 전 김씨는 종수를 체중계에 올라서게 해서 몸무게를 달아 본다. 58킬로다. 키 176센티에 그 체중이라면 갈빗대가 드러난 장작개비같이 버썩 마른 몸일 수밖에 없다. 종수가 하루 세 끼니는 제대로 먹는데도 살이 어디로 가는지 알 수 없다. 김씨는 자기 몸무게도 달아 본다. 63.5킬로다. 열흘 전보다 몸무게가 1.5킬로 줄었고, 한 달 사이 3킬로 이상 빠졌다. 몸무게가 준 것은 종수 엄마의 죽음 뒤 아무래도 식사가 불규칙적이고 부실한 데다 스트레스를 받아 그러려니 했는데, 상무 말처럼 이제는 그렇게 해석되지 않는다. 내 병이 깊은 모양이라고, 죽음이 그리 멀지 않다는 느낌이 그의 심장을 멈추게 할 듯 죄어 온다.

그릇은 곧잘 씻는데 종수에게 스스로 때를 씻으라 하면 살갗이 따가운지 때밀이 수건으로 먼지 닦아 내듯 슬슬 문지른다. 김씨가 때밀이꾼처럼 종수 몸을 씻어 줄 수밖에 없다.

「나를 보고 똑바로 앉아 오른손부터 내밀어.」

김씨 말에 종수는 처분을 기다리는 순한 양이 된다. 종수의 손이 땟물에 절었고 손톱 밑에 때가 유독 까맣게 끼었다. 마트 재떨이 청소일로 두 손이 험해졌음이 짚인다. 어쩌면 종수 몸의 때를 씻어 주는 게 이것으로 마지막이 될는지 모른다는 생각이 들자 김씨의 코끝이 시큰해진다. 손을 통해 닿는 자식과의 피부 접촉이 김씨에게는 그 어느 때보다 정겹다. 내 죽으면 이제 누가 종수를 목욕탕에 데리고 다니며 몸 씻겨 주랴 하고 생각하자, 김씨는 이 연약한 생명이 험한 세상을 어떻게 살아 나갈까 싶어 목젖이 아려 온다. 그래서 그는 더 정성을 들여 종수의 여윈 몸을 골고루 씻어 준다. 샅 사이를 씻어 줄 때는 언제 써먹게 될는지 알 수 없는 축 늘어진 종수의 포경 안 된 자지가 안쓰럽다. 두 팔을 거쳐 목에서부터 발가락까지 종수 몸을 씻겨 주자 김씨의 몸이 땀으로 젖고 탈진 상태로 기운이 빠진다.

「아버지 등 좀 밀어 줘.」

이렇게 말할 때가 김씨는 기분이 좋다. 종수의 등 밀기는 가히 수준급이다. 힘을 더 주라는 김씨 말에 맞춰 종수는 마치 그릇 씻듯 때밀이 수건으로 등판을 골고루 밀어 준다. 남의 등판은 그렇게 힘주어 밀며, 자기 몸 씻기는 왜 그렇게 슬슬 문지르는지 김씨는 그 속내를 알 수 없다. 등판 밀기가 끝나자 김씨는 가져온 일회용 면도기로 종수의 듬성듬성 난 수염을 깎아 준다. 전기면도기가 살점이라도 뜯어낼까 겁나? 종수가 손을 떨며 전기면도기를 턱에 댔다 떼기만 되풀이하자 종수 엄마가 말했다. 보다 못해 종수 엄마는 종수의 수염을 전기면도기로 늘 깎아 주곤 했다.

목욕탕에서 집으로 돌아오자 김씨는 누이 미숙의 휴대전화에 전화를 낸다.

「나 큰오빠야. 바쁘지? 근데 말이야, 너 내일 아침에 시간 좀 내줄 수 있겠니?」

「무슨 일 있어요?」

「다름이 아니라, 나 내일 병원에 검진을 받으러 갈까 하는데 네가 옆에 좀 있어 줬으면 하구. 혼자 가자니 왠지 불안해. 경구는 울산에 있구 경진이가 서울에 있긴 하지만, 아무래두 네가⋯⋯.」

「왜 갑자기 병원엔요?」

「회사에서 일 년에 한 번씩 받는 검진 결과가 좋지 않게 나왔나 봐. 종합 검진만 전문으로 하는 병원 있잖아, 발발거리며 싸대는 너, 그런 병원 몰라?」

「알아요. 병원 대기실에서 기다리는 환자 가족 상대로 보험 상담을 하면 성공 사례가 높거든요. 보험에 들면 병원비 걱정을 덜게 되니깐요. 제가 오빠 이름으로 내일 아침 검진을 예약해 두죠. 그런데 어디가 안 좋대요?」

「엑스레이 결과인데, 폐 쪽인가 봐.」

「그럼 내일 일찍 성남으로 들어갈게요. 종합 진찰 받으려면 전날 저녁 식사 후 물도 마시면 안 된다는 거 알지요?」

「이럴 줄 알았다면 진작 너한테 암 보험이나 한 구좌 들어 놓을걸 그랬어.」

「오빠가 생보(생명 보험) 들어 줬잖아요. 오빠, 그럼 내일 아침에 반찬 좀 만들어서 갈게요. 자시고 싶은 거 있으면 말해 봐요.」

「먹고 싶은 것도 없어. 그보다두, 너 바쁘잖아? 그 병원 위치를 알려 주면 거기서 만나도 좋은데⋯⋯.」

전화가 끊긴다. 봉천동 낡은 4층 건물의 조립형 옥탑방 두 칸에 월세 들어 사는 미숙이가 전철 세 번 갈아타고 성남시 산동네까지 오겠다니 김씨는 고마움으로 목이 잠기는데, 내가 왜 이렇게 갑자기 마음이 약해졌나 하는 생각이 든다.

김씨에게는 자기 힘으로 공부시킨 남동생 둘이 있지만 그들에게 정이 가지 않았다. 기술 학교를 나온 경구는 울산의 중소기업 하청 공장 공원으로 있는데 야간 작업을 이유로 부모님 기제사에 참석하지 않은 지도 오래됐다. 운전 중에 문득 생각나서 김씨가 경구에게 더러 전화를 내면, 아득바득 살아도 자식 과외 학원 보낼 형편이 안 된다는 불평이나 내뱉기 일쑤였다. 제 식구밖에 모르는 정이 없는 녀석이다 보니 조의금 10만 원만 달랑 보내왔을 뿐 종수 엄마 장례식에도 참석하지 않았다. 경진이는 서울 둔촌동 아파트촌 입구에서 점포를 세내어 과일 가게를 열고 있다. 새벽에 가락동 농수산물 시장에서 과일을 떼어 와서 부부가 밤 열한시까지 가게 문 열고 함께 매달려 장사를 한다. 종수 엄마가 입원해 있을 때 경진이 아내가 문병 와서 하는 말이, 목 좋은 점포가 났는데 형님 돈 있으면 칠백만 원만 돌려 줘요, 하더라 했다. 누군 돈 재어 놓고 사나, 문병 와서 한다는 소리가 고작 그 말이야, 하며 김씨가 핀잔을 놓았으나 시댁 식구들에겐 예를 갖춰 비위를 잘 맞추는 종수 엄마인지라, 퇴원하면 어디 빌릴 데를 알아보겠노라고 약속했다는 것이다. 그 약속은 깨어졌다. 내외가 종수 엄마 영안실에 번갈아 다녀간 뒤로 김씨는 경진이를 만난 적 없고 이따금 안부 전화만 나누는 처지다.

정오가 되자 김씨는 종수를 데리고 반지하실을 나선다.

「종수야, 오늘 너 취직시켜 줄 분 만난다 했잖아. 네가 즐겨서 일하는, 재떨이 치우고 청소하는 일이야. 노 주임이란 분이 뭘 물으면 예, 그렇습니다, 하고 씩씩하게 대답해.」 김씨는 집에서 일렀던 말을 다시 되풀이한다.

세탁한 군청색 점퍼에 검정 양복바지 입고 슬리퍼가 아닌 구두 신은 종수는 대답이 없다. 새 구두가 반짝반짝 윤을 낸다. 종수의 구두는 종수 엄마가 자식의 스무 번째 생일 선물로 사주었는데 그동안 신을 기회가 없어 모처럼 신고 나선 참이다. 종수는 고개를 빠뜨려 구두코만 내려다보고 김씨 옆을 졸졸 따른다.

지하철을 이용해 고속버스 터미널에 도착하자 부자는 지상으로 빠져나와, 강씨와 들렀던 한우가든으로 들어간다. 김씨는 갈비 2인분에 꼬리곰탕 두 그릇을 시킨다. 모처럼 종수에게 잘 먹이고 싶기도 했지만, 폐가 안 좋은 데는 무조건 잘 먹고 봐야 한다는 말이 떠올랐던 것이다. 그는 종업원에게 무심코 소주 한 병을 시켰다 취소한다. 건강상 문제보다 종수 면접 자리에 명색 운전기사라는 아비가 낮부터 술 냄새를 풍겨서야 되겠나 싶다. 갈비를 뜯고 꼬리곰탕을 먹을 때도 종수는 말이 없다. 무슨 음식이든 퇴박하거나 맛있다고 말한 적이 없지만, 돼지족발 먹을 때처럼 종수는 갈비뼈에 붙은 살점을 알뜰하게 발겨 먹기에만 열중한다.

둘이 식사를 마치고 호남선 쪽 기사 대기실로 가니, 방금 도착했다며 강씨가 김씨 부자를 맞는다. 셋은 총무과로 간다. 인사 담당 노 주임은 쉰 줄 나이의 반백 머리카락이다.

「병역 문제는 자동 해결이겠다, 김 군 자네, 화장실 청소는 물론이고, 터미널 돌며 바닥 쓸고, 쓰레기통이며, 가래침 뱉어 놓은 재떨이 비우는 일, 자신 있어?」 노 주임이 종수에게 묻는다.

「고개만 숙이고 있지 말고 대답해.」 고개를 빠뜨린 채 제 손톱만 뜯고 있는 종수를 보다 못해 김씨가 말한다. 종수의 손가락이 경미하게 떨리고 있다.

「네.」 종수가 들릴 듯 말 듯 대답한다.

「내가 어릴 적부터 종수를 봐왔지만 순박한 청년입죠. 노 주임, 일단 한번 일을 시켜 봐요. 요즘 젊은 애들은 머리에 노랑물 들이곤 귀고리까지 해선 윗사람 눈치나 살살 살피잖아요. 닳아 빠져 대답만 예, 예, 잘하면 뭘 해요. 성실하게 일하는 자세를 통해 얼마나 책임감 있고 근면한가가 말해 주는 거지.」강씨가 옆자리에서 거든다.

「강 기사 말처럼 종수한테 청소 도구 맡겨 구역을 할당해 줘보십시오. 한 달 동안 일을 시켜 보고 채용 여부를 결정하셔도 됩니다.」 김씨가 말한다.

「그럼 두 달간은 임시로 한다?」

「그래도 좋습니다.」김씨가 대답한다.

「강 기사가 보증을 서겠다니 강 기사 말 믿고 임시 채용을 하지요. 시월 일일부터 출근하도록 해요. 출근 시간은 오전 조가 아침 일곱 시까지고, 퇴근은 오후 조가 나오는 오후 세십니다. 여덟 시간씩 교대 근무니깐요. 아직 정식 채용이 아니니까 월급은 줄 수 없으니 일당으로 쳐서 계산하지요.」

「일당을 안 줘도 됩니다. 종수가 일하는 거 보아 가며 결정해 주십시오.」김씨가 얼른 말을 받는다.

셋이 총무과에서 나오자, 강씨가 김씨에게 작은 소리로 묻는다.

「성남에서 여기까지, 종수가 혼자 출퇴근할 수 있을까?」

「길눈 익을 때까진 내가 데려오고 데려가고 해야겠지.」

클리닉 센터의 재검진 결과, 폐에 심각한 이상이 있다며 종합병원에 입원하여 다시 한 번 체크를 받아 보라는 의사 소견에 따라, 김씨가 성남에 있는 인하종합병원에 입원한 지 나흘째다.

김씨는 침상에 누운 채 해가 떨어진 창밖을 내다본다. 은행나무 노란 잎이 바람에 시나브로 지고 있다. 이 지상에 살 날이 얼마 남지 않았고 내 인생도 저 낙엽처럼 지겠구나 싶다. 그렇게 생각지 않으려 해도 비관적인 생각이 듦은 어쩔 수 없다. 오늘 아침, 회진을 돌던 의사가 수술이나 방사선 치료를 해보자는 말도 없이, 통원 치료가 가능하니 내일로 퇴원하여 열흘에 한 번씩 처방해 주는 약을 복용하며 집에서 정양하라고 말했다. 그 말이 김씨에게는 죽는 날만 기다리라는 소리로밖에 들리지 않았다. 미숙이는, 생각보다 결과가 좋아 결핵약을 복용하고 공기 좋은 데서 잘 먹고 잘 쉬면 좋아질 거라고 말했지만, 그 말 역시 듣기 좋은 소리일 뿐 믿음성이 가지 않았다. 시한부 인생으로 선고를 받았는데 모두 자신을 속이고 있다고 김씨는 짐작한다. 어젯밤 격렬한 기침 끝에 가슴을 쥐어짜는 무서운 통증이 왔고, 휴지에 뱉어 낸 가래에는 피가 섞여 있었다. 그는 간호사가 준 약을 먹고야 겨우 진정되었고 녹초가 되어 잠에 곯아떨어졌다.

「오빠, 나 왔어.」

김씨는 미숙이가 부르는 소리에 눈을 뜬다. 잠시 잠이 들었던 모양이다. 온몸이 바싹 마른 낙엽으로 바스러질 듯 피곤이 엄습한다. 눈을 뜨고 감는 데도 힘이 들 정도다.

「종수 출퇴근 잘 시키지?」 김씨의 목소리는 갈라진 탁음이다.

「그럼요. 버스 함께 타고 가면, 창밖을 부지런히 살피다 터미널 가까이 오면 내려야 할 때 됐다는 듯 나를 보는걸요.」

종수가 강남 터미널 청소부로 출근한 지 15일째다. 며칠 동안 김씨가 성남에서 종수의 출퇴근을 도와주다 힘에 부쳐, 종수를 봉천동 미숙이네 집으로 옮겨 당분간 거기서 일터로 나가게 했던 것이다.

조카 애들과도 동무가 되고, 봉천동 큰길에서는 버스를 한 번 타면 강남 터미널로 나올 수 있었다.

「정 서방 보기 미안하더라. 인간 덜된 친정 식구까지 맡겨서.」

「뭘요. 애들 아빠도 좋아하는걸요. 자기 몸 움직이기 힘든 참에 퇴근하고 돌아온 종수가 도와주니깐요. 애들도 형, 형, 하며 종수를 잘 따르구요」하더니, 미숙이가 씽긋 웃는다. 「오빠 말이 맞아요. 오빠 말 듣고 종수한테 넌지시 한번 시켜 봤더니, 방 청소며 설거지를 얼마나 깨끗이 잘하는지. 내 집안일 절반을 종수가 해결해 주니 내가 얼마나 편한데요.」

「미숙아, 내 말 잘 들어.」 김씨가 벼렀던 말을 꺼낸다. 갈라 터진 목소리가 헉헉댄다. 「오늘 그런 생각 해봤다. 내 인생이 이쯤에서 끝난다면 정신 또록할 때 뭐든 정리해 둬야 하는 게 아닐까 싶어서⋯⋯.」

「오빠, 왜 그런 비관적인 생각을 해요. 의사 말씀이 약 먹구 정양하면 회복될 거라고 했잖아요. 종수를 봐서라도 오빠가 오래 사셔야죠. 종수 장가보내 손자도 안아 봐야 하구.」

「미숙아, 내 말 들어. 내 말 좀 들어 보라구!」 김씨가 역정을 내더니, 그의 쉰 목소리가 다시 축 처진다. 「마누라도 죽구⋯⋯ 믿을 사람이라곤 이 세상에 이제 너밖에 없다. 어리석어 빠진 종수를 너한테 맡길 수밖에 없어. 기름밥 먹구 서울 시내 대로며 골목골목 누비기 스물 몇 해, 세상살이쯤은 나도 눈치로 때려잡는 데 이력이 났어. 승객들 말 귀동냥한 것만도 세상 물정에는 도사가 됐구. 의사 말이, 내가 얼마쯤 더 살겠다던? 한 달이 고비야, 아님 석 달까지는 버틸 거래? 네가 솔직히 말해 줘. 어차피 죽을 거라면 내 신상 정리하는 데도 그게 도움이 돼. 종수 엄마 봤지? 마음의 준비도 없이, 난 그렇게 덜컥 죽고 싶지 않아.」

「알아요. 제가 다시 한 번 의사한테 물어볼게요.」미숙이가 핸드백에서 손수건을 꺼내어 눈 주위를 훔친다.

「넌 벌써 들었을 텐데? 내 보호자는 너뿐이잖아?」

「두 오빠한테도 일단 연락은 했어요. 경구 오빠한텐 문병 한번 다녀가라구요.」

「그게 그 소리 아닌가.」김씨가 한차례 기침 끝에 말한다.「다, 다시 전화 걸어 두 녀석은 오지 말래라. 내가 제놈들 공부시키구 장가보내구…… . 다 제 입 살기에도 바쁘니, 허사야.」

이튿날 오전 열한시, 김씨는 열흘 치 봉지약을 약국에서 타낸 뒤퇴원 수속을 마치고 미숙이와 함께 병원을 나선다. 미숙이가 택시를잡으러 인도에서 한길로 내려선다. 빈 택시가 와서 차를 세우니, 김씨가 퇴직한 동원택시 소속이다. 성남과 분당은 물론 승객이 원하면서울까지 뛰는 택시 중 네 대에 한 대 꼴은 차고지가 성남인 동원택시다. 선배님, 안녕하십니까, 하고 송 기사가 김씨에게 목례를 한다.입사한 지 1년이 안 되는 새내기 젊은 기사다.

「병원에서 나오시는 길이군요. 집으로 모실까요?」송 기사가 백미러로 뒷자리를 보며 묻는다.

「강남 고속버스 터미널로 가주게.」

「오빠, 집에 가서 쉬지 않고 거긴 왜? 내가 세시에 종수 데리러 거기로 갈 건데.」

「우리 종수 일하는 모습이 보고 싶어서. 숨어서 살짝 보기만 하고난 집으로 갈 거야.」김씨는 오랜만에 아내가 즐겨 쓰며 종수 이름앞에 붙였던 '우리'란 말을 붙여 본다.「너 휴대전화 좀 빌리자.」

김씨는 미숙이 휴대전화로 강씨 휴대전화와 연결한다. 강씨가 운전 중이라며 전화를 받는다.

「운전 중이라니, 달리 할 말은 없구……. 자네, 고마워. 우리 종수를 취직시켜 준 거 말일세, 정말 고마워.」

김씨가 전화를 끊으려 하자 잠깐만, 하고 강씨가 말한다.

「종수가 너무너무 열심히 일한대. 노 주임도 놀랐구, 다른 청소원들이 일 좀 슬슬 하라며 질투할 정도라니, 종수가 천직을 붙들었어. 노 주임이 내달부로 정식 사원 발령을 내겠대. 소개한 내 어깨가 절로 으쓱해졌지.」

「고맙네. 그게 다 자네 공이야. 이제 내가 편히 눈감을 수 있겠어. 정말 고마워.」

「자네, 눈감다니? 무슨 소리 하는가. 종수를 봐서라도 오래 살아야지. 병은 본인의 의지력도 중요해.」 김씨의 퇴사 소식을 알고 있던 강씨의 말이다. 「그런데 말이야, 종수 출퇴근하기도 뭐한데 터미널 기사 숙소에서 생활하게 하면 어떨까? 숙식도 자연스럽게 해결되잖는가. 일주일에 한 번쯤 집에 들어가면 될 테구.」

「그렇게 되면 오죽 좋아. 그렇게 해줘. 무조건 고맙네. 일간 내가 술 한잔 삼세. 또 전화 넣게. 운전 중이라니 전화 끊겠어. 조심하구.」

김씨가 휴대전화를 미숙이에게 넘겨준다.

「선배님, 두만네 밥집에 선배님 소문이 쫙 났던데요? 그게 정말입니까?」 송 기사가 묻는다.

「무슨 소문?」

「말씀드리기 뭣합니다만, 선배님 병이 폐암이라구요.」 혈기 넘치는 젊음 탓인지 송 기사가 조심성 없이 불쑥 내뱉는다. 「암 세포가 다른 장기에 전이돼서 수술이 힘들 거라구요. 사실이 아니죠?」

「사실일 수도 있지.」 김씨가 쉰 목소리로 담담하게 말한다.

「헛소문이에요. 자기가 당하지 않았다구 지껄이는 주둥이들 하고 서는. 의사는 그렇게 말하진 않았어요!」 미숙이가 쏘아붙인다.

송 기사가 머쓱해한다. 대화가 끊긴다. 오랫동안 말이 없는 가운 데 택시가 양재동으로 들어선다. 강남 고속버스 터미널 택시 정류장에서 오누이가 택시에서 내릴 때, 김씨가 차비를 내자 송 기사가 한사코 돈을 거절한다. 회사에 사납금을 채우지 못하더라도 자기가 그돈을 어떻게 받겠느냐는 것이다. 성남 승객 합승도 시킬 겸 기다렸다 집에까지 모셔다 주겠다고 송 기사가 말한다. 김씨는 성남 가는 버스며 전철이 있으니 그걸 타고 가겠다며 송 기사와 헤어진다.

「종수가 터미널에서 숙식하게 되면 오빠 혼자 밥 끓여 먹으며 어찌 살겠어요?」 미숙이가 호남선 터미널로 걸으며 묻는다.

「유행가에도 있듯, 인생이란 혼자 왔다 혼자 가는 거 아냐? 아침저녁으로 반지하 방에 전화나 내봐. 전화 안 받으면 숨 끊겨져 지하로 영원히 꺼진 줄 알구.」 허적허적 걷던 김씨가 누이의 팔을 붙잡는다.

「오빠…….」

울먹이는 미숙이의 말을 김씨가 앞지른다.

「종수 첫 월급 타거든 강씨 그 사람한테 한우 등심 좋은 걸로 대여섯 근 사다 드리구…….」 김씨가 숨을 가쁘게 돌려 쉬곤 뜸을 들이다 말한다. 「미숙이 너 인감 증명 두어 통 떼어 줘.」

「그건 얻다 쓰시게요?」 미숙이가 손수건에 물코를 풀며 묻는다.

「연립주택 반지하를 너와 종수 공동 명의로 넘겨주마. 옥탑에 월세 사는 네가 내 연립주택을 종수와 함께 써야지, 내가 경구를 주랴

경진이를 주랴. 내가 덜컥 숨 거두면 두 녀석들 서로 나서서 종수 돌
봐 주겠다며 그 집 차지했다가 얼마 시간 지나면 처분해 버릴 텐데.
걔들이 종수를 돌봐 준다 한들 일이 년이나 가랴. 내 죽거든 미숙이
너네가 연립주택으로 이사 와서 종수 데리고 살아.」

「그러지 마시구 그냥 종수 앞으로 해둬요.」

「종수가 어디 제 인감 도장이나 챙길 줄 아냐. 종수 외삼촌이란 작
자는 너도 알잖아. 종수 인감 도장 찾아내면 당장 팔아선 돈부터 챙
길 텐데. 이제부터 종수한테는 네가 고모가 아닌, 어미다. 종수 엄마
야.」

마침 오누이가 터미널 휴게실로 들어선 참이라, 미숙이가 김씨의
팔을 흔든다.

「오빠, 저기 봐요.」

버스를 기다리는 사람, 마중 나온 사람들로 복작대는 휴게실에 종
수가 있다. 김씨는 걸음을 멈추고 눈을 크게 뜬다. 군청색 작업복을
입고 터미널 마크가 붙은 모자를 쓴 종수가 바퀴 달린 큰 쓰레기통에
재떨이통을 비운다. 재떨이통을 제자리에 놓자, 걸레로 재떨이통 망
을 깨끗이 닦는다. 이어, 주위에 널린 담배꽁초와 휴지를 비질로 쓸
어 모아 쓰레받기에 담아 쓰레기통에 비운다. 반짝반짝 잘 닦인 구두
를 신은 종수는 이제 누구 눈치도 살피지 않고 묵묵히 일하고 있다.
녹 닦아 내는 약을 준다면 재떨이통을 빛나게 닦아 놓을 터이다. 김
씨는 아들의 일하는 모습을 입을 반쯤 벌리고 멀거니 바라본다.

(《동서문학》, 2000년 봄호)

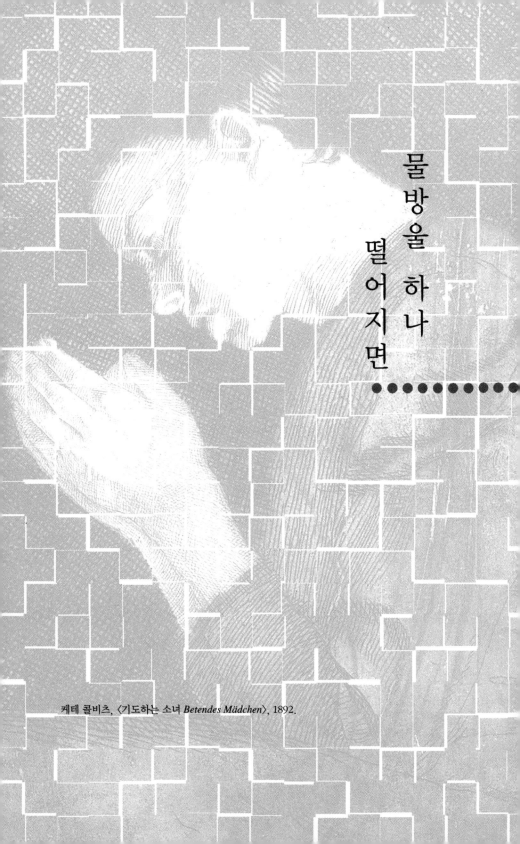

물방울 하나 떨어지면 ●●●●●●●●●●●

케테 콜비츠, 〈기도하는 소녀 *Betendes Mädchen*〉, 1892.

물방울 하나 떨어지면

　남편과의 첫 인연은 일곱 해 전 인터넷에서 시작되었다. 내가 처음으로 내 적성에 맞는 한가로운 낮 직장을 얻어 근무할 때였다. 비록 한시적인 일자리로 임시직이었지만 서울 위성도시 시립 도서관의 출납일은 바쁘지 않았고, 무엇보다 책을 실컷 읽을 수 있다는 게 반가웠다. 퇴근 뒤면 컴퓨터 학원에 다니며 인터넷을 익히자, 익명자로서 각종 정보를 클릭해 시사와 교양의 바다를 뒤지는 게 여간 재미있지 않았다. 도서관의 주요 고객은 도서관의 도서를 이용하지 않는 대학 입시생과 자격증을 따려는 고시생들, 이제 글을 익히기 시작하는 자녀와 함께 와서 어린이책을 같이 보며 독서 지도를 하는 젊은 주부, 이 책 저 책 들춰 보며 낮 시간을 보내는 조기 퇴직된 장년층들이었다. 나 역시 한가한 시간은 독서로 보냈는데 눈이 피로하면 가끔 내가 즐겨 찾는 몇 종류 인터넷 사이트를 뒤지곤 했다. 그러다 장애인 사이트에서 나는 특이한 구혼 광고를 발견했다.

─나이 33세. 복합 장애 1급. 성격은 온순함. 가족 관계는 단출하고 생활 정도는 부유함.

　공개된 남자의 이력이 간단한 대신, 구혼 대상 요구 조건은 까다롭다 못해 실소를 자아내게 했다.

　─복합 장애인의 평생 반려가 될 배우자를 구함. 나이 20세에서 30세 미만의 한국 국적 소유자. 신체 건강하며 결혼 경력이 없는 미혼 여성. 학력 : 고졸 이상. 기독교인을 환영하며, 인내심 강한 순종형의 착한 여성.

　구혼 광고를 보자 나는 그 광고를 낸 장애인 가족의 오만함에 은근히 분개했다. 지금이 어떤 시대인데, 재산 좀 있다고 복합 장애 1급의 배필로 일등 신붓감을 찾다니? 간병인 구인을 구혼으로 잘못 짚지 않았느냐고 고개를 갸우뚱할 만했다. 복합 장애 1급이라면 정신 장애와 신체 장애를 함께 가진 중복 장애인일 터였다. 정신 지체자로 성장한 데다 제 몸조차 제대로 가누지 못하는 불구의 일그러진 남자 모습과 사지 뒤틀린 몸뚱이가 머릿속에 그려졌다. 그동안 나는 많은 장애인을 보아 왔다. 아니, 그들과 함께 산 세월이 내 짧은 생애에 여덟 해나 되었다. 그런 자들은 대화의 상대조차 되지 못할 테고, 먹는 것에서부터 똥오줌 받아 내기, 몸 씻기고 옷 입히기까지, 그 뒷수발로 평생을 보내야 할 터였다. 테레사 수녀같이 예수에 입힌 바 되어 버려진 영육에 헌신함을 천직으로 삼지 않은 다음에야 재화의 가치만 따지려 드는 오늘날의 개인 이기주의 시대에 누가 그런 혼처를 선뜻 선택하랴 싶었다. 호적에 부부로 등재된다고 해서 부부 관계가 성립된다는 논리는, 신붓감을 곤충 채집하여 압정으로 눌러 놓고 법적 사실혼을 종이 기록으로만 증명하는 강제에 다름 아니었다. 그렇게 해석하자, 구혼 광고는 청혼이 아니라, 현대판 노예나 몸종을 구하고 있음이 틀림없었다. 더욱 가관인 점은, 구혼에 응할 여성의 이력서 작성 내용의 양식이었다. 명함판 사진을 첨부하여 본인의 이름, 연령, 학력, 혈액형, 출생지, 현주소, 전화번호에다, 직업, 성격, 취미, 종교, 형제 관계, 감명 깊었던 책, 좋아하는 화가나 그림, 10대 때의 장래 희망을 기입해야 할 난까지 있었다. 구혼 지망자의 부모란은 성명, 학력, 직업, 생활 정도와 생존 여부를 기록해야 했다. 마지막으로, 본인의 주민등록등본과 구혼 지망 동기를 자필로 원고지 열 장 분량 써서 제출해야 한다고 명시해 놓았다.

  ─지망에 응할 여성은 이메일을 이용하지 말고 아래 주소로 서면 제출해야 하며, 구혼 지망 동기는 반드시 자필로 기술할 것. 비밀을 절대 보장하되 반송은 불가함. 구혼 지망자는 서류 심사를 거쳐 다섯 명 내외의 후보를 최종 선발하여 면담 일자를 개별 통지함.

  구혼 광고를 읽고 나자 나는, 가부장제 유교 문화가 지배했던 봉건 시대를 살고 있는 어느 얼빠진 재력가가 인간 구실 하기 힘든 자식을 위해 희화적인 구혼 광고를 인터넷에 띄웠다고 생각했다. 아니면 무지한 재력가가 아직도 뼈저리게 가난한 전근대적인 열녀가 있으리라 믿고, 성사가 안 되도 그만이라는 한가로운 마음에서 반장난기로 인터넷을 이용했을 수도 있었다. 일곱 해 전 그 시절, 인터넷이 학생들이나 전문직 종사자들 사이에서 이용되었을 뿐 일반인에게 확산되기 전이라 예순 줄에 들었을 부모가 인터넷을 통해 자식의 구혼 광고를 화면에 띄운다는 것은 상식 밖이란 데 생각이 미치자, 장애인의 형제가, 뭐 우리 쪽에서 손해 볼 건 없잖습니까, 하고 부모의 승낙 아래 한껏 기고만장하여 난해한 퀴즈를 내듯 인터넷을 이용했을 수도 있었다. 처음 나는 솔직히, 별 미친 구혼 광고도 다 보겠군, 하는 마음이었다. 그날 밤, 잠자리에 들자 인터넷에서 본 구혼 광고와 함께 복합 장애 1급이라는 남자가 떠올랐고, 특히 '인내심 강한 순종형의 착한 여성'과 '생활 정도는 부유함'이란 대목이 선명하게 뇌리에 박혔다. 구혼 광고를 낸 쪽에서 생활 정도가 부유하다는 점을 유독 강조했으니 장애인을 돌보는 간병인은 따로 두었을 터였다. 부모 사망 후에도 그 장애인과 재산을 지켜 줄, 예전 용어를 빌린다면 절개를 지킬 심덕 무던한 종부(宗婦)를 구하고 있지 않을까란 추측이 가능했다. 지원을 해볼까, 하는 생각이 불쑥 든 것은, 내가 타인의 강제에 의해 아이 적부터 인내심 강한 순종형으로 길들여졌지만 '착한 순종형'이라고 나를 평가한 적은 없었기에, 그 장애인 남자에 대한 동정심과는 무관했다. 그 당시, 사실인즉 나는 내 앞날만 예상하면 그 아득한 나날을 무거운 등짐에 눌린 채 땡볕 속을 타박타박 걸어야 할 무력감에 진저리 쳤고, 최소한의 생활비만 해결된다면 부와 권세와 명예만 쫓는 부나비 떼의 통속적인 난장판을 떠나 적멸보궁과 같은 처소, 그런 외진 곳에 숨어서 살았으면 싶은 심정이었다. 세상이 번식시킨 나쁜 세균에 너무 일찍 감염되어 버린 자가 그런 환멸에 잘 빠지듯, 나는 복잡한 시정살이에서 철저히 잊히는 존재가 되고 싶었다. 그래서 도시의 문명과 등진 채 오지의 자연 속에 묻혀 협동 공동체 생활을 하는 동아리가 있다는 말을 들었기에 인터넷 사이트로 들어가 그 접속을 시도해 보기도 했다. 돈이 많다면 이를 유용하게 쓸 데가 얼마나 많은가. 복합 장애인과 내가 져야 할 등짐까지 재물이란 낙타 등에 싣고 길 나선 마음으로 청혼해 볼까. 뱃사람들에게 팔려 가는 심청이 심정이랄까, 나는 그런 엉뚱한 생각을 했다. 그런

54

마음이었을 때, 내 입가에는 비열한 냉소가 머물렀을 것이다.

이튿날, 나는 도서관으로 출근하자마자 컴퓨터로 이력서 작성을 시작했다.

— 김금순. 29세. 혈액형 AB. 학력 : 서울신학대학교 야간부 사회복지학과 휴학 중. 직업 : 경기도 의왕시 시립 도서관 근무. 출생지 : 인천광역시 연수구 동춘동. 부모 : 아버지는 생존 여부를 아직도 알 수 없으며, 어머니와 함께 살다 본인 6세 때 어머니가 별세하자 이웃 아주머니가 경기도 부천시에 있는 사설 보육원에 맡겼기에, 부모 형제가 없는 사고무친임. 성격 : 조용함. 취미 : 독서. 종교 : 기독교계 장애인 공동체인 '섬김복지단'에서 생활한 10세에서 18세까지는 교회에 출석했으나 현재는 쉬고 있음. 감명 깊은 책 : 셰익스피어의 희곡들. 좋아하는 화가나 그림 : 쉽게 떠오르지 않음. 10대 때의 장래 희망 : 한때 수녀를 동경했음.

구혼 지망 동기의 자필 기술은 당시 내 마음을 비교적 솔직하게 진술했다. 이력서의 진술 내용도 가식은 없었다. 성격란에는 '말수가 적음'이라고 컴퓨터 자판을 두드렸다가 판단에 혼란을 줄 수 있는 용어라 지웠다. 감명 깊었던 책은 괴테의 《파우스트》라고 쳤다가 역시 지웠다. 성년 이후, 특히 인쇄 공장의 제본부에서 일할 때 파본책을 얻어 와 나는 꽤 많은 문학서와 교양서를 읽었기에 내가 기재한 책은 그중 먼저 떠오른 책 중의 하나인 만큼, 밑줄을 쳐서 읽은 셰익스피어 희곡의 대사는 때때로 내 삶의 각성제가 되었다. 생뚱스럽게 끼워 넣은 듯한 좋아하는 화가나 그림 난은 내가 그 방면에 무지했기에 기재할 수가 없었다. 한때 나는 수녀가 되고 싶었던 적이 있었으나 수녀원의 엄격한 선발 과정과 규율을 듣고는 소원해졌다. 집과 가까운 부천시에 있는 서울신학대학교 야간부 사회복지학과는 내가 오기로 컴퓨터 자판에 내 초라한 이력을 두드렸듯, 그와 비슷한 동기로 지원해 강의 시간에 맞추어 헐레벌떡 달려가 수업을 받았지만 강의 내용은 혼자 공부해도 될 교재 수준 정도였고, 야간에 근무하는 일터를 잡게 되자 휴학 상태에 있었다. 그쪽에서 꾀까다로운 구혼 조건을 내세웠으므로 입에 맞는 구혼자가 쉬 나타나리란 보장을 장담 못할 듯 보여, 나 역시 밑져야 손해 볼 것 없다는 생각에서, 용인시 구성읍 아랫사기막이란 마을의 어느 번지로 지원서를 발송했다. 그리고 장애인의 집안과 부유함의 정도에 대해 문득문득 공상에 가까운 상상을 풀어 보긴 했으나 지원자의 이력서 접수 마감 날짜를 기억하지 못했을 만큼, 지원서를 후딱 발송한 경솔한 내 결정에 회의하며 그 사실을 방기했다.

　나에게 구혼 면담 일자가 등기 편지로 도서관에 날아들기는 그로부터 서류 심사 낙방이란 시름도 잊힐 무렵인 보름쯤 뒤여서, 뜻밖이었다. 막상 서류 심사에 합격했다는 사실 앞에 나는 조금 난감했다. 도서관에 월차를 내고 면접 장소를 찾아가야 하나 기권해 버리고 말아야 하나를 두고 망설이기 며칠, '오기로 불쑥' 지원한 잠재적 심리에도 운명의 선택이 작용했으리라는 근거 아래, 나는 면접 일정에 순종하기로 결정했다. 면접에서의 불합격을 은근히 기대한 비뚤어진 마음 또한 없지 않았다. 저쪽에서 정해 준 면접날은 1월 하순, 시나브로 흩날리던 눈이 그쳐 구름 무겁게 낀 이튿날이었다. 도서관에 월차를 낸 나는 밤 깊게 책을 읽다 늦잠을 실컷 자고 일어나 아침 겸 점심을 식빵과 우유 한 팩으로 때우곤 10년도 넘게 입은 두툼한 갈색 외투를 걸치고 체크 무늬 머플러로 머리를 둘렀다. 중고품을 늘어놓고 파는 노점상에서 산 굽 없는 납작한 구두는 여섯 해째 신는 신발이었다. 면접 약속 시간이 정오였기에 나는 경부고속도로 신갈 분기점에서 동으로 꺾어지는 용인시 구성읍에서 2킬로 북쪽에 위치한 아랫사기막이란 묘한 이름의 마을 약도를 쥐고 수원으로 가는 시외버스를 탔다. 거기서 이천, 여주로 가는 버스가 구성읍을 거쳐 가므로 그 버스 편을 이용해, 승용차로 오지 않고 대중교통 편을 이용하려면 구성읍에서 하차하라는 면담 통보서의 지시에 따랐다. 읍사무소 소재지는 한창 개발 붐으로 곳곳이 파헤쳐진 채 흰 홑이불을 덮고 해동기의 아파트 공사 착공을 기다리고 있었다. 구혼자의 집은 읍내에서 5리로, 88골프장 앞을 빠져 북상하는 길은 계절 탓이긴 하지만 주변이 황량했다. 인적 뜸한 그런 쓸쓸한 풍경이 날 선 찬바람과 함께 내 마음과 겹쳐 오히려 정감이 느껴졌다. 비애, 쓸쓸함, 애잔함, 슬픔, 이런 따위의 감정은 내가 언걸증을 내는 만큼, 그 반대로 늘 내 주변을 서성거리다 민감하게 가슴을 찌르며 달려들곤 했는데, 그런 상처는 자연이나 환경보다 대체로 인간관계에 기인했다. 띄엄띄엄 자리한 한촌과 황량한 겨울 들녘 사이로 칼바람을 맞으며 눈이 채 녹지 않은 시골길 따라 또박또박 걸음을 옮기자, 나는 적멸의 아득한 심연을 찾아 나 홀로 걷고 있는 듯한 평온감을 느꼈다. 그런데 비닐하우스가 즐비한 원예 단지를 거쳐, 축사들이 촘촘한 가건물 안에서 들려오는 돼지와 닭들의 간헐적인 울음소리를 듣자, 나는 나도 모르게 몸을 떨었다. 언젠가는 도축될 갇힌 짐승들의 무료한 나날이, 보육원 시절에 함께 보낸 원아들의 겁먹은 헬쑥한 얼굴을 떠올리게 해주었다.

드디어 나는 솔수펑이 우거진 나지막한 동산 기슭에 붙은, 약도가 지목한 구혼자의 독립된 가옥을 먼발치로 보았다. 붉은 기와 올린 납작한 단층집이었다. 철망 담장이 길게 에두른 푸른 철대문 앞에 서니, 약속 시간에 맞추어 가까스로 도착한 셈이었다. 철망 담 너머로는 숫눈이 소복이 재인 과수원이었다. 대문 한쪽에 초인종이 달려 있었다. 초인종을 누를까 말까 잠시 망설이자, 순간적으로 복합 장애 1급이란 남자의 모습이 떠올랐다. 브론테 자매가 소녀 시절을 보낸 영국 요크셔 한촌의 황량한 벽지 목사관과 함께, 《제인 에어》나 《폭풍의 언덕》에 나오는, 비극을 예고하는 음험하고 고풍스러운 그런 집 앞에 선 듯, 추위 탓만도 아닌데 나는 으스스한 한기가 머리털로 뻗침을 느꼈다. 면접시험을 치르러 여기, 이 한촌까지 들어와 철대문 앞에서 망설임 없이 초인종을 눌렀을 지원자가 있었을까 하는 의문이 들었다. 물론 그런 여성은 자신이 앞으로 겪게 될 모든 난관을 예감하고 '인내심 강한 순종형의 착한 여성'으로서 복합 장애인의 평생 반려를 각오했을 터였다. 아니야. 재산만을 노리고 한시적인 헌신을 각오한 여성 외, 나 말고 그런 지원자는 없었을 거야. 그런 속삭임이 나를 처량하게 했으나, 따뜻한 용기를 준 점도 사실이었다. 비극 자체를 사랑한다거나 내가 비극의 주인공이 되고 싶다는 사춘기적 그 어떤 복수심을 브론테 자매의 소설 독서로 대리 만족했던 시절이 있었다. 나 자신을 그런 비극 속에 가두어도 좋다는 결심 아래, 나는 추위로 굳은 손가락을 초인종에 얹었다. 셰익스피어의 비극 《심벨린》에, '굶주림은 용기를 주는 법, 풍족함과 안이함은 비겁을 낳을 뿐이니, 고난은 언제나 강한 정신력의 어머니다'란 대사가 있다. 그 순간, 나는 그 대사를 떠올렸다. 인기척과 초인종 소리에 철대문 발치까지 달려온 개가 사납게 짖더니 잠시 뒤, 현관문이 열리고 신발 끄는 소리가 났다. 김금순 씨 맞죠? 하고 묻는 밝은 목소리가 들렸다. 하늘 나지막한 찌푸린 날씨에 그 목소리는 귀여운 새의 울음같이 맑게 퍼졌다. 대문이 열릴 때에야 나는 조그맣게, 면접을 보러 온 사람이라고 말하며 여인 옆에서 큼큼거리는 개를 피했다. 이 진돗개는 무척 영리해서 잘 짖지만 도둑이 아닌 내방객을 알아봐 함부로 물지는 않아요. 외진 곳이라 우리 순둥이야말로 집 지킴이지요. 여인이 개의 굵은 목덜미를 쓰다듬어 주었다. 흰 장미꽃이 수놓인, 몸에 착 붙는 회청색 벨벳 원피스를 입은 여인은 40대 중반 정도였으나 용모가 목소리만큼 귀여운 티가 나서 훨씬 젊게 보였다. 집 현관으로 들어서는 다섯 계단 옆에 장애인용의 턱 없는 완만한 비탈 통로를 따로 만들어 두어, 나는 복합 장애인이 휠체어를 사용함을 짐작했다. 신발 벗는 현관과 거실 역시 턱이 없었고 넓은 거실 건너쪽 페치카에서는 장작불이 타고 있어 실내에 훈기가 돌았다. 정돈되지 않아 어수선한 거실에는 사람이 없었다. 벽 아래쪽은 전통 고가구들이 즐비했고, 벽 위쪽은 크고 작은 그림들이 질서 없게 걸려 있었는데, 대체로 추상 계열 서양화였다. 제출한 이력서에 그런 난이 있기도 해서 나는 집주인이 화가란 사실을 금방 알아차렸다. 통유리라 바깥의 과수원이 환히 내다보이는 테라스에서는 중년의 남자가 대빗자루로 눈을 쓸어 내고 있었다. 한눈에 보아도 그는 장애인은 아니었다. 대문간에서 본 개가 그 주위를 어슬렁거렸다. 여인은 내 외투와 스카프를 받아 옷걸이에 걸며, 험한 길 오시는데 수고하셨다며 우선 몸 녹이며 차나 한잔 들자 하곤, 뭘 마시겠냐고 내게 물었다. 나는 따뜻한 물이면 된다고 했다. 여인은 거실과 트인 주방 안쪽에서 음식을 장만하던 아낙에게 녹차 두 잔을 부탁했다. 따끈한 녹차를 마실 동안 우리는 대화가 없었다. 여인은 시종 생글거리며 짬짬이 동그란 눈 속에 나를 가두고 내 면면을 관찰했다. 미장원에 가지 않으려 머리칼을 쇼트커트로 잘랐고, 마른 얼굴에 콧대와 광대뼈가 솟았고, 늘 무엇인가 탐색하듯 반짝이는 동자를 굴렸고, 작고 얇은 입술을 꼭 다물고 있는 나를 두고, 금순이는 암고양이같이 차갑고 쌀쌀맞다는 말이나 들어온 내 얼굴은 전혀 복스럽지 않은, 내가 점수를 준대도 낙제점이었다. 화장을 하지 않는군요. 녹차를 다 마신 뒤 그네가 한 말은 그 한마디였다. 나는 그저 미소만 띠어 보였다. 여인의 밝은 인상 탓도 있었겠지만 집 안 분위기가 음습하지 않아 내 예상이 빗나갔다. 페치카에서 타오르는 저 따뜻한 불기운 탓일까. 문득 그런 생각이 들었다. 이리로 들어오라며 여인이 나를 안방으로 안내했다. 넓은 방에 두 사람이 내 면접을 대기하고 있었다. 한복에 마고자를 걸치고 보료에 비스듬히 기대앉아 안석에 한 팔을 얹은 병기 완연한 일흔 살 전후의 깡마른 노인은 주인장 화가가 틀림없었고, 휠체어에 실려 얼굴을 보이지 않은 채 돌아앉아 창밖 과수원을 내다보는 남자가 바로 문제의 장애인이었다. 방 안 분위기의 어색함에 나는 몸 둘 곳 몰라 하다 겨우 목례를 하곤 여인이 밀어 준 방석에 무릎 접고 앉았다. 주인장이 가래 끓는 쉰 목소리로, 추운 날 먼 길 오시느라 수고하셨다며 먼저 운을 떼었다. 여인이 그 옆에 앉았다. 한 쌍이 부부라기보다 아버지와 딸 같아 보였으나, 여인은 노인에게 우리 선생님, 여보라는 호칭을 번갈아 썼다. 장애인 아들과 열 살 정도의 나이 차이라면 여인은 주인장 후처임이 분명했다. 아낙이 대추차와 과일 접시를 안방에 들여놓고 나가자, 내외와의 본격적인 면담이 시작되었다. 먼저 여인이, 신붓감이 컴퓨터쯤은 다룰 줄 알아야겠기에 딸의 도움을 받아 인터넷에 자기가 직접 구혼 광고를 냈으며, 예상 밖으로 수십 명의 지원자가 있었다 했다. 그중에서 다섯 분을 면접 대상자로 선발했고 네 분의 면담을 마쳤다고 말했다. 김금순 씨가 마지막 면담자예요. 여인이 사근사근한 어조로 말하곤, 다섯 명 면담자 중 최종 결정은 남편과 상의해서 통보하기로 했다는 것이다. 이어, 주인장과 여인이 번갈아 가며 내게 질문을 했는데, 질문의 요지는 주로 나의 성장 과정이었다. 나는 묻는 말에만 간단히 대답했다. 여섯 살 때부터 열 살까지 보육원에서 생활하다, 기독교계 장애인 공동체 섬김복지단으로 옮겨 가 거기서 장애인들의 뒤치다꺼리를 하며 야간 중학교를 졸업했고, 열여덟 살에 자립하여 가진 첫 직장이 서울 구로동에 있는 인쇄 공장이었다. 거기서 네 해를 일할 동안 검정고시로 고등학교 과정을 마쳤다. 이어, 꽃집과 값싼 장신구 상점의 점원을 거쳐, 과천시에 있는 스물네 시간 문을 여는 편의점의 2교대 근무 중 야간 근무를 했다. 야밤엔 손님이 뜸했기에 주로 대여점에서 빌려 온 책을 읽었는데, 입시생 아들의 간식거리를 사러 자주 들랑거리던 손님이 의왕시 도서관 직원이라 그분의 배려로 도서관의 임시직으로 1년째 근무 중이라고 말했다. 지망 동기는 별첨 용지에 밝혔기에 내외가 꼬치꼬치 캐묻지는 않았다. 일찍 부모 잃고 참으로 고생 많이 하셨군요. 여기까지 살아오는 동안 얼마나 외롭고 힘들었겠어요. 선생님과 함께 금순 씨 자술서를 읽으며 목이 메었어요. 여인이 내게 듣기 좋은 말을 했다. 그러자 주인장이 불쑥 나섰다. 나는 곧 죽소. 췌장암이 간에까지 전이되어 영 가망이 없나 보오. 여섯 달 선고를 받았는데, 이제 석 달밖에 남지 않았어요. 내 죽은 뒤에도 못난 내 자식을 평생 책임져 주겠소? 자식 옆을 한시도 떠나지 않고 평생을 한결같은 마음으로? 단도직입의 그 말에 나는 잠시 당황했다. 자신이 죽고 나면 옆에 앉은 젊은 부인이 잘 거두어 줄 것 같지 않다는 뜻인가? 그런 의문이 들었으나 나는, 기회가 주어진다면 그런 각오가 섰기에 지원서를 냈다고 대답했다. 그럴 동안 나의 관심은 줄곧 등을 보인 채 휠체어에 앉아 미동조차 않는 장애인에 대한 궁금증이었다. 주인장이 내 호기심을 깨고 힘들게 말했다. 엉뚱한 짓을 하지 않는다면 남은 재산으로 내 자식놈과 먹고 사는 데는 별 걱정이 없겠지만, 종교심의 발로로 자기희생과 헌신이 없다면 오래 버텨 내기 힘들 것이오. 세상에 그런 천사가 몇이나 되리오마는, 그런 각오가 있어야만 우리 동수와 혼인이 가능할 겁니다. 질문투가 아닌 데다 천사를 며느릿감으로 선택하겠다는 말이 지나친 아전인수격이라 나는 미소만 띤 채 입을 다물고 있었다. 어쩌다 곁눈질로 보니 문갑 위에 얹힌 유명 사립대학교 미술대학장 누구라는 자개 올린 삼각형 명패가 보였다. 왜 교회 출석을 쉬고 있느냐고 주인장이 다시 물었다. 직장을 옮겨 다니다 보니 주일에 시간이 나지 않아 교회 출석은 못해 왔으나 이 세상의 그늘에서 눌려 사는 낮은 자들을 사랑하신 주님을 경외하며 성경을 옆에 두고 짬짬이 읽는다고 나는 대답했다. 내 말이 끝나자 여인이 일어나 장애인 쪽으로 가더니, 우리 동수 맞선 봐야지, 하며 휠체어를 돌려놓았다. 나는 하늘색 셔츠에 검정 바지를 입고 휠체어에 꼿꼿이 앉아 두 손을 팔걸이에 단정하게 얹은 남자를 보았다. 그는 머리칼을 짧게 깎았고 둥근 얼굴에 아무런 표정도 담고 있지 않았다. 그가 복합 장애인이라고는 여겨지지 않을 만큼 그의 용모가 준수했다. 이목구비가 반듯했고, 복합 장애인은 대체로 기형적인 용모에 비대하거나 너무 마른 편인데, 그는 옷을 입었지만 전혀 그렇지 않은 표준형이었고, 스물 초반으로 보일 만큼 피부가 깨끗하고 앳돼 보였다. 세상살이에 따른 고뇌의 짐을 지지 않다 보니 정신 지체인들의 얼굴은 나이에 따른 주름이 생기지 않고 천진스러운 순박함이 금방 드러나는 특징을 나는 잘 알고 있었다. 나와 시선이 마주치자 남자는 수줍어하듯 눈길을 내리깔더니 고개를 숙였다. 착한 애요. 너무 순수한, 어린아이같이 착한 애지요. 하루 종일 의사 표시는 몇 마디도 않지만 속은 훤히 뚫렸소. 다른 사람은 몰라도 제 아비는 저 애의 내면을 알지요. 우리 동수로 말할 것 같으면……. 주인장의 목소리가 축축해지더니 더 말을 잇지 못했다. 여인이 어색한 분위기를 바꾸려는 듯, 우리 함께 점심을 들자고 말했다. 아닙니다. 면담이 끝났다면 전 그만 돌아가 보겠습니다. 나는 사양하며 방석에서 일어섰다. 여인이 예의 맑은 목소리로 나섰다. 지금 결정한 것도 아니니 전혀 부담감을 갖지 마세요. 그래도 우리 집 손님인데 먼 길 오신 분을 그냥 보내는 게 우리 쪽 예의가 아닙니다. 간단하게 차렸고, 다른 면담자들도 점심 식사를 하고 갔어요. 그래서 정오를 면접 시간으로 잡았지요. 그네의 말에 나는 더 이상 발뺌할 말을 찾지 못했다. 어쩌면 식사 예절도 면담 과정의 한 절차일는지 몰랐다. 차려 나온 음식은 정갈했고 여인의 말 그대로 특별한 요리는 없었다. 밥, 국, 된장찌개, 김치, 조기구이, 나물 두 종류였다. 식사는 주인 부부, 장애인 아들에, 여인이 불러 구석방에서 나온 성숙한 여고생이 끼이게 되었다. 갈래머리로 땋은 소녀는 주인 내외의 딸이었다. 식사 중에 대화는 별로 없었다. 내가 끼였다 해서가 아니라 평상시에도 단출한 식구는 조용히 식사를 하는 데 익숙한 듯 보였다. 여고생은 내가 무슨 볼일로 이곳에 찾아왔는지 알고 있는 듯했으나 나에 대해 별다른 호기심을 나타내지 않았고 제 엄마와 토플 시험에 관해 작은 소리로 몇 마디 말을 나누었다. 장애인 남자는 숟가락질을 직접 했고, 젓가락으로 집어 먹기 힘든 반찬은 그 옆에 자리한 여인이 일일이 밥 위에 얹어 주었다. 왼손잡이라 그렇게 보였는지, 장애인의 숟가락질이 서툴렀다. 그는 타인과 눈길을 맞추려 들지 않았으며 묵묵히 식사를 했다. 저렇게 먹는 양을 배설할 때, 오줌은 차고 있을 기저귀에 그냥 방뇨해 버리겠지만 대변을 볼 때는 휠체어에서 들어내 변기에 앉혀 줘야 하고, 그때마다 엉덩이를 일일이 씻어 준다? 밥맛이 떨어졌으나 자력으로 용변 뒤치다꺼리가 힘든 장애인이나 치매 환자를 돌보아 본 나로서 이 집 식구가 된다면 어차피 겪게 될 일상이었다. 주인장은 반 공기 정도의 밥조차 느리게 먹었고, 식후에는 사발로 한약재 탕약을 마셨다. 나는 잡곡이 섞인 공기밥을 다 비우지 못한 채 숟가락을 놓았다. 후식으로 나온 사과 한 조각을 먹곤, 나는 일어섰다. 못난 자식을 보고 면담까지 해줘서 고마워요. 인연이 닿는다면 또 만나게 되리다. 편히 가시오. 주인장은 어린 딸의 부축을 받으며 현관에서 나를 배웅했다. 여인이, 운전기사가 있으니 승용차로 수원까지 데려다 주겠다고 말했다. 이곳에서는 승용차가 없으면 외출이 아주 힘들다는 것이다. 걷겠어요. 모처럼 시골길을 걸으니 정취도 있고 좋더군요. 나는 머플러로 머리통 싸매며 그 호의를 사양했다. 나는 철대문의 빗장을 열며, 따라붙는 개가 무서워 바삐 나섰다. 나는 개와 친할 수 없는 경험이 있었다. 내가 있었던 보육원에 송아지만 한 도사견 두 마리가 집 지킴이였는데 행정실장이, 만약 여기에서 탈출하면 도사견을 풀어놓아 물어 죽이게 하겠다고 위협하곤 했다. 급식량이 적은 데다 뒷산을 까

뭉개어 채전을 만든답시고 원생들을 중노동으로 부려 더러 탈출하는 아이들이 있었던 것이다. 구성읍에서 기흥이나 수원 나가는 시외 버스를 타자면 15분 넘게 기다려야 할 텐데, 정말 그러시게요? 하고 여인이 눈을 동그랗게 뜨고 물었다. 나는 같은 말로 완곡히 거절하며 걷겠다고 했다. 그네가 내 외투 주머니에 무엇인가 구겨 넣었다. 내가 멈칫하며 꺼내 보자 편지 봉투였다. 그네는, 엄동 추위에도 불구하고 먼 길을 왕복한 데 따른 차비 정도라 했다. 물론 나는 그 선심도 뿌리쳤다. 먼저 다녀간 네 분에게도 차비를 주었다며, 가부간은 한 주일 안에 전화로 다시 연락하겠다고 여인이 빠르게 말했다. 그네는 내가 내민 봉투를 한사코 받지 않고 현관으로 몸을 돌렸다. 읍내로 나가는 5리 길을 걸으며 손에 잡히는 봉투를 열어 보니 깔깔이 만 원권으로 10만 원이 들어 있었다.

*

5월 중순의 맑은 날씨다. 오늘은 일주일에 두 번씩 자원 봉사에 나가는 날 중 하루다. 금요일로, 만나보육원의 장애 아이들을 만나러 가는 날이다. 수요일은 내가 사는 용인군 구성읍 일대의 극빈층 독거노인 여섯 집을 순방한다. 일요일에도 남편과 함께 보육원의 주일 예배에 출석하기에 그곳에 들르는 날은 한 주일에 이틀인 셈이다.

나는 잡채와 볶음밥 만들 재료를 아이스박스에 담아 소형 승용차로 옮기고, 이틀 전 새 아파트 단지에 개점한 대형 쇼핑몰에서 시장을 보며 사온 스케치북 세 묶음과 연필, 크레용 박스도 차에 실어 놓곤, 뒤란 채전으로 돌아 나간다. 며칠 동안 한여름 더위가 계속되어 너른 밭의 생장물들이 새벽이슬만 먹어 이파리들이 싱싱하지 않다. 밭 1백여 평은 내가 이 집에 며느리로 들어온 그해 박 영감과 함께 일구었다. 나는 지하수와 연결된 호스로 감자, 고구마, 콩, 토란, 고추, 상추, 아욱 밭에 고루 물세례를 퍼부었다. 30분 걸려 밭에 물 주기를 대충 끝내자 등줄기로 땀이 밴다. 세탁기에서 빨래되어 탈수된 옷을 빨랫줄에 널곤 나는 청바지에 티셔츠 차림 그대로 장바구니 백을 챙긴다. 주방에서는 장춘댁이 점심참으로 칼국수를 준비하고 있다. 거실 밖 테라스에서 휠체어에 앉아 있는 남편의 뒷모습이 보인다. 집을 나서기 전 나는 잠시 남편을 보기로 하고 테라스로 나간다. 늘 그렇듯 남편은 표정 없는 얼굴을 잠시 내게 돌리곤 다시 눈앞의 과실나무들을 망연히 바라본다. 붓꽃, 창포, 옥잠화 잎들이 무성한 뜰 저편으로 사과꽃, 복숭아꽃이 무더기로 피었다. 화창한 날씨에 흐드러지게 핀 꽃으로 어우러진 과수원 풍경이 한 폭의 도화경을 이루고 있다. 훈풍에 섞여 꽃 향기가 코에 스민다. 과수원일을 맡아 하는 박 영감의 꾸부정한 모습이 과실나무 밑동 사이로 저만큼 보인다. 남편은 박 영감을 보고 있는지도 모른다. 애들과 함께 지내다 저녁 예배 보고 돌아올 거라는 내 말에 남편은 아무런 반응이 없다. 혼자 저녁밥 자시려면 쓸쓸하겠네요? 역시 반응이 없을 줄 알지만 나는 내 귀가 시간대를 그에게 알린다. 나는 그의 무반응에 상관없이 그가 집안의 가장이기에 아내로서 마땅히 해야 할 보고를 빠뜨리지 않는다. 남편을 만나기 전에도 날마다 내가 나에게 그런 다짐을 빠뜨리지 않았듯, 나는 내게 나의 일정을 약속하는 셈이다. 그래야 내 마음이 자연스럽다. 나는 남편을 잠들지 않은 시간에는 먹고 배설만 하는 식물인간이라고 생각해 본 적이 없다. 시정 사람들이 상투적으로 말하는 부부간의 행복을 나는 부정해 버린 지 오래다. 그런 내 관점에서 보자면, 이미 사회적 죽음을 당한 남편의 신체적인 장애와 정신적 지체는 어쩔 수 없지만, 그는 오직 침묵하고 있을 뿐 정상인과 큰 차이가 없다는 게 내 소신이다. 그와 이런저런 대화를 나눌 수는 없으나 그는 내 말뜻을 대충 알아들으며 내가 외출에서 몇 시쯤에 돌아올 줄을 뇌 속의 정보 종합 처리 기관인 해마에 저장해 둔다. 바닷물고기 해마를 닮은 새끼손가락 크기인 남편 뇌 속의 그 기관은 부품에 결함이 있다. 그러나 그 정보의 기억실은 중요한 정보를 다 놓치거나 흘려보내더라도 내가 말한 귀가 시간대쯤은 희미하게나마 입력된다. 그 증거는, 만약 약속 시간대에 내가 돌아오지 않으면 그는 휠체어에서 내려 잠자리에 들려 하지 않고 거실에서 현관 쪽으로 휠체어를 돌려놓고 앉아 나의 귀가를 하염없이 기다린다. 내가 돌아왔다는 초인종 소리가 들리면 그제야 불안에 잠겼던 눈동자가 순하게 풀린다. 그렇게 보자면, 그가 나와 다른 의견을 내어 그 조정으로 심사를 들볶인다든가, 이 일 저 일에 간섭함으로써 부담을 주는 정상인과는 달리, 조금 억짓말로 표현하자면 무위자연인이다. 나는 흐르는 시간을 잡아 묶어 잘게 부수어선 천천히 되새김질하는 남편의 옆모습을 본다. 테라스의 등나무 넝쿨 차양 사이로 스며든 햇살이 정지된 로봇 같은 남편의 전신상에 얼룩무늬를 만들었다. 그러나 자세히 살피면 그는 아주 정지된 로봇은 아니다. 휠체어 팔걸이에 얹은 왼손의 장지가 맥박의 진동처럼 팔걸이를 일정한 간격으로 두드린다. 그는 눈앞의 사물에게 그렇게 신호를 보낸다. 세상 사람들의 1초가 그의 시간대로는 10분쯤에 해당될 것이다. 아니, 마치 속도전을 치르듯 분초마저 쪼개어 쓰는 '빨리빨리병'에 중독된 요즘 사람들과 견주자면 남편은 한없는 느림을 저작하는 셈이다. 내가 싫어하는 이 분법적 단어인 '행복'과 '불행'을 남편의 잣대로 따지자면 그는 그 단어의 의미를 캐지 않기 때문에 다행히도 불행하지 않은 행복한 사람이다. 어느 날, 인터넷으로 본 국가별 행복지수 통계에서 국민 소득 2백 달러 남짓한, 세계에서 가장 가난한 나라 중 하나인 방글라데시의 행복지수가 서양 선진 국가들을 제치고 최상권에 자리매김되었음을 알고 적이 안심한 적이 있었다. 행복과 불행을 소유의 정도 차이로 평가함이 얼마나 가공스러운 이분법적 규정인가를 밝혀 준 사례라 할 것이다. 남편은 눈을 감고 있지 않는데 이렇다 할 표정이 없다. 어제 내가 면도를 해주었기에 윤나는 반질머리가 선승 같고 인중과 턱이 파르스름하다. 선명한 턱선이 강기한 그의 성격을 보여준다. 잠자리에서 일어나면 허구한 날 휠체어에 앉아 시간이 저 혼자 마냥 가게 내버려 두는 저 머릿속에 무엇이 어떻게 생명을 조정하며 시간의 단위를 체크하고 있을까? 늘 나에게 묻는 질문이지만 한마디로 준비된 답은 없고, 다만 시속의 변화를 인정할 수 없다는 완고한 그의 고집만 읽을 뿐이다. 그의 뇌 속으로 미립자가 되어 틈입해 보아도 나는 그 오묘한 비밀을 알아내지 못할 뿐 미로를 헤매게 될 것이다. 그러므로 나는 그가 내게 할 말을 내가 나한테 해버림으로써 대화가 성립된다는 암시에 숙달되어 있다. 어쩌면 나같이 잔머리를 굴리는 보통 사람이 분담 떨며 아득바득 시간을 쪼개어 쓴다면, 그는 생각할 줄 모르는 생명체가 그렇듯 제 나름의 시간대에서 여유롭게 살아간다. 땀이 나면 수건으로 닦아요. 나는 시범 삼아 휠체어 팔걸이에 걸쳐 둔 수건으로 남편의 얼굴을 닦아 주곤, 테라스를 떠난다.

나는 주방으로 가서 장춘댁에게, 점심 식사 후 20분쯤 뒤에 남편에게 약을 챙겨 먹일 것, 남편의 운동을 빠뜨리지 말 것, 오후 네시쯤 안방은 창문을 모두 닫고 모기약을 쳐두라고 이른다. 중국 동포로 이태째 우리 집 일을 거드는 마흔 중반의 그네에게 매미처럼 다짐을 반복하지 않으면 곧잘 잊어버린다. 그네 역시 사회주의의 느슨한 체제에 숙달된 탓인지, 모기약을 쳐두라는 당부도 그렇다. 날씨가 때이르게 여름 더위를 몰고 오자 모기가 창궐했고 남편은 유난히 모기에 민감하다. 남편이 어둠을 싫어하기에 밤에도 꼬마전구를 켜두는데, 방 안에서 모기 한 마리가 윙윙대며 설쳐도 그는 잠을 잘 이루지 못한 채 모깃소리를 따라 눈동자를 굴린다. 나는 얼른 현관을 나서서 빨리 문을 닫는다. 내가 이 집을 첫 방문 했을 때 있던 개 순둥이는 자연 수명이 다해 재작년에 죽었고, 그 아랫대인 두리가 꼬리를 흔들며 나를 따른다. 나는 차고에서 승용차를 꺼내곤 뒤에 실린 아이스박스며 당면 봉지와 옷가지가 든 보퉁이를 확인한다. 철망 담장을 타고 오른 줄장미는 몇 송이가 이르게 꽃을 피워 진홍의 자태를 요염하게 드러냈고 찔레나무는 튀밥 같은 흰 꽃을 분분하게 피웠다. 벌들이 붕붕대며 꽃들 사이로 부지런히 옮겨 다닌다. 일벌들의 쉬지 않는 노동을 지켜보면 그들의 사회성이 너무 일사불란해 평생 일할 양과 서로의 협력 방법을 유전자 속에 내장하고 있다고 믿을 수밖에 없다. 거기에 비교한다면 인간의 삶은 얼마나 복잡하고 다양한가. 남편의 경우, 그는 중증 장애인이기 때문에 타인과의 협동이나 노동을 통한 사회생활은 상상할 수가 없다. 벌들의 세계에는 남편과 같은 한가로운 일벌이 없을 것이다. 만약 장애가 있는 벌로 태어났거나 일을 하다 장애를 입는다면 이미 집단에서 도태되는 운명이다.

그런 의미에서 인간으로 태어남이 축복일까? 인간은 만물의 영장이니 땅 위의 모든 것을 지배하리란 말이 과연 합당할까? 나는 그 결정론을 쉬 긍정할 수 없다. 병들어 움직이기조차 힘든 독거노인의 경우, 살아 있다는 존재성만으로 인간의 존엄성을 말하기에는 석연치 않다. 그러나 그들이 생명을 다하는 순간까지는 그 인고의 삶이 너무 지난하기에 밥만 축낸다고 내치지 않을 바에야 누군가가 성심껏 도와주어야 한다. 그 점만은 인간이기 때문에 할 수 있는 협동이요 자선이다. 남편 역시 그런 존재다. 그가 내 옆에서 늘 도움을 받아야 할 생명체로 존재하기에 그가 할 수 없는 일을 도와줄 의무가 내게 있다. 내가 남편을 인터넷을 통해, 안 돼도 그만이라는 조금은 허황된 마음에서 내 생의 반려자로 선택했더라도, 그이의 부모 쪽에서 나를 마음에 들어하지 않았다면 우리는 인연 없이 다른 세계에서 각자의 삶을 꾸려 갔을 것이다. 이 지구상에 모래알같이 많고 많은 인간들이 제가끔 자기 터전에서 복작대지만 소맷동 스치는 인연이라도 맺는 경우는 그중 선택된 극소수일 테고, 한쪽의 생명이 이 땅을 하직할 때까지 아침저녁 얼굴 맞댈 수 있는 사람이야말로 단 한 사람, 숙명적 선택으로 돌릴 수밖에 없다.

*

용인시 구성읍의 외진 과수원 집 안주인인 오 여사의 전화가 도서관으로 걸려 오기는 면담이 있은 엿새 뒤였다. 그네는 다음날 퇴근 시간에 맞추어 시간을 내줄 수 있냐고 물었다. 서울 강남 삼성동에 있는 현대백화점 9층 커피숍에서 저녁 여섯시에 만나 식사를 함께 하자고 말했다. 전화로 들려오는 오 여사의 사근사근한 말에 나는 내심 내가 그 장애인의 배필로 선택될 마지막 단계에 와 있음을 감지했다. 그 순간, 정말 내가 거의 식물인간과 다를 바 없는 복합 장애인의 아내가 되어 평생을 함께 살 수 있을까 하는 막막한 불안이 엄습해 왔다. 침침한 회갈색 겨울 여로가 황량한 들판에 긴 띠처럼 누워 있는 그 길로 휠체어를 밀며 하염없이 걷고 있는 내 뒷모습이 설핏 보였다. 이 세상 사람들 앞에 앞모습을 보이지 않고 뒷모습만 보인 채 살아가는 삶을 내가 원해 왔던 것도 사실이다. 에밀리 브론테는 태어난 요크셔 지방을 한 번도 떠나지 않았고, 그 바깥 세상은 삶과 죽음을 함께 삼켜 버리는 어둠의 세력이 존재하는 두려운 세상이라고 생각했듯, 나는 외진 과수원 속에서 장애인과 함께 세상과 등져야 할 운명에 처했음을 곱씹었다. 그러나 그런 삶이 불러오는 자기연민의 감정에까지 나는 냉담할 수 없었다. 등만 보인 채 이 세상으로부터 사라지는 삶, 그 인내에 순종할 때의 이면에는 자폐에 시달려 본 자만이 느끼는 자기 학대의 비애가 스며 있게 마련이다. 안주인을 만나 아무래도 지원서를 잘못 낸 것 같다고 솔직하게 고백하면 어떨까. 그러나 반지하 일곱 평의 초라한 내 사글세 자취방을 떠올리자 그 생활에서 영영 벗어날 가망이 없는 내 앞날 역시 그 어떤 전망이 없기는 마찬가지였다. 내 나이 스물아홉 살, 혼기 놓친 노처녀요 사고무친의 고아 출신이었다. 순간, 그런 상념이 떠올랐다. 살림살이가 포스럽고 근면 성실한 남자를 만나 결혼을 했다. 그런데 신혼의 단꿈에 들떠 있던 어느 날, 그가 퇴근길에 교통사고를 당해 식물인간이 되었다. 그는 더도 덜도 않은 오직 '물건'의 상태로 끈질기게 생명력을 이어 간다. 그를 버리고 떠날 수 있겠는가? 만약 내가 그의 배우자라면 나는 그럴 수가 없을 것 같았다. 평생 수절? 이제는 사라진 전근대적인 용어지만 나에게는 현실적인 용어였다. 그러나…… 그런 추론조차 궁극적으로 위안이 되지 않았다. 나사로를 비롯하여 신약과 구약에 등장하는 그 많은 병자, 고아, 과부, 가난한 자, 갇힌 자, 시련만 당하는 자의 영육으로 곤핍한 모습들도 그들은 성경책 갈피에서만 가녀린 숨을 쉬며 후대 사람들의 동정과 위무를 받았을 뿐, 나의 현실이 아니었다. 나는 내가 읽은 소설책 중 어떠한 역경도 꿋꿋이 이겨 나갔던 많은 여주인공을 떠올렸다. 소설과 텔레비전 영화로도 본 《바람과 함께 사라지다》의 스칼렛 오하라 역시 그런 여자 중의 하나였다. 돌이켜 보면 구성읍 그 과수원 집을 처음 방문한 뒤, 내가 그 집안의 스칼렛 오하라가 되리란 소영웅적인 욕망이 내 마음의 침전된 깊이 아래 잠재해 있었는지도 모른다. 그러나 나는 소설의 여주인공이 아니었다. 가설과 내게 닥친 현실은 엄연히 다르고, 희망적인 모든 상상이 실제와 맞지 않는 경우가 대부분이라면, 현실은 꿈처럼 짧지 않고, 그 가혹한 체험은 오랜 세월에 걸쳐 피와 살을 저미리라. 그러나 이렇게도 생각해 볼 수 있었다. 만약 내가 이 결혼을 운명적인 선택이라고 받아들이면 천둥 번개가 치는 흙탕 길이라도 순종하여 인내하다 보면 어떤 희망의 빛도 보이리라. 한 장애인의 지팡이가 되어 휠체어를 밀며 황량한 들녘 따라 등만 보인 채 먼 길을 가다 보면, 예수가 말했듯 그 길이야말로 내 마음이 평안을 얻는 길이요, 숨은 신이 내려다볼 때 은총을 후광으로 두르고 걷는 은둔자의 길일 수도 있으리라.

이튿날 저녁, 나는 백화점의 식당가에 있는 커피숍에서 오 여사를 만났다. 그네는 내 눈치를 살펴 가며 조심스럽게, 남편과 자기가 나

72

를 아들의 배필감으로 최종 선택했다고 먼저 말문을 떼었다. 나는 고개를 숙이는 것으로 답례했다. 버스를 타고 오면서부터 들볶인 마음속의 혼란은 그 말에도 쉬 가라앉지 않았다. 오 여사는 나를 간택한 이유를 두고 여러 칭찬 말을 했다. 먼저 면담한 네 명의 후보자와는 특이한 점이 너무 많아 지원서부터가 조금은 묘한, 어쩜 신선하다고 할 만한 매력이 있었다, 면담 과정에서도 지적이며 정숙했고 진실한 여성으로 보았다, 어렵게 성장하여 어떤 난관도 이겨 나갈 의지력이 강해 보였다. 거기에 보태어, 김 양 쪽에 달린 식구가 없는 점도 점수를 땄다는, 집안 재산을 허술하게 낭비할 주변 인물이 없다는 뜻의 속이 뻔히 보이는 귀 간지러운 말까지 그네는 새처럼 음률 있게 지저귀었다. 남편은 금순 씨의 수수한 옷차림과 화장기 없는 맨얼굴을 보고 금세 호감을 가졌나 봐요. 글쎄, 재산 정도가 구체적으로 어떠하며 우리 동수가 성적 장애까지도 있냐고 묻는 맹랑한 철부지 면담자도 있었다니깐요. 오 여사가 이런 말을 할 땐 입을 손으로 가리고 한 옥타브 높은 소리로 까르르 웃었다. 존댓말을 받기가 거북하다며 말씀을 낮추라고 내가 말하자, 내가 말하기 편한 대로 그냥 둬요, 하며 오 여사가 딴전을 부렸다. 차를 마시고 우리는 식당가로 옮겨 가서, 모처럼 양식을 먹고 싶다는 그네의 말을 좇아, 나야말로 왼손잡이 장애인처럼 포크와 칼을 들고 서툴게 비프스테이크를 자르게 되었다. 우리는 식사를 하며 여러 말을 나누었다. 아니, 그네가 주로 말을 했고 나는 듣는 편이었다. 자신은 남편과 사제 관계로 미술대학 서양화과에서 만났고, 자기가 대학을 졸업할 무렵 남편의 전처가 뇌종양 악화로 죽었다. 그 뒤 전시회 관계로 자주 만나다 사제간의 선을 넘어 깊이 사귀게 되자, 장애인이 달린 상처한 홀아비, 스물

여섯 살의 나이 차이를 두고 자기 집안에서는 반대가 많을 수밖에 없었다. 친정아버지는 변호사고 어머니는 산부인과 의사인데, 아버지와 선생님 나이가 동갑이었다. 그러나 자신이 진정으로 선생님을 사랑했기에 그 모든 난관을 극복하고 결혼을 했다. 자기는 지금도 그 결혼의 결정을 후회하지 않으며, 결코 짧지 않은 20년 동안 남편으로부터 받은 진정한 사랑은 영원히 잊지 못할 것이다. 압구정동 아파트에 살다 남편의 정년퇴직을 앞두고 지금의 과수원 달린 전원주택을 구입했으며, 용인시 구성읍으로 이사 온 지는 5년차로 접어들었다. 남편의 병세가 급속히 나빠지고 있어 조만간 다시 병원으로 옮겨야 할 것 같다. 그런데 오 여사의 다음 말에서 나는 그동안 가졌던 가장 큰 의문을 풀 수 있었다. 남편이 별세하면 장례 절차가 끝나는 대로 전 딸애를 데리고 미국으로 들어갈 겁니다. 영구 이민인 셈이죠. 뉴욕 주에서 허드슨 강에 걸린 다리 건너에 있는 뉴저지 주 포틀리에 우리 모녀가 살 아파트도 마련해 놓았구요. 뉴욕에는 의사인 오빠와, 변호사 형부와 언니가 살고 있다고 했다. 자신은 그곳에서 한동안 쉬었던 화가의 길을 다시 밟을 예정이라고 말했다. 그래서 전처 소생 장애 아들의 짝을 구해 주고 떠나려 부랴부랴 혼사를 서두르게 되었다는 것이다. 동수 앞으로 남겨 두고 갈 재산이 궁금하시죠? 네 명의 다른 면담자들도 그 점을 가장 궁금하게 여겼으니깐요. 나는 반쯤 먹다 남긴 비프스테이크 접시에 눈을 깔고 있었는데, 내 이마에 닿는 그네의 동그란 눈길이 간지럼을 피웠다. 나 역시 그 점을 부인할 수 없었다. 가난을 몸서리치게 체험하며 성장한 자에게, 돈을 돌 보듯 하라는 말은 한국식 배금 풍조 논리에서는 양반 헛기침식 훈화를 넘어서서 치사한 수식어일 뿐이다. 재물은 가진 자들의

74

사치스러운 낭비에만 유용한 것이 아니라 재물을 절실히 필요로 하는 자들에게는 생명수가 될 수 있다. 부자들이 고급 레스토랑에서 먹는 한 끼 식사 비용으로 아프리카의 굶주려 죽어 가는 어린이 1천 명의 한 끼니를 제공할 수 있다. 1985년 이래 최악의 가뭄으로 아프리카 북동부 에티오피아와 에리트레아는 1천5백만 명이 아사 직전에 있고, 아프리카 땅 전체로 3천만 명 이상이 굶주림으로 죽어 가고 있다. 내 동포가 살고 있는 북한의 경우도 영양실조에 의한 유아 사망률이 아프리카에 못지않다. 사실 저는 너무 어렵게 살아왔기에 가난을 견디는 데는 잘 훈련되어 있습니다. 제가 장애인의 재산을 일차 목적으로 구혼에 지원한 건 아닙니다. 이 말은 내 입 안에서만 맴돌았을 뿐 뱉어지지는 않았다. 그제야 나는 내가 복합 장애인의 배필로 지원한 동기에서 상대방 재력이 차지하는 비율이 절대적 조건이 아님에 스스로 감사했다. 현대의 모든 사람이 알게 모르게 부분적인 장애를 갖고 있는 장애인이라면, 나야말로 의료상으로 진단이 내려진 장애인에 가까운, 이 세상 사람들이 보기엔 비정상적인 사고에 집착하는 정신적 장애 요인을 가졌으며, 그러기에 장애인의 진정한 이해자일 수 있다는 자부심이 샘솟았다. 저는 어려운 환경에 처한 사람과 장애인을 잘 이해하며, 그들에게 도움을 주는 삶을 살고 싶었기에 한때는 수녀의 길을 생각해 본 적이 있었습니다. 직업을 가질 수 없는 중증 장애인의 경우에, 재산이 없는 것보다야 낫겠지만……. 오 여사는 내 말에 적이 만족한 미소를 입가에 머금었다. 차차 말씀드리기로 했는데, 오늘 그냥 털어놓지요, 하더니 그네가 주워섬겼다. 현재 전원주택과 과수원은 아들 동수 명의로 되어 있으며, 호당 2백만 원을 호가하는 남편의 작품 다수를 아들에게 남겨 둘

예정이고, 결혼하게 되면 군식구 둘을 포함하여 네 식구가 살아가기에는 별 부족함이 없는 생활비는 남편의 퇴직 연금과 별도로 얼마간 돈이 매달 통장으로 자동 입금될 것이다. 그렇게 입금되는 별도의 돈은 원금 관리를 금융 관계 전문 변호사인 친정아버지가 맡고 있는데 언젠가는 동수 앞으로 이양될 것으로 안다. 오 여사는 그렇게 말한 뒤 덧붙였다. 물론 저도 일정한 몫의 유산을 챙기겠지만 나와 내 딸이 차지할 유산을 합치더라도 그게 동수 몫으로 남겨질 유산보다 많아서는 안 된다고 생각해요. 딸애의 대학 학비며 미국 생활비가 만만치는 않겠지만 우리 모녀는 정상인이잖아요. 동수에 비교하면 우린 행복의 기본 조건을 다 갖추고 태어났으니깐요. 전 동수를 그 이만큼이나 사랑했고, 내 배에서 나온 자식이 아니지만 그 애의 장래 문제는 나 자신의 문제보다 더 깊이 걱정해 온 만큼, 그 애가 이 세상을 떠날 날까지 지금처럼 평온하게 살기를 원해요. 장애인 요양 시설체에 맡겨 안락하게 여생을 마치게 해줄 수도 있겠지만, 남편이 동수를 그렇게 떠넘기고 눈을 감을 수는 없다고 눈물을 흘리며 한사코 반대했고, 나 역시 우리 세대까지는 아직 그 점이 너무 비인간적이라고 생각해요. 누구도 동수의 행복권을 침해하거나 격하시켜서는 안 되고, 나 대신 그 애의 행복권을 자상한 애정으로 곁에서 지켜줄 분이 필요하거든요…… 이 말을 할 때 오 여사의 동그란 눈동자가 반짝 빛을 튀겼다. 그네는 핸드백에서 손수건을 꺼내어 눈물을 닦았다. 이런 꼴을 보여 미안해요. 남편은 집안 장손이며 아래로 형제가 세 분인데, 그런대로 모두 잘살고 참으로 좋은 분들이에요. 가족회의에서 그들이 제 뜻을 흔쾌히 받아들였구요. 제가 그런 결정을 내리자 친정 부모님도 제 몫으로 유산을 조금 나누어 주시겠데요.

그러나 저는 우리 삶에 재물이 전부라고는 생각지 않아요. 물질의 축복이란 하느님이 이 세상에 살 동안 네가 잠시 관리하라고 짐을 준 게 아닙니까. 아까 금순 씨가 말했듯, 재산이 없는 것보다야 있는 게 생활하는 데 덜 불편하겠지만 말입니다. 일차적으로 처음 만나는 사람은 의심부터 하고 대하는 데 버릇이 된 나로서도 앞에 앉은 오 여사의 말은, 내일 그 말이 달라지더라도 지금만은 거짓 없이 솔직하게 받아들여졌다. 목소리만큼 생각이 아름다운 여성이었다. 세상에는 이렇게 착한 후처도 있구나 하는 마음이 들게끔, 그네의 말이 능숙한 연기로 보이지는 않았다. 내 성장 과정이 정상적인 가정이 아니었듯, 나는 텔레비전의 연속극이나 여성지에서 자주 보는, 명품만을 고집하는 상류층 애들이 풍경 좋은 장소에서 벌이는 감성적인 사랑놀이나, 부잣집에서 결혼한 자녀를 왜 분가시키지 않는지 모르지만 시답잖은 문제로 호들갑 떠는 고부간의 갈등, 또는 사회적으로 신분 높은 명사들이 지껄이는 교훈적인 번드르르한 말에 식상해했고, 나와 아무런 관계가 없지만 상류 사회의 그런 풍속을 체질적으로 경멸해 왔다. 돈푼깨나 있는 졸부들의 거드름은 메스껍기까지 했다. 그러나 앞에 앉은 오 여사는 그들과는 차이가 있었다. 친정 부모가 전문직 상층 직종을 가져 성장 과정이 순탄했을 테고, 나이 편차 심한 스승의 후처로 들어갔으나 딸애를 낳고 그 가정 역시 순탄하게 잘 이끌어 온 셈이었다. 자신의 불행을 오로지 사회적 모순으로 돌려 과장하여 곱씹는 민중적 증오와 한풀이와는 거리가 먼, 온실의 꽃 같은 착한 부잣집 안주인이었다. 그네 역시 영원히 헤어질 남편과 숨결을 나누는 밤의 적막 속에 왜 끓어오르는 슬픔이 없었겠냐만, 적어도 남 앞에서는 남편의 죽음조차 필멸의 순서로 받아들이려는 아량과 기품이 있어 보였다. 이를 인정하면서도 나는 슬그머니 새 떼를 쫓는 그물로 망을 쳤다. 거짓인지도 몰라. 교활함을 숨기고 있어. 이런 자들이야말로 변신에 능숙하니깐. 그들 소수의 부유한 자들이 지상에서 영화를 독차지하는 이면에는 많은 하층민들의 피와 땀과 눈물을 희생의 제물로 삼는 간계가 필수 요건이니깐. 그럼에도 나는 그런 내 편협한 마음이 나의 장래에도 전혀 도움이 못 된다는 데 생각이 미치자, 차라리 그녀가 뱉은 구슬 구르는 듯한 말에 손을 들기로 했다. 그럼 우리 자주 만나요. 구체적으로 여러 문제를 상의해야 하니깐요. 시간이 그렇게 많이 남지 않았으니까 토요일 오후와 일요일은 용인 우리 집에 와서 보내요. 토요일에는 의왕 직장으로, 일요일에는 안양 집으로 제가 승용차를 보낼게요. 오 여사가 그 말을 하곤 일어나 카운터로 가서 음식값을 지불했다. 레스토랑을 나서서 우리는, 눈요기하며 천천히 내려가자는 오 여사의 말에 따라 에스컬레이터로 1층까지 내려오자, 그네는 구입할 게 있다며 함께 매장을 둘러보자고 말했다. 부끄러운 고백이지만, 그땐 정말이지 부끄럽다고 느끼지도 못했는데, 나로서는 난생처음으로 백화점에 출입한 날이었다. 그런 호기심으로 눈은 휘황한 진열대를 색맹 상태로 받아들였고, 입가에는 절로 냉소를 머금었다. 오 여사는 1층 매장의 외제 화장품 코너를 둘러보다 몇 종류 화장품을 사며 그중 내게 나이트크림 한 통을 선물했다. 그네는 카드로 계산했다. 3층 여성복 전용 매장에는 벌써 화사한 봄옷이 잔뜩 걸렸더군요. 우리 3층도 구경 한번 해요. 1층까지 내려왔다 다시 3층으로 올라가자는 오 여사의 말이 사전 계획된 유인책임을 나는 짐작했다. 3층 매장에서 그네는 자신이 입을 소매 없는 얇은 연두색 니트웨어를 사고, 아니나 다를까 내게도 무엇이든 골라 보라고 말했다. 크림 선물만으로도 나는 과분했기에 사양했으나 그네는 내 말을 들은 척도 않고 정장 코너로 자리를 옮겼다. 나는 정말 그런 호의까지 받고 싶지는 않았으나 그렇다고 매정하게 후딱 인사만 하고 돌아서 버릴 수도 없었으니, 따지고 보면 그네는 장차 시어머니 될 분이었다. 오 여사는 정장 코너에서 이 옷 저 옷 들추어 보다 검정색 춘추용 투피스 정장 한 벌을 골라냈다. 순백색과 검정색은 싫증이 안 나고, 누구한테나 어울려요. 지상의 사물이 형태와 색으로 분리되기 이전의 태초 그 자체가 검정 아니면 흰 세상이었겠죠. 그래서 흰색과 검정색은 단순하면서도 가장 우아한 색상이라 진주 목걸이에 받쳐 귀부인들이 즐겨 입잖아요? 몸이 날씬하니 이 정도 사이즈면 맞겠지만, 정확한 치수를 알아야지요. 그네는 몸 치수를 재보자며 판매원 아가씨를 달고 나를 탈의실로 이끌었다. 설핏 검정 윗도리에 달린 동그라미가 여러 개 그려진 가격표가 내 눈에 띄었다. 첫 자가 7이었다. 사모님, 전 거저 준대도 이런 옷은 입을 수가 없습니다. 입고 나갈 데도 없구요. 전 이제 그만 가보겠습니다. 나는 정색해서 말했다. 돌아서는 내 팔을 그네가 잡았는데, 화필을 쥐는 데 익숙한 손이라 그런지 악력이 세어 나는 꼼짝 없이 붙들렸다. 알아요. 금순 씨가 그렇게 말할 줄도 알고 있었구요. 안 입는다면 우리 딸애한테 주겠어요. 몸 치수가 비슷하니깐. 그네도 정색하여 말했는데, 그 말이 내게는 이제 귀여운 새가 아니라 독수리의 짖음으로 들렸다. '집안의 반대를 무릅쓰고 결혼했다'는 개성이 엿보이는 순간이었다. 내가 승낙의 뜻으로 고개를 숙이자, 3년째 세탁조차 하지 않은 찌든 갈색 외투가 눈에 들어왔다. 그녀가 화가였기에 내게는 색의 선택권이 없었고, 내가 색을 따져 옷을 사본 적은 더더구나 없었다. 내의나 양말이면 모를까, 나는 옷에 돈을 들여 본 적이 없었고 주로 얻어 입기가 십상이었다. 점퍼든, 캐주얼이든, 여름용 셔츠나 블라우스든 한두 벌로 몇 년을 입고 다니기가 예사였다. 검정색 투피스는 판매원으로부터 교환 조건을 확인받은 뒤 오 여사가 가져갔다.

*

오늘도 기온이 28도까지는 오를 것 같다. 올해 봄은 비가 잦았고, 4월 하순에는 여름 장마철처럼 며칠 동안 하염없이 비가 내렸다. 그렇게 비가 쏟아지던 어느 날 밤, 정신 장애인의 재활 치료에 관한 책을 읽던 나는 문득, 이 빗속에 보육원 원생들이 잘 지내는지 걱정되어 전화를 냈더니 목사 사모가 받았다. 아이들이 잠자는 퀸셋의 천장 이음새 부분이 뚫렸는지 비가 새어 난리가 났다 했다. 척추 장애인인 강 목사가 이 비 쏟아지는 밤에 천막과 비닐을 들고 퀸셋 지붕으로 올라갔다니, 나만 편안히 잠자리에 들 수가 없었다. 나는 잠든 남편이 듣든 말든, 아니, 나 자신에게 보육원에 다녀오겠다고 말하곤 차고에서 승용차를 끌어냈다. 박 영감 집으로 가서 그를 불러내어 차에 태워선 읍내로 빠졌다. 건재상에서 퀸셋 지붕을 덮을 하우스용 비닐말이 네 통을 구입하여 깜깜한 빗길을 헤집고 보육원으로 달렸다. 나흘 만에 비가 그치고 햇빛이 들자 하루 다르게 기온이 올라가기 시작했다.

아무리 지구 온난화 현상의 결과라지만 올해는 5월 중순에 한여름 더위가 찾아온 셈이다. 아침부터 지열이 천천히 끓어오른다. 그렇게 근근이 꾸려 왔던 퀸셋 가건물 보육원 식구들도 이제 철새처럼 둥지를 옮겨야 할 막바지에 도달했다. 철새라면 새로 둥지 틀 목적지라도 있다지만 보육원 원생들은 세상천지에 정착할 곳이 없다. 한 달째 곰곰이 따져 온 결단을 이제는 내려야 할 시점에 당도했음을 깨달으며, 나는 승용차에서 내려 따라나선 두리를 집 안으로 돌려보내고 철대문을 닫는다. 왜 버려두고 혼자 나서냐며 짖어 대는 두리 소리를 뒤로하고 나는 승용차를 몰고 가축이 떠나 버려 흉물스러운 폐가로 변해 버린 축사 가건물들 사잇길로 들어선다. 지난 초봄에 모 건설 회사가 이 일대의 밭과 임야를 매입해 버려 양돈·양계업자들이 손을 털고 떠났다. 그 무렵, 축사들이 있던 땅을 매입한 건설 회사 측은 나를 찾아와 표준 지가보다 두 배의 후한 값을 쳐줄 테니 남편 소유의 땅을 매도할 의향이 없느냐고 떠세 지게 물어 왔다. 내가 한마디로 거절하고 돌아서 버리자 그들은 다음부터 조금은 친절하게 과수원 땅이라도 매도하라고 다시 흥정해 왔다. 그 역시 나는 거절했다. 몸이 단 그들이 뻔질나게 집으로 찾아왔다. 방문 횟수가 늘어갈수록 평당 가격이 순차적으로 뛰었고, 방문자들의 직급도 과장에서 이사로, 이사에서 상무와 전무로 높아 갔다. 나는 시부모가 물려준 유산을 절대 처분할 마음이 없다고 냉담하게 거절했다. 평생을 허리 한 번 펼 날 없게 땅만 파온 늙은 농사꾼이 어느 날 하루아침에 그 농지를 팔아 벼락부자가 되었다는 말이 용인시 일대에 심심찮게 나도는 만큼, 우리 집이 차지한 땅의 매매 대금은 시정인이 평생 손에 쥘 수 없는 큰돈이었다. 그러나 내게는 그런 돈을 쓸 다급한 용처가 없었으며 지금의 상태에서 변화를 바라지 않았다. 파괴와 건설이 무차별 자행되는 야만의 도시가 목전까지 쳐들어와서 시멘트 구조물로 푸른 시야를 가리게 될 것이란 점만이 심기에 거슬릴 뿐이었다.

승용차가 축사들 앞을 빠져나오자 바람결에 실려 오던 가축들의 분뇨 냄새가 사라진 점은 좋았으나 모기는 그 축사들의 물 고인 습지나 웅덩이에서 창궐하고 있음이 틀림없다. 조만간 박 영감에게 말해서 다시 한 차례 소독약을 쳐야겠다. 앞 창문을 열어 놓아 훈풍이 부드럽게 얼굴에 스치고 푸새 향기가 풋풋하게 코끝에 묻어 온다. 올해는 봄비가 잦아 나무들이 태평성대를 맞은 듯 더욱 짙푸르게 산야를 덮었다. 축산 단지가 끝난 가까이는 새 길을 내어 무차별 진격해 오는 초고층 아파트들이 철근을 한창 박는 중이고, 한성골프장 쪽의 경부고속도로 주변 죽전 지구 일대는 외부 도장이 끝나 새 입주자들을 맞고 있는 아파트 단지가 보인다. 대형 쇼핑몰은 개관 바겐세일을 알리는 애드벌룬을 높이 띄워 올렸다. 내가 이곳에 발을 들여놓았던 일곱 해 전에 비해 이 일대는 천지개벽이란 말이 들어맞을 정도로 엄청나게 변해 버렸다. 윗사기막이나 아랫사기막은 이제 한가로운 농촌이 아니다. 전국에서 골프장 택지로 가장 각광받았을 정도로 쾌적했던 용인시가 수도 서울의 기하급수적인 팽창에 희생양이 되자, 드넓은 전원은 하늘을 찌르는 콘크리트 건물로 차곡차곡 채워졌고 그 영역을 계속 확장 중에 있다. 이라크 전쟁 초기, 첨단 무기를 앞세운 미국과 영국이 하루 다르게 점령지를 넓혀 나가던 꼴이다. 전쟁처럼 인명 살상은 없더라도 생태계의 무차별한 살상은 간단없이 진행되고 있다. 좁은 국토에 수도권 인구의 팽창으로 개발이 어쩔 수 없다지만 어디에도 자연 그 자체를 고려한 환경 친화적인 아파트를 내 주변에서 보지 못했다. 나는 삼거리에서 차를 꺾어 한성골프장의 긴 뒷담을 돌아 영동고속도로 마성 인터체인지로 빠진다. 마성 아래쪽 '동백 지구' 끄트머리 내촌과 외촌 중간 지점에 강 목사가 운영하는 만나보육원이 있다. 동백리와 내촌 일대도 난개발 은 마찬가지다. 연내로 8천8백여 세대가 입주할 대단위 아파트가 착공과 동시에 분양에 나설 예정에 있다. 네 해 전, 택지 개발 예정 지구로 지정된 동백 지구는 그동안 서울 연결 도로 등 교통 문제를 두고 건축심의위원회와 줄다리기를 하다 이제 그 해결을 보았으므 로, 열한 개의 건설업체가 열아홉 블록으로 땅을 분할하여 조만간 떨어질 사업 승인을 숨죽여 기다리는 참이다. 용인시 서북부 지역 인구가 현재만도 35만 명으로, 분당 신도시 인구가 40만인데 용인 시는 3, 4년 내 인구가 60만 명에 육박할 것으로 예상된다니, 관청의 강제 수용의 철퇴를 맞지 않는 이상 그때면 내가 사는 집은 도시 속 의 외톨이로 남게 될 것이다.

인터넷을 통해 만나보육원의 운영자와 위치를 알고 난 뒤, 내가 자 원 봉사에 나서기는 장춘댁을 막 받아들였던 이태 전이다. 보육원은 대여섯 살부터 열댓 살까지, 서른너덧 명이 젊은 목사 부부와 함께 공동체 생활을 하고 있다. 강 목사는 척추 장애인이다. 등에 혹이 나 서 꾸부정한 데다 키는 난쟁이에 가깝다. 목사 사모는 만성 신부전 증 환자로 체중이 40킬로가 못 되는 수수깡 같은 약골이다. 다행히 혈액형과 조직 적합형 검사 결과가 좋아 강 목사가 자신의 한쪽 신 장을 떼어 줘서 그네가 용케 목숨을 구했으니, 불편한 자가 불편한 사람의 어려움을 알 듯 그들 부부야말로 버려진 장애아를 위해 헌신 할 소명을 타고난 분들이다. 보육원 운영은 목사 내외가 맡고, 자원 봉사원들이 날짜별로 조를 만들어 그들을 돕고 있다. 주일이면 나는 남편을 차에 태워 보육원과 한 울타리 안에 있는 교회로 나온다. 말이 교회지 장애아 숙소인 퀸셋에서 보는 주일 예배는 공동 예배 형식은 갖추었으나 가정 예배와 다름이 없다. 일반 교인은 불과 서른 명 내외로, 합숙하는 원생들과 목사 부부를 빼면 자원 봉사원들 가족이 모두이다. 보육원은 완만한 동산 중턱에 전원주택 단지의 토목 공사가 한창인 축대 아래 부스럼처럼 붙어 있다. 나는 보육원 마당에 승용차를 세우고 차에 싣고 온 물건들을 내린다. 곽 여사 자매가 먼저 도착하여 마당 우물가에서 열무를 다듬고 있다. 언니 곽 여사는 큰아들 은석이가 뇌성 마비 장애아라 일주일에 닷새는 아들을 보육원에 맡겨 두고 주말 이틀간은 집으로 데려가 함께 가정생활을 한다. 우리는 반갑게 인사를 하고, 나는 아이스박스와 당면 봉지를 그들에게 넘기며 말한다. 오늘은 잡채와 볶음밥입니다. 들어갔다 나올게요. 나는 먼저 원생들부터 보고 싶다. 사람만이 아니라 모든 생명체 또한 자주 눈을 주고 접촉해야 정이 생기고, 정이 생기면 아껴 주고 싶은 사랑의 감정이 고인다. 집짐승도 정을 주지 않으면 주인을 나무 보듯 하고, 나무도 정을 주면 훨씬 더 잘 자라 좋은 열매를 맺는다. 과수원 운영으로 가계를 꾸려 가는 처지는 아니었으나 과실나무를 키워 보니 그 이치를 알 수 있었다. 시아버지가 하나 둘 구입하여 들여놓은 고가구들조차 정을 붙여 기름걸레로 자주 닦고 아끼면 손보아 준 사람에게 은은한 광채로 보답한다.

특수 조립한 대형 퀸셋 두 동의 가건물은 원아들의 놀이 공간, 학습 공간, 취침 공간, 예배실, 목사 부부 사택으로 두루 활용된다. 열어 놓은 창문으로 원아들의 말소리와 고함 소리를 듣자 내 입가에 절로 미소가 피어난다. 나는 문을 열어 둔 컨테이너 안으로 얼굴부터 들이밀며, 안녕! 하고 손을 흔든다. 잠을 자지 않는 시간에는 잠시도 쉴 짬 없게 팔다리를 버둥대며 고함을 지르는 현아의 함부로 흘리는 침을 닦아 주던 사모가, 김 선생님 오셨다며 손뼉을 친다. 고함을 지르던 현아가 나를 보더니 잠시 소리와 행동을 중단한다. 몇 아이가 내게 눈길을 보내며 따라서 짝짜꿍을 할 뿐 다른 원아들은 하던 일에 열중하거나 무덤덤한 채 내 출현에 별다른 관심을 보이지 않는다. 장난감을 서로 차지하려 다투는 아이, 누워서 혼자 뒹구는 아이, 블록 쌓기에 열중하는 아이, 종이를 펴놓고 엎드려 낙서만 하는 아이, 멍청히 앉아 있는 아이, 제각각이다. 종식이는 쥐고 있던 퍼즐 조각을 내 쪽으로 던지더니 다리를 버둥거리며 기성을 지른다. 나를 보자 반갑다는 기쁨의 인사법이다. 나는 아이들 곁으로 다가가 하나하나 눈을 맞추고 안아 주거나 뺨에 입을 맞춰 준다. 누구 말처럼 애정은 말보다 행동으로, 특히 부모 형제의 정을 모르고 자란 버림받은 장애아의 경우는 피부 접촉이 보다 확실한 사랑의 표현 방법이다. 나 역시 보육원에서 보낸 어린 시절, 내 뺨에 입을 맞추어 주거나 안아 주었던 사람은, 그 짓이 비록 일회의 의례적인 형식에 그쳤더라도 지금까지 그 모습이 더러 떠오르곤 한다. 나를 가장 잘 따르는 여섯 살 난 다운 증후군을 앓는 수만이가 방글거리며 쫓아와 내 청바지 다리를 잡더니 자신의 반바지 아래 종아리를 손짓하며 아파, 아파, 한다. 넘어져 다쳤는지 일회용 반창고가 여러 개 붙어 있다. 우리 수만이, 많이 아파? 선생님이 호호해 줄게. 나는 쪼그려 앉아 수만이의 상처에 입김을 불어 준다. 누군가의 쏘아보는 눈길이 내 이마에 닿는다. 뚝 떨어져 방 모서리에 무릎을 세워 앉은 옥이는 적의의 눈초리로 나를 보고 있다. 옥이는 아직도 모든 사람이 자신을 해코지할 두려움의 대상으로 파악하고 있다. 경안천 둑에 버려져 추위에 떨고 있는 옥이를 강 목사가 데리고 오기는 2년 전 늦가을이었다. 얼마나 주리며 자랐던지 너무 여윈 옥이는 농아였다. 초등학교에 입학할 나이는 되어 보였는데 자기 이름도 나이도 몰랐다. 집이 어디며 부모가 있는지 물어도 농아이기에 묵묵부답일 수밖에 없었다. 그 애가 할 수 있는 소리는 오, 오, 하는 부르짖음뿐이었다. 강 목사가 아이를 집으로 데려왔고, 사모가 땟국 흐르는 아이의 몸을 씻기다 보니 온몸이 흉터와 상처투성이였다. 불에 데거나 매질을 당한 흔적이었다. 나는 그 애에게 특별한 관심을 가졌다. 나는 옥이가 그린 그림을 통해서 그 아이의 상처받은 과거 일부를 밝혀 낼 수 있었다.

나는 결혼 전까지 미술에 대해서는 뭐 한 가지 제대로 아는 게 없었다. 그림 전시회에 가본다거나 화집을 들추어 본 적도 없었다. 결혼을 하자 시부모가 화가라 집 서가에 꽂힌 많은 화집을 들추게 되었고, 그림에 관한 책을 두서없이 읽었다. 질흙에 도료를 섞어 두텁게 윤곽을 지우고 알 수 없는 형태를 만든, 별세한 시아버지의 추상화가 무엇을 대상으로 그렸는지, 자신의 심상을 왜 그렇게 표현했는지 알 수 없었는데, 그 그림의 값어치가 얼마인지를 대충이라도 맞추려면 20세기 서양 미술사쯤은 이해해야 했다. 화가로 나서기 위한 실제적인 그림 공부가 아닌, 이해자로서의 나의 그림 공부는 생각보다 재미가 있었다. 나는 열심히 그런 이론서를 탐독하여 정보를 얻었고 그림과 그 그림의 해설을 읽으며, 이를 내 어쭙잖은 견해와 비교해 보는 과정을 거치자, 그림이 정신 분석학적 논리에 근거한 환자의 심리 치료에도 활용됨을 알았다. 정신 장애인이나 지진아의 경우, 자유 그림 그리기, 주제 그림 그리기, 모래 그림 그리기, 지점토, 콜

라주 등 다양한 그림 기법을 사용해서 표출되지 않고 그린 자의 잠재한 내면 심리를 끌어낼 수 있다. 그림 그리기란 실습을 통해서 그 무엇 때문에 억압되거나 구속된 감정 상태에서 풀려나는 해방감을 줄 수도 있다. 강 목사의 지도로 옥이가 간단한 수화를 익혔지만, 수화를 통해서도 표현하기가 어려운 탓에 그 애의 성장 과정을 알아낼 수 없었다. 나는 원아들에게 자주 주제를 주거나 자유롭게 그림을 그리게 했는데, 옥이가 그린 그림을 보고 보육원에 들어오기 전 그녀의 가족 관계를 대충 밝혀 낼 수 있었다. 1년 반쯤 전이다. 어느 날, 나는 예닐곱 살 이상의 원아들에게, 보육원으로 오기 전 집에서 밥 먹는 장면을 그림으로 그리게 했다. 내가 자주 내는 '가족' 테마를 요청한 것이다. 처음 옥이는 연필이든 크레용이든 손에 쥐지 않고 다른 원아들의 호작질 같은 그림을 보기만 했다. 그 애 옆에 앉아 나는 시범 삼아 남편과 함께 밥을 먹는 장면을 그렸다. 내가 보육원에 맡겨지기 전 엄마와 둘이서 생활했던 시절은 기억조차 단절이 많은 데다 먼 꿈속 같게 적막하고 쓸쓸한 추억이라 차마 그릴 용기가 나지 않았다. 그림에 별 소질이 없다 보니 내가 그린 그림은, 휠체어에 앉아 있는 남편은 민숭머리라 아이로 보였고 젓가락을 쥐고 남편 숟가락에 반찬을 얹어 주는 내 모습은 단발머리로 그려져 소녀 꼴이었다. 그림 속의 내 동작은 기초 데생조차 되어 있지 않아 젓가락을 쥔 팔이 너무 길게 늘어져 호스같이 되고 말았다. 나는 옥이에게 연필을 쥐여 주며, 이렇게 엄마와 아빠를 그려 보라고 수화를 했다. 다른 원아들이 그리는 가족 그림도 보여 주었다. 그래도 옥이는 그림 종이를 앞에 두고만 있었다. 내가 있으면 주눅이 들어 영 그리지 않을 것 같아, 엄마 아빠를 그려 두라고 말하곤 나는 자리를 비웠다. 그날,

옥이가 그린 가족 그림은, 엄마와 아빠가 밥상을 가운데 두고 식사를 하는데 엄마는 우는 얼굴로, 아빠는 도깨비처럼 표현되어 있었다. 그들 위에는 별들이 그려져 있고 날개를 단 엄마 등에 아빠가 타고 있었는데, 아래쪽의 우는 엄마와 날개를 단 엄마 사이를 온천 표시의 김 오르는 굽은 선으로 연결시키고 있었다. 무슨 뜻인가 담긴 두 쌍의 엄마 아빠라, 나는 그 그림을 앞에 두고 서투른 수화로 옥이와 상담했다. 그 결과, 밥상 앞의 부모는 옥이 엄마와 의붓아버지였고, 하늘을 나는 엄마와 아빠는 세상을 떠난 옥이의 부모였다. 아빠가 죽고 엄마가 도깨비 같은 의붓아버지와 재혼했으나 엄마 역시 아버지 곁으로 따라갔음을 추리할 수 있었다. 그로부터 한 달 뒤, 옥이는 밥상 앞에 둘러앉은 가족 그림을 그렸다. 어른 남녀, 두 사내아이와 자기, 모두 다섯 식구였다. 사내아이들 상 앞에는 반찬 그릇이 많았고 옥이 앞에는 빈 밥공기만 놓여 있었다. 붉은 옷 입은 눈이 찢어진 엄마는 매를 들었고 아빠는 크게 그려졌는데 역시 도깨비 얼굴이었다. 나는 옥이와 수화를 통해, 새엄마한테 늘 매를 맞았음을 알 수 있었다. 의붓아버지는? 내가 손가락으로 도깨비를 지목하자 옥이는 두 손으로 치마 입은 사추리를 눌러 덮으며 비명을 질렀다. 나는 옥이가 의붓아버지로부터 성추행을 당했음을 직감했다. 내 예단이 추측일 수도 있겠으나, 나는 옥이의 자세에서 보육원 시절의 내 묵은 상처를 떠올렸기 때문이었다. 공포에 질린 홉뜬 눈으로 나를 보는 옥이 역시 내 눈을 통해 그런 흔적을 보았을까. 옥이가 오, 오, 하고 비명을 지를 때는 나 역시 붉은 상처가 헤집어지는 아픔을 느꼈다. 옥이만이 아니라 다른 원아들의 그림에도 가족의 모습은 얼굴이 일그러져 있거나 개, 사자 따위의 짐승과 닮은 경우를 보게 된다. 일부러

일그러진 모습이나 짐승을 그리려고 한 것이 아니라 가족으로부터 배척받은 데 따른 원망이 표현물 속에 숨겨져 있음을 알 수 있다. 심지어 복면한 사람이 총으로 가족을 쏘는 그림도 볼 수 있다. 텔레비전에서 본 것을 그렸다기보다 가족에 대한 증오의 감정을 나타낸 예이다. 현실적 상황은 용인시 경우처럼 있던 그대로의 자연을 파괴하며 시멘트 구조물들이 점령해 오듯, 공동체 삶의 기본인 가정 역시 파괴되어 부모와 자식 관계를 시멘트처럼 굳게 만든다.

내가 관심을 둔 다른 한 아이는 근조로, 한때 나는 그 애를 양자로 삼으려 마음먹은 적이 있었다. 그러나 곰곰이 생각해 보니 그 애만을 양자로 입적시킨다면 만나보육원의 나머지 원생들과 아무래도 심정적으로 차별을 두고 대할 것만 같아 단념하고 말았다. 따지고 보면 원생 모두가 나에게는 양자와 같은 아이들이었다. 열 살인 근조는 혼자 있기를 좋아하고 수줍음을 많이 타는 경증 자폐아이다. 건설 공사장에서 안전사고로 아버지가 죽자 어머니는 근조를 시어머니에게 맡기고 가출해 버렸다. 그 아이는 한국민속촌 부근의 시골에서 비닐하우스 농사 하는 집에 날품을 파는 할머니와 함께 살다가, 할머니마저 별세하자 보육원에 맡겨졌다. 간단한 대화가 가능한 근조는 필기구만 잡으면 혼자 무언가를 그리고 끼적거리는 일로 하루를 보냈는데, 그에게 크레용을 주어 그림을 그리게 하자 사물의 형태를 잡아내는 데는 서툴렀으나 색에 대한 민감한 반응이 남다름을 알 수 있었다. 사실 지능 지수가 낮은 정신 지체아의 경우, 어떤 부분만은 남다르다거나 특이하다고 평가한들, 이는 그들 세계에서는 '특별히 재주가 있다'고 할 수 있겠으나 정상인이 할 수 있는 일에 아주 못 미치는 경우가 태반이다. 그러나 근조의 그림에서는 그 애를 계속

지도하면 화가가 될 수도 있는 소질을 엿보았다. 지난 일요일에 내가 남편과 함께 보육원에 예배를 보러 왔을 때 사모가 근조가 그린 그림이라며 스케치북을 보여 주었다. 택지 조성이 한창인 전원주택 단지 언덕에서 보육원을 내려다본 풍경화였다. 퀸셋 두 동을 회색으로 칠해 놓았고, 주위는 온통 초록색과 연두색 나무들로 채웠다. 하늘은 노란색과 주황색이 섞여 있었다. 그런 사물에 검정색으로 테두리를 만들었다. 나무는 줄기조차 연두색이라 배춧단을 박아 놓은 것 같았고, 퀸셋은 입체감 없는 평면의 직사각형이었으며, 하늘도 제 색깔이 아니었다. 그러나 근조의 그림은 전체적으로 색채감의 조화를 보여, 조금 추켜 준다면 미술대학생의 추상 계열 습작품을 보는 듯했다. 초록색과 연두색 나무들 위에 동질의 푸른색 하늘을 칠하지 않고 엉뚱한 노랑과 주황을 묘하게 배합했다든가, 녹음 짙은 나무 가운데 관을 놓아두듯 회색의 직사각형을 배치한 게 근조로서는 무의식적으로 그렇게 색을 칠했겠으나, 색에 대한 선택된 개념이 나름대로 그의 의식 속에 작용하고 있다는 느낌을 주었다.

우리 영수 잘 있었니, 하며 영수 엄마가 실내로 들어선다. 핸드백을 놓기가 바쁘게 그네는 눈에 띄는 자기 아들부터 품에 안는다. 다섯 살배기 영수는 장난감 자동차를 가지고 놀다 무뚝뚝이 제 엄마 품에 안긴다. 지진아인 영수는 제 엄마를 알아보기는 하지만 의사 표시를 할 줄 모른다. 이렇게 좋은 날에 방에서만 있다니, 밖으로 나가서 일광욕도 하며 선생님하고 놀아요. 영수 엄마가 큰 소리로 말하지만 반응을 보이는 아이는 몇 되지 않는다. 우리는 아이들을 밖으로 데리고 나온다. 아이들을 그렇게 이동시키는 데도 일일이 사람 손을 거쳐야 한다. 저 혼자 신 신고 제 발로 걸어 나올 수 있는 아이는 대여섯에 불과하다. 아카시나무 밑 흙바닥에 깔개를 여러 장 깔고 차례차례 아이들을 옮긴다. 그들의 놀잇감도 옮겨 준다. 공개된 넓은 장소나 밝은 곳을 싫어하는 아이들도 있어, 몇 아이가 울음을 터뜨린다. 옥이, 종식이, 영수도 환한 바깥을 싫어한다. 그 애들은 어둑신한 공간에 혼자서 격렬한 팔다리 운동을 반복하거나, 소리치거나, 주위의 소음을 망각하고 침묵 속에 있기를 좋아한다. 옥이는 나이 먹었다고 울지는 않았으나 눈동자가 벌써부터 불안에 질린다. 그런 아이들을 두고 전문적인 치료사들은 공개된 자리에서 함께 어울리는 훈련이 필요하다고 말한다. 그 점은 전문가들이 전문가적인 눈높이에서 결정한 프로그램이라, 대인 기피증은 그런 훈련을 통해 어느 정도 교정되겠지만 전혀 도움을 못 주는 경우도 많다. 나는 지진아는 아니었지만 자폐증의 기미가 있었던 보육원 시절, 좁은 공간에 혼자 있기를 좋아했다. 나는 늘 내 자리를 정해 두었는데 철제 캐비닛과 벽 사이 몸이 겨우 끼일 만한 틈새에서 쪼그려 앉아 시간을 보내거나 병든 병아리처럼 졸곤 했다. 원생들의 떠드는 소리가 귓가에서 멀어지면 어촌이 있는 바닷가라 철썩이는 파도 소리가 귓가로 넘쳐들곤 했다. 해 지기 전에 엄마는 내게 밥상을 차려 주곤 화장을 짙게 해서 외출하면 밤이 깊어서야 술에 취해 돌아왔다. 술상머리에 앉는 이 지겨운 세월이 언제 끝날고, 하며 엄마는 넋두리를 하곤 했다. 파도 소리를 귓가에 새기며 무서움 속에 떨다 잠이 들어 버려 엄마가 돌아와 내 옆에서 잠자는 줄을 몰랐던 적도 있었다. 엄마가 혀 꼬부라진 소리로 흘러간 유행가를 흥얼거려 잠을 깬 적도 있었고, 아침에 눈을 뜨면 옆자리가 비어 있기도 했다. 어렴풋한 그런 토막 기억이 끊어지면, 그로부터 한참 뒤, 엄마의 잠자듯 죽은 모습만은 또렷한 기억으로 남아 있다. 아침에 눈을 떴을 때, 엄마는 내 옆에서 잠들어 있었다. 다른 날보다 얼굴이 더 헬쑥했고 아주 편안한 모습이었다. 입가에 구토한 흔적이 있었으나 술에 취해 돌아온 엄마가 헛구역질을 하다 바깥의 수채로 나가 토악질을 자주 했기에 나는 그런 줄로만 알았다. 나는 엄마가 죽은 줄도 모르고 몸을 흔들었으나 엄마는 영영 깨어나지 않았다. 나중에 안 일이지만, 주인집 아주머니 말로는, 이제 고아로 남게 될 금순이를 보육원에 맡겨 달라는 유서를 남기고 엄마가 약을 먹었다고 했다.

자원 봉사원들은 사모와 협동하여 잡채와 볶음밥을 만들어 원생들에게 먹이고, 애들을 모두 목욕시키고, 애들이 벗은 옷을 세탁기에 돌려 빨랫줄에 널고, 방 청소를 끝낸다. 한낮 더위가 기승을 부려 봉사원들은 땀에 전 옷으로 등 뒤 브래지어 끈 매듭이 오돌져 보일 정도다. 원아들을 네 그룹으로 나누어 자원 봉사원들이 가르치고 함께 놀아 주는 일과를 끝낼 때까지, 아침에 자전거를 타고 나서며 시청과 시민 단체 사무실을 들렀다 온다던 강 목사가 돌아오지 않는다. 시간은 어느덧 오후 네시를 넘기고 있다. 시청으로부터 무인가 보육원의 2차 철거 계고장을 받은 지가 벌써 보름이 지났다. 강 목사는 발등에 떨어진 불이라 보육원 이전을 위해 시청 사회복지과로, 지역 시민 단체에 보육원 구제 방법을 의논하러 보육원 안살림은 사모에게 맡기고 날마다 출타하고 있었다. 그렇게 뛰지만 아무래도 일이 제대로 풀리지 않는 모양이라며 사모의 헬쑥한 얼굴에 근심이 서린다. 만나보육원이 눌러앉은 임야는 다섯 해 전 자선 사업에 관심이 많던 지주로부터 무상 임대를 받아 운영되어 오다 네 해 전, 동백 지구 택지 개발 예정지 편입에서 용케 빠지게 되어 숨을 돌렸는데,

지난겨울에 땅 주인이 노환으로 별세하자 땅을 상속받은 아들이 철거를 종용하고 나섰던 것이다. 여기에는 축대를 쌓고 전원주택 단지를 조성하는 건설업자가 시청과 땅 주인을 상대로 보육원이 무허가 시설이란 이유를 대어 철거 압력에 손을 썼다는 후문이 돌았다. 전원주택 건설업자로서는 단지 옆에 '혐오 시설'이 있으면 주택 분양에 애로가 있음이 당면한 현실이었다. 장애인을 위한 숙사, 학교, 병원이나 화장터, 납골당이 이웃에 들어서는 것을 결사 반대하는 심리는 한국인만의 고질적인 폐풍이다. 자신과 가족은 현재 상태에서 영영세세 온전한 정상인으로 살 수 있다는 자만심 아래 비정상인이나 죽음을 상징하는 시설체가 주변에 있어서는 안 된다는 발상이야말로 정신이 병든 비정상인의 사고다. 내 가족 중 하나가 어느 날 돌연 교통사고로도 장애인이 될 수 있으며 죽음이 간단없이 방문하여 육체를 난도질함을 늘 목격하면서도 이를 남이 당하는 운수 나쁜 사건으로만 치부하는 뻔뻔스러움은 짐승만도 못한 가증한 이기심의 극치다. 퀸셋이 뜯게 된다면 장애인 목사 가족은 이 가련한 아이들을 데리고 어디로 간다? 그 문제 앞에 사모와 함께 자원 봉사원들이 목소리 낮추어 의논했으나 늘 그렇듯 아무도 뾰족한 대책을 내놓지 못한다. 서울특별시 시민으로 눌러앉아 살 처지가 못 되어 수도권으로 밀려 나왔듯, 나를 빼고는 자원 봉사원들의 가정 형편 역시 남편 월급으로 빠듯하게 생계를 꾸려 가는 처지다. 목사님께 핸드폰 쳐볼게요. 곽 여사 동생이 사모에게 말하며 핸드백에서 휴대전화를 꺼낸다. 사모가 일러 준 전화번호로 통화를 연결한다. 대답만 할 뿐 상대 말을 한참 동안 듣고 있는 그네의 표정이 밝지 않더니 힘없이 통화를 끝낸다. 무인가 사설 복지 시설이라 당국도 어떻게 손쓸 수가 없나 봐요. 땅 주인과 건설업자 측의 법적 대응이 워낙 완벽하고 강경해서……. 목사님은 지금 지역사회연구소에서 누굴 만나려 기다리고 있답니다. 곽 여사 동생이 힘담없게 말한다. 인터넷 '로 코리아'의 장애인 관련 법령을 뒤져 보거나 관련 기관 사이트의 한국장애인복지관협회가 운영하는 홈페이지로 들어가 본 나로서는 우리나라가 장애인 문제에 관해서는, 관청이 그들에게 어떤 도움을 줄 수 있을까 보다, 그들이 힘들게 만든 협동체를 시설 미비라는 불법 조항을 적용해 어떻게 와해시킬까에 더 골몰할 만큼, 관료 편의주의적인 발상으로 설립과 인허가 규정을 까다롭게 묶고 있음을 보게 된다. 장애인복지법 제4장 '복지 시설 및 단체'의 48조에서 제8장 '벌칙' 80조까지를 숙지해 보면, 강 목사같이 불타는 사명감만 넘칠 뿐 맨주먹으로는 관으로부터 인가받을 장애인 복지 시설체를 만들 수가 없다. 순간적으로 나의 호흡이 가빠진다. 나는 드디어 내가 계획한 일을 결정할 시점에 이르렀음을 인식한다. 시청 사회복지과에서 목사님을 뵙자고 해요. 제가 곧 그리로 출발한다구요. 휴대전화를 백에 넣으려는 곽 여사 동생에게 내가 말한다. 나와 남편의 앞길이 운명적으로 선택되었다면 기꺼이 그 길로 함께 나서야 하고, 물질적인 능력이 우리에게 있다면 그 길로 담대하게 나서라는 축복에 다름 아니다. 시아버지 형제분들에게 그런 내 의견을 아직 내놓지 않았으나 내 결정에 그들이 반대할 리 없겠고 그런 권리도 없으며, 과수원과 주택이 앉은 대지와 대지 뒤의 임야를 합쳐 총 3천5백여 평은 엄연히 남편의 명의로 되어 있다. 물론 남편은 무언으로써 내 뜻에 동조하여 장애아들과 함께 살게 될 그 터전을 두고 긍정할 것이다. 계산할 수 있는 사랑은 진정한 사랑이 아니다.

나는 원아들과 함께 저녁밥을 먹고 가려던 마음을 수정하여 승용차를 몰고 시청으로 출발한다. 우선 강 목사를 만나 내 뜻을 전한 뒤 공무원들의 퇴근 시간 전에 그들과 면담을 해야 한다. 보육원과 시청은 10리 길이다. 삼거리를 빠져나오니 아파트 단지 토목 공사로 잡석을 실어 나르는 덤프트럭이 꼬리를 잇고 있어 4차선 도로조차 막힌다. 그 트럭들이 일으키는 흙먼지로 차창을 열어 둘 수가 없다. 나는 가능한 한 차 에어컨을 켜지 않지만 땀이 줄줄이 흘러 하는 수 없이 에어컨을 작동시킨다. 30분을 넘게 지체하여 시내로 들어서자 한길 이마에는 각종 구호가 난무하는 현수막들이 선거철처럼 내걸려 있다. 용인시 안의 아파트 입주 주민과 지역 시민 단체들이 내건 현수막들이다. ‘난개발로 교통 지옥, 건설업자 책임지라!’ ‘무차별 산림 훼손, 사막에 세운 아파트촌’ ‘강남 30분이라고? 출근 시간대 3시간!’ ‘허울 좋은 전원도시, 용인시장 사직하라!’ ‘초등학교 3킬로, 학교 없는 주택단지’……. 문자 구호는 그 외에도 갖가지 아우성을 쏟아 내고 있다. 막상 시청 앞에 도착하자 차 세울 곳은 고사하고 길이 막혀 버린다. 붉은 머리띠를 싸매고 어깨에 구호 적힌 띠를 두른 아파트 주민들이 시청 앞에서 주먹질하며 농성을 벌이는 참이다. 더위를 무릅쓰고 외쳐 대는 농성꾼이 수백 명이다. 남자와 늙은이들도 있으나 대체로 젊은 주부들이고, 아기를 업었거나 아기를 탈것에 태우고 나온 여성들도 있다. 근년 들어 금리가 하락해 물가 상승폭과 평행을 이루자 서울특별시 전세금이 천정부지로 뛰었다. 젖먹이나 유치원생을 거느린 젊은 월급쟁이들은 이 판에 차라리 전세금 빼내어 내 집을 마련하자고 서울 위성도시 용인시로 내려왔으나 아파트 계약시의 그럴싸한 선전과 달리 생활 여건이 엉망이었고 모든 게 감언이설이었으며, 유배지와 다를 바 없었다. 터져 나온 분노는 당연했고, 용인시청이나 말단 행정부처인 읍사무소도 그들의 원성을 막는 데는 가는 시간만이 해결책이라며 손 놓아 버렸다. 나는 가까스로 차를 시청과 떨어진 호프점 모퉁이에 세운다. 농성꾼들을 뚫고 시청 마당 안으로 들어가자 현관 계단에 땀으로 찌든 채 맥 놓고 쭈그려 앉았던 강 목사가 나를 맞는다. 나무 위로 올라가 예수를 맞았다는 삭개오처럼 그는 척추 장애인이라 옹크려 앉은 몸집이 초등학생 몸피와 다를 바 없다. 안경 낀 그의 꺼벙한 모습에는 피로가 앙금처럼 앉아 있다. 대책이 없습니다. 어떡하지요? 강 목사의 까맣게 그을린 얼굴이 울 듯 일그러진다. 목사님, 우리 집 땅 일부를 보육원에 희사하겠어요. 장애인 복지 시설 기준령에 맞게 아담한 보육원을 건설합시다. 차 안에서부터 준비했던 터라 내가 뜸들이지 않고 말한다. 강 목사가 영문을 몰라 하며 눈만 끔뻑이며 나를 올려다본다. 등이 굽은 그의 키는 158센티미터인 나보다도 훨씬 작다. 나는 장바구니 백에서 팩시밀리로 뽑아낸 '장애인 복지법'과 '장애인 복지 시설의 종류' 서류철을 검토해 보라고 그에게 건네주며, 당장 사회복지과로 가서 장애인 시설체 설립 문제를 알아보자며 앞장을 선다. 김 집사님 과수원이 아파트 단지에 편입될 거라는 말을 들었는데요. 그렇다면 그 옆에 장애인 시설체를 허가해 주겠어요? 시 청사 현관 안으로 들어서며 강 목사가 떨떠름해하며 묻는다. 그는 아직 내 말뜻의 진의를 제대로 파악하지 못한 듯하다. 생명을 건지기에 1프로의 확률도 없다는 가사 상태에서 그자가 기적적으로 살아났을 때, 이를 제 눈으로 보고도 믿으려 들지 않는 경우도 있다. 건설업체를 상대로 과수원은 절대 내놓을 수 없다고 버텼어요. 사유 재산 임자가 막무가내로 나오니 건설업체도 과수원 밑 축산 단지까지로 아파트 택지를 자르겠다는 눈치입디다. 그러나 이번 기회에 제가 새로운 안을 제시한다면……. 나는 대기용 의자로 강 목사를 이끌어 자초지종 설명한다. 과수원 땅 2천5백 평을 아파트 단지에 떼어 주는 조건으로 주택 뒤 임야 7백40평을 활용하여 장애아 복지 시설체를 짓는다는 계산이었다. 보육원 시설 비용은 과수원 매도금으로 충당하고도 남았다. 남는 돈은 보육원 운영비로 사용하면 될 터였다. 몇 해 못 가서 그 운영비가 바닥나면? 시어머니 오 여사 말처럼, 그 재물이 어디 내 개인 것인가. 하느님이 우리 부부에게 잠시 맡겨 둔 재물이 아닌가. 관으로부터 정식 허가를 받게 되면 일정액의 운영 보조비가 나올 테고, 신축된 아파트 주민을 상대로 후원회를 조직할 수도 있었다. 설령 남편과 내 생활에 변화가 와서 가정부를 내보내고 살림 규모를 축소하게 되더라도 나는 이를 이겨 나갈 자신이 있었다. 남편을 만나기 전에도 나는 그렇게 살아왔고, 가난의 불편에 그럭저럭 적응해 왔다. 아파트 단지와 보육원 사이는 완충 지대로 주택이 차지하고 앉은 대지 1백50평이 있으니 보육원 허가 문제에도 건설업체가 반대할 이유가 없잖겠습니까. 그런 말을 할 동안 나는 내 마음속에 잔잔히 파도치는 희열을 감지할 수 있었다. 이는 타인이 간절히 필요로 하는 그 무엇을 조건 없이 줄 때 느끼는, 일체의 세균으로부터 감염을 차단하는 태반 속과 같은, 마음속 가장 비밀한 곳에서 뿜어져 나오는 기쁨이었다. 내 말에 그제야 강 목사가 실타래처럼 얽힌 의문과 문제들이 제대로 풀려 이해가 가는지, 덥석 내 손을 잡고 온몸을 떤다. 주님이 우리를 버리지 않으시고 집사님을 우리에게 보내셨다며 그는 내 손등에 입을 맞추더니, 감격한 나머지 연방 고맙다는 말을 웅절거린다. 그는 비록 불구에 체구는 작지만 하늘만큼 넓은 사랑을 품었고, 그 사랑을 올곧게 실천하는 추진력에는 나도 감동당한 적이 한두 번이 아니었다. 그렇게 큰 사람이 내 손에 입을 맞춘다는 사실에 나는 송구스러웠다. 그의 안경알 안쪽에서 흘러내린 눈물이 여윈 뺨을 타 내리고, 나도 목울대가 들먹거린다. 부두 어판장에서 날품 팔던 이웃집 아주머니가 하루 일당조차 포기하고 수소문 끝에 찾아낸 부천에 있던 사설 보육원으로 나를 데려다 주었던 여섯 살 적, 엄마가 살아난다면 몰라도 다음부터는 절대 안 울 테야 하고 자각한 이후, 나는 펑펑 울고 싶은 순간이 있어도 이빨 앙다물고 울음을 참았다. 이번도 그렇게 나는 이빨을 꽉 깨물었다. 시계를 보니 이미 오후 다섯시가 가까운데 낮이 한창 길어지는 절기라 서쪽에 걸린 해가 마지막 열기를 쏟아 붓는다. 우리는 천장에 줄을 달아 내린 사회복지과 팻말을 보고 그쪽 책상으로 간다. 청사 안의 의자 태반이 비어 있는데, 사회복지과 직원은 젊은이 한 사람뿐이다. 나는 그에게 장애자 복지 시설체 설립을 두고 말을 꺼낸다. 통계 자료가 뜬 컴퓨터를 들여다보던 젊은 공무원이, 제 담당이 아닌걸요, 하고 사무적으로 말하더니 아차 싶은지 대민 봉사 자세로 돌아가 의자에서 일어선다. 오늘은 일과가 끝났으니 내일 오세요. 책임 회피가 아니라, 바깥 사정은 보고 오셨죠? 아파트 단지 내에 탁아소며, 유아원, 노인정 문제로 우리 과도 정신이 없어요. 장애인 시설체 인허가는 조건이 복잡해서 고참 과장님이 맡고 있는데 외부에 나가셨어요. 그 말에 우리는 할 말을 잃고 멍청해진다. 인허가에 제출할 관용 양식이라도 달라고 내가 말하자, 젊은이는 그 양식도 자기 소관이 아니요 과장님이 서랍 열쇠를 채우고 나가 찾을 수가 없다 했다. 젊은 공무원은 무조건 내일 아침에 오라고만 말하곤 제자리에 앉는다. 내일 다시 오는 수밖에 없군요. 내가 낙담하며 말한다. 우리는 시 청사를 나선다. 토지 대장과 건축 대장은 집에 떼어 놓은 게 있어 발급받지 않아도 될 것 같다. 거쳐 가는 길목이라 내가 강 목사를 보육원까지 승용차로 태워 주려 했으나 그는 지역사회연구소 인권위원장과 약속이 되어 있다며 그리로 가보아야 한다고 했다. 우리는 내일 아침 열시에 시청 사회복지과에서 만나기로 약속하고 데모꾼이 시위를 중단하고 빠져나가는 시청 앞에서 헤어진다. 자전거를 끌고 가는 게 아니라 자전거에 끌려가는 듯한 등 굽은 그의 작은 뒷모습은 활기차게 옮기는 걸음으로 금방 사람들 사이에 묻혀 버린다. 나는 휴대전화로 집에 전화를 걸어 장춘댁에게, 곧 귀가해 저녁밥을 집에서 먹게 될 것이며 보일러를 가동시켜 스위치를 온수 쪽으로 돌려놓으라고 이른다.

해가 한창 길어진 절기라 오후 여섯시인데도 거리 풍경이 한낮 같다. 나는 차를 몰고 복잡한 시내를 빠져나오다, 경운기에 딸기를 싣고 나와 파는 농군을 만났다. 유기농으로 재배했는데 날씨가 갑자기 더워져 끝물이라는 그의 말대로 딸기는 너무 크지 않고 갓 따낸 듯 싱싱하다. 딸기는 과일 중에 그 색깔이 먹음직스럽고 한입에 넣기에 크기가 알맞다. 나는 딸기 두 관을 사서 차 옆자리에 싣는다. 삼거리에서 2차선 도로로 꺾어들어 북상하자 차들 내왕이 뜸하고, 한껏 부푼 싱그러운 자연이 사방에서 다가온다. 꿩 한 마리가 푸드덕대며 길을 건넌다. 나는 차창을 열고 나무들이 대기에 뿜는 산소를 한껏 들이켠다. 그러나 머지않아 이곳의 빽빽한 수목들도 뿌리째 파내어지고 붉은 맨살을 드러낼 것이다. 아파트 단지가 세워질 땅의 토목 공사 현장을 본 적이 있었다. 1백 년은 좋이 자랐을 아름드리 나무들이 전기톱으로 베이고 불도저에 의해 거대한 뿌리가 뽑히는 광경은, 생명체의 무자비한 학살에 다름 아니었다. 어찌 보면 그런 나무 같은 내 남편도 내가 보호하지 않으면 그런 운명에 처해질 것이란 연상에 내 온몸이 닭살로 경직되는 전율을 맛보았다. 그러나 오늘, 이 순간, 나의 마음은 더없이 가뿐하다. 멀고 긴 도정 끝에 목적지에 닿아 무거운 짐을 등에서 털어 내고 지하수가 가득 담긴 물통을 선물받은 낙타이듯, 온몸이 가뿐하다. 자비의 속성은 강요로 이루어질 수 없기에 주는 자나 받는 자는 다 같은 축복을 공유한다. 7년 전 내가 동수 씨의 반려자로 지원했을 때, 이런 장래의 결정까지 이미 예비되어 있었을까? 어쩜 그랬을는지도 모른다는 생각이 든다. 아니, 인터넷으로 강 목사를 만나지 않았더라면 이런 일은 결코 일어나지 않을 것이다. 만나보육원을 알기 전까지 다섯 차례의 봄을 과수원에서 맞을 동안 나는 생필품을 구입하러 한 주일에 한 차례 외출하는 외에 세상과 담쌓고 지냈다. 집 뒤란에 채전을 일구어 봄부터 가을까지는 농사일에 매달렸다. 감자, 고구마, 고추, 콩을 비롯해 각종 소채류를 심어 자급자족했다. 땀 흘려 일하는 게 즐거웠고 그 열매를 수확할 때의 기쁨도 그만큼 컸다. 나 자신이 그렇게 유폐된 생활을 원했던 만큼 나는 남편을 돌보는 일, 인터넷을 통해 우편 주문한 책을 읽거나, 밤이면 테라스의 등의자에 편안히 앉아 보석처럼 박힌 별들을 보며 가없이 넓은 우주 속에 일회성으로 반짝 지상을 스쳐 갈 인간의 운명을 두고 하염없이 생각을 풀어놓기도 했다. 남편이 탄 휠체어를 밀고 과수원을 돌아볼 때, 나무와 풀들의 성장과 동면과 죽음, 꽃 핌과 꽃 짐을 관찰했고, 벌레와 새들의 노랫소리에 귀를 틔우며, 전원에서의 삶을 통해 자연의 일부가 되어 감을 감사해했다. 유폐란 말은 어쩜 시정 사람들이 나를 볼 때 편견으로 쓸 수 있는 단어일 뿐, 나는 내가 선택한 그 생활에 만족했다. 비싼 돈을 들여 오 여사가 개설해 놓은 인터넷이 외부와 접촉할 수 있는 유일한 통로였다. 텔레비전도 남편의 건강 식단을 짠다는 핑계 아래, 주리며 살아온 자가 먹는 소원을 풀고 싶듯 호기심 등등하게 요리 프로에 고정시켜 놓고, 채널을 바꾸지 않았다. 오 여사가 중형 승용차를 남겨 두고 미국으로 떠날 때, 여기선 차 없으면 감옥 생활과 다를 바 없으니 수원 나가서 운전면허증부터 따라는 말을 무시하고 나는 중고 승용차를 처분했고 기사를 해고시켰음은 물론이다. 골프를 치러 교외에 나왔다 들렀다는 시댁 식구와 오 여사 친정아버지, 남편의 외가 식구도 그런 나를 두고 차츰 의혹의 눈초리를 거두었고, 요즘 사람이 아니라며 안심하는 눈치였다. 동수를 보살피는 그 진실성과 사리에 밝고 청빈한 생활을 보니 이제 마음놓아도 되겠어요. 내 나이 희수가 가까우니 아이들 아버지가 나한테 맡겨 두었던 돈은 이제 동수댁이 관리하구려. 뉴욕에 있는 딸애한테도 그렇게 전했소. 결혼 생활 4년차에 들자 오 여사 친정아버지가 원로 변호사회 회원들과 남부골프장에 나들이 왔다 돌아가는 길에 집에 들러 했던 말이다. 과수원에 칩거하기 5년차로 접어들자 나는 단조로운 생활에서 기지개를 켜기 시작했다. 자족함이 나만을 위한 자족함으로 고여 있다는 것은 다른 말로, 주린 자의 양식을 빼앗아 내 배를 채우며 산다는 데 따른 각성이었다. 종교적 견해에서 보자면, 선한 신은 이 지상의 고통받는 사람을 늘 주목하기에 나의 게으름을 깨워 세상의 그늘진 곳으로 내려가라고 명령했다. 나는 평소 내가 소망했던 일을 실천에 옮기기로

하고 극빈층 독거노인들의 자원 봉사에 나섰다. 운전을 배우고 소형차를 구입했다. 이어, 만나보육원과도 인연을 맺게 된 셈이다. 축사가건물 앞을 거쳐 가며 저만큼에 우리 집 과수원을 두자, 동수 씨를 만나러 주말마다 이 길로 '승용차에 태워져' 들랑거렸던 일곱 해 전이 소롯이 되돌아 보인다. 울적함과 두려움, 설렘과 기쁨이 시간 따라 교차하고, 개 짖는 소리에도 신경이 바늘로 곤두섰다가 곧이어 심연으로 떨어지는 나른함에, 반지하 자취방으로 돌아온 밤마다 신열로 앓던 나날이었다. 그 시절이야말로 내가 살아왔던 삶과 앞으로 살아갈 전혀 다른 삶의 분명한 분기점에 서 있었다.

*

강남 삼성동 현대백화점에서 오 여사와 만난 이후, 나는 차츰 용인시 구성읍의 과수원 집 가족 일원으로 편입되어 갔고, 예비 신부 수업을 받게 되었다. 토요일 오후 두시, 일요일에는 오전 열시에 정확하게 기사가 승용차를 몰고 나를 데리러 왔다. 일요일은 그 집 식구들과 함께 승용차 편으로 구성읍에 있는 교회로 나가 낮 예배를 본 뒤 점심은 외식을 하고 과수원 집으로 돌아왔다. 나는 그 집에서 오후 시간을 보내다 저녁밥을 먹은 뒤에야 수원까지 기사가 태워 주는 승용차를 이용해, 거기서 버스를 타고 안양시의 내 자취방으로 돌아왔다. 외진 과수원 집에서 시간을 보낼 동안 조만간 남편이 될 장애인 동수 씨를 빼고, 집안 식구들과도 친해졌다. 그들은 모두 나를 곧 새색시로 들어앉을 여자로 받아들였다. 그 집 식구는 일곱이었다. 화가 부부, 아들 동수 씨와 여고생 딸, 가정부 안씨, 운전기사 이씨,

겨울철이면 집 안 허드렛일을 하다 봄부터 과수원일을 맡는 박 영감이었다. 이씨와 박 영감은 원예 단지가 있는 아랫마을에 살고 있었기에 아침저녁 출퇴근을 했다. 진돗개 순둥이와도 안면을 트자, 나를 보면 꼬리를 흔들고 다가왔다. 노화가는 죽음 앞에서는 체념했으나 내 앞에서는 한껏 자제력을 보이며, 여러 이야기를 하고 싶어했다. 한국전쟁 직전 화신백화점에서 첫 개인전을 연 이래 화가로, 미술대학 교수로 살아온 자신의 이력도 말했으나, 주로 장애인 자식의 성장 과정과 장래에 대한 간절한 부탁이었다. 그럴 때면 다른 일을 하던 오 여사가, 통증이 심할 텐데도 말할 기운이 나세요, 그만 방에 들어가 쉬라며 남편을 말렸다. 여고생 은주는 나를 언니라 부르며, 오빠는 참 착한 분이에요, 아침이면 그 눈만 봐도 내게 안녕 하고 인사한다는 걸 난 알아요, 하고 말했다. 은주 역시 부모의 영향 탓인지 미국으로 들어가면 미술대학에 입학해 화가의 길로 나가겠다고 했다. 젊은 운전기사의 주 임무는 은주를 분당에 있는 예술고등학교에 등교와 하교를 시키는 일이었으나 집 안에서 남자가 할 일을 스스로 찾아 묵묵히 해내는 부지런한 청년이었다. 가정부와 박 영감은 지역 토박이로 순박한 촌사람이었다. 나는 오 여사로부터 동수 씨가 휠체어를 타게 된 사연을 들었다. 선생과 제자 사이로 과 친구들과 압구정동 복층 아파트로 처음 가본 날, 그때가 동수 나이 열 살이었나, 이미 휠체어를 탄 지금의 모습이었어요. 선생님 말씀으로는 동수가 유아 때는 발작이 심한 중증 자폐아였대요. 똥오줌조차 제대로 못 가렸으니 지능 지수가 40쯤 될까, 약을 먹이지 않으면 잠시도 가만 있지를 못하고 천방지축 나부댔대요. 어느 날, 제 엄마가 애를 잠시 놓치는 사이 그만 2층 계단에서 굴러 떨어졌나 봐요. 엄마가 까무러친 동수를 업고 병원으로 달려갔는데, 그때 이미 애는 허리뼈가 골절되며 신경을 다쳤나 봐요. 동수가 혼수상태 끝에 사흘 만에 깨어났지만, 그렇게 나부대던 애가 돌연 일체의 동작을 중지한 식물인간으로 변해 버렸다지 뭐예요. 이를테면 정상적인 사람 뇌의 동작을 관장하는 기관이 잘못 연결되어 발작 증세를 보이다, 계단에서 구르는 충격으로 그 기관이 이번에는 침묵의 고요 쪽으로 다시 한 번 잘못 연결되었달까……. 뇌의 작용이 참으로 신비스럽지 않아요? 오 여사의 말에 나는 준비된 말이 없어 침묵했다. 그네는 동수 씨가 나와의 결혼이 초혼이 아니며 두 번째라는 사실도 솔직하게 털어놓았으나 여기서 3년을 살다 더 이상 배겨 내지 못하고 이혼을 요구해 왔다는 것이다. 부모가 그 청을 들어주었고 얼마간 위자료를 주어 떠나보냈다고 했다. 오 여사는 그 말을 하곤 내 눈치를 살폈다. 그네가 내 표정을 보았다면 돌부처 같은 아들의 표정과 흡사하다고 느꼈을 것이다. 그 고백에 눈 한 번 깜박하지 않았던 만큼, 나는 조금도 놀라지 않았다. 동수 씨 나이가 서른세 살이라면 충분히 초혼 경험이 있을 수 있었다. 나는 그 점에 어떤 서운함이나 불쾌한 감정을 느끼지 않았다. 아기를 가질 수 없다는 건 어떻게 생각해요? 신이 내린 은총으로 여성에게는 누구나 모성 본능이 있잖아요? 평생 그 한으로 괴로워할 텐데……. 햇빛 좋은 날 과수원을 거닐며 오 여사가 내게 물었다. 전 고아로 자라나 신산한 소녀기를 보냈기에 결혼에는 별뜻이 없었어요. 오히려 경제적으로 자립할 수 있다면 혼자 사는 게 더 좋다는 쪽이었습니다. 자식을 둔다는 건 애초부터 생각 밖이었구요. 아버지 얼굴조차 모르는 제 어린 시절을 돌아보더라도, 아기를 갖는다는 걸 늘 끔찍하게 생각했어요. 엄마들의 자의가 아닐 수도 있었겠지만, 엄마가 왜 나를 낳았는지 하는 원망은 고아들의 공통된 심리니깐요. 오 여사는 내 말에 고개를 끄덕이더니 머뭇거리며, 우리가 구혼 광고에서 미스를 애써 고집한 건 아무래도 여자 쪽이 남녀간의 섹스를 시시콜콜 다 아는 게 동수 같은 장애인과의 결혼 생활에는 좋지 않을 듯해서요, 하는 말을 조심스럽게 흘렸다. 그 뜻을, 이제 한창 나이인데 앞으로의 긴 세월 동안 육체적 욕망을 어떻게 다스릴 것이냐고 새겨들었으나, 나는 대답하지 않았다. 섹스는 비단 자식의 출산을 넘어서서 부부간에 가장 중요한 애정 표현이요 사랑의 확인임을 이해하고 있었지만, 나야말로 일찍이 누구보다도 섹스 자체는 혐오를 넘어 증오에 가까운 감정을 가져온 터라 수절하겠다는 각오 없이도 이를 극복해 낼 자신이 있었다. 보육원 시절, 여덟 살에 행정실장이란 작자에게 두 차례 강간을 당했다는 비밀이야말로 내가 평생 잊을 수 없는 상처였다. '밝힐 수 없는 슬픔은 뚜껑이 덮인 가마솥처럼, 심장을 그 안에서 재가 될 때까지 태워 버린다'는 셰익스피어의 비극 《타이터스 앤드로니커스》의 대사가 내 심사의 적절한 반응이었다. 훗날, 보육원 어린 소녀들의 상습 성추행범이었던 그가 부흥 목사가 되었다는 전단 광고의 사진을 보곤, 하느님이 그를 회개시켜 죄 사함의 은총을 내렸든 어쨌든, 그 뒤부터 남자라면 짐승의 탈을 쓴 인간이 아닌, 진정한 사람일 수도 있다는 쪽으로 선별하여 보는 데 여간 힘들지 않았다. 여덟 살 때의 그 치욕이 유사한 사례의 사건을 통해 후딱 머리에 스치면, 나는 나도 모르게 두 다리를 옴츠려 붙이고 오줌 줄기를 힘주어 다잡았다. 그럴 때, 분명 머릿속일 텐데 아래쪽의 그 부위를 찌르는 통증으로 몸을 떨었다.

2월 하순으로 접어들자 발에 닿는 감촉으로 흙이 스펀지처럼 부드러워졌고, 양지에서는 연약한 푸른 잎새가 땅을 박차고 세상 빛을 보겠다며 솟아올랐다. 보육원 시절에 봄이면 쑥을 뜯어 쑥국을 참 많이 먹었어요. 곧 쑥이 나오겠어요. 내 말에 오 여사는, 그래요, 과수원엔 쑥이 지천으로 돋지요, 우리 쑥 뜯어 쑥버무리도 만들어 먹읍시다, 했다. 오 여사는 도서관에 사표를 내고 자취 생활을 청산해서 자기 집으로 입주하라고 권했으나, 그러기에는 아직 마음의 정리가 덜 되었다며 나는 사양했다. 한국 땅에서는 마지막 생일상 받는 날이라며 강남의 대형 중국 식당에서 오 여사의 생일잔치를 벌인 날, 시댁 식구와 오 여사 친정 식구들을 만난 자리에서 나는 그들에게 동수 씨의 신붓감으로 선을 보이게 되었는데, 다행히도 괜찮은 점수를 받았다. 장애 자식을 둔 어머니로서 그 속앓이가 치명적인 병에도 영향을 끼쳤을, 일찍 타계한 동수 씨의 친어머니, 그이 외가 가족도 오 여사의 세심한 배려로 상면할 기회가 있었다. 분당에 있는 갈빗집에서 나는 동수 씨의 백발 성성한 외조모와 대기업에서 중역으로 은퇴한 외삼촌 내외분을 휠체어에 실려 나온 동수 씨와 함께 만났다. 동수 씨의 평생 반려자로서 헌신할 것을 두고 '서약'이 아닌, 서약투의 내 말에 그쪽 식구가 감복하여 손수건으로 눈물을 찍기도 했다. 그 눈물은 내 희생에 따른 결의가 보인 감동이 아니라, 그런 말에도 아무런 반응 없이 묵묵히 갈빗살을 발겨 먹는 피붙이에 대한 불쌍함 때문인 줄을 나는 알고 있었다. 3월에 들어 봄의 기운이 척후병처럼 산야로 점염해 오자, 시아버지 될 분의 입원과 퇴원 횟수가 훨씬 잦아졌다. 뼈만 남은 그분의 앙상한 몸은 이제 스스로의 힘으로 걷기조차 힘들었다. 서둘러, 내 눈감기 전에 어서 서둘라구. 노화가가 젊은 아내에게 재촉하는 만큼, 결혼식 준비 또한 속도가 붙었다. 내 쪽에선 가족이 없었기에 예식장 예약과 혼수 문제 따위의 모든 절차와 진행은 오 여사가 맡았다. 3월 하순, 나는 도서관 임시직을 그만두었고, 버릴 것이 더 많은 내 자취방 살림살이 중 허섭스레기를 죄 버리고 책들이 주요 품목인 나머지 세간을 꾸려 승용차 편에 시댁 될 용인시 구성읍의 외진 과수원 집으로 옮겼다. 나는 대기 신부로서 정식으로 입주를 한 셈이었다.

구름 잔뜩 낀 어느 봄날, 동수 씨와 나는 분당의 한 예식장에서 결혼식을 올렸다. 시누이 은주가 한국을 떠나기 전 오빠를 위해 마지막 봉사를 해보고 싶다고 자청해 그녀가 오빠의 휠체어를 밀고 입장했다. 그이는 자신이 나와 결혼식을 올리는 줄 속짐작은 했는지 어쩐지 모르지만 신부를 맞는 데 따른 관심 따위는 없었다. 그의 표정이 무뚝뚝했으나 자세는 의젓하고 점잖았다. 내가 배필로 선택되었음을 그가 알든 모르든, 나는 이를 담담하게 받아들였다. 나는 이미 그와 동행하게 될 내 앞날을 아이 적의 결심처럼 '울지는 않겠다'는 마음으로 내다보고 있었다. 내 쪽 피붙이가 아무도 없었던 그 결혼식을 돌이켜 보면, 늦가을 적막한 산야를 적시는 빗소리를 듣듯 마음이 울적해짐은 어쩔 수 없었다. 사실, 그때나 지금이나 나의 생애는 운명적으로 부닥친 현실과, 그 현실이 타의에 의해 환경이 바뀔 때라도, 늘 몸 낮추어 적당히 적응해 온 순종의 세월이었다. 동수 씨가 장애인이요 재혼임에도, 신랑 쪽 아버지가 임종을 앞두고 있어서인지 시댁 쪽은 하객이 많아 뷔페식 3백 석이 모자랄 정도였다. 시댁 쪽 세 집안이 넓은 데다 미술계의 제자들이 몰려온 탓이었다. 예복이 우장 같아 보일 정도로 여윈 동수 씨 부친은 지팡이를 짚고 신랑

측 부모석에 일찌감치 자리하여 하객들로부터 인사를 받았는데, 기쁨에 넘친 나머지 연방 손수건으로 눈물을 닦았다. 내 쪽은 섬김복지단 시절의 연락 닿는 몇 친구와, 구로공단 인쇄소에서 사귄 여공출신 몇에, 도서관 직원들이 축하해 주러 왔다. 휠체어를 탄 목석같은 동수 씨와 신부복 입고 나란히 선 나를 두고 하객들의 비등했을 애증 섞갈린 뒷공론을, 나는 등 뒤로 무수히 박히는 화살을 통해 따갑게 느꼈고, 그 연상만으로도 귀가 간지러울 지경이었다. 복합 장애인 지팡이로서 스스로 사서 하게 될 고난의 생애에 따른 애처로움과, 재산에 목적이 없다면 멀쩡한 처녀가 무엇 때문에 이 결혼을 선택했겠느냐는 의혹의 눈초리에 나는 더 담대해져야 할 내 앞날을 두고 다시금 마음을 사려 먹었다. 만남의 인연만큼은 이 세상에서 지고 가야 할 업고처럼 운명으로 받아들이는 데 나는 보육원 시절 이후 길들여져 있었고, 그 결혼은 내가 선택했기에 그 길에 순종할 수밖에 없다고 다짐했다. 그러기에 '운명'과 '순종'은 뗄 수 없는 관계로 붙어 다녀 무료한 시간에 무심코 종이에다 '운명'이란 단어를 낙서하면 뒤이어 '순종'이 따라와 그 글자 옆에 순종하듯 나란히 섰다.

시아버지가 임종하기는 결혼식을 올리고 나서, 어색한 새물 한복 차림에 앞치마 두르고 주부 수업에 바빴던 열하루 뒤, 봄볕 다사로운 날이었다. 그분은 의식이 혼수에 들어 마지막 된 숨을 뿜어내기 전까지는 정신이 온전했다. 멀건 눈동자로 나를 볼 때 마른 얼굴에 떠오르는 희미한 미소가, 며느리를 보니 이제 안심하고 눈을 감겠다는 안도를 담고 있었다. 기운을 엔간히 차릴 때면 거미같이 뼈만 남은 손으로 내 손을 잡고 들릴 듯 말 듯한 목소리로, 불쌍한 우리 동수를 잘 부탁한다는 말을 되풀이했다. 그 마른 몸 어디에 수분이 남아 있으며 이를 눈물샘에 모아선 밖으로 내보낼 힘이 있는지, 눈가로 눈물이 흘러내렸다. 아버님, 걱정 마세요. 아버님의 소원대로 그 약속을 꼭 지킬게요. 내가 시아버지의 손등을 다독거리며 말했다. 그때, 아버지의 임종 모습을 머리맡에서 휠체어에 앉아 바라보던 남편의 얼굴이 종이를 구기듯 일그러졌다. 그이가 소리 없이 눈물을 흘리는 모습을 그때 보았고, 그 뒤로는 한 번도 본 적이 없었다. 그 장면은 평소 냉정함을 잘 유지하는 내 감정을 흔들 만큼 감동적이었고, 남편이 결코 식물인간이 아니란 데 확신을 주었다. 시어머니 오 여사는 유사시를 대비해 이미 예약해 둔 서울 강남 삼성의료원의 구급차를 휴대전화로 불렀고, 운전기사에게는 시가 쪽 대소가 친척의 연락을 부탁했다. 오늘부터 이 옷을 입어요. 오 여사가 장롱에서 구입한 뒤 포장끈조차 풀지 않은 새 옷 상자를 꺼내 놓았다. 그 옷은 나와 둘만이 처음 만나 현대백화점에서 샀던 검정 투피스 정장이라, 나는 찔끔 놀랐다. 검정색과 흰색을 두고 유식한 체 둘러대어 말할 그때, 그네는 내가 입고 나온 초라한 옷을 보고 이미 오늘의 예장까지 예비했단 말인가? 인터넷을 통해 며느릿감을 찾을 때 온갖 조건을 붙였듯, 충분히 그럴 수 있는 여자라고 나는 생각했다. 오 여사는 남편의 3일장이 끝날 때까지 침착함을 잃지 않았고 장례 뒤치다꺼리를 빈틈없이 수행했다. 시아버지의 유언대로 분당 남서울공원묘지에 묻힌 동수 친엄마의 묘가 이장되어, 집 뒷동산에 부부의 비석이 나란히 세워졌다. 자신이 엄연한 호적상 미망인인데도 이를 용인한 오 여사의 배포는, 삼우제에 참석한 문상객들을 모두 숙연케 했다. 보름 뒤, 시어머니 오 여사가 시누이 은주를 데리고 미국으로 떠날 때, 나는 김포공항까지 마중을 나갔다. 올해는 힘들겠지만 내년부터 이쪽 집안에 무슨 일이 없다 해도 선생님 기일을 전후해서 1년에 한 번씩은 나올 거예요. 이제 명실상부한 집주인이 되었으니 열심히 사세요. 우리 동수 잘 지켜 주구. 내가 거기서 이메일을 개설하면, 우리 날마다 문자로 연락해요. 그네가 떠나며 마지막 했던 말의 맑은 울림은 늘 내 귀에 쟁쟁하게 남아 있었다. 약속대로 오 여사는 이민 2년차에 남편의 기일을 맞아 학기 중인 은주를 남겨 두고 혼자 귀국했고, 우리 집에서 일주일을 머물렀다. 과수원과 뒷동산에 쑥이 지천으로 돋아난 3월 하순이라 우리는 쑥을 뜯어 쑥국을 끓이고 쑥버무리를 해먹었다. 바깥출입을 일절 끊고 과수원에 묻혀 사는 나에게 그네는 이태 전 며느리로서의 내 선택을 두고 자신의 안목을 자랑하며 만족해했다. 그 이듬해, 오 여사는 귀국하지 않았다. 이메일에서 그네는 치과 의사인 재미 동포 이혼남을 만나 사귀고 있는데 곧 결혼하게 될 거라고 밝혔다. 결혼한 이듬해에야 그네는 남편과 함께 귀국해 과수원 집에서 이틀을 묵었다. 오 여사와 동갑인 남편은 조용하고 점잖은 신사였다. 그네의 밝은 성격이 자신의 삶에 그대로 연장되었듯, 둘의 주고받는 눈길만 보아도 아직 꿈같은 신혼 기분에서 깨어나지 않은 채 있음을 알 수 있었다.

*

나는 경적을 울리며 집 앞에 승용차를 세운다. 차 소리에 두리가 먼저 달려와서 반갑게 짖어 대고 이어 장춘댁이, 사모님 오셨어요, 하며 현관문 밖으로 바쁘게 나와 철대문 두 짝을 활짝 연다. 모기 들어온다고 현관문은 잠시 출입하게 되더라도 반드시 닫고 다니라 했잖아요. 현관문을 열어 둔 채 대문을 딴 장춘댁에게 이르곤 나는 딸기 봉지를 그네에게 건넨다. 차를 집 안의 차고로 밀어 넣고 시동을 끈다. 해가 졌으나 사방은 아직도 훤하고 대기는 눅눅한 더위로 찐다. 거실, 안방, 주방에 에어컨이 있으나 내가 안주인이 된 뒤 그 기기를 작동시켜 본 적이 없다. 여름철은 덥게 사는 게 당연하고 시골은 자연 바람만으로도 충분히 견딜 만하다. 어둡기 전이라 남편은 틀림없이 테라스에 있겠거니 싶어 나는 그쪽으로 돌아간다. 저 왔어요. 저녁밥을 함께 먹을 수 있어요. 내 말에 남편이 고개를 돌려 나를 본다. 덤덤한 얼굴에 미소가 입꼬리에 필 듯 말 듯하다 곧 사라진다. 모기가 덤비지 않아요? 저 땀 좀 봐, 닦지도 않구. 나는 휠체어 팔걸이에 걸린 수건으로 땀이 진득하게 밴 그이의 얼굴과 목덜미를 닦아 준다. 이제 들어가요. 목욕하고 상쾌한 기분으로 저녁밥 먹읍시다. 나는 현관을 통해 먼저 거실로 들어가 테라스로 통하는 방충망에 살충제 스프레이를 한차례 뿌린 뒤 방충망을 열곤 남편이 탄 휠체어를 거실로 당겨 들인다. 옷 갈아입고 나올 테니 잠시만 기다려요, 하곤 나는 휠체어를 욕실 앞에 세워 두고 안방으로 들어간다. 청바지를 벗곤 반바지로, 블라우스도 집에서 입는 면 셔츠로 갈아입는다. 남편을 목욕시키고 입힐 러닝셔츠, 면 셔츠, 기저귀, 면바지를 챙기고 갈아입을 내 속옷도 서랍에서 꺼낸다. 나는 옷 꾸러미를 들고 거실로 나온다. 욕실의 수은등을 켜자 환풍기가 가동된다. 나는 휠체어를 욕실 안으로 밀어 넣고 문을 닫는다. 남편의 두 겹 윗도리를 벗긴다. 허리띠를 풀어 바지를 까 내린다. 용변을 자유스럽게 보지 못하므로 남편은 언제나 팬티 대신 성인용 기저귀를 차고 있다. 내가 집에 있을 때는 어, 어, 하는 기성으로 사람을 불러 용변을 보고 싶다는 뜻을 알린다. 내가 집을 비우면 결코 장춘댁을 부르는 법 없이 기저귀에 변을 그냥 보아 버린다. 다른 여자 앞에서는 염치를 차린다는 증거다. 남편이 찬 기저귀를 풀자 물씬 풍기는 변 냄새가 코를 찌른다. 나는 그 냄새에 익숙하다. 멍청히 나를 보던 남편의 눈길이 아래로 깔린다. 부끄럽다고 느낄 때 취하는 그이의 버릇이다. 나는 기저귀를 접어 한쪽으로 치우고 수도꼭지를 튼다. 더운물이 쏟아진다. 나는 샴푸를 쓰지 않고 남편의 민머리부터 비누질을 하여 감긴다. 목욕용 깔깔이수건에 비누질을 해서 그이의 얼굴부터 차례로 닦아 나간다. 그럴 때 그이는 비눗물이 눈에 들어가면 따갑다는 걸 알기에 눈을 감는다. 극빈자 독거노인 집을 방문하면 그들의 몸도 나는 씻긴다. 치매에 든 노인의 경우는 부끄러움을 모르기에 남자라고 가리지 않고 알몸으로 만들어 수건에 비누질을 해서 온몸을 닦아 준다. 그럴 때 그들 몸에서도 냄새가 난다. 생명체는 죽어 썩어질 때만이 아니라 살아 있어도, 살아 있다는 증거로 온몸 땀구멍마다 자기 냄새를 뱉어 낸다. 모든 일이 그렇지만 인간의 후각도 길들이기에 달렸다. 얼토당토않은 말에 도저히 참을 수 없을 땐 후각과 관계없이 속이 매스꺼워 구토를 할 때도 있다. 남편의 등과 가슴을 수건으로 밀어 준다. 체구는 크게, 뼈대는 굵게 성장했으나 운동 부족으로 어깻죽지가 얇고 팔이 가늘며 가슴보다 허리둘레가 더 굵다. 다리는 체격에 비해 여위어 근육이 없는 무른 살이 뼈를 싸 발랐다. 오그라붙은 쬐끄만 성기를 비누질하여 씻겨 주고, 그이의 몸을 내 허리 쪽으로 당겨서 들고 항문을 닦아 준다. 그러느라 내 옷이 축축하게 젖어 버린다. 처음 내가 남편의 성기를 씻어 줄 때, 나는 설움이 바깥으로 터지지 않게 이빨을 앙다물었다. 만감이 교차한다는 말을

112

그제야 실감했는데 그 혼란한 마음에 한줄기 빛이 비쳐들었으니, 사랑이야말로 쟁취하거나 받으려 해서는 안 되고 내 속에 고인 사랑을 끊임없이 퍼주어서 나를 비워야만 사랑이 다시 그 빈자리에 고임을 깨달았다. 물론 남편은 처음부터 내게 알몸을 맡기지 않았다. 얼굴과 목을 씻겨 주는 것으로 시작해서 차츰 한 꺼풀씩 옷을 벗겨 등물을 쳐주었고, 반년이 지난 뒤에야 아랫도리 옷을 모두 벗겨 알몸을 씻어 주게 되었다. 한동안 그이는 내 앞에서 알몸이 되는 게 부끄러워 얼굴을 들지 못했으나 차츰 익숙해졌고 나의 손길을 받을 때 흐뭇해하는 기색이 표정이 아닌 눈에서 나타났다. 나를 보는 눈이 거슴츠레 감기고 착한 눈동자에는 더할 수 없는 만족함이 고여 있음을 보았다. 눈은 마음의 거울이란 말대로, 특히 중증 장애인에게는 그 마음이 눈동자에 먼저 나타난다. 나는 늘 남편의 눈부터 보는 버릇에 익숙하다. 만약 밤늦게까지 텔레비전의 만화 프로를 보고 있는 남편에게 내가 읽던 책장을 덮고 텔레비전을 끄며, 잠잘 때가 되었어요, 하고 그이의 눈을 보면 내 말에 수긍할 때는, 이제 자야지 하는 뜻이 눈에 나타난다. 피곤이 담긴 눈의 윗눈꺼풀이 처진다. 그렇지 않을 때는, 벌써 자야 해? 하듯 동공이 열리고 의아하다는 느낌이 눈동자에 떠돈다. 나는 타월로 남편의 씻은 몸을 닦아 주고 새 옷을 입혀, 휠체어를 욕실 밖으로 밀어낸다. 이제는 내 차례다. 내 옷은 남편을 씻기느라 물을 뒤집어 썼고, 씻기는 일도 노동이라 몸은 땀으로 흠씬 젖어 버렸다. 나는 샤워를 하고 그이의 체취가 묻은 타월로 몸을 닦는다.

거실 바깥은 어슴푸레 땅거미가 내리고, 그쪽 방충망에서 더위를 식히는 저녁 바람이 시원하게 밀려든다. 나는 남편이 탄 휠체어를 밀고 식당 쪽으로 간다. 그쪽의 환한 주황 불빛과 장춘댁이 차려 놓은 소담한 식탁이 우리 내외를 기다리고 있다. 나는 남편의 귀에 대고 조용조용 말한다. 여보, 우리 과수원 말이에요, 그 과수원을 팔고, 집 뒷동산에다 당신 같은 장애인을 위한 복지 센터를 짓겠어요. 앞으로 우린 그들과 한 식구로 살게 돼요. 제 말 알아듣겠지요? 찬성하시지요? 내 말을 미각으로 느낀다면 분명 식후에 먹게 될 딸기 맛쯤 되리라.

물방울 하나가 고요한 수면에 떨어지면 그 중량으로 파문이 겹으로 커지며 넓게 퍼지다가 스스로 넉넉한 물에 섞여 자취를 감춘다. 그 이치와 같이 베풂이나 선행, 우리네 삶 그 자체도 그런 물방울 하나이리라. 언젠가, 그이와 나도 물방울 하나로 떨어져, 끝내는 그렇게 이 지상에서 흔적 없이 사라지리라.

(《파라21》, 2003년 가을호)

고 난

일 지

● ● ● ● ● ● ●

케테 콜비츠, 〈칼 리프크네히트를 추모하며 *Gedenkblatt für Karl Liebknecht*〉, 1919~20.

고난 일지

1974년 4월

통행금지 시간이 가까워서인지 집집마다 전등불이 꺼졌고 주위가 조용했다. 후줄근한 점퍼 차림에 등산모를 눌러쓴 김씨는 한길을 피해 골목길만 골라 길을 둘러서 집으로 가는 걸음이었다. 김씨는 친지 집이나 후배들 자취방을 옮겨 다니며 하루나 이틀씩 기식했으나 때가 때인지라 재워 주는 측이 시한폭탄이라도 들여놓은 듯 두려워했고 그 역시 눈치가 보여 닷새 만에 귀가를 결정한 참이었다. 긴급조치 4호라는 전대미문의 초강경 대통령 특별 담화 발표가 있은 지난 3일 이후 그는 신변에 불안을 느껴 집을 나와선 며칠에 한 번꼴로, 그것도 통금을 앞둔 야밤에만 집에 들렀다가 어둠이 걷히기 전에 집을 나섰다. 그렇게 집 떠나 한 달 가까이 바깥에서 싸돌 동안 집안 생계를 책임진 아내보다 두 딸애 모습이 자주 눈에 밟혔다. 김씨는 여염집 벽에 붙어 걷다 후딱 뒤돌아보거나 걸음을 멈추고 한참

동안 인적 없는 어두운 골목길 뒤쪽을 살피기도 했다. 가로등이 없는 컴컴한 골목길은 어둠 속에 희미한 꼬리를 보인 채, 따라붙는 미행자가 감지되지는 않았다. 그래도 누군가가 자기 뒤를 밟고 있다는 불안감이 마음을 옥죄어 왔다. 펄떡이는 가슴을 널빤지가 누르고 군홧발이 널빤지를 밟고 지나갈 때마다 심장이 터질 듯 펌프질했다. 구토 증세마저 있어 속이 매스껍고 신물이 목구멍을 넘어왔다. 그는 점심때 서문시장 채소전 어귀의 노점에서 지게꾼 둘과 나란히 쭈그리고 앉아 국수 한 그릇을 먹었다. 갓 삶아 낸 국수에 멸치 국물 한 국자를 붓고 호박 고명을 얹어 간장 양념 친 국수였는데, 좌판을 벌인 젊은 새댁과 제 엄마 일손을 거드는 단발머리 딸애를 보니 예전 엄마와 누이 생각이 나서 목이 메었다. 그게 체했는지도 몰랐다. 한국전쟁 와중 적수공권으로 고향을 떠나 어린 세 자식을 거느리고 대구로 나온 엄마는 오갈 데가 없어 한동안 역 대합실의 피난민 사이에 섞여 노숙하며 구걸질부터 시작했다. 김씨는 숙식만 해결해 주면 된다며 일자리를 찾아 떠돌다 칠성동 기찻길 옆 방앗간의 심부름꾼이 되었다. 먼 친척의 도움으로 엄마가 처음 잡은 일거리는 역전 마당에서 벌인 좌판으로, 채로 썬 묵 한 줌을 콩국에 얹어 주는 묵 장사였다. 엄마는 돈을 조금 모으자 비산동 판잣집에 방 한 칸을 사글세로 얻고는 교동시장 골목 모퉁이에 좌판 펴고 국수 장사를 시작했고 초등학교조차 그만둔 어린 누이가 엄마 장사일을 도왔다. 엄마는 연세 들고도 일손을 놓지 않고 그렇게 억척스레 살았으나 강원도 최전방에서 군 복무 중이던 김씨 아우가 총기 오발 사고로 죽은 뒤부터 상심해하며 자주 자리에 눕더니 환갑을 못 넘겨 아들 뒤를 따라갔다.

봄밤의 부드러운 대기를 뚫고 먼 데서 숨 가쁜 호루라기 소리가 들렸다. 김씨는 걸음을 멈추고 귀를 기울였다. 고함 소리나 발자국 소리는 들리지 않고 호루라기 소리만 단절음으로 몇 차례 이어지다가 그쳤다. 학원 강사 겸 근로자 학교 교사인 박 군의, 오늘은 밤도 늦었으니 주무시고 가라는 말을 뿌리치고 그의 자취방을 나설 때가 밤 열한시였으니 아직은 통금 시간이 일렀다. 야간 순찰에 나선 사찰 형사가 앞서가는 거동 수상해 뵈는 통행인을 쫓거나 밤늦게 다니는 청년 학생을 불심 검문 하려 뒤쫓고 있는지 몰랐다. 도망치는 자를 따라가는 어지러운 발자국 소리가 환청으로 들렸다. 그는 요즘 신경이 극도로 예민해져 대수롭지 않은 작은 일에도 금방 연상이 그런 쪽으로만 줄기를 뻗었다. 신경의 가닥들이 난마처럼 얽혀 극도로 날카롭다는 것쯤은 김씨 자신도 알고 있었다. 자기 목을 벨 듯 면도날이 눈앞에 스쳐 가 깜짝깜짝 놀랄 때도 있었다. 유신 헌법이 선포되기 전까지만도 내가 이토록 과민 반응으로 들볶이지는 않았는데, 하고 자신의 나약함을 딱하게 여겼으나 성격 탓이려니란 결론에 이르면 더 무엇을 탓할 수 없었다. 그는 빈농의 자식으로 시골 초등학교를 졸업한 후 대구로 나와 어린 나이에 생활 전선에 뛰어들었다. 낮에는 일하고 밤에는 야간 학교를 다니며 청년기에 이르기까지 몸소 터득한 신조가 있다면, 의리 있는 진실한 인간이 되자, 하층민 민중들의 복지 향상을 위해 그들과 함께 살아야 한다는 다짐이었으나 자신을 실천력 강한 배포 큰 성격이라고 생각해 본 적은 없었다. 소년기부터 세상살이에 부대껴 매사에 회의적인 소심한 성격이었다. 어쩌다 뜻 맞는 동료들을 만날 때도 열심히 자기주장을 떠드는 쪽이 아니라 조용히 듣는 편이었고 좌중의 언성이 높아지면, 누가 듣겠심

더, 목소리 좀 낮추이소, 하고 주위를 둘러보며 들뜬 분위기를 자제시키곤 했다.

  박통은 1972년 10월 17일 국회 및 정당을 해산하고 전국에 비상 계엄령을 선포한 뒤, 개헌 국민 투표를 실시하여 유신 헌법을 확정했다. 이어, 12월 17일 통일주체국민회의 대의원 선거를 실시한 끝에 23일 첫 집회를 열어 간접 선거로 제8대 대통령에 당선되었고 27일에 취임했다. 요식 행위로 일사불란하게 진행된 공포 분위기의 두 달여, 뜻 있는 사람들은 유신 헌법을 두고 웬 전제 군국주의의 부활이냐 싶어, 박통이 한 시절 일본 육군사관학교를 졸업하고 '동아시아 제패 성전'에 앞장섰던 다카키 마사오[高木正雄]였음을 새삼 환기했다. 유신 헌법 철권 통치 아래 세상은 한동안 숨죽여 고즈넉했으나 73년 10월 2일 서울대학교에서 처음으로 유신 반대 데모가 터졌다. 연이어 여러 대학이 유신 헌법 철폐 데모에 나서고 동맹 휴학에 들어갔다. 대학은 조기 방학이 실시되었으나 12월에 들어 종교계와 지식인들의 개헌 서명 지지 운동이 확산되자 74년에 들어 1월 8일, 박통은 유신 헌법 논의를 금지하는 초헌법적인 긴급조치 1호와 비상군법회의를 설치한다는 긴급조치 2호를 선포하고, 시범 삼아 이를 위반한 민주 인사들을 체포해 군법회의 재판에 회부시켰다. '겨울 공화국'이 된 한반도는 한파가 휩쓸었고 사람들은 밟으면 꺼질 살얼음판을 딛듯 조심스럽게 운신했다. 대학이 새 학기로 문을 여는 3월을 시작으로 학내 서클 활동이 본궤도에 오르는 4월을 두고 '3·4월 위기설'이 파다하더니, 4월 3일 동시 다발로 서울의 각 대학들이 '전국민주청년학생총연맹(민청학련)'이란 이름으로 유신 헌법 철폐 전단을 뿌리고 반정부 데모에 나섰다. 그날 밤 열시에 대통령은 특별 담화를 통해 '이 조치를 위반한 자 및 비방한 자는 사형·무기, 또는 5년 이상의 유기 징역에 처한다'는 긴급조치 4호를 선포했다. 이어, 대학이 집결한 서울을 필두로 지방 대학이 있는 도청 소재지 대학가와 시내 거리에는 사복형사와 경찰들이 깔렸다. 수사 당국은 각 대학의 운동권 학생 수배자 명단에 따라 이들을 색출 연행하느라 거주지를 덮쳤고, 거리에서는 청년 학생의 불심 검문이 무작위로 행해졌다.

김씨는 서른아홉 나이로, 대학을 졸업한 지 햇수로 10년에 가까웠다. 그는 방앗간, 철공소, 자동차 정비소, 방직 공장 직공으로 옮겨 다니며 야간 고등학교를 졸업하자 대구 청구대학 법학과 야간부에 적을 두고는 군 복무를 마쳤고, 등록금 조달이 어려워 서른에 들어서서야 가까스로 대학 졸업장을 쥘 수 있었다. 나이가 나이인지라 나한테까지 닥칠 절박한 상황이 아니니 과민성부터 털어 버려야 한다고 다짐해도 그는 그게 쉽지 않은 나날이었다. 김씨는 4·19학생 혁명 이후, 반공법 위반으로 2년 6월 실형 선고를 받고 감옥 생활을 겪었기에 그 당시의 암울했던 나날들이 자꾸 떠오름은 어쩔 수 없었다. 한국 헌정 사상 그 사례가 없는 초법적인 긴급조치 4호가 발동된 이번은 아무래도 신변에 위해가 닥칠 것만 같은 불길한 예감을 떨쳐 내기가 쉽지 않았다. 지난 3일 박통의 특별 담화 선포가 있은 뒤, 우선 연락을 끊고 몸을 피하라는 전갈이 전화를 통해 동료로부터 날아든 이후, 김씨는 일체의 연락선을 끊었다. 동료들의 안부가 궁금해도 이를 자제하지 않으면 안 되었고, 자신의 일터였던 '침산공단 직업 상담 센터'와 '근로자 학교'에도 발을 끊었다. 봇물 터지듯 한 대학생들의 유신 헌법 철폐 데모를 차단하자는 데 우선 목적이 있겠지만 진보적인 민주 인사의 대량 구속 또한 시작될 걸세. 우선 몸부터 피하고 보세. 당분간 연락을 끊겠네. 이 선생 사무실에 김씨가 공중전화를 냈을 때 선생 말이 그랬다. 지난 삼월 하순에 들어 운동권 학생들의 대대적인 검거가 시작되었다는 정보가 있심더. 지금 서울에선 그 색출로 이 잡듯 뒤지고 있어 나도 쫓기듯 대구로 내려왔어예. 이럴 땐 피신하는 게 상책입니다. 서울을 다녀온 홍 형도 전화에서 그런 말을 했다. 김씨도 1면 머릿기사로 대문짝만 하게 실린 박통의 특별 담화를 4일자 조간신문에서 읽은 바 있었다. '작금 우리 사회의 일각에서 공산주의자들이 상투적으로 전개하는 적화 통일을 위한, 이른바 통일 전선 초기 단계적 불법 활동 양상이 대두되고 있음에 감하여 이 같은 불순 요인을 발본색원함으로써 국가의 안전 보장을 공고히 다지고자 헌법 절차에 따라 긴급조치를 선포하게 되었다.' 박통의 이 발언은 선언적인 위협을 넘어서서 반정부 활동을 주도하는 청년 학생이나 유신 헌법에 비판적인 인사들을 공산 계열과 연계시켜 그 어떤 올가미를 씌울 계획적인 음모가 당국에 의해 은밀히 진행되고 있음을 암시하고 있었다. 김씨는 출옥 후 1964년에 중앙정보부가 조작한, 자신도 처음 들어본 당 명칭인 '인민혁명당(인혁당) 사건'에 연루되어 스무 날에 걸쳐 고문을 당한 끝에 기소되었으나 무죄로 석방된 바 있었다. 그는 4·19학생혁명 직후 고조된 통일 열망과 남북 협상 재개에 발맞추어 출범한 사회당 민주자주통일 중앙협의회 산하 경북 지역 민주민족청년동맹(민민청)의 대학책 총무 간사일을 맡은 바 있었다. 총무 간사 직책은 밖으로 나서서 눈에 띄게 활동하는 일이 아닌, 기부금과 회비의 출납을 관장하는 서무일이었다. 그러다 5·16군사쿠데타로 박이 권력을 잡자 혁신계 수배자 명단에 그의 이름이 올랐다. 그는 피신하던 중에 고향에서 체포되어 2년 6월 형을 산 바 있었다. 출옥 뒤 내성적인 성격과는 상관없이 어느 사이 진보적인 투사로 알려져 곤혹스러웠으나, 외유내강이 바로 김 형을 두고 하는 말이란 주위의 부추김을 그는 내심 수긍했다. 같은 생각을 가졌던 대구 지방 혁신계 동료들과 친분을 맺자 그는 그들이 추천하는 사회과학 이론서로 학습하는 과정을 거쳐 냉전 체제 종식, 외세 없는 자주적 민족 통일에 열성적인 지지자가 되었다. 그가 뜻이 맞는 동료들과 자주 만나 군사 정권의 통치 형태를 두고 비판적인 대화를 나누곤 했던 게 '인혁당'으로 둔갑되었던 것이다. 박통의 발언이 왠지 10년 전 악몽과 연계되어 그의 마음을 압박해 옴을 어쩔 수 없었다.

다시 고향으로 내려간다? 오늘 낮 달성공원에서 석간신문을 훑어보다 김씨는 그 생각을 했다. 열흘 전 고향으로 피신해 재종숙네 과수원 창고에 숨어 사흘을 지냈는데, 아무래도 여기가 안전한 곳이 못된다는 재종형의 말에 따라 새벽같이 고향을 떠날 수밖에 없었다. 창녕경찰서 정보과에서 형사가 두 차례나 마을로 들어와 친인척 집을 샅샅이 돌며, 근간에 김종호가 고향을 다녀간 사실이 없냐고 꼬치꼬치 캐물었다는 것이다. 언제까지 수사 기관의 눈 기이며 대구 바닥을 헤매고 다닐 수야 없지 않은가. 김씨는 다시 고향으로 내려가 양식과 반찬감을 지고 고향 뒷산 성산성 터에 땅굴이라도 파고 들어앉아 곧 닥칠 당국의 검거 선풍이 가라앉을 때까지 두더지처럼 생활하는 게 첩경이 아닐까 하는 생각이 들었다. 고향에서 돌아온 뒤 그는 주로 달성공원과 그 옆 서문시장을 어슬렁거리며 낮 시간을 보냈다. 사람들 틈에 섞여 있는 게 그래도 처신에 안전했던 것이다. 달성공원은 벚꽃놀이가 한창이라 들놀이나 소풍 나온 사람들로 밤이 이슥토록 와실덕실 붐볐다. 우리나라 몇 손가락에 드는 공설 시장인 서문시장에서는 사람이 많이 끓는 곡물전, 어물전, 채소전을 배회했다. 물건을 사고파는 장사꾼과 장꾼들의 흥정을 뒷전에서 넘겨다보노라면 초조하고 불안한 상념에서 잠시나마 헤어날 수 있었다. 예나 지금이나 근로 대중이 살아가는 생활 현장은 장거리에서 가장 잘 드러났다. 한 푼이라도 더 받으려 떠세 지게 구변을 풀고, 한 푼을 깎겠다고 시세를 따지고 물건 트집을 잡는 그들의 입씨름을 보면, 한여름 무성하게 자라는 잡초 같은 그들의 팍팍한 삶에 코끝이 찡해지기도 했다.

  김씨의 코끝에 꽃 향기가 은근하게 묻어 왔다. 눈을 주니 판자 담장 위로 가지를 뻗은 앵두나무의 튀밥 같은 자잘한 흰 꽃이 어둠 속에 뽀얗게 드러났다. 김씨는 잠시 걸음을 멈추고 꽃에 눈을 주었다. 문득 영국 시인의 유명한 시 〈황무지〉 첫 구절이 떠올랐다. '4월은 가장 잔인한 달…….' 시인의 시작 의도야 어쨌든, 사실이 그랬다. 진정 1974년 4월은 잔인한 달로 역사에 남게 될 것이다. 꽃샘추위조차 자취를 감추어 본격적인 봄날로 접어드는 4월이면 자연은 순환에 맞추어 푸나무들이 잎 피워 푸르름을 떨치고 갖가지 꽃이 피어나는 좋은 절기이다. 달성공원에는 벚꽃과 진달래에 이어 철쭉이 잇달아 꽃망울을 터뜨렸다. 그러나 올해 4월의 이 땅은 동서남북조차 분간할 수 없는 암흑천지가 되고 말았다. 경찰국가이듯 철저한 통제로 자유를 묶고 전제 정치로 장기 집권을 획책하는 독재자가 계절을 거꾸로 돌려세워 4월을 혹한의 잔인한 달로 바꾸어 놓았다. 김씨의 후각은 앵두꽃의 향기조차 순수한 마음으로 감지할 수 없었다. 시대의 형편을 읽지 못한 채 무심하게 피는 꽃이 원망스럽고, 한편으로 자신의 처지처럼 절기를 잘못 짚고 피어난 듯 잔망스러운 꽃이 불안해 보였다. 앵두나무 밑둥치를 잘라 버리면 꽃과 잎이 금방 시들 테지. 그러나 뿌리가 튼튼하다면 내년에 밑둥치에서 다시 연약한 줄기가 나와 잎을 피울 거야. 한두 해 기운을 추슬러 줄기가 성큼 자라 가지를 치면 4월에 다시 꽃이 피고 여름이면 숯불 같은 빨간 열매를 맺겠지. 그러나 인간은? 나무의 가지에 해당되는 팔다리는 몰라도 몸통이 잘리면 그것으로 생명이 다하는 것 아닌가. 그의 생각이 또 엉뚱한 비약으로 옮아가 불안이 마음을 저몄다. 인간의 태어남과 죽음이 자연의 섭리대로 관장되어야 하는데, 인간이 인간의 죽음을 강제함으로써 비극을 낳는다. 전쟁 전후의 격동기에 수많은 사람이 억울하게 죽었고, 아버지 역시 허무히 죽음을 당했으니, 그들은 지금도 지하에서 그 원한으로 눈 부릅뜨고 있을 것이다.

이제 집과의 거리가 1백 미터 정도 남았다. 집으로 들어가자면 어차피 한길을 건너야 했다. 김씨는 골목 끝에서 얼굴을 내밀고 한길 좌우를 살폈다. 중년 사내 둘이 무슨 말을 나누며 지나가고 길 건너 쪽에서는 고무들통을 머리에 인 아낙 하나가 어린아이 손을 잡고 종종걸음칠 뿐, 거리는 통행인이 뜸했다. 실내등을 환하게 켠 버스 한 대가 승객 몇을 태운 채 빠르게 지나쳤다. 길 건너 들어서야 할 골목 모퉁이에 있는 식당에서 술 취한 사내 둘이 비틀걸음으로 나서자, 곧 식당 안의 전등불도 꺼졌다. 그와 동료들이 종종 들렀던 실비식당으로, 막걸리 한 되를 시키면 우거지 술국에 콩자반, 썬 생고구마가 덤으로 나왔다. 마음을 다잡은 김씨는 길을 건너기로 했다. 그는 좌우를 살피며 걸음을 도두 떼어 한길을 얼른 건너 컴컴한 골목 입구로 들어섰다. 여염집들 담장 사이의 손수레나 다닐 수 있는 좁은 골목길은 어둠 속에 비어 있었다. 그는 잠시 골목길 안쪽을 주시했다. 인기척에 놀란 듯 고양이 한 마리가 골목을 빠르게 건너 개구멍으로 사라질 뿐 달리 움직이는 것이라곤 없었다. 골목길 가운데는 하수구라 시멘트 뚜껑을 줄지어 덮어 두었는데 그것을 밟으면 더러 삐걱대는 소리가 나기에, 그는 한 손을 주머니에 꽂고 담 옆에 바싹 붙어 걸었다. 주머니에는 사흘 전에 산 아이들에게 줄 땅콩 캐러멜 두 갑이 땀 밴 꼼꼼한 손에 집혔다. 그가 60미터쯤 걸어 들어가, 자기 집과의 거리가 40미터쯤 남았을 때였다. 그는 한 차례 긴 숨을 내쉬었다. 그 순간, 골목길에서 두어 발 들어앉은 여염집 대문 앞에서 갑자기 두 사람이 불쑥 나타나 김씨 앞을 막았다. 하나는 재빨리 김씨 뒤로 돌아가 퇴로를 차단했다. 중앙정보부 대구 분실 기관원이 아니면 경찰서 대공과 수사관임이 틀림없을 그들 앞에서 김씨는 그럴 마음도 없었지만, 설령 날랜 장사라 해도 도망칠 틈새가 없었다. 그는 난데없이 날아온 돌멩이에 머리를 맞은 듯 정신이 아찔했고 다리가 절로 접혔다. 당신, 김종호 맞지? 하고 점퍼 입은 앞쪽 사내가 물었다. 김씨는 대답이 목에 걸려 말을 할 수 없었다. 결국 불안의 예감이 코앞에 현실로 닥쳤고 기어코 올 것이 왔다는 절망감과 함께 팔다리에 쥐가 나고 온몸이 경직되었다. 그는 순간적으로 저 앞쪽 자기 집 대문에 눈을 주었다. 아래채 방 두 칸에 세 들어 사는 집이 바로 앞에 있는데 못 가게 되다니, 하는 안타까움부터 들었다. 집 안에 들여놓은 편물기 앞에 앉아 뜨개질할 아내의 파리한 모습이 떠올랐다. 아내는 아직도 일손을 놓지 않고 창문을 조금 열어 놓은 채 바깥에서 들릴는지 모르는 서방 기침 소리에 귀를 기울일 것이다. 두 애 얼굴이 눈앞을 빠르게 스쳐 갔다. 서른 넘어 결혼을 해서 큰애는 지난달에 입학한 초등학교 1학년이었고 둘째 애는 여섯 살이었다. 이제 캐러멜을 그 애들 손에 쥐여 줄 수 없었다. 자신이 집을 비웠을 사이 수사관들이 들이닥쳐 물적 증거품을 찾느라 집 안을 온통 뒤졌을는지 몰랐다. 이렇게 체포되는 걸 식구가 차라리 모르는 게 낫겠다는 생각이 들었다. 집 안에서 이런 꼴을 당했다면 아내도 그렇겠지만 한창 자라는 아이들이 얼마나 놀라겠으며 그 충격이 오래 가랴 싶었다. 그는 그런 생각을 하며 자포자기했다. 울컥 구역질이 솟아 손으로 입을 막았다. 긴급조치 4호는 영장 없이도 체포할 수 있다고 말하며 앞에 선 사내가 김씨 손을 낚아챘다. 사내는 허리춤에서 풀어낸 수갑으로 그의 두 손목을 채웠다. 조사할 게 있으니 서로 가자며 사내가 김씨를 거칠게 돌려세웠다. 내가 멀 우쨌다고 연행합니껴? 하고 김씨가 벋섰다. 우리사 모르지만 서로 가보모 알 기다. 사내가 침착하게 말했다. 처음은 뒤에 섰다가 앞서 걷게 된 긴팔 남방 입은 사내가 들고 있던 무전기로, 오 호 낚았어. 곧 도착할 거야, 하고 어디론가 연락을 했다. 김씨는 두 사내와 함께 왔던 골목길을 다시 빠져나왔다. 김씨가 한길을 건널 때는 분명 없었는데 골목 입구에는 시동을 건 지프차가 전조등을 끈 채 대기하고 있었다. 앞선 사내가 차 뒷자리에 오르고, 뒤따르던 사내가 김씨 목덜미를 꺾어 우겨 넣듯 차에 태웠다. 지프차는 전조등을 켜고 출발했다. 김씨는 헛구역질이 계속 치받쳐 수갑 찬 손으로 입을 막았다. 지프차는 한적한 한길을 함부로 급회전하여 대구경찰서 쪽, 시내 중심부로 내달았다.

1974년 9월

대구경찰서에 도착하자 김씨는 정보과에서 계급장을 달지 않은 군복 차림의 수사관으로부터 간단한 인정 신문을 받았고, 유치장에 홀로 수감되었다. 수사관은 폭력이나 폭언을 쓰지 않았고 무슨 혐의로 연행했다는 말 대신, 당신 자신이 먼저 알지 않느냐란 암시 끝에, 임의 동행이 아닌 비상시국과 관련된 상부의 지시에 의한 강제 연행이라고만 말했다. 우리는 연고지가 대구인 당신 신병을 확보해서 모처로 인계하라는 지시만 받았어. 그곳에 가면 확인이 될걸. 수사관이 무뚝뚝하게 말했다. 통금이 해제되고 어둠이 그치자, 김씨는 수갑을 채운 위에 포승줄로 상반신을 결박당한 채 유치장에서 끌려 나와 경찰서 뒷마당에 대기한 지프차에 태워졌다. 운전사 외 차에 탄 수사관은 하나였다. 차가 출발하기 전, 사복한 수사관은 김씨의 얼굴을 광목천으로 싸매 눈을 가렸다. 무슨 중죄인이라고 이렇게까지 할까 싶어 김씨는, 내가 무슨 대역죄를 저질렀단 말이오, 하고 한마디 외치고 싶었으나 그런 하소연이 아무런 소용이 없을 것 같아서 참았다. 조사가 본격적으로 시작되면 묻고 싶은 질문일까, 권력의 말단 하수인에게 연행 사유를 물어본들 그가 바른 답을 알 리 없었고 말해 주지도 않을 것이다. 순간적으로 천에 가린 희붐한 눈앞에 도살장으로 끌려가는 황소가 떠올랐다. 목을 내두르고 벋대며 소리쳐 우는 덩치 큰 짐승이 연상되자 앞으로 얼마 동안 자신을 인간이 아닌 짐승으로 대할, 그쪽 역시 인간이기를 포기한 비인간적인 추궁 과정이 떠올랐다. 군사 정권이 일반 형사범이 아닌 체제 비판이나 이념 문제에 따른 확신범은 보다 가혹하게 다룸을 그는 경험과 견문을 통해 알고 있었다. 무슨 이유로 자신을 압송하는지 아직은 구체적인 내용을 모르지만 이런 비상시국에 그쪽 수사관이 족쳐 댈 까탈은 자명했다. 현 정부가 지향하는 유신 헌법 정신에 의거한 국가 경영과 대내외 정책에 반대한 이유를 물고 늘어질 우격다짐이 고문과 함께 자행될 터였다. 10년 전 악몽이 눈앞을 스쳐 가자, 밤 내내 시달리던 헛구역질이 가라앉는 대신 온몸이 닭살이 되고 난데없이 딸꾹질이 시작되었다. 뭘 묻는다 해도 대답조차 할 수 없을 정도로 몸이 떨리고 딸꾹질이 심했다. 다행히도 옆자리에 탄 수사관이나 운전사는 내내 말이 없었다. 김씨 역시 딸꾹질만 껄떡거릴 뿐 침묵했다. 차가 멈춤 없이 계속 질주하는 것으로 보아 1970년에 개통된 경부고속도로임을 알았고, 자신이 서울로 연행된다면 도착할 종착점이 중앙정보부 남산 분실이 아닐까 짐작했다. 채탄을 한껏 실은 무게차가 브레이크 고장으로 힘겹게 올라왔던 지하 갱도를 거꾸로 무한질주하듯, 정보부를 연상하자 그의 머릿속이 혼란스러웠다. 넘어지는 갱목에 다리를 다쳐 광원 생활을 그만두었지만 군에서 제대한 직후 복학비를 마련하려 그는 문경탄광에서 일곱 달 동안 막장 노동을 했던 경험이 있었다. 빠져나가기 힘든 올가미가 목에 걸렸음을 거니채자, 그는 도살될 황소가 최후 순간에는 넋이 빠져 운명에 순응하듯, 자포자기 상태로 빠져들었다. 대구를 출발한 지 시간 반쯤 흘렀을까, 그토록 불안에 시달리던 마음에 차츰 안정이 깃들었다. 깜깜한 끝을 보고 모든 것을 체념했을 때에야 한줄기 희망의 빛이 보인다던가. 종교인들이 말하는 죽음 막바지에서 본 내세의 구원처럼, 설령 내가 죽음의 길을 향해 질주하고 있다 해도 그 죽음이 하루살이가 죽듯 한, 아무렇지 않는 죽음은 아니다란 떳떳함이었다. 청년기로 들어선 뒤부터 품어 온 그의 생각을 요약한다면, 양심이 시키는 대로 사회 정의와 경제 정의 실현에 이바지할 희망을 품고 살아왔다는 자기 긍정이 따뜻한 물처럼 온몸에 번졌다. 딸꾹질의 진폭이 느려지더니 잠시뒤 껄떡거림이 자연스럽게 소멸되었다. 밤을 새웠는지 옆자리 형사가 낮게 코를 불며 잠에 들었고, 뜬눈으로 밤을 새운 김씨도 무거운눈꺼풀을 덮었다.

　김씨는 중앙정보부 제6국 남산 분실 3층 조사실에서 사흘 동안 다섯 명의 수사관이 번갈아 가며 족쳐 대는 신문 탓에 눈 한 번 붙일짬이 없었다. 나흘째부터 김씨는 발가벗겨진 채, 저들이 사전에 만들어 놓은 각본을 열거하며 이를 실토하라는 집요한 추궁과 함께 매타작당하기 시작했다. 대구에 잠복한 골수 공산 분자들이 인혁당을 재건한 뒤 대한민국 정부를 전복할 목적으로 비합법적인 정치 조직체를 결성하여 좌익 폭동 획책에 암약한 경위를 자백하라, 인혁당이 민청학련을 배후 조종하며 유신 헌법 철폐와 정부 전복을 목적으로 민중 폭동을 지원한 경로를 실토하라는 것이 신문의 핵심이었다. 김씨는 그 신문 과정을 통해 대구에 거주지를 둔 선배와 동료들이 지난열흘여 사이 하나 둘씩 강제 연행되어 이곳에서 자신과 같은 처지로신문당하고 있거나 수배 중임을 알았고, 수사관들이 자신을 인혁당재건위원회의 중심인물로 지목하고 있음을 인지했다. 지난날의 행적이 거짓 없는 사실이라면 직수굿하게 실토하면 그뿐 지독한 고문만은 피할 수 있었다. 피의자 신문 조서를 작성하고 수인을 찍는 확인 과정으로 끝났을 것이다. 그러나 그들이 날조한 각본을 들이밀고이를 사실로 시인하라고 강요하면, 그 왜곡이 진실과는 동떨어진 허위 사실이기에 최소한의 반론권을 제기할 수밖에 없었다. 라디오의 다이얼을 돌리다 보면 어쩌다 이북 방송 주파수가 잠시 잡히기도 하는데 그게 무슨 대단한 죄인지, 북괴 방송을 정기적으로 청취하고 이를 기록한 자백을 받아 내려는 저들의 추궁만도 그랬다. 김씨는 호기심으로 이북 방송을 더러 청취한 적이 있었으나 어떤 목적을 위해 정기적으로 청취했거나 방송 내용을 기록한 사실이 없었다. 민청학련 적화 교양 자료로 이용하려 너도 인혁당 지도부놈들과 함께 열성적으로 청취했다는 다른 놈의 자백이 있었는데도 발뺌해! 그놈이 쓴 자술서를 보여 줘야 알겠어? 아직 덜 맞았군. 그렇담 아주 죽여 주지. 네놈 하나 죽인다고 내가 법정에 서게 되지는 않아! 이렇게 고문은 다시 시작되었다. 서울로 연행될 때 도살장으로 끌려가는 자포자기의 심정은, 밑둥치가 잘린 나무에서 다시 소생의 움이 촉수를 내밀 듯, 양심이 그를 자포자기의 상태로 방치해 두지 않았다. 한동안 그는 저들의 덮어씌우기 작전에 맞섰다. 10년 전에도 인혁당이란 이름의 정당 조직체는 없었다. 그 사건 당시 정강·정책조차 없이 다만 진보를 지향하는 친목회 정도의 모임을 두고 남한 적화를 목표로 한 북괴 이념에 동조한 정당이라 이름 붙일 수 없다며 사법 당국도 무죄를 인정했다. 당시도 실재하지 않았던 당인데 10년이 지난 이 시점에 재건 운운이 웬 말이냐. 나를 포함해서 10년 전 그 사건의 연루자를 불온 분자로 분류해 당신들이 여지껏 미행해 왔고, 그래서 나의 경우 안정된 직장조차 갖지 못하고 지내 왔음을 누구보다도 잘 알 텐데 정부 전복이란 거창한 모의를 몇 사람이 어디서, 어떻게, 무슨 힘과 자금이 있기에 논의할 수 있었겠느냐. 10년 전에 있었던 경북대학교 학생 서클인 '정사회(正思會)'의 당시 회장은 1964년 한일회담 반대 '6·3시위'를 주도하여 학교로부터 제적당한 직후, 대구

반월동 소재 다방에서 이 선생을 만날 때 그가 동석했는데 가정교사 자리를 구하는 중이란 말을 들은 바 있다. 언변이 당찬 활달한 청년으로 기억되나 그 뒤 연락이 없어 그가 어디에서 무엇을 하는지 알지 못한다. 현재 그가 서울에 거주하며 민청학련 대구 지방 담당책이란 사실도 여기 와서 처음 알았고, 그런 청년 학생 단체의 명칭조차 금시초문이다. 그러므로 청년 학생들의 전국적인 조직망이 어떠한지도 전혀 모른다. 도표로 만든 사건 얼개의 '민청학련 지도부'에 적힌 그들은 이름조차 생소하며, 그들 중 어느 누구와도 만난 적이 없다. 오직, 일일 평균 작업 시간이 열네 시간에 이르는 중소 공장 노동자들의 열악한 근로 조건을 개선시키려 노력했고 배움이 부족한 그들을 가르친 게 죄가 된다면 그 죄는 달게 받겠다고 김씨가 말했다. 그의 그런 진술이 계속되자 수사관은 물리적인 힘을, 차츰 그 강도를 높여 가며 육체적 고통을 넘어서서 정신의 마지막 기까지 빼앗겠다고 달려들었다. 보일러실같이 어두컴컴한 지하 고문실에서 사정없이 내려치는 몽둥이질은 다반사였고, 십자형 틀에 사지를 묶어 눕혀 놓고 물 먹이는 고문조차 성에 안 찼던지, 손발을 수건으로 묶어선 그 사이에 긴 막대기를 끼워 책상 두 개에 몸뚱이를 통닭구이처럼 매달아 놓고 수건 씌운 얼굴에 주전자 물을 부었다. 폐에 물이 차서 기절했다가 깨어나면 조사실로 다시 끌고 올라가서 저들이 불러 주는 대로 자필 진술서를 쓰게 했다. 이에 응하지 않거나 진술 내용이 저들 소견에 합당하지 않으면 다시 지하실로 끌고 내려가 이제는 엄지발가락에 전선을 감은 쇠막대를 끼워 직류 5백 볼트, 교류 3백 볼트를 한계로 처음은 짧고 약하게, 차츰 길고 강하게 전류 세기를 높여 1초에서 3초 정도 손잡이 돌리기를 되풀이하자, 그는 심장이 파열하는 듯한 고통 끝에 실신에 이르렀다. 엄지발가락 주변 살점이 꺼멓게 탔다……. 수사관은 비몽사몽의 비정상적인 상태에 있는 김씨에게 피의자 신문 조서를 부르는 대로 받아쓰게 하고 강제로 손을 끌어다 날인하게 했다. 당신이 골수 공산주의자가 아님은 우리도 알아. 우리가 어디 이런 수사 한두 번 해봤냐. 매타작 몇 번 하면 그쯤은 감을 잡지. 진보당 수괴 조봉암 사건 이후 암약한 혁신계 명단을 검토하는 과정에서 골수 좌익 뿌리가 가장 많이 잠복한 대구가 수사 물망에 올랐고, 너희들이 찍힌 거야. 지명도 높은 전국적인 인물이 아닌 데다 민청학련 패거리와 확실한 고리가 수사 과정에서 포착되었거든. 이건 분명하잖아. 당신은 사일구 직후에 생긴 가장 악질적인 공산 분자들이 조직한 사회당 산하 민민청 경북 지구 대학책 간사였잖은가. 그런 전력이 있으니 비상시국에 조사 안 받게 됐어? 그쯤 알라구. 대법까지 가서 형이 확정되고 나면 특사가 있을 것이니 참는 김에 조금만 더 참아. 날마다 얼굴 맞대어 몰아붙이다 보니 인간적인 연민이 들었던지, 수사관은 검찰로 송치하기 전 마지막 단계에서는 넌덜머리를 내며 이런 말을 흘리기도 했다.

4·19가 났던 그해, 김씨는 침산동의 중소기업체인 직물 공장에서 수납 담당일을 보고 있었는데, 7월 중순 어느 날 해가 진 뒤였다. 만학도로 마지막 학기를 남겨 둔 김씨는 방학이 막 시작되어 야간대학 강의도 없었기에 전표 맞추는 잔업을 끝내고 봉산동에 있는 민민청 사무실로 바삐 가던 길이었다. 땅거미 내린 계산성당 앞을 지나는데 약전 골목 쪽에서 확성기 소리에 이어 군중들의 함성이 들렸다. 김씨가 짚이는 생각이 있어 골목길을 질러 남성로로 빠지니 횃불을 든 데모 대열이 현수막을 앞세워 몰려오고 있었다. '평화 통일 촉구한

다, 남북 협상 재개하라!' '남북은 한 민족, 휴전 철책 분쇄하라!' '서울 평양 상호 방문, 학생 회담 개최하자!' 데모 대열이 주먹을 내두르며 확성기 선창에 따라 복창했다. 1백 미터 넘게 대열을 이룬 데모대는 대부분이 청년 학생들이었으나 장년층도 많았고 아녀자들도 더러 섞였는데, 그 외침은 냉전 논리를 깨고 분단의 벽을 허물자는 통일을 향한 절규였다. 순간, 그는 온몸의 피가 갑자기 달구어져 혈관을 가속도로 관통하듯, 뜨거운 감동에 사로잡혔다. 목이 메고 눈물이 솟았다. 그는 오후 네시에 역전 광장에서 〈민족일보〉 주최 '남북 협상 촉진 대회'가 열렸음을 상기했다. 그 집회에 참석하기로 되어 있었으나 폭주한 업무로 공장을 빠져나갈 수 없었기에, 그는 데모 대열에 기꺼이 합류했다. 내 내면에도 이런 행동력이 숨겨져 있었던가 하고 스스로 놀라며, 그는 선두에서 목청이 터져라 구호를 따라 외쳤다. 데모대는 달성공원 앞 광장에서 '민족 통일 결의문'을 채택하고 해산했다. 그가 군중 속에 섞여 앞으로 나서기는 그때가 처음이었고, 그 뒤로 그런 기회는 한 번도 없었다.

수사 당국이 처음에는 인혁당과 민청학련을 별개의 단체로 취급하며 추궁했으나 차츰 두 단체를 연관시켜 인혁당이 민청학련 배후에서 행동 지침 지령을 내린 상급 단체로 몰아갔다. 그러나 마지막 단계에 이르자 두 단체의 연계성을 인정하는 한편, 민청학련은 학생 운동에 전력이 있는 운동권 대학생들이 유신 체제를 뒤엎을 목적으로 결성한 불온 단체로, 인혁당은 북괴의 적화 통일을 사주받은 골수 공산주의자들로 분리해서 다루었다. 민청학련은 몰라도 인혁당만은 실재하지 않은 조작된 사건이기에 김씨는 진실을 밝힐 수 있는 기회가 반드시 올 것임을 믿었다. 검찰청 검사실이 아니라 난데없이 나타나 정보부 남산 분실에서 행해진 검사 신문 때 그는 이제야 그런 기회가 왔음을 알고, 조서가 강제에 의해 작성된 허위 사실이라며 그 내용을 전면 부인했다. 그러자 검사는, 이 새끼가 아직 정신을 못 차렸군, 끓어앉아! 하곤 구둣발로 정강이를 걷어찼다. 피의자 진술을 듣기엔 골통 개조가 더 필요하다며 검사는 입회한 수사관에게, 실토할 때까지 따끔한 맛을 더 보여 주라고 재우쳤다. 1964년 '인혁당 사건' 때와 판이하게, 이번은 검찰관조차 수사관과 한통속이었다. 김씨는 그길로 다시 지하실로 끌려가 전기 고문대에 묶여졌다. 그래서 그는 재판정에서나 피의자 신문 조서가 강제에 의해 날조되었음을 밝히는 길밖에 없다고 체념했다. 그는 한 달이 넘게 당한 무차별 고문으로 육체는 물론 정신마저 처참하게 무너져 갔다. 어디에도 진실은 통하지 않았다. 김씨는 지난날 수사 과정에서 정신 차릴 수 없게 무차별 폭행을 당해 보았지만 이번만은 고문의 잔혹함과, 잠시도 쉴 틈을 주지 않는 얼 빼기와, 마치 단기전을 치르는 듯한 속도전이 너무나 혹독해, 그 진통에서 헤어나는 길은 차라리 죽는 게 낫겠다고 여겨, 동맥을 끊으려 시도하거나 3층 조사실 창문에서 뛰어내려 자살을 기도하기도 했다. 폐농양증으로 기침할 때마다 피가 묻어났고 탈장이 되어 응급조치를 받기 위해 관구실로 끌려 나갔다가 얼치기 치료도 잠시, 다시 조사실로 끌려가곤 했다. 김씨는 인간을 살려 놓은 채 육체를 산적으로 만들고 정신을 공황 상태로 몰아가는 이런 비인간적인 형벌이 일제 강점기 조선인 독립운동가에게도 가해졌을까 하는 의문마저 들었다.

여름이 닥쳤으나 한 평 못 되는 감방 공간에서 김씨는 더위조차 느낄 수 없을 만큼, 여기가 이승인지 저승인지도 모르는 탈진 상태에 있던 어느 날 오후였다. 뺑끼통(감방 안 변소)의 높게 뚫린 작은 창으로 석양이 비껴들고 있었다. 그날 그는 만신창이 몸으로 시멘트 바닥에 늘어져 있었고 비몽사몽에서 헤매고 있었다. 그 순간, 그는 감방으로 들어온 뒤 처음으로 흐릿하게 떠오르는 아버지 모습을 보았다. 아버지는 김씨가 초등학교를 졸업한 이듬해 여름에 세상을 떠났기에 살아생전 당신과 함께한 추억이 많았다. 1년 내내 쌀밥 한 끼 들퍽지게 먹어 본 적 없는 가난 속에서 집안의 장남으로 억척스럽게 아버지의 농사일을 도왔다. 강마을이라 주위에 높은 산이 없었기에 겨울철이면 양말이나 버선조차 신지 않은 짚신발로 아버지를 따라 20리 길이 넘는 미타산까지 땔나무를 하러 다니곤 했다. 군불 안 땐 방에서 겨울을 날망정 그 삭정이 나뭇단은 닷새장에 내다 팔았다. 그렇게 길을 걸을 때에도 그는 아버지와 숱한 대화를 나누었는데, 그날 떠오른 아버지는 태풍이 억수를 몰고 온 어느 해 여름이었다. 낙동강변 자갈밭을 개간하여 감자를 심었던 아버지는 장맛비에 강물이 불자 장대비가 쏟아지는 한밤중에, 아무래도 감자밭이 유실되겠다며 물꼬를 보겠다고 바소쿠리 없은 지게에 삽을 들고 나갔는데, 밤을 보내고 날이 밝도록 돌아오지 않았다. 종호는 빗발이 뜸해진 새벽에 아버지를 찾으러 강변으로 나갔다. 삼베 등거리가 비에 쫄딱 젖은 아버지는 쓰러져 누운 갈대를 깔고 꾸부정히 앉아 물굽이를 이루며 요동 치는 강물을 멍하니 바라보고 있었다. 보리 풋바심으로 한여름을 허기지게 넘기던 그해가 전쟁 나기 전이었다. 큰물이 져서 강 가녘까지 채워 도도히 흐르는 강물에 뿌리째 뽑힌 나무들이며 가재도구가 붉은 흙탕물에 실려 떠내려왔다. 평소에는 수면보다 어른 키만큼 지대가 높은 감자밭은 물속에 잠겨 자취조차 남아 있지 않았다. 우리 감자밭이 몽땅 옰어져 뿌렀네예? 하고 묻는 종호에게 아버지가 무겁게 입을 열었다. 밤 내도록 죽을 동 살 동 모르고 용을 썼건만 만사가 허사대이. 감자 거둬 너덧 가마라도 건지모 니 중학교 입학 학자금이나 우째 마련해 볼라 캤는데……. 소작지 논 다섯 마지기로는 여섯 식구 입에 풀칠도 빠듯해 해토머리부터 할머니에 어린 종호까지 나서서 자갈과 잡석을 골라내고 흙을 져다 날라 개간한 밭이었다. 우리 집 행편으로는 아무래도 니가 중학교에는 몬 가겠다. 니가 집안 장자 아닌가. 조선글마 개우 깨친 이 애비가 안 될라모 사람은 모름지기 많이 배아야 되는데 말이다. 아버지는 1930년 대 초반, 러시아의 나로드니키 운동에 자극받은 대학생들이 방학 중 농촌 계몽 활동을 벌일 때, 그들이 문을 연 면청 소재지의 야학에 나가 글을 깨친 바 있었다. ……그런데 종호야, 감자 농사는 망쳤지마는, 저 엄청난 강물 좀 봐라. 살아 꿈틀대는 저 무서운 기백이 을매나 대단하노. 손바닥으로 물을 뜨모 개미들처럼 서로 살겠다고 손가락 사이로 뿔뿔이 새어 나가는 물이, 이렇게 뭉쳐서 흐르이 증말로 장관 아이가. 누대로 지주 밑에 빌붙어 살아온 우리 같은 소작농이 바로 저런 물인 기라. 물 한 방울은 아무것도 아이지만, 우쨌든동 뭉치모 저래 되는 기라. 왜늠 물러가고 해방된 시상 만냈으이 우리가 모심고 타작한 논을 우리한테 돌리 달라는 기 머가 잘못이고? 그래서 내가 지난 장날에도 여게 작인을 뭉처 읍내 농지 개혁 사무소로 찾아간 기라. 농지 개혁에 유상 몰수, 유상 분배는 절대 안 된다고. 거머리 무섭다고 논에 발도 안 담가 본 지주가 타작한 알곡을 육 할이나 뺏어 가는 시상에서 더 몬 살겠다고. 무지랭이 농민들도 뭉치모 이 강물맨쿠로 심을 얻는데 말이다. 사람 우에 사람 옰고 사람 밑에 사람 없이 함께 같이 사는 대동 시상이 도래해야 되는데……. 아버지가 한숨 끝에 말을 접었다. 아버지의 말이 그랬듯, 종호는 마을에서 20리 밖 안리초등학교 졸업으로 중학교 진학을 포기할 수밖에 없었다. 전쟁 난 그해 7월 초순, 인민군이 창녕 땅을 덮치기 전, 예비 검속에 걸린 아버지는 낙동강 된여울 둔치를 감싼 성산성 터 골짜기로 끌려가 제 묻힐 구덩이를 판 뒤 CIC(방첩대) 대원들에 의해 총살당했다. 함께 소작 쟁의를 벌였던 빈농 가장들과, 1946년 10월 1일 대구에서 시작한 민중 항쟁이 '추수 봉기'로 발전되어 석 달 동안 경상도 일대를 휩쓸 때 거기에 가담했던 농민들과 합쳐 서른세 명이 한 장소에서 변을 당했다. 인민군이 홍수 진 듯 밀고 내려오자 보도 연맹 가입자들과 무고한 양민 학살이 남한 곳곳에서 자행되던 때였다. 어림잡아 20여 만 명이 정당한 재판 절차 없이 그렇게 살해당했다. 김씨가 현실 정치와 사회 현상에 관심을 갖게 된 가닥을 거슬러 올라가면 그의 나이 열네 살 때, 홍수로 범람한 낙동강 강둑에서 아버지가 들려준 그 말에 닿았다. 사람 위에 사람 없고 사람 밑에 사람 없다며 평등 세상을 소망한 아버지 말의 진정한 의미를 그는 성장하며 차츰 깨달았고, 허구한 날 연장 들고 공장 기름밥 먹어 온 노동 체험을 통해 어떻게 사는 것이 바르게 사는 길인지를 터득해 나갔다.

　정보부는 사건의 골격을 각본에 의거한 구성을 마치자 4월 25일, 민청학련 관련자와 인혁당 재건위원회 관련자 2백마흔 명을 검거했고 구속 송치된 주동자가 예순 명에 이른다며, 그들의 조직 체계를 도표로 만들고 범죄 사실을 장문으로 발표했다. 민청학련 관련자들을 엄단할 목적 아래 인혁당 재건위가 민청학련을 사주한 지휘부 조직체로 둔갑되었다. 5월 27일에는 피의자 신문 조서만으로 인혁당 관련자 스물세 명을 따로 떼어 반공법 위반과 내란 예비 음모 등의 혐의로 기소했다. 6월 15일 민청학련 관련자와 인혁당 재건위 관련자의 1심 공판이 삼각지 언덕에 있는 국방부 청사 뒤 퀀셋 건물인 육군 본부 비상보통군법회의 법정에서 비공개로 열렸다. 김씨는 피고인 진술에서 그동안 응어리졌던 진실을 밝혔다. 자필 진술서는 고문에 의해 조작되었다. 자신은 북괴에서 남파된 간첩과 접선한 적 없으므로 북괴 지령을 사주받은 바 없다. 공산주의 국가 건설을 목적으로 남한 정부를 전복시킬 변란을 생각해 본 적 없다. 그러므로 근로 대중과 대학생을 상대로 한 사상 적화 공작, 노동자와 근로 대중으로 과도기적 임시 정부 옹립을 위한 혁명 전위대 조직 육성 공작이란 혐의를 부인한다. 자본주의 사회의 시장 경제 논리에 입각한 자유 민주주의를 선호하나 진정한 의미의 민주주의 발전을 위해서는 경제 정의 실현, 저임금과 장시간 노동에서 신음하는 노동자를 위한 조합 설립권 인정, 서민 대중을 위한 민주적 복지 정책이 보다 강화되어야 한다는 소신을 가졌다. 조그마한 힘이라도 모아 이를 실천하는 길을 찾고자 뜻이 맞는 동료들을 만나 왔을 뿐이라고 진술했다. 1심은 피고인 가족 한 명만이 입회가 허락되었으며 인정 신문, 사실 심리, 결심, 선고 등 네 번의 출정으로 끝났다. 1심에서는 인혁당 관련자 일곱 명, 민청학련 관련자 두 명이 사형 선고를 받았다. 9월 7일 비상고등군법회의 선고 공판에서는 제1심에서의 내용과 중복된다 하여 피고인의 사실 심리를 생략하고 항소 이유에 관한 검찰측 변론만을 시행한 끝에 결심(結審)이 있었다. 그 결과, 인혁당 관련자 일곱 명은 항소가 기각되어 1심에서 선고한 사형이 그대로 유지되었고, 1심에서 사형 선고를 받은 민청학련 측 한 명만이 사형에서 무기로 감형되었다. 1심과 2심 공판이 있기 2, 3일 전까지도 변호인 측은 수사 기록을 제대로 접할 수 없었다. 각종 진술서는 그 증거 능력을 제대로 탄핵하지 않은 채 증거로 채택되었다. 재판이 진행될 동안 피고 측 변호인들이 가택 연금 당한 상태에서 마흔두 명의 검찰 측 증인들만 나섰고, 변호인 측 증인은 한 사람도 채택되지 않았다. 재판이 진행되는 동안, 사건 전모를 잘못 이해하여 전할 위험이 있다는 이유로 외신 기자의 방청이 허용되지 않았다. 비상군법회의 재판 진행 과정은 국내외 들끓는 비판 여론에 시위라도 하듯 사전에 정해 놓은 형량대로 선고만 내리는 요식 행위의 속전속결이었다. 진실이 세상에 알려질까 두려워한 수사 당국은 그동안 가족 면회는 일절 허용하지 않았고 인혁당 관련자들의 아내까지 정보부 남산 분실로 연행해 남편이 공산주의자임을 인정하라고 추궁했다. 인혁당 관련자 여덟 명이 2심에서 언도를 받았으나, 김씨는 민간인으로 구성된 사법부 최고 기관인 대법원 확정 판결이 마지막으로 남아 있었기에, 중앙정보부의 조작된 각본으로 누명을 쓰고 사형이 선고된 피고인들에게 특별 사면은 어렵더라도 감형 조치는 있을 것이란 양심적인 판결에 한 가닥 기대를 걸었다.

1975년 4월 9일

훗날 역사에서 인명 경시의 극단적인 사례로 기록될, 사형과 무기형을 무작위 남발한 긴급조치에도 불구하고 유신 헌법 철폐와 민주화 회복 열망이 광범위하게 확산되었고 명동성당과 원주성당, 종로 5가에 있는 기독교회관이 민주화의 성역으로 자리 잡았다. 이에 위기를 느낀 박통은 정국 수습을 겸한 유신 정권 유지의 최후 수단으로 1975년 1월 22일 현행 헌법과 유신 체제에 대한 찬반·신임을 두고 국민 투표에 부친다는 담화를 발표했다. 민주화 회복을 지지하는 재야 열네 개 단체가 즉각 국민 투표를 거부한다는 성명을 발표했으나 박통은 그런 국민적 저항을 외면한 채 전국에 비상경계령을 선포한 뒤 2월 12일 국민 투표를 강행했다. 투표율 79.84퍼센트에 찬성 73.1퍼센트를 얻자 박통은 사흘 뒤인 15일에 큰 시혜나 베풀듯 대통령 특별 조치로 '국민 총화를 더욱 굳게 다지며 민족 중흥의 역사적 과업 수행에 참여할 수 있는 기회를 부여하고자' 긴급조치 위반자의 석방을 발표하곤 그날과 17일에 인혁당 관련자들과 민청학련 주동자 몇을 제외하고, 논리에 맞지 않게 유신 헌법 지지 국민 투표 승리를 빌미로 유신 헌법 반대 데모로 투옥된 대학생 대부분을 석방했다. 정권 당국과 정보부는 이제 마지막 남은 인혁당 관련자들의 처리 문제에 부닥쳤다. 민청학련 사건으로 수감되었다 2월 15일 형 집행 정지로 석방된 한 시인은, 인혁당은 정보부의 무자비한 고문에 의해 조작되었다는 글을 신문에 발표하여 그들을 공산주의자란 혐의에 따른 사형 누명을 벗겨 주려 했다. 한편, 민청학련 관련자들 대부분이 석방된 마당에, 그들이 '민청학련 배후 지도 세력으로 인혁당이 존재하지 않았다'며 진실 규명을 촉구하면 그러잖아도 국내외 여론이 군사 독재 정권의 강압 수사란 지탄을 받는 마당에서 수수방관하고 있을 입장이 아니었다. 칼자루를 쥔 자가 조속히 결단을 내리지 않을 수 없는 상황에 처하자, 진실을 빨리 사장시켜 버리기로 최종 결단을 내렸다. 4월 8일 오전 열시, '인혁당 재건위 사건' 대법원 선고 공판은 피고인들을 출석시키지 않은 가운데 열렸고, 대법원장을 포함한 대법원 판사(대법관) 열세 명 중 한 사람만이 비상고등군법회의 재판 과정에서 재판 절차에 위법이 있었다는 소수 의견을 냈으나, 사전에 조율이 끝난 각본대로 '비상고등군법회의에서 내려진 중형이 합당하며 인혁당 관련 피고인들의 상고를 기각한다'는 판결을 내렸다. 인혁당 관련자 일곱 명, 민청학련과 인혁당의 고리 역할을 한 한 명, 도합 여덟은 1심, 2심과 동일하게 사형이 확정되었다.

서대문형무소 독거 감방에 갇혀 있던 김씨가 대법원의 확정 판결을 전해 듣기는 그날 정오를 넘겨서였다. 교도관이 운동 시간이라며 감방 문을 열곤 김씨에게, 오전에 인혁당 관련자 대법원 상고심이 기각되었음을 알렸다. 교도관은 피고인에게 그런 소식을 귀띔하는 게 미안했던지 김씨와 눈을 맞추지 않고 말했다. 그 말을 듣자 김씨는 전기 고문을 당할 때처럼 정신이 아찔했고 숨이 멎는 가슴의 통증을 느꼈다. 마치 딛고 선 교수대 발판이 아가리를 덜컹 벌리고 몸이 공중에 대롱대롱 매달린 채 올가미가 숨통을 죄는 듯한 충격이었다. 그는 수갑을 찬 채 어지럼증으로 벽에 등을 붙였다. 몸을 제대로 가눌 수 없는 현기증에 순간적으로 눈앞에 물별이 스쳤다. 이제 사형 집행 절차만 남았단 말인가? 하고 수꿀해져 중얼거리자, 그는 감방에서 되씹어 온 의문이었던, 자신이 과연 사형에 처해질 무슨 중대한 범죄를 저질렀는지를 자신에게 되물었다. 그럴 위치에 있지도 않았지만 남파 간첩과 접선해 국가의 중요한 정보를 제공한 적도, 인민혁명당이란 좌익 지하 정당 창당과 조직에 간여한 적도, 사상 불온한 자들과 남한 정부를 전복시킬 목적으로 모의한 적도, 좌파 이론의 실천적 방법론을 누구에게 전파한 적도, 심지어 살인을 했거나 공모한 적도 없었다. 설령 만에 하나 그런 범법 사실의 일부를 판사가 인정해 선고한다 해도 사형이란 극형에 처해야 마땅한지, 선악의 판별을 관장하는 지혜로운 자가 있다면 묻고 싶은 심정이었다. 신에게? 그러나 김씨는 종교인이 아니었고, 이 지상에서 자신의 결백을 판결해 줄 그 어떤 권능 있는 자가 없었다. 최소한의 인간적인 권리마저 가차없이 말살된 '사법 살인'의 희생자일 뿐이었다. 온몸에서 기운이 빠져나가자 그는 갑자기 바보가 된 듯 멍청해진 채 컴컴한 복도를 어뜩비뜩 걸어 햇빛 맑은 형무소 마당으로 나섰다. 바람 자는 따뜻한 봄날 오후라 마당 공간에는 버드나무 꽃가루들이 실밥처럼 부유하고 있었다. 마당 저쪽에 웅기중기 모여 선 사람들이 그의 눈에 들어왔다. 웬일로 인혁당 사건 관련자 모두가 수갑을 찬 채 끼리끼리 귀엣말을 나누고 있었다. 김씨는 정보부 남산 분실에서 조사받을 때 복도를 지나치다 더러 선배와 동료들과 눈을 맞추는 기회가 있었고, 감방 뺑끼통을 통해 위아래층에 수감된 '4·3데모' 관련자들과 통방(재소자들이 교도관 몰래 창을 통해 나누는 대화)을 하기도 했으나 인혁당 관련자를 이렇게 한꺼번에 보기는 처음이었다. 김씨는 그들을 보자 마치 구원자라도 만난 듯 어찌나 반가웠던지 눈물부터 울컥 솟았다. 분하고 원통해서 통곡하고 싶을 때는 눈물이 안 나왔는데 같은 입장에 처한 그리운 얼굴들을 보자 그 얼굴들을 지우기라도 할 듯 눈물이 앞을 가렸다. 작년 4월과 5월에 걸쳐 강제 연행된 이래 1년 가까이 고문에 따른 후유증을 견뎌 내느라 그들은 넋이 빠진 듯 자세조차 꾸부정했는데 모두의 피폐한 얼굴이 근심 걱정으로 차 있었다. 그들 사이에 섞여 있던 홍 형이 김씨를 보자 어설픈 미소를 띠었고 이리 오라며 눈짓으로 불렀다. 김 형, 아무래도 우리를 금방 쥑일라 카는 거 같심더. 자꾸만 그런 예감이 들어예. 홍 형이 꺽 쉰 쉿소리로 말했다. 퀭하게 들어앉은 눈동자가 절망으로 가득 차 있었다. 설마 그래까지 다급하게 처리하겠습니꺼. 김씨도 어떤 불길한 예감으로 마음을 졸였으나 물에 빠진 자가 지푸라기라도 잡는 심정으로 그렇게 말할 수밖에 없었다. 이 미제 수정 좀 보이소. 아츰에 이걸로 새로 갈아 끼아 줬잖습니꺼. 교도관이 열어 주지 않으모 안 열리는 새걸로 말입니더. 전에는 젓가락으로도 풀어지는 헐렁하고 낡은 수정이라 감방에서 그걸 풀어놓고 화장실에도 댕겼잖습니꺼. 홍 형이 자기 두 손목을 채운 수갑을 들어 보이며 말했다. 꺼먼 고문 자국이 남은 여윈 손이 풍 맞은 듯 떨렸다. 아츰에 교도관이, 오늘 대법원 선고가 있는 날이라 만약을 위해 수갑을 바꾼다고 말합디더마는……. 김씨도 자기가 찬 새 수갑을 내려다보며 어물쩍 말했다. 그도 어느 장기수에게 들었던 말이 있어, 교도관이 변명 삼아 하던 그 말을 의심했다. 수갑을 새걸로 갈아 끼우고 사형 집행실을 청소하는 날 다음 새벽에는 어김읎이 집행한다 안 캅니꺼. 그기 형무소 관례라 카데예. 김씨가 교도관 말에 품었던 의심을 홍 형이 그대로 읊었다. 아무리 그래도 그렇지예, 우리나라가 법치 민주주의 국가 아입니꺼. 변호인단이 형 집행 정지 재심 신청을 낼 기고, 감형 탄원 기회가 안죽 남아 있지 않습니꺼. 김씨는 마지막으로 걸고 있는 기대를 별 자신 없는 목소리로 말했다. 법률으 일반적인 상식대로 그렇게 감형이 되모 우째 좀 명줄을 늘랐다가 이담에 억울한 옥살이 누명이라도 벗겠구마는, 대법원이 판결을 이래 빨리 내리다이, 아무래도 예감이 이상합니더. 이 군사 정권이 어데 제정신 가지고 국정을 운영합니꺼. 삼선 개헌 때부터 보다시피, 하는 짓이 미쳐도 보통 미친갱이가 아닌 기라예. 교도관이 잡담을 말라며 이쪽으로 다가와 둘은

144

대화를 중단했다.

　감방으로 돌아온 김씨는 정좌하고 눈을 감았다. 떠오르는 갖가지 상념을 지우고 무[空]의 상태에 몰입해 보려 애썼으나 마음만 그럴 뿐 그게 쉽지 않았다. 그러나 애써 생각을 비워 그 끈의 가닥을 거의 놓고 무아경에 들 무렵, 슬며시 안중근 의사의 모습과 그의 단지혈맹 (斷指血盟) 수인(手印)이 떠올랐다. 안 의사가 옥중에서 '동양평화론'을 집필하다 일제의 재빠른 사형 집행으로 순국함으로써 미완에 그쳤는데, 마지막 옥중 생활의 초조함도 달랠 겸 자신이 생각하는 '민족 통일 해방론'을 집필해 볼까 하는 생각이 들었다. 그러나 안 의사와 견줄 때 자신은 대의를 위해 이룬 일이 아무것도 없었고 민족 통일을 두고라도 그 열망은 마음을 채우지만 냉철한 이론적 지식의 부피가 얇았다. 평소 숭모했던 의사의 담대한 최후 자세를 따름은 좋으나 자신은 그 발치에도 못 미치는 시정인이라 그런 집필은 만용이 아닐 수 없었다. 설령 그가 만용을 무릅쓰고 한 인간이 지상에 살았던 자취라도 남기겠다는 목적 아래 집필에 착수한데도 그럴 시간적 여유가 남았을 것 같지 않았다. 아니나 다를까, 해가 지고 땅거미가 내릴 무렵에 뺑끼통 창문을 통해 위층에서 부르는 소리가 들리더니, 아래층에 인혁당 수감자 맞지요? 하고 물었다. 김씨가 화장실로 들어가 높이 달린 창문에 대고 그렇다고 말하자, 오늘 새벽에 재소자를 데려다 사형 집행실을 청소했대요. 그렇게 아시라고……. 말끝을 맺지 못한 최후통첩이었다. 그 말을 듣자 김씨는 비로소 '사형 집행', '교수형으로 처형'이란 말이 대학 때 전등불 아래 강의실에서 배운 법률적인 용어로 사전에 박힌 활자가 아니라 자기가 몸소 당할 형벌임을 실감했다. 빠져나갈 수 없고 벗어날 수 없는 운명적인 필살(必

殺)이란 섬쩍지근함이 가슴을 훑었다.

무섭고 더러븐 이 땅에서는 몬 살겠다. 아무 죄 없는 너그들 애비 끌고 가서 쥑인 이 바닥에서는 더 이상 살 수 없어. 우리 식구 몽땅 새끼줄 친친 감고 낙동강에 뛰어들지 않을라 카모 고향 땅을 떠날 수밖에 없어. 새 시상 찾아 신천지로 떠나야 해! 엄마가 뒤돌아보며 소리쳤다. 까맣게 탄 엄마 얼굴은 팬 주름마다 눈물이 번질거렸다. 어무이, 거게가 어덴데, 어데로 간다는 깁니껴? 종호가 겁먹어 물었다. 가자. 내만 따라오니라. 어서 이 에미만 따라오라이깐. 엄마는 바리바리 엮은 등짐을 졌고 머리에는 가재도구를 담은 광주리를 머리통 짜부라지게 이고 있었다. 종호도 지게짐을 졌다. 어린 남매 동생도 제각각 보따리나 망태기를 들고 데바삐 따라왔다. 겹겹이 껴입은 누더기 입성에 네 식구는 새까만 맨발이었다. 삭풍이 몰아쳐 가랑잎이 흩날리는 속에 일가족은 그루터기만 남은 황량한 들판 길을 나선 참이었다. 인자 집도 절도 없는 서러운 걸뱅이(거지) 신세지마는 새 땅 찾아가모 우리 겉은 불쌍한 인간을 자알 맞아 줄 기다. 나르는 갈가마구야, 불쌍한 우리 식구 거게로 어서 데리다 도고. 엄마가 빈 하늘에 맴을 도는 갈까마귀 떼를 보고 말했다. 구름 낀 나지막한 하늘 아래 갈까마귀들이 자욱 날고 있었다. 그 땅 도회지으 공장은 직공들 천국이고 그 땅 시골은 지주 따로 없고 작인 따로 없는 시상이라 카인게 우리 겉은 빈농이사 그런 땅에 가서 살아야지러. 일한 만큼 묵을 수 있고 인간 천대 없는 그런 시상이 있다고 니 애비가 살아생전 자나깨나 말했으이, 그 땅 찾아가야 해. 니들 애비 저승차사가 질(길) 안내 자알 할 기다. 잰걸음을 걷는 엄마 말에 뒤따르던 종호가 홀연히 깨달았다. 어무이, 혹시 아부지 혼령이 가 있는 데 찾

146

아가자는 거 아입니껴? 종호가 놀라 물었다. 그 땅은 한창 전쟁이 벌어지고 있는 살육의 현장, 총알과 시체를 피해서 넘어야 도달할 수 있는 그 위쪽 지역이 분명했다.

　김씨는 놀라 눈을 떴다. 앉은 채 무아경에 빠졌다 깜박 노루잠에 들었는데, 짧게 꾼 토막꿈이었다. 북으로 가다니. 왜 엄마가 뜬금없이 아버지 찾아 북으로 가자고 했을까. 꿈치고는 섬뜩한 꿈이라 그의 온몸이 식은땀으로 흥건히 젖어 있었다. 깜깜한 어둠이 앞을 막았고 사위는 조용했다. 김씨는 왜 그런 꿈을 꾸었을까를 되짚어 보았다. 전쟁 초다듬에 아버지가 비명횡사당한 뒤 소작하던 논마지기마저 빼앗기고, 엄마는 친척 집을 돌며 드난살이해서 얻어 온 잡곡으로 시어미와 자식 셋을 거두었다. 기운 없이 방구석에 늘어져 누운 자식들을 차마 볼 수 없었으나 엄마는 누대로 살아온 고향 땅을 감히 떠날 엄두를 못 내었다. 무지랭이 과수댁 촌 아낙들이 그렇듯, 물 설고 낯선 한데로 나서면 그 길이 송장 되는 길이요 들짐승이나 까마귀 밥이 되는 줄로만 알았다. 그러나 빨갱이 집안이라며 이웃들이 상종하려 들지 않았고, 친척들조차 지서 순경 감시가 무섭다며 제발 어디로든 살길을 찾아 나서라고 고용살이마저 거절했다. 할머니가 영양실조 끝에 숨을 거두고 끼니 잇기가 더욱 힘이 들자 엄마는 죽기로 각오하고 보퉁이를 싸지 않을 수 없었다. 전쟁이 중부 전선에서 소강상태로 접어든 1951년 늦가을, 엄마는 자식 셋을 달고 추석에 성묘차 고향에 들렀던 먼 친척을 찾아 한뎃바람 맞으며 대구로 나섰다. 그렇게 식구들이 쫓기듯 길 나섰을 때의 행색은 꿈에서 보았던 그대론데, 엄마는 꿈에서처럼 아버지가 원했던 그런 땅을 찾아가자고 말하지는 않았다. 대구가 대처이니 거기로 나가면 어쨌든 너희들 먹여 살릴 길이 있을 거란 말만 되뇌었다. 김씨가 청년이 된 뒤 아버지의 생각을 유추해 보면, 아버지는 빈농과 노동자가 천대받지 않고 계급 차별이 없는 대동 세상의 도래를 꿈꾸지 않았을까, 더 듬어 짐작할 수 있었다. 농촌 계몽 나와 야학당을 개설한 대학생들이 러시아 혁명을 두고 설명했을 때, 아버지는 농민·노동자들의 투쟁과 그 승리에 감복당했을 수 있었다. 들은 말로는, 아버지가 일제 시대 적색 농민 조합(赤農) 운동에도 관여한 적이 있었다 했다. 그러나 김씨는 아버지의 희망이었던 그런 세상이 반드시 인류의 이상적인 국가라고 수긍하지는 않았다. 노·농 계층이 법적 보호 없이 빈곤 속에 방치되었던 19세기나 20세기 초, 아니면 빈부 격차가 심한 후진국 독재 정권의 진보적 좌파는 지금도 그런 혁명을 꿈꿀 수 있었다. 그런 측면에서 보자면 반공 통치와 자본제 사회를 국가 이념으로 삼는 남한 역시 많은 문제점을 안고 있지만 계급 없는 사회란 북한도 일사불란한 국가 통제 아래 거주 이동, 사상과 표현, 종교의 자유를 강제당하는 1인 독재 사회였다. 물이 밥이라면 공기는 자유라 인간은 물과 공기를 함께 먹어야 생명을 보전하므로, 김씨는 그 두 가지를 안분하여 보다 나은 삶의 조건을 충족시킬 수 있는 국가 형태를 두고 동료들과 머리 싸매고 고뇌해 왔던 게 사형을 당할 만큼의 중죄로 인정된 셈이었다.

　김씨는 꿈에서 깨어나 아버지의 죽음을 떠올렸고, 부전자전이란 말대로 무슨 운명인지 자신이 아버지와 똑같은 그 길을 밟게 된 셈이었다. 흔히 하는 말로 냉전 분단의 희생양이었다. 이런 개 같은 죽음이 이 땅에서 더 이상 자행되지 않으려면 민중이 그 무엇보다 민족 통일부터 앞당기는 데 발 벗고 나서서 참여해야 함이 마땅할 터였다. 그러자면 반공과 독재의 족쇄를 풀 남한의 민주화가 선행되어야 했다. 그 길에 나름대로 매진했으나 그는 나이 마흔 살 목전에서 생의 종지부를 찍게 된 셈이었다. 그 점이 서럽고 안타까울 뿐 이 세상을 떠남에 남는 미련은 없었다. 부당한 형벌은 역사 이래 끊임없이 이어져 왔기 때문이었다. 그러나 못난 지아비로 고생만 시켜 온 아내와 철모르고 자라는 두 딸애에게 좋은 아비 노릇 한 번 못하고 떠나는 게 미안했고, 그들 기억에 자랑스러운 아비의 모습을 남기지 못하고 떠남이 아쉬웠다. 김씨는 교수형을 당하기에 앞서 유언으로 남길 말을 머릿속에 그려 보았다. '나는 자본주의와 공산주의란 극단적인 이념 차이로 대립하고 있는 남북 냉전의 벽을 허물고 빠른 시일 안에 남북이 평화적으로 만나 가슴을 열고 민족 통일 문제를 허심탄회 논의하기를 소원해 왔다. 그런 의미에서 남북 공히 외세를 업고 싸운 육이오전쟁과 같은 동족상잔의 전쟁 재발을 반대한다. 남북 공히 현재와 같이 일인 독재 정권 유지를 빌미로 한 전체주의적 통치 방법 역시 반대한다. 나는 남북한이 외세를 배제하고 인구 비례에 따른 평화적인 자유 선거를 통해 중립국으로 통일되기를 희망해 왔기에, 분명히 말하지만 공산주의자는 아니다. 통일될 그날까지 남한 정부 당국에 마지막으로 하고 싶은 말이 있다면, 만연된 부정부패를 척결하여 국민의 기본권을 보장하고, 공명 선거와 평화적 정권 교체의 길을 열어 참다운 민주주의를 실현하고, 민족적 경제 정의를 실천하여 부익부 빈익빈의 불평등 현상을 바로잡고, 기층 민중 복지 정책을 더 강화해 달라고……' 김씨의 머릿속 유언장 작성은 거기에서 멈추었다. 20세기 후반에 명실상부한 법치 국가가 거리낌없이 모살(謀殺)을 자행하는 야만의 시대에 유언장 작성마저 조작되지 말라는 법이 없었다. '공산주의자인 나로서는 적화 통일의 그날을 못 보고 죽는 것이 원통할 뿐이다.' 그들은 이렇게 유언장을 날조하고도 남을 자들이었다. 그런 생각이 들자 김씨는 유언장을 그들에게 넘겨 주느니 차라리 할 말이 없다고 침묵하며 교수대에 오르는 게 정당하지 않을까 싶었다. 그러나 그 정당함이 원수조차 용서하여 사랑으로 감싸 안는 평화로운 죽음의 길일까? 아니다, 억울하다! 이렇게 억울 절통하게 죽을 수는 없다. 고난을 이기고 이 땅에 민주화 시대가 오면 누군가가 이 혐의를 꼭 벗겨 주어야 한다! 그래야만 나는 저승에서도 부릅뜬 눈을 감을 수 있을 것이다! 김씨는 갑자기 울부짖는 자기 목소리에 놀라 감고 있던 눈을 떴다. 마지막 밤이 너무 짧게 흘러가고 어쩌면 초조하게 너무 긴데, 아직 날이 샐 기미는 보이지 않았다. 사위가 깜깜하고 조용했다. 내가 왜 이러나. 통분으로 이렇게 이빨 갈며 죽음을 받아들이지 말자. 그는 대범하지 못한 자신을 꾸짖었고 일회성의 생애 끝에 누구나 한 번은 맞게 되는 죽음이 자기에게는 때 이르게 찾아왔음을 다시 환기했다.

드디어 새벽 여섯시쯤, 바깥이 희뿌옇게 밝아 왔다. 복도를 울리는 발자국 소리에 이어 어느 감방인가 자물쇠 따는 쇳소리가 났고 두런거리는 말소리도 들렸다. 꿈에서 깨어난 뒤부터 눈을 감고 정좌해 있던 김씨는 드디어 최후의 시간이 당도했음을 알았다. 그는 들숨으로 선선한 새벽 공기를 폐 가득 채웠다. 한 시간 전부터인지, 두 시간 전부터인지 줄곧 다짐해 온 게, 불의가 그 수치스러움을 감추려면 정의를 죽일 수밖에 없으므로 내 죽음을 떳떳하게 받아들이자는 다짐이었다. 시멘트 바닥을 울리는 구둣발 소리가 다가왔다. 이제야말로 그 지독했던 육신고에서 영원히 해방된다고 생각하자 김씨의 숨소리가 고르게 자리 잡고 마음에 안정이 찾아왔다. 죽음이 죽음을 이길 수 있다는 안도감이었다. 교도관 발소리가 김씨 감방 앞에서 멎고 열쇠 푸는 소리가 났다. 김씨는 눈을 번쩍 떴다. 자기와 생각을 함께 나누었던 동료들의 죽음이 눈앞에 보였다.

대법원 확정 판결이 있은 지 하루가 채 못 되는, 스무 시간 만에 이루어진 사형 집행이었다.

(《창작과비평》, 2003년 겨울호)

4
가네거리의 축대

• • • • • • • • • • •

케테 콜비츠, 〈요람에 기댄 여인 *Frau an der Wiege*〉, 1897.

4가 네거리의 축대

「어멈아, 이 세상에서는 아예 글렀고 그 길밖에 다른 길이 없다. 다 내 불찰이니, 어떡하겠니. 그 일만은 어멈 몫이야. 해방되고 함흥인가, 거기서 아범 편지가 왔을 때 너라도 명구 데리고 찾아가 아범 만나 합가했다면 어멈이 명구 아래로 애를 두셋은 더 낳았을 거야. 무엇에 씌어 내가 한사코 말렸는지, 지금도 그 생각만 하면 복장이 터지는구나. 난 그때, 내가 왜 명구 할아범 편지를 받고 일본으로 들어갔는지, 일본에만 들어가지 않았더라도 자식 둘은 건질 수 있었다는 후회를 눈만 뜨면 곱씹다 보니, 북으로 가야 한다는 너를 말린 거지. 아범도 편지에서, 여기 일이 너무 바쁘니 서울에 그냥 앉아서 기다리면 틈을 내어 내려가겠다고 했지만……」 목침을 베고 누워 부채질을 하던 초전댁이 말했다. 「어머님, 그때 따져 무얼 해요. 다 지나간 옛얘긴데. 그래서 제가 수미산으로 길 나서려 옷가지를 챙기잖아요.」 입장댁이 장롱에서 겨우살이 옷이며 목도리와 버선 따위를 꺼

내어 차곡차곡 쌓았다. 마루 끝에 앉아 다리를 대롱거리며 꽃밭에서
나풀대는 나비를 보고 있던 명구는 노친네들 말이 무슨 소리인가 하
고 방 안을 돌아본다. 「어멈이 수미산에 가기로 작정한 건 참 잘한
일이야. 어멈도 알다시피 김씨 집안엔 원체 남자가 귀하잖아. 네 나
이라면 아직도 애를 낳을 수 있어. 일흔 살 되려면 한참 멀었으니 낳
을 수 있고말고. 어서어서 다녀와. 너나 나는 받은 괜찮은데 당최 씨
가 귀했으니. 어수선한 세월을 살다 보니 남정네들이 어디 질펀하니
집에 눌러앉아 자식 둘 궁리인들 할 수 있었냐? 따지고 보면 시절
탓만 댈 게 아니지. 남정네들이 하루아침에 사라져 소식이 없거나,
설령 어디에 갇혀 강제 노동이나 옥살이를 하더라도 죽지 않고 살아
서만 나온다면 처자식 찾아 집으로 돌아오지 않더냐. 시신이라도 내
눈으로 봤다면 한이라도 안 남지. 이 집안 남정네들은 하루아침에
그렇게 사라져선 소식이 돈절됐으니, 이 넓은 세상천지에 생사인들
알 길이 있어야지. 시장통 길네댁 아들은 남양에 징용 갔다 해방되
고 펄펄 살아서 돌아와 애를 셋이나 더 뒀지. 나는 관동대지진만 생
각하면 지금도 가슴이 펄떡이고 온몸이 닭살이 돼. 서방은 끝내 시
신조차 못 수습하고 졸지에 자식 둘을 잃었으니…… 어젯밤에도 그
꿈 꾸며 내가 얼마나 울고 미쳐 날뛰며 시신이 무더기로 쌓인 개천
바닥을 헤매고 다녔는지, 도무지 잠을 잔 것 같지가 않구나. 그 악몽
이 엊그젠데 해방되고 몇 해라고 또 전쟁이라니. 어휴, 지긋지긋한
이놈의 전쟁이 언제쯤 끝날까. 남정네들은 자나 깨나 백성 들볶아
전쟁 일으킬 궁리밖에 안 하니, 원.」 초전댁은 아흔 살을 지척에 두
자 망령이 들었는데, 이때만은 목소리가 카랑카랑했다. 입술을 달싹
거리던 명구는 아무래도 한마디해야겠다며 제풀에 얼굴이 숯불이

되어 말했다. 「애를 낳다니요? 엄마가 애를 어떻게 낳지? 모르겠네. 엄마, 정말 애를 낳을 수 있어요?」 명구 말에 입장댁은 가만있는데 초전댁이 기운도 좋게 벌떡 몸을 일으켜 부채로 방문턱을 치며 발끈했다. 「어린 네놈이 여자 애 낳는 걸 어떻게 알아. 우리도 골백번 궁리를 짜낸 끝에 그러기로 뜻을 맞추었다. 그 길밖에 다른 길이 없어. 넌 이담에라도 자식을 볼 수 없잖아! 그러니 네 동생이라도 어서 봐 둬야겠다는 거지. 그래야 김씨 집안 대를 잇게 돼. 어른들 말에 나서지 말고 남산에 올라가 쑥대나 질경이라도 캐어 와. 그것 넣고 좁쌀죽이나 끓이게. 어휴, 하루 두 끼 죽 먹기도 이렇게 힘이 드니……」 초전댁 한숨에 입장댁이 맞장구쳤다. 「맞아요. 명구 쟨 영영 글렀어요. 저 몸 꼴 좀 봐요. 꼬챙이같이 마른 게, 소심한 데다 부끄럼은 왜 그렇게 타는지. 그래서 하는 말인데요, 길 나선 김에 쟤 양기 살려낼 명약도 구해 봐야겠어요. 수미산 일주문만 넘어서면 시장통에는 인간 세상에 없는 명약을 다 갖춰 놓았다니, 명구 양기에 좋은 명약도 있을 겁니다. 백 살 넘기는 장수약도 있으면 제가 구해 올게요.」 입장댁 말에 초전댁이 구들장이 꺼져라 또 한숨을 내쉬었다. 「나야 살 만큼 살았잖냐. 너무 오래 살았어. 내일모레가 아흔 살인데 내 약이 무슨 필요가 있겠니. 얼굴 비치는 멀건 죽사발 받으면, 이걸 먹어 내가 더 살면 무엇하랴는 생각부터 들어. 어멈이나 명구 한 숟가락 더 먹는 게 차라리 낫지, 그 생각을 하면 목이 메고…… 어멈이 오래 살아야 손자 녀석들 장성할 때까지 진자리 마른자리 돌봐 줄 수 있잖니. 그건 그렇고, 먼 길 나설 네가 걱정이다. 수미산까지가 열 길 되는 강을 몇 개나 건너고, 높고 높은 첩첩한 산을 끝없이 올라야 하는 멀고 먼 이역이라던데, 고무신도 열 켤레쯤은 준비해야 될 거야.

어멈아, 내년 이맘때쯤이면 돌아올 수 있겠지? 그때까지는 내가 죽지 않고 저 병약하고 어질어 빠진 손자 녀석을 잘 거두어야 할 텐데……」초전댁 말에 입장댁이 꺼내 놓은 옷가지와 버선을 보퉁이로 싸며 장담했다. 「약사여래님이 제조한 약만 먹으면 나이와 상관없이 애를 낳을 수 있다니, 전 어떡하든 명구 동생을 낳을 테예요.」남산으로 혼자 올라가기가 무서워 주호와 함께 가려고 마당으로 나서던 명구는 엄마 말에 고개를 갸우뚱했다. 「엄마, 늙어도 애 낳을 수 있냐구요? 그건 안 될 텐데……」명구는 엄마 말이 곧이들리지 않았다. 엄마 역시 할머니 못지않게 폭삭 늙었다. 늙은이가 애를 낳는다니. 수미산이며 약사여래님은 또 무엇인지, 그것과 애 낳는다는 게 무슨 상관이 있는지를 그는 알 수 없었다. 「처녀도 애를 낳는데 나라고 왜 애를 못 낳아? 소문 듣자 하니, 수미산에 갔다 와서 아들만 세 쌍둥이를 낳은 할멈도 있다더라. 그렇지요, 어머님?」입장댁 말에 초전댁이, 「맞아. 어멈 말은 하나 틀린 게 없어. 수미산에만 다녀오면 얼마든지 자식을 볼 수 있고말고. 어멈이 떠나면 불공드리러 더 자주 절을 찾을 테야」하며 머리를 주억거렸다. 「도대체 무슨 말을 하는 거예요? 저도 그쯤은 알아요. 할머니가 되면 애를 못 낳는다는 것쯤. 제가 어디 바보예요?」명구는 노친네들 말을 더 듣기가 거북했다. 「바보 소린 왜 하니? 누가 널 바보라고 놀리던? 진짜 바보는 자기가 바보인 줄도 모른데. 선돌이보고, 너 바보지? 하고 물어봐. 무조건 고맙다며 그저 히죽거리지. 넌 심약한 게 탈이야. 네 아버지 닮아 넌 공부를 오죽 잘하니. 네 아버지처럼 불난 데만 찾아 뛰어드는 그 용맹은 안 닮구선. 그런데 명구야, 어미가 늘 하는 소리지만 넌 김씨 집안 장손이야. 장손이지만 넌 장손 노릇을 할 수 없잖니? 그래서 네 동생을 보려고 이렇게 길 나서려는 참 아냐. 서럽고 분하더라도 네가 참아야지 어쩌겠냐. 어머님, 제 말 맞지요?」입장댁 말에 초전댁이,「틀린 말 없어. 네 말 맞다구. 어멈이 명구 동생을 꼭 봐야 해」하더니, 어이구머니나! 하고 놀라며 쥐고 있던 부채를 떨어뜨렸다. 집 뒤쪽 남산에 포탄 떨어지는 폭발음이 어찌나 요란한지 명구도 귀청이 얼얼했다. 이젠 공습 사이렌도 울리지 않아 폭격기가 소리도 없이 언제 나타났는지 알 수 없었다. 그래서 명구는 남산으로 혼자 올라가기가 더 겁났다. 날씨가 너무 더웠다. 장독대 앞 화단의 가지꽃, 고추꽃, 창포꽃, 봉숭아꽃도 생기를 잃었다. 땡볕 아래 서 있다 보니 어질증이 일어 명구는 허적허적 마당을 질러갔다. 주호와 함께 남산에 오르기로 했다. 외갓집은 퇴계로 길 건너에 있었다. 「내가 처녀 적에 들은 얘기지만 저 북방 한대에 사는 어느 양치기 색시는 한배에서 자식을 스물하고도 둘이나 낳았대. 그래서 성주께서 그 여장부에게 양을 자식 수만큼 상으로 내렸다지 뭐니.」초전댁이 말했다. 「스물둘이나요? 저 남쪽 섬나라 해녀가 한배에서 열여덟 명을 낳았다는 말은 들었어두 그렇게 많이 낳았다는 말은 처음 듣네요. 그럼 사내애가 몇이고 딸애가 몇이었답디까?」입장댁이 물었다. 명구는 노친네들이 또 말 안 되는 말을 하는 줄 알면서도, 정말 그렇게 자식을 많이 낳는 여자도 있을까 궁금했다. 「아마 모두 사내애들이라지. 그래서 성주가 상을 내리신 거야. 씩씩한 사내애들은 키워만 놓으면 모두 군대에 보낼 수 있잖니……」노친네들이 재미있다는 듯 새소리로 킥킥 웃어 대며 애 낳는 말을 재잘댔다.

누군가 트, 트, 하고 기성을 지르며 몸을 흔들자, 김씨가 무거운 눈꺼풀을 연다. 머리맡에 앉은 도량이가 김씨를 내려다보고 있다. 바

같이 어둠을 밀치며 엷게 트여 온다. 여명은 그렇게 기척 없이 베란다의 방충망 주변부터 밀려들어 바깥의 어둠을 밀어낸다. 그는 지금이 생신지 꿈인지 알 수 없다. 도량이의 모습조차 비현실적으로 보인다. 살아 있는지 죽어서 저승에 있는지도 알 수 없다. 한참이 지난 뒤에야 김씨가 입속말로 중얼거린다. 여, 여기가 아냐. 여기선 엄마와 할머니를 보, 볼 수 없어. 그 꿈은 산 자들이 살고 있는 이승이 아닌, 망자들이 사는 저승이었다. 조금 전 엄마와 할머니를 본 건 생시가 아니고 꿈이었다. 꿈이라 쳐도 너무 어처구니없었다. 살아생전의 엄마와 할머니를 자주 떠올리다 보니 그런 해괴한 꿈까지 꾸었을 것이다. 요즘 김씨가 꾸는 꿈은 죄 그랬다. 두 노친네는 여든 살을 거뜬히 넘겼고, 할머니는 아흔 살을 바라보는 나이까지 사셨다. 꿈의 배경은 전쟁이 났던 그해 여름이었다. 집 안 구조도 안방 앞에 좁장한 마루가 있던 옛집 그대로였다. 장독대 앞 화단에는 여러 꽃이 피어 있었다. 무릎까지 자라 버린 늙은 쑥이나 질경이 뿌리를 캐러 남산으로 다닐 때는 전쟁 초기로, 젊은 군관이 양식을 가져다 주기 전이었다. 전쟁 당시 엄마는 젊디젊었고 할머니도 환갑이 안 된 나이였다. 그 당시로선 엄마가 애를 낳을 수도 있었다. 그런데 꿈에서 본 자신은 전쟁 때 나이 그대로였으나 두 노친네는 이빨이 죄 망가져 말이 제대로 될 것 같잖게 합죽했고 무말랭이처럼 쪼그라진 말년의 몰골이었다. 그러나 말솜씨 하나는 전쟁 시절처럼 똑똑 떨어졌다. 돌아가시기 전 할머니는 망령이 들어 말이 되잖는 그런 말을 천연덕스레 했고, 엄마는 말이 안 되는 할머니의 말에 맞장구치며 응대했다. 동네 사람들 말처럼 엄마와 할머니 사이는 찰떡궁합이었다. 두 노친네의 대화는 삼대독자인 김씨가 대를 이을 후손을 못 둔 데 대

160

한 골수에 맺힌 한풀이였다. 그래, 나는 아직 엄마와 할머니가 계신 거기로 가보지 못했지. 나도 조만간 그곳으로 가게 될 거야. 김씨가 그렇게 생각하자 엄마와 할머니 말은 영 엉터리가 아닌, 그럴 수도 있겠다 싶다. 거기서는 처녀가 애를 낳을 수 있고, 여자 나이 예순 살이 넘어서도 애를 밸 수 있을는지 모른다. 수미산? 김씨는 엄마가 말하던 산 이름을 들었다. 두 노친네는 독실한 불교도였기에 그 산에 가면 엄마와 할머니를 만날 수 있을 것이다. 꿈 내용이 이승 같게 너무 또렷이 떠오르기에 지금도 눈앞의 재색 천장에 두 노친네의 폭삭 늙은 모습이 어른거린다. 김씨는 힘들게 눈을 깜박거려 본다. 몸이 쇳덩이처럼 무거워 일어날 수가 없다.

줄에 단 명찰을 목에 건 도량이가 김씨 팔을 흔들다 못해 기성을 지르며 손짓으로 연방 먹는 시늉을 해댄다. 네 살배기 도량이는 청각 장애가 있는 농아다. 도량이의 모습이 또렷하게 눈에 박히자 김씨는 여기가 연립주택 3층 자기 거처이고, 막 잠이 깨었음을 깨닫는다. 옆방은 이삿짐을 옮기는지 쿵쾅대는 소리가 시끄럽다. 「또 나, 날이 밝았구나.」 날마다 눈을 뜨면 김씨가 읊는 말이다. 「그래, 밥, 밥 먹어야지. 박 군은 어디 갔어?」 김씨가 고개를 돌리고 보니 도량이 아비 박 군 잠자리가 비었다. 그제야 박 군이 새벽같이 장사할 물건을 떼러 승합차 몰고 가락동 농수산물 시장으로 나갔음을 안다. 벽 앞에는 라면 박스가 여러 개 쌓였고 보퉁이를 덩이덩이 꾸려 두었다. 어수선한 방 안 풍경을 보자 김씨는 갑자기 머릿속이 혼란스럽다. 「형, 이 방을 비워 줘야 해. 연립주택이 경매 입찰에 넘어갔잖아. 박 군도 옥탑방을 얻어 내일로 나간다니 형도 이제 우리 집에 와서 살아야 해.」 어제, 주호가 말했다. 「아저씨, 조씨 아저씨 댁 지하

방으로 가시기 싫다면 제가 모실게요. 저희 옥탑방으로 가십시다. 도량이가 아저씨를 좋아해 잘 따르잖아요.」박 군이 말했다. 둘의 말이 김씨 머릿속에서 돌개바람을 일으키자 바늘들이 새 떼처럼 바람을 타고 머릿속을 싸돈다. 더러 방향을 잃은 바늘 끝이 뇌수를 찔러 부드러운 융기에 박힌다. 김씨는 그 아픔 탓에 얼굴을 찡그린다. 오늘로 이 방을 비워야 한다니, 김씨는 정말이지 이제 그만 살고 싶다. 나 엄마한테로 갈 거야. 엄마와 할머니 있는 곳으로 데려가 달라고 중얼거리던 김씨는 아픔을 참지 못해 비명을 지른다. 그는 가녀린 숨을 헐떡인다. 몸이 까라진다. 연립주택 입주자들은 얼추 집을 비웠고 아직 이사 가지 않은 호실은 몇 집뿐이다. 전세 보증금 문제가 해결되었으니 그들도 오늘로 모두 방을 비울 것이다. 연립주택은 건축한 지 20년에 가까웠고 그동안 한 차례도 수리를 하지 않아 너무 낡았다. 새 주인이 뼈대만 남기고 내부를 원룸으로 개조하여 동국대 학생들 상대로 월세를 놓는다고 했다. 도량이가 다시 김씨 팔을 흔든다. 그러나 김씨는 몸을 움직일 수 없다. 혼곤한 상태에서 한참이 지나자 차츰 머릿속의 돌개바람이 고즈넉해지고 숨 쉬기가 편해진다. 어젯밤엔 바람 한 점 없이 더위로 쪘는데 새벽녘의 서늘한 기온이 온몸에 소름을 일으킨다. 「밥 머, 먹어야지. 도량이, 귀염이는 머, 먹어야지.」김씨는 홑이불을 걷고 힘들게 일어나 앉는다. 엉덩이가 축축하다. 꿈을 꿀 동안 오줌을 싸버렸다. 제자리인 베란다에 엎드려 김씨를 말끄러미 보던 삽사리가 꼬리를 흔들며 다가온다. 「기, 귀염아, 이, 이리 와. 도, 도량이도 이리 오고.」김씨는 손짓으로 둘을 불러 어린 도량이와 털북숭이 삽사리를 품에 안는다. 둘의 체온을 통해 그는 새삼 가족의 정을 느낀다. 숨을 할딱이는 삽사리도 이제는 김씨처럼 늙었다. 「기, 귀염아, 넌 나와 또, 똑같은 날, 또, 똑같은 시에 엄마 있는 곳에 가야 해. 아, 알았지? 우리 둘은 이제 나, 나이가 그렇게 되, 됐잖니.」 김씨가 삽사리의 털북숭이 머리통을 쓸어 주며 눈을 맞춘다. 삽사리가 김씨 마음을 안다는 듯 물기 있는 눈망울로 올려다보며 혀를 날름거린다. 잡종견 삽사리는 어미 젖 뗄 무렵에 주호가 친구 하라며 가져다 주었으니 이 녀석과 함께 산 지도 벌써 10년쯤은 되었다. 그땐 입장댁 나이가 여든을 넘겼으나 꼬부장한 몸으로 그럭저럭 자식 뒷바라지를 해주었다. 그네는 삽사리를 귀여워해서 '우리 귀염이'라 부르며 날마다 목욕을 시키고 털을 빗질해 준 뒤 암컷이라고 머리에 빨간 리본을 매어 주었다. 「내 눈감으면 귀염이가 우리 명구 안사람 노릇 해줄래? 불쌍한 우리 명구 네가 지켜 줘야지. 그렇게 약속해야 내가 편안케 눈을 감지.」 삽사리를 안고 어르며 입장댁이 말하곤 했다. 별세하기 전 두 해 동안은 초전댁의 말년처럼 노망이 심해 김씨가 엄마와 삽사리 뒤치다꺼리를 했으나, 어쨌든 그네는 팔순을 넘기고도 한동안은 맑은 정신으로 살았다. 「그런데 언제부턴가 갑자기 기력이 떨어지더니, 전쟁 나던 해 여름, 우리 세 식구가 많이 굶었지. 어머님은 너와 내가 죽 한 숟가락 더 먹으라고 덜어 주곤 하셨지」 하며 고양이 양만큼 먹던 식사량이 더 줄었다. 어느 날 입장댁은 다른 사람으로 변해 버렸다. 김씨가 잠시 딴전을 펴면 어느 사이 옷을 죄 벗으며 눈앞에 떠도는 당신 시어머니를 상대로 자식 낳는 얘기, 약사여래님한테 명구 동생을 점지받으러 수미산으로 가야 한다는 말만 지껄였다. 초전댁이 아흔 살에 가까워져 망령이 들자, 어멈이 낳은 둘째 애가 어디 갔냐는 말을 소 여물 씹듯 했을 때, 나는 저 나이까진 안 살 테야, 오래 산다고 기다리는 자식이 돌아오면 몰라두, 저토록 오래 산다면 그 세월이 너무너무 지루하고 지긋지긋해, 했더랬는데, 눈감기 전 이태 동안은 시어머니 꼴이 되었으나 자신의 다짐처럼 아흔 살은 채우지 않고 여든 중반에, 눈앞에 있는 자식조차 못 알아보고, 우리 명구, 불쌍한 명구 어딨니? 하고 찾다 숨이 잦아졌다.

김씨가 엄마를 떠올리며 멍해져 있자 목젖이 잠기고 목구멍이 불에 덴 듯 얼얼해 온다. 어수선한 방 안을 둘러보니 장롱 놓였던 자리가 비었고 할머니 적부터 있어 온 뒤주며 반닫이 고리짝이 없어졌다. 어제 낮에 집을 비운 사이 주호가 큰 가구는 모두 치워 버렸다. 태어날 때부터 살아온 이 터를 이제 떠나야 한다니, 김씨는 맥이 풀려 두 식구 밥 챙겨 줘야 한다는 생각도 깜박 잊은 채 넋 놓고 앉아 있다. 바깥은 날이 훤하게 밝았다. 연립주택 뒤란의 가죽나무 우듬지 잎새가 흔들린다. 베란다로 햇살이 파편처럼 밀려들어 가죽나무 잎새를 황금색으로 물들인다. 가죽나무를 집 뒤란에 심은 지 30년이 넘었다. 가죽나무는 몇 년 사이 번식해 여러 그루가 한 해 다르게 키를 다투며 자랐다. 「이젠 가죽나무 새순 따서 짠지 담가 먹지도 못하겠어.」 어느 해 봄인가 높다랗게 자라 까마득한 가지에서 새순이 돋아난 가죽나무를 올려다보며 입장댁이 말했다. 그 말을 할 적엔 초전댁이 살았을 때니 벌써 20 몇 년이 넘는 저쪽 시절이었다. 「그렇게 넋 빠져 앉았지 말고 몸을 움직여. 운동을 해야 오래 산단다.」 입장댁 성화에 한 시절은 삽사리를 데리고 부지런히 아침 산책을 나갔다. 작년 이후부터는 일주일에 한 번쯤이 고작이었고 근래에는 나설 엄두를 못 낸다. 게을러져 산책이 귀찮고, 무엇보다 힘이 달려 언덕길은 오를 수가 없다. 「이제 예순 중반 나이시라! 요즘 세상에선 한창 청춘이시군. 그 무슨 약이라던가, 그 약 안 먹어도 아직은 사나흘 거리로 방아 농사는 될 텐데, 호호.」 며칠 전만 해도 김씨는 종묘공원에서 팔순을 바라보는 이로부터 이런 농도 들었는데, 그 노인보다 근력이 더 떨어졌다. 「우리 도량이, 기, 귀염이, 바, 밥 먹어야지.」 김씨는 방바닥을 짚고 힘들게 일어나 전등 스위치를 올려 형광등을 켠다. 조금 전까지 방 안의 재색 속에 재잘대며 떠돌던 두 노친네 유령이 숨을 데를 찾아 헤맨다. 유령은 올챙이처럼 머리만 컸지 손발이 없고 꼬리가 달렸다. 어이구머니나, 불은 왜 켜니, 하고 입장댁이 화들짝 놀라며 올챙이가 수초 사이로 몸을 감추듯 김씨 눈앞에서 사라진다. 깜짝 놀란 김씨도 다리가 후들거려 주저앉으려다 싱크대를 짚고 겨우 버티어 선다. 김씨는 수도꼭지를 틀어 컵에 물을 받는다. 손이 떨려 반쯤은 입가로 흘린 채 물을 마신다. 기운을 조금 차리자 전기 밥솥은 치우지를 않았기에 뚜껑을 연다. 박 군은 새벽밥을 먹고 나갔는지 두 그릇 정도의 밥이 주걱에 꽂혀 남아 있다. 도량이는 밥솥을 차고 앉았고 삽사리가 김씨 앞에서 앞발을 쳐들고 짖는다. 김씨는 싱크대 위의 그릇 두 개를 내려 밥을 담는다. 냉장고에서 시큼한 김치와 멸치조림을 꺼낸다. 도량이는 숟가락을 받아 쥐자 밥부터 퍼먹기 시작하고 삽사리는 제 밥그릇에 코를 박는다. 김씨는 싱크대 구석에 있는 개 사료 부대에서 메추라기 알만 한 개밥 한 줌을 집어 개 밥그릇에 얹는다. 그는 통 식욕이 없는 데다 밥도 모자라 아침밥 먹기를 포기한다.

김씨는 십수 년째 되어 화면이 흐릿한 텔레비전을 켠다. 방 안이 너무 고적해 사람 목소리라도 듣고 싶다. 종묘공원에 나다니는 이유도 따져 보면 사람들 목소리가 그립기 때문이다. 아니, 요즘은 세입

자들과 연립주택 보수차 동원된 일꾼들의 삿대질까지 하는 말싸움
이 듣기 싫어 서둘러 집을 나섰다. 텔레비전은 아침 뉴스 시간대다.
오늘도 날씨는 쾌청하며 며칠간 비 소식은 없을 거라고 일기 예보관
이 말한다. 김씨는 화면의 한반도 위에 물결을 이룬 기온 등고선을
물끄러미 본다. 그는 지도 위의 어디엔가는 있을 것 같은 수미산을
찾으려고 살펴보았으나 화면 바깥에 있는지 찾을 수가 없다. 이 더
위에 길 멀고 산 높은 수미산까지 엄마가 어떻게 찾아갔을꼬. 엄마
는 죽어서 정말 수미산을 찾아갔을까? 그는 흐릿한 정신으로 괜한
걱정을 한다. 일기 예보가 끝난다. 「······바그다드 함락으로 이라크
전쟁이 끝난 지 넉 달째를 맞은 이라크는 후세인 통치 시대를 마감
했으나 혼란은 계속되고, 전쟁이 남긴 상처는 날이 갈수록 그 비극
성이 새롭게 부각되고 있습니다.」 아나운서가 말한다. 이어, 화면에
는 바그다드의 한 병원 병실을 보여 준다. 한쪽 다리가 잘려 나가고
가슴에 붕대를 감은 노인, 두 팔이 잘린 소년, 화상 입은 얼굴에 붕대
감은 소녀를 침상 머리맡에서 지키는 검정 차도르 두른 여인 모습이
보인다. 아나운서가 이라크 전쟁 후유증에 관한 객원 해설위원의 논
평이 있겠다고 소개하자, 해설위원이 화면에 나타난다. 「조금 전 화
면에서 보았다시피 전쟁이 남긴 상처는 이토록 참혹합니다. 집과 부
모 형제를 전쟁으로 잃고, 전상으로 장애인이 된 이들의 아픔을 누
가 치유해 주겠습니까. 국가나 점령군이, 아니면 유엔이? 국제 연대
의 그 많은 반전 단체, 국제 구호 단체, 엔지오, 평화 운동가들이 나
선다 해도 이미 당한 전쟁의 비극은 치유되지 않을 것입니다. 민간
인 지역을 덮친 폭탄으로 죽은 자는 이미 죽었고, 장애인으로서의
신체적 고통만이 아니라 정신마저 황폐화한 전쟁 후유증은 그들의

생명이 끝나는 날까지 악몽으로 남을 것입니다. 그런 의미에서 전쟁은 돌이킬 수 없는 재앙이요, 악 그 자체입니다. 전쟁은 진정한 승자가 없습니다. 이라크 전쟁에서도 보았다시피 전쟁은 학살, 파괴, 기아, 질병 등 엄청난 인위적인 재해를 양산해 내었습니다. 그런 의미에서 전쟁이 남긴 결과는 우리에게 평화의 중요성에 큰 교훈을 시사해 주었습니다. 지구상에 결코 전쟁은 다시 일어나선 안 된다는 공분은 자유와 정의를 사랑하는 평화주의자들의 외침만이 아닙니다. 이라크 전쟁이 끝난 후 세계의 이목은 이제 북한의 핵과 대량 살상 무기, 인권 문제로 초점이 쏠리고 있습니다. 이라크 전쟁처럼 미국이 북한을 악으로 규정하여 이 땅에서 전쟁을 일으켜서도 안 되고, 북한이 사생결단하고 맞서 싸워서도 안 됩니다. 한반도에 육이오전쟁과 같은 전쟁이 결코 일어나서는 안 된다고 남한 국민이 한 목소리로 외치고 있고, 다행히 북한 핵문제를 평화적으로 해결하려는 국제 연대의 노력이 우리를 안도케 합니다. 그러나 한반도는 여전히 전쟁의 공포를 베일 뒤에 숨기고 있습니다. 이라크 전쟁에서도 보았다시피, 전 세계인의 반대에도 불구하고 결과적으로 전쟁을 막지 못했습니다. 실인즉 전쟁을 반대한 프랑스, 독일, 러시아도 후세인 통치 아래 얻은 기득권을 놓치지 않기 위한 자국의 경제적 이해득실을 따져 전쟁을 반대했음이 드러났습니다. 그런 이면을 보자면 전쟁은 명분론에 앞서 자국의 이해득실로 언제, 어떤 상태에서 돌발적으로 터질지 누구도 예측할 수 없습니다. 앞으로도 전쟁을 막자는 전 인류적 외침은 이어지겠지만 전쟁주의자들은 평화를 사수하기 위한 정의로운 행동이란 명분을 내세워 또 전쟁을 일으킬 것입니다. 이를 볼 때 정의, 자유, 평등, 평화는 오직 책에 기술된 탁상공론일 뿐임을 세계의 역대 전쟁사가 증명해 주고 있습니다. 차라리 전쟁은 가뭄, 홍수, 지진, 화산 폭발과 같은 불가항력의 자연 재해와 동일한 재앙이라는 숙명론이 더 설득력 있게 들립니다. 생명 공학의 눈부신 발전으로 유전 인자의 완전 해독이 가능해졌으니 인간의 본성 속에 존재하는 악성 유전 인자, 즉 육식 동물로서의 야만적인 공격성을 제거하거나 이를 변형시키면 영원한 평화 정착이 가능하지 않겠느냐는 이론도 나올 수 있겠습니다. 그렇다면 그 반대로 모든 생명체가 종족을 보존하기 위한 모성 본능의 유전 인자조차 변형이 가능하다고 장담할 생명 공학자도 나올 것입니다. 만약 모성 본능의 유전 인자 변형조차 가능한 세상이 온다면, 개인 이기주의 유전 인자의 횡포로 인간은 한 세대 만에 멸종을 맞게 될 가공할 비극 또한 연출될 것입니다. 인간이 종종 번식의 대를 잇겠다는 본능은 인위적이 아닌, 유전 인자가 이미 결정해 놓았으니깐요. 그런 의미에서 전쟁은…….」 엇길로 나가던 해설위원의 말이 겨우 제자리로 돌아오지만, 김씨는 그 말을 제대로 이해할 수 없다. 화면에는 사막에 탱크들이 질주하고 헬기가 난다. 사막 끝에선 화염이 치솟고 검은 연기가 피어오른다. 길 한편에는 폭격을 맞은 이라크 탱크가 방치되어 있다.

그해 여름, 퇴계로 4가 네거리의 축대 앞 공터에 폭격을 맞은 탱크가 버려져 있었다. 땡볕이 노염을 풀 저녁 무렵이면 사내아이들이 탱크 주위에서 전쟁놀이나 공차기놀이를 했다. 「명구야, 저녁 먹어야지. 잰 아침에 죽 한 그릇 먹고 배도 안 고픈지 끼니때를 몰라. 몸도 약한 애가 무슨 전쟁놀이니. 애들까지 전쟁에 미쳤어. 어서 와. 빨리 오라니깐!」 고물상 판자벽까지 온 엄마가 명구를 보고 외쳤다. 「엄마, 나 바, 밥 안 먹어요. 어떡하지? 나 오늘부터 주호네 지, 집에 가야 한대요.」 김씨가 텔레비전을 보며 중얼거리자, 화면의 어린이들 재롱 떠는 소리에 섞여 다른 곳에서 휴대전화의 음악 소리가 난다. 주호가 동요 〈따오기〉를 휴대전화의 착신 음악으로 깔아 주었다. 노래는 방바닥에 벗어 둔 옷 위에서 난다. 김씨는 휴대전화 뚜껑을 연다.「형, 기상했어?」「음, 그, 그래.」「오늘도 종묘공원으로 나갈 거야?」「음, 그, 그래.」「오늘 이삿짐 다 빼야 하니 차라리 형이 집에 없는 게 나아. 그러니 종묘공원으로 나가. 박 군한테도 그렇게 말해 두었어. 오전 내로 방을 비우라구. 형, 오늘 저녁부터는 우리 집에서 잔다는 것 알지? 발걸음 그쪽으로 논다구 연립으로 가면 안 돼. 가게로 와서 나와 함께 우리 집으로 가든가. 내 말 듣고 있지?」김씨가 잠자코 있자, 주호가 목소리를 높인다.「형, 내 말 안 들려?」「어, 들려. 암, 지, 집으로 가야지.」「휴대전화 충전 안 했지?」「충전?」「집에 들어오면 충전기에 꽂아 두라 했잖아.」「아, 안 꽂았어.」「지금 꽂아 두었다 파란 불 들어올 때까지 놔둬. 반드시 목에 걸고 나가구.」「아, 알았어. 거, 걱정 말라구.」「오늘 우리 집으로 오는 것 잊지 마. 연립엔 가봐야 빈방이야. 아무것도 없어. 또 전화 낼게.」전화가 끊긴다. 김씨는 휴대전화를 목에 걸려다 주호의 충전이란 말이 생각나 전기 코드에 꽂아 둔 충전기에 휴대전화를 꽂는다. 김씨는 충전기 앞에 앉아 충전기에 점으로 켜진 빨간 불을 지켜본다. 휴대전화로 그가 전화를 거는 일은 전무하고, 오직 주호나 박 군이 하루 한두 차례 전화를 걸어 온다. 지금 어디 있느냐, 뭘 하느냐, 밥은 먹었냐, 도량이는 잘 있느냐 따위를 묻는 게 고작이다. 김씨가 길눈이 밝지 못하기에 누구를 따라가거나 혼자 낯선 곳에 간다면 집을 찾아오기가 힘들 때도 있다. 미아가 되어 낯선 동네 파출소에 우두커니 앉아 있는 김씨를 주호가 찾아온 적도 여러 번이었다. 「형 생각만 하면 늘 걱정이던 차에 들고 다니는 전화기가 나오고부터 안심하게 됐어.」 주호 말이 그랬다. 주호는 김씨보다 두 살 아래로 외사촌이다. 그는 오장동 중부시장에서 맏이에게 넘겨준 건어물 점포 뒷일을 봐주고 있다. 그가 3대째요, 자식 대는 4대째다. 입장댁 친정인 조씨 집안은 해방 전부터 중부시장에서 미역, 말린 새우, 오징어, 문어포, 대구와 명태포 따위를 파는 가게를 차려 일찍이 터를 잡은 서울 토박이 장사치 집안이다. 초전댁과 그네 시가인 김씨 집안도 역시 서울 토박이었다.

「그 잘생긴 젊은 군관이 아니었담 우린 이 전쟁통에 곯아서 죽었을 거다. 그렇게 착하고 씩씩한 군관들이 있으니깐 인민공화국 군대가 승승장구하는 건 당연하지. 애들한테도 공대말을 쓰며, 예의가 얼마나 밝던.」 초전댁이 마루에 앉아 중부시장에다 멀건 콩죽을 내다 팔아 사온 푸성귀로 김치를 담그려 소금으로 절이며 말했다. 초전댁과 입장댁은 북에서 내려온 사람을 만날 때나 그들이 새로 문을 연 관청을 출입하며, 해방되고 함흥형무소에서 나온 김신도를 찾아 달라고, 해방되던 해 9월에 함흥에서 부쳐 온 김신도의 편지를 들고 다니며 수소문했다. 그러다 만나게 된 군인이 중구 구당 선전책인 젊은 군관이었다. 그는 김신도의 편지를 보곤, 혁명 동지 집안의 어려움을 모른 체할 수 없다며 좁쌀 한 말에 콩 두 부대를 특별 배급해 주었던 것이다. 「군관 동무 말이, 전시라 이동이 많다 보니 찾기가 힘들다며, 조만간 통일이 되면 애 아버지가 집 찾아올 거라고 말하더군요.」 초전댁 옆에 앉아 불린 콩을 맷돌에 갈던 입장댁이 말했다. 「그 군관 말만 믿지 말구 어멈이 더 수소문해 봐. 이번 전쟁통에 아범이 반드시 남으로 내려왔을 테니깐. 집에 들를 겨를이 없는 거지.」

초전댁이 말했다. 「군관이 소개장을 써주기에 그러잖아도 내일은 서울시당 당사에 들르려 해요.」 입장댁이 말했다. 명구는 방문을 열어놓은 채 건넌방에서 도화지를 절반으로 잘라 인공기를 그리고 있었다. 서울이 인공 치하가 되자 학교는 피난 안 떠난 학생들을 소집하여 소년단을 조직했다. 명구가 다니던 영희초등학교는 군에 징발당해 5학년생 소년단원들은 오장동에 있던 염색 공장 창고를 교실로 썼다. 그날, 북에서 내려온 여선생이 소년단원들에게 숙제를 냈는데, 도화지 앞면은 인공기를 그리고 뒷면에는 통일 전선에서 견결하게 투쟁하는 인민군 전사들에게 보낼 위문 편지를 써오라 했다. 「어머님, 이 전쟁이 언제 끝날까요?」 입장댁이 물었다. 「난들 어이 알랴. 통일이야 부처님이 알아서 때 되면 점지해 주실 텐데, 인간 종자들은 같은 동포 못 잡아먹어 이렇게 난리를 치니.」 초전댁이 한숨을 쉬었다. 「전쟁이 빨리 끝나야 명구 아버지도 돌아올 테구…… 무엇보다 명구 재 때문에 걱정이에요. 재는 김씨 집안 삼대독자잖아요. 이제 몇 년만 더 키우면 색싯감을 구할 수도 있는데 말입니다.」 입장댁이 시름겹게 맷돌을 돌리며 말했다. 이마에는 땀방울이 맺혔다. 「하긴 그래. 요즘은 혼사가 늦어졌지만 예전엔 재 나이 때 가마 타고 장가를 갔지. 새색시 나이가 신랑보다 두어 살은 더 많다 보니 어린 서방을 잘 다뤄서 두어 해 못 가 애를 가졌구……. 네가 그 말 하니 잃은 자식들이 또 생각나누먼」 하더니, 초전댁이 졸음이나 쫓겠다며 옛 시절 집안 얘기를 풀어놓았다. 「그러니 어멈한테는 시할아버지 되는 그분 말이다, 일자무식에 마방살이하던 처지로 임자가 무슨 나라를 구한다고, 어느 날 야밤중에 주먹밥 몇 덩이 넣은 단봇짐을 메고선 미친 사람처럼 집을 떠났대. 동학 민란으로 나라가 한참 시끄러울 시절이었으니, 당시 나는 젖먹이 때라 죄 어머님한테 들은 얘기지. 집안 기둥인 남정네가 없어져 봐, 추풍에 가랑잎 신세가 될 수밖에. 한 해가 지나도 집 떠난 그분 소식이 감감했는데, 들리는 풍문으로는 난리가 터진 그해 초가을 충청도 공주 땅 우금치에서 동학군이 왜병과 맞붙었는데 시체가 산을 이뤘다더군. 한 해 동안 삼남을 들쑤신 그 난리에 백성 수십만이 죽었다니 그분도 그렇게 죽고 만 거지. 그러니 시신인들 수습할 수가 없었고. 어머님은 동대문시장 참기름집에 일을 거들며 남매를 키웠으나 해가 갈수록 호구가 원수라, 딸 나이 열댓 살 되자 보부상 총각을 짝 지어 남도로 떠나보냈구, 명구 할아범은 동대문시장에 있던 마방에 심부름 아이로 자랐다더군. 장안에 돌림병이 돌아 조실부모한 나는 시장통 장사꾼 상대의 밥집에서 부엌일을 하다 불알 두 쪽밖에 없는 김씨 집안에 시집을 갔지. 청계천변 여염집 아래채 방 한 칸에 신접살림을 차렸으나 방 두 칸 얻을 처지가 못 되어 어머님과 한방을 쓰게 되었으니…….」초전댁 말에 입장댁이 킥킥 속웃음을 터뜨리며, 그럼 첫날밤도 시할머님과 한방에서 보냈어요? 하고 물었다. 초전댁이 며느리를 보며 눈을 흘겼다. 「첫날밤이야 어디 시어미가 동숙하자구 나섰겠어. 어머님은 방을 비워 주고 참기름집에서 잠을 잤어. 그래도 나를 양녀로 삼았던 밥집 아주머니가 새 이불 한 채를 해주어, 금침 속에서 속옷 바람으로 서방을 맞는데 새가슴처럼 얼마나 떨리던지. 내 나이 열여섯이었으니깐…… 하여간 그럭저럭 밤을 보냈는데 새벽같이 부엌에서 그릇 달그락대는 소리가 들리데. 허겁지겁 옷을 입고 나가 보니 먼동이 트는데 벌써 어머님이 와 계셔. 당신은 그로부터 여섯 해를 더 사셨어. 부지런하고 무던한 분이셨는데 무슨 음식을 잘못 자셨는지 한여름

172

에 토사곽란 끝에 돌아가셨으니. 그사이 나는 명구 아비 아래로 남매를 더 뒀지. 세월도 변해 철도가 생기고 경성에도 전차가 다니자 말 타고 거들먹거릴 일이 뭐 그리 많았겠어. 손수레가 많이 만들어지고 지게꾼이 활개 치자 동대문 가근방 마방들도 하나 둘 문을 닫았지. 서방은 인력거꾼이 되었구. 식구가 늘어나니 살림이 더욱 어려울 수밖에. 언제 가야 초가삼간이라도 내 집 가질 세월이 오려는지 막막했어. 주위에서 일본으로 돈 벌러 떠나는 남정네들이 늘어나자, 자리를 잡으면 식구를 부르겠다며 서방이 일본으로 떠나기가 삼일만세가 있던 해 가을이었지. 얼굴도 못 본 시아버님의 동학군 얘기를 들은 터라 내가 그렇게 말렸는데도 바람이 잔뜩 든 서방은 막무가내더라. 서방이 언제쯤 부를까 이제나저제나 기다리기 삼 년 만에, 겨우 일본말을 익힌 덕에 막노동판에서 벗어나 동경 부근 어느 해안에 있는 철도공작창에 월급 받는 일자리를 잡았다는 편지가 왔어. 엄동 겨울에 애들 셋을 업고 걸려 묻고 물어 거기로 찾아가니, 조선인 노동자들이 많이 모여 사는 뚝방 아래 판자촌에 서방이 다다미 방을 하나 얻어 놓았더군. 부엌이 따로 없어 한데서 숯불로 밥을 짓자니 바닷바람이 얼마나 드세던지 늘 밥이 덜 익어 서방한테 핀잔깨나 들었어. 그래도 식구가 모여 사니 그 시절이 마지막 좋았던 날들이었어. 그러나 이듬해 초가을, 그 무서운 관동대지진으로 내 인생도 끝장을 보게 되었으니……」 소금 묻은 손을 양푼에 털며 초전댁이 진저리를 쳤다. 「어머님, 너무 끔찍한 사연이니 이제 그만 하셔요. 그 언젠가 들었을 때도 얼마나 마음이 아프던지 그날 밤 이불을 둘러쓰고 저도 많이 울었어요. 명구를 배고 있을 때였는데…… 그래서 쟤가 어미 뱃속에서 놀라 저렇게 몸이 약한 겁보가 되었는지 몰

라요.」 입장댁이 건넌방을 돌아보며 목소리를 낮추었다. 그런 얘기
는 아들이 들어 좋을 리 없으니 안 하셔도 된다는 뜻의 완곡한 표현
이었다. 1923년 9월 1일 오전 열한시 58분에 발생한 간토대지진(關
東大地震)은 최대 진도 7로, 총 사망자가 9만 9천 명이 넘고 실종자
가 4만 3천 명이 넘는 대참사였다. 민심이 극도로 흉흉해지자 일본
내각은 계엄령을 선포하고, 당국은 재난의 경악을 다른 데로 돌리려
는 목적 아래 조선인들과 사회주의자들이 폭동을 일으킨다는 유언
비어를 날조하여 유포시켰다. 소문이 삽시간에 퍼져 일본인들은 동
네마다 자경단을 조직하여 죽창, 꺾쇠, 삽, 낫, 자귀, 쇠갈고리, 곤봉,
철봉, 일본도, 엽총으로 무장하기 시작했다. 이튿날부터 군경과 자
경단은 조선인만 보면 닥치는 대로 쳐죽인다는 흉흉한 소문이 돌았
다. 이튿날 낮을 넘겨도 서방이 돌아오지 않자, 초전댁은 어린 남매
를 옆집에 맡기곤 일곱 살 난 장자와 함께 요코하마 해변에 있는 철
도공작창으로 서방을 찾아 나섰다. 막상 공작창에 도착해 보니 공장
건물들은 폭격을 맞은 듯 무너진 채 텅 비어 있었고 이웃 주민들 말
로는, 군경이 조선인 노동자들을 모아 안전한 곳으로 대피시키려 어
디론가 데려갔다 했다. 서방의 행방을 찾지 못한 채 모자가 그날 저
녁 마을로 돌아오는 길에 흉기로 무장한 한 떼의 자경단이 둑길로
몰려오는 걸 보고 질겁하여 둑 아래 갈대밭에 몸을 숨겼다. 모자가
사흘을 물로 배를 채우고 갈대밭에 숨어 있다 마을로 돌아와 보니
어린 남매는 이웃 조선인들과 함께 무더기로 살해당해 개천에 시체
로 버려져 있었다. 자경단의 광란이 가라앉자 초전댁은 서방 시신이
라도 찾으려 사방으로 수소문하고 다녔으나 끝내 찾지 못했다. 그해
겨울, 초전댁은 장자와 함께 귀국길에 올랐다. 이 자식 하나 믿고 살

아야지 하고 이 악물며 서울로 돌아온 초전댁은 중부시장 노점에서 지짐이 장사를 시작했다. 장떡, 빈대떡, 파전, 부추전, 미나리전을 부쳐 팔며, 아들 하나를 학교에 넣었다. 영특해서 수재 소리를 듣던 아들은 보통학교를 졸업하자 엔간히 공부를 잘해도 입학이 어렵다는 경성사범학교에 합격되었다. 건어물 장사를 하던 조씨가 이웃 난전의 지짐이 장사 제 어미를 자주 만나러 오던 학생복짜리의 장래를 믿고 사위로 삼았다. 조씨는 사돈 과부댁이 너무 가난해 맏딸 살림 밑천 삼아 남산 아래 묵정동 언덕바지에 집 한 채를 사주고 점포 한 편에 지짐이 점방을 내주어 노점상을 면하게 해주었다. 혼례식을 올리고 한 달쯤 지났을까, 새벽같이 헌병대가 집을 덮쳐 신랑을 채어 갔다. 이튿날 신문에 불온 단체를 조직한 조선인 지하 독서 회원 열두 명이 일망타진되었다는 기사가 실렸다. 김신도는 6년 언도를 받고 첫해는 서대문형무소에서 옥살이를 하다 함흥형무소로 이감되었다. 입장댁은 어린 명구를 업고 함흥으로 네댓 차례 면회를 다녀왔다. 몇 해가 흘러 8·15해방을 맞아 일본인들이 물러가자, 서방이 돌아오려니 학수고대했으나 9월에 들어 입장댁 앞으로 편지만 한 통 왔다. 김신도는 편지에서, 해방 조국 건설에 지방당 조직 사업을 맡아 평양과 함흥을 나다니며 불철주야 바쁘니 함흥으로 올 생각은 말라며, 자기가 틈을 내어 서울에 들르겠다 했다. 평생을 고생만 하신 어머니 잘 모시고 명구 잘 키워요, 하는 말을 편지 끝에 달았으나, 삼팔선 통행이 아주 막히더니 전쟁이 나도 그는 서울 집 찾아 돌아오지 않았다.

김씨는 몸이 무겁고 현기증까지 있어 도무지 외출할 엄두가 나지 않는다. 그러나 다른 날은 몰라도 오늘은 바깥으로 나가야 했다. 나가서 다시는 이 연립주택으로 돌아오지 말아야 한다. 자기 나이만큼 살아온 이 터는 이제 자신이 머물 터가 아니다. 「도, 도량아, 기 귀염아, 나가자. 나, 나가야 해. 아, 아주 나가야 해.」 김씨는 두 식구를 손짓으로 부르며 몸을 추스른다. 오줌을 싸서 축축하던 팬티는 어느새 말랐다. 그는 앉은 채 주섬주섬 바지며 체크무늬 반소매 셔츠를 입는다. 충전기에 꽂아 둔 휴대전화에서 노랫소리가 들린다. 휴대전화를 방에 두고 나갈 뻔했다. 「접니다. 박 군입니다. 집으로 가고 있어요. 출근 시간대라 길이 얼마나 막히는지. 도량이와 아침 드셨어요?」 박 군이 묻는다. 「음, 드, 들었어. 나갈 거야.」 김씨가 헉헉대며 말한다. 「도량이와 종묘공원에서 소일하시다 저녁답에 포장마차로 나오세요. 그동안 저는 이사를 마쳐 놓을게요. 이삿짐이래야 뭐 있나요. 제 승합차로 한 탕만 뛰면 될 겁니다.」 박 군 말에 김씨가, 그, 그래, 하고 대답한다. 「조씨 아저씨와는 열한시쯤에 연립에서 만나기로 했어요. 도량이 목에 명찰은 걸고 있죠?」 김씨가 그렇다고 말하자, 우리 애 잘 돌봐 주세요, 그럼 이따 봬요, 하더니 전화가 끊긴다. 박 군이 도량이를 달고 김씨 연립주택에 동숙을 시작하기는 작년 가을부터다. 김씨는 퇴계로 4가 네거리 축대 아래 새로 생긴 포장마차에서 소주를 마시다 박 군을 알게 되었다. 다마스 승합차를 포장마차로 개조해 장사를 시작한 박 군이, 잠잘 데가 따로 없어 가락동 농수산물 시장 부근에 승합차를 세워 두고 그 안에서 자식과 새우잠을 잔다고 하자, 그날 밤으로 김씨가 두 식구와 승합차를 연립주택으로 받아들였다. 「이거 정말 사람 미치겠군. 형은 제 몸 하나도 제대로 추스르지 못하는 처지에 군식구를 왜 받아? 박 군 처지가 정 딱하다면 우선 나한테 허락부터 받아야 하는 게 순서 아냐? 말이 났

으니 하는 말이지만, 그 집이 어디 형 집이야?」 박 군 식구와 동숙을
시작한 지 며칠 뒤 주호가 연립주택으로 와서 따졌다. 김씨는 고개
를 숙인 채 아무 말도 할 수 없었다. 할머니, 엄마, 아버지가 살았고
내가 태어난 집이 내 집이 아니고 누구 집이냐는 말은 차마 할 수 없
었다. 그렇게 식구가 모여 살았던 집은 연립주택이 들어서기 전이었
다. 개인주택을 허물고 연립주택 신축일을 주호가 맡아 완성한 뒤,
김씨는 한동안 엄마와 함께 3층에 살았다. 연립주택은 주호가 집주
인이 되어 다른 호실의 월세를 거두어선 두 식구의 생활비를 대주었
다. 조씨가 김씨에게 닦달을 놓자 몸 둘 바를 몰라 하던 박 군이 나
서서, 월세는 못 낼망정 당분간 김씨 아저씨를 아버지로 모시고 돌보
다 자립할 형편이 되면 독립해 나가겠다고 말했다. 박 군은 조씨 앞
으로, 김씨와 함께 임대료 없이 동숙하다 1년 기한부로 퇴거하겠다
는 각서를 쓰고는 눌러 있게 되었다. 그러던 차 금년 들어 불경기가
닥치자, 동대문시장에서 의류 도매업을 하던 조씨 둘째 아들은 받아
놓은 지방 어음이 부도나면서 자기도 연쇄 부도를 냈고, 조씨가 둘
째 아들 사업 자금을 도우려 은행에 담보로 설정한 연립주택이 경매
처분으로 넘어가게 된 것이다. 박 군은 증권 회사 영업부 직원이었
는데 몇 해 전 아이엠에프가 터지자 구조 조정에 걸려 하루아침에
직장을 잃었다. 실직자 생활로 들어선 데다 돌이 지나도 도량이는
어떤 소리에도 반응이 없었다. 병원으로 데려가니 선천성 청각 장애
인으로 진단을 받았다. 산모가 임신 중에 풍진을 앓거나 약을 잘못
먹으면 그럴 수 있다고 의사가 말했다. 도량이의 청각 장애를 고쳐
보려 병원을 들랑거리는 사이 전셋집이 월셋집으로 주저앉았다. 박
군은 식구들 입살이를 위해 이 일 저 일 닥치는 대로 뛰었고, 일산

건설 현장에서 막노동도 했다. 그러는 사이 맥줏집에서 시간제로 일
하던 아내가 서방과 도량이를 나 몰라라 하고 가출해 버렸다. 처가
에 연락해 놓고 두 달을 기다려도 집 나간 아내는 소식이 없었다. 박
군은 도량이를 교회가 운영하는 탁아소에 맡겼다. 「입양은 절대 시
키지 말라며 자식을 거기 맡기고 노동판 떠돌며 많이도 울었지요.
저 장애 자식을 꼭 찾아 내가 키우리라 결심하곤 건설 현장 공사판
에서 새우잠을 자며 돈을 푼푼이 모았죠.」 작년 가을에 박씨는 그동
안 모은 돈과 친척 도움으로 승합차를 한 대 사자 아들을 탁아소에
서 빼내 왔고, 장사할 목을 찾다 퇴계로 4가 네거리 축대 아래에 포
장마차를 열었다. 장사는 그럭저럭 되었다.

　김씨는 휴대전화를 목에 걸고 등산모와 접는 부채를 챙긴다. 도량
이와 삽사리는 제 밥그릇을 깨끗이 비웠다. 「자, 나가자. 이제 나, 나
가야지.」 김씨가 현관문을 연다. 김씨 거처는 연립주택 3층으로 화
장실만 딸려 있을 뿐 열두 평짜리 한 칸이다. 삽사리가 재빨리 먼저
방을 나선다. 김씨는 도량이의 손을 잡고 복도로 나온다. 그는 평소
에도 외출할 때 현관문을 잠그지는 않았다. 도둑이 들어도 가져갈
만한 물건이 없기 때문이다. 복도에는 이삿짐 센터 일꾼들이 부지런
히 옆방 가재도구들을 꺼내어 옮기고 있다. 「안녕하세요, 할아버지.
이젠 할아버지를 다시 못 보겠군요. 어디 사시든 건강하세요.」 아기
를 업은 옆방 젊은 아낙이 복도에서 땀을 닦다 말한다. 「에, 예. 잘
가십시오.」 김씨가 모자챙을 잡고 목례를 한다. 김씨가 색시 품에 매
달린 아기를 넘겨다본다. 입에 가짜 젖꼭지를 문 사내아이다. 꿈에
서 엄마가 이런 내 동생을 낳겠다 했지, 하고 그는 중얼거린다. 2층
계단에서 삽사리가 어서 가자는 듯 김씨를 보고 콩콩 짖는다. 김씨

는 도량이 손을 잡고 조심스럽게 계단을 밟는다. 연립주택 현관을 나서자 먼저 내려와 기다리던 삽사리가 둘을 보고 꼬리를 흔든다. 건축 인부들이 연립주택을 둘러칠 철제 기둥 세우는 작업을 하고 있다. 마당에는 박 군이 끌고 나가 버려 승합차가 보이지 않는다. 골목길로 나서며 김씨는 이제 영원히 다시 올 수 없는 연립주택을 올려다본다. 「널 찾는다고 동네를 얼마나 싸돌아다녔는데, 너 왜 여기 섰니? 우리 집이 없어졌잖니. 이제 여기에 연립주택이 들어설 거야. 그럼 우리가 방 한 칸을 차지하게 돼. 그동안 외갓집 지하방이 우리 모자가 살 곳이야. 그리로 와야지, 왜 여기서 얼쩡거려.」 엄마가 말했다. 김씨는 중부시장 옆 입장동에 있는 외갓집까지 못 찾아갈 정도로 길눈이 어둡지는 않았다. 해방 전부터 할머니와 함께 세 식구가 살아왔던 집이라 발길이 저절로 옮겨져 그냥 와보았을 뿐이었다. 우리 집이 없어졌어, 하고 섭섭해하며 시간 가는 줄 모르고 우두커니 서 있다 보니 입장댁이 자식을 찾아 나섰던 것이다. 그네는 칠순도 중반을 넘겨 중부시장 일대에서는 손맛 있다고 소문난 지짐이 장사조차 힘에 부치자 친정 조카 주호 말을 좇아 개인주택을 허물고 연립주택을 짓기로 했다. 지상 4층으로 열일곱 평형 네 가구, 열두 평형 네 가구를 신축하여 세를 놓으면 보증금 받아 건축비 털고 작은 평수 한 칸 차지하고도 일곱 가구 월세 받으면 모자가 생활비 걱정 없이 노후를 편케 살 수 있다고 주호가 말했다. 건축 일체는 주호가 맡았고, 이 집만은 불쌍한 자식한테 물려줘야 한다는 입장댁 말에 따라 등기는 일단 김씨 앞으로 했다. 몇 년 뒤 입장댁이 치매에 들어 친정 조카마저 제대로 알아보지 못하자, 주호는 자신이 가지고 있던 김씨 인감도장을 이용해 연립주택 명의를 제 앞으로 돌려놓았다.

김씨는 도량이의 손을 잡고 차 한 대 겨우 지나다닐 내리막 비탈 길을 쉬엄쉬엄 걷는다. 그렇게 한참을 내려오면 점포들이 늘어선 큰 길이 나선다. 「도량아, 안 되겠어. 시, 쉬어 가자.」 편의점 앞에 마침 평상이 있어 김씨는 거기에 엉덩이를 붙인다. 김씨 옆에 앉은 도량이가 사방으로 손가락질을 한다. 조금 전까지 따라붙던 삽사리가 보이지 않는다. 귀염이가 어디로 갔어? 김씨가 사방을 두리번거리며 삽사리를 찾는다. 삽사리가 연립주택으로 돌아갔는지, 앞질러 퇴계로 4가 네거리 축대 아래로 먼저 가서 기다리는지 보이지 않는다. 김씨와 도량이는 손을 잡고 다시 걸음을 옮겨 퇴계로 대로에 이른다. 퇴계로 4가에서 5가에 이르는 일대에 10 몇 년 전부터 애완견을 취급하는 점포와 동물 병원이 하나 둘 자리 잡더니 이제 그 점포들이 수십 개로 늘어났다. 한여름 허갈을 면하려고 개를 식용하던 세대가 차츰 사라지고 개들 중에도 귀여운 놈을 아파트나 집 안에서 키우는 신세대가 늘어나자 생긴 점포들이다. 김씨와 도량이는 그 길을 느직느직 걸으며 점포 유리창 안을 힐끔거린다. 꼬마 침대 속에는 여러 종류의 작은 개들이 꼬무락거리거나 졸음에 겨워하고 있다. 털복숭이 개, 털이 짧은 개, 리본을 맨 개, 발목에 방울 링을 찬 개에, 털 색깔도 흰 개, 누른 개, 재색 개, 검둥 개, 얼룩 개까지 각양각색이다. 매물로 나온 개, 미용을 하러 온 개, 예방 주사를 맞으러 온 개, 입원차 온 개들이다. 김씨는 개를 사랑하지만 생김새가 다른 여러 종류의 개가 하도 많아 그 개들의 원산지와 종을 알지 못한다. 「할아버지, 안녕하세요? 삽사리 잘 있지요?」 가로수 그늘 밑에 의자를 내놓고 앉았던 챙 모자 쓴 젊은이가 김씨를 보고 알은체한다. 귀염이 잘 있다며 김씨가 모자를 들썩하고 어물거린다. 지난봄 삽사리가 먹는 게 시원찮고 눈곱이 낀 채 늘어져 있는 걸 박 군과 함께 동물 병원에 데려왔던 적이 있었다. 둘이 애완견 센터 진열장 안을 구경하며 천천히 걸어 퇴계로 4가 네거리에 이른다. 김씨가 이 동네에 살아온 지 60년이 넘어 동장도 그렇게 말했듯, 주민등록상 한 동네에서 가장 오래 살아온 토박이다. 「호주 되시는 분이 주민등록증 갱신을 안 하셔서 찾아왔습니다. 보자, 김신도 씨라, 집에 계십니까?」 어느 해인가, 동사무소 직원이 집으로 찾아와 물은 적이 있었다. 「집에는 없지만 어딘가 계셔요.」 입장댁이 나서서 대답했다. 「일구일육년생이라면, 보자, 여든 살이 넘으셨네? 그럼 지금 어디 계십니까?」 직원이 다시 물었다. 「거기가 어딘지는 모르지만 여하튼 살아 계실 거예요. 아무도 돌아가신 걸 본 사람이 없어요. 내가 안사람인데 나도 그 양반이 어디서든 살아 있다고 믿어요. 그래서 우린 그 양반이 언젠가 반드시 우리 집으로 돌아오리라 믿고 여태 한 번도 이사를 안 갔어요.」 입장댁이 당당하게 말했다. 「그렇다면 행불인 모양인데, 할머님이 부군을 마지막 보신 지가 언젭니까?」 직원이 미소 띠며 물었다. 「전쟁 나기 전이에요. 전쟁 때는 정치위원인가, 무슨 큰일을 맡아 동해안 쪽에 있었다는 말도 들렸는데……」 그 말에 직원이 놀랐다. 「그럼 육이오전쟁 말입니까? 벌써 오십 년이 다 됐잖습니까. 그때 행불이라면 왜 여태 호적 정리를 안 하셨어요?」 하더니, 직원이 노친네와는 더 말이 안 되겠다는 듯 옆에 있는 김씨에게 같은 질문을 했다. 말을 더듬는 김씨와는 더 말이 통하지 않자 직원은, 호적 삭제를 하려면 증인을 세워야 하는데 이거 큰일이네, 하곤 머리를 흔들며 돌아갔다.

4가 네거리의 축대 아래까지 오자 도량이가, 말이 되지 않는 소리로 크, 크, 하며 손가락질을 한다. 어느 사이 삽사리가 먼저 와서, 박 군이 아직 전을 벌이지 않은 축대 아래 빈자리에 오도카니 앉아 있다. 「허허, 느, 늘 그렇다니깐.」 김씨가 흐뭇해한다. 삽사리는 김씨가 그쯤까지 오면 반드시 걸음을 멈추고 축대를 치켜 본다는 걸 알고 있었다. 김씨는 퇴계로 4가에서 을지로 쪽으로 길을 건너기 전에는 고개를 돌려 남산을 반쯤 가린 3층 높이의 축대를 올려다보는 버릇이 있었다. 그럴 때 그의 표정은 뻣뻣하게 경직되었고 눈은 두려움에 질려 동공이 크게 확대되었다. 장본인도 의식하지 못하는 사이 팔다리를 떤 적도 있었다. 모퉁이를 이룬 축대는 담쟁이덩굴로 덮였고 그 위로 박 군이 심은 호박 줄기가 비닐 끈을 타고 뻗어 오르는 참이다. 거름을 잘 주어 큰 잎사귀가 짙푸르고 여기저기 호박꽃이 피었다. 곁줄기들은 몸 붙일 대상을 못 찾아 허공에서 너울거린다. 김씨는 축대를 멍청히 너무 오래 바라보다 신호등에 파란 불이 들어온 걸 놓치는 때도 더러 있었다. 박 군은 해가 도심 위에서 떨어져야 축대 아래에서 포장마차를 연다. 「명구야, 넌 학생이 아니잖아. 넌 보통학교조차 제대로 마치지 못했는데, 왜 따라나서? 쟤들은 대학생이야. 절대 거기에 섞이는 짓일랑 마라. 넌 김씨 집안 종손이야. 집으로 가자. 날벼락 맞기 전에 어서 들어가!」 그해 화창하던 봄날 아침, 초전댁이 축대 아래까지 김씨를 쫓아와 허리춤을 잡고 끌었다. 남산에 지천으로 핀 벚꽃이며 진달래꽃이 시나브로 지던 그해 봄날, 동국대 학생들이 무리를 지어 집 앞 한길로 구호를 외치며 내달았다. 마루 끝에 나앉아 다리를 대롱거리며 장독대 옆 붉은 꽃을 활짝 피운 철쭉나무를 보고 있던 김씨는 바깥의 외침 소리에 화들짝 놀라 고무신을 신고 얼른 집을 나섰다. 「명구야, 다칠라, 나가지 마. 넌 집에 있어. 꼼짝 말고 있으라니깐!」엄마는 지짐이 장사 하러 점방에 나갔지만, 부엌에 있던 할머니가 외쳤다. 김씨는 학생 대오를 따라 큰길로 나서서 퇴계로 4가 네거리의 축대 아래까지 나갔다. 학생들은 길을 건너 을지로 쪽으로 내닫고 있었다. 그때, 김씨는 무심코 축대 위를 올려다보았다. 서양인 가족이 축대 위 쇠난간에 기대서서, 구호를 외치며 을지로 쪽으로 몰려 내려가는 학생들을 구경하고 있었다. 노랑머리 부모에 알록달록한 옷을 입은 아이들도 있었는데 그 표정이 겁에 질려 있었다. 축대 위에 섰던 벚나무에서 꽃잎들이 바람결에 눈처럼 나풀거리며 떨어지던 광경을 김씨는 지금도 기억하고 있다. 그 시절에는 축대 위에 교회가 서지 않았고 잔디밭이 넓었던 선교사 사택이 있었다. 큰 서양 개들이 그 풀밭에서 놀았다. 그래, 맞아. 할머니가 여기까지 날 쫓아왔지. 내 허리춤을 잡고 집으로 끌고 갔어. 김씨는 그때를 생각하며 축대 위를 올려다본다. 축대 위에는 철제 난간이 있고 벚나무와 목련나무의 잎이 짙푸르다. 허리 높이의 철제 난간 너머에는 석조 건물 교회가 우뚝하다. 그 축대는 네거리의 모퉁이라 각이 진 채, 김씨가 어릴 적부터 보아 온 그 자리에 옛 모양대로 있어 왔다. 변한 게 있다면 그해 봄, 동국대 학생들이 을지로로 내닫을 때까지는 마름모꼴 돌을 끼워 층층으로 쌓은 제 모양 그대로였는데 그 뒤 그 위에 시멘트로 덧칠해 버렸다. 어쨌든, 축대를 얼마나 견고하게 쌓았던지 햇수로 따진다면 60년 넘게 붕괴 과정을 거치지 않았고, 그 숱한 재개발 사업에도 용케 비켜나 헐리지 않은 채 버티고 있었다. 그래서 김씨 눈에 퇴계로 4가 네거리의 축대 주변은 묵정동 동네에서 가장 낯익은 풍경이요, 전쟁 때 각인된 상처의 자리였다. 트, 트, 도량이가 손가락질을 하며 기성을 지른다.

신호등이 파란 불로 바뀌자 삽사리가 콩콩 짖으며 재빠르게 차들 사이를 빠져 을지로 쪽으로 먼저 길을 건넌다. 「주, 죽으려구 화, 환장을 했나. 네가 머, 먼저 죽으면 안 돼!」 김씨가 헐떡거리며 외친다. 삽사리를 놓칠세라 김씨가 도랑이의 손을 잡고 차도로 바삐 들어선다.

한 시절은 탑골공원이 노인들의 모임터였으나 몇 년 전 정비를 마친 뒤부터 노인들은 종묘공원으로 쉼터를 옮겼다. 종묘공원은 겨울 한 철과 비 오는 날을 빼고는 시골 장터처럼 늘 5, 6백 넘는 노인들로 와글댔다. 모자를 쓰고 지팡이 짚은 추레한 차림들 사이에는 정장에 넥타이 맨 노인들도 더러 섞여 있다. 낮부터 포장마차에는 삼삼오오 모여 앉아 순대나 닭튀김을 안주로 소주나 막걸리를 마시는 패도 있다. 김씨는 도랑이를 데리고 다니며 노인들을 모아 놓고 건강식품이나 만병통치약을 파는 장사치들의 넉살 좋은 구변을 듣거나, 흘러간 유행가를 틀어 놓고 지그시 눈 감고 회상에 잠긴 노인들 사이를 기웃거리거나, 명상 센터와 기(氣) 체조 장소에도 끼여 앉았다 하며 어슬렁거린다. 삽사리는 둘 주위를 싸돌다 숨바꼭질하듯 어디로 사라졌다간 다시 주인 찾아 나타나곤 한다. 점심때면 구호 단체와 자원 봉사 단체가 나누어 주는 참으로 요기를 하고, 그것도 줄꼬리에 섰다 못 언어 걸리면 5백 원짜리 풀빵이나 고물떡을 사서 도랑이와 한 끼를 때운다. 오후 시간에 다리품 팔아 가며 기웃거리기에도 지치면 '종로 국악정'이란 현판이 붙은 정자 그늘을 찾아 졸음에 빠지는 시간이 더 많다. 동무가 없는 그로서 한더위 때면 그렇게 지내는 시간이 편하다. 언젠가 김씨가 정자 아래 쉬고 있을 때 심심해하던 옆자리 노인이, 뭐라고 쓰였나 보자, 하더니 돋보기 너머 도랑이가 목줄로 건 명찰을 보았다. 「박도랑이라, 이름 한번 웃겨. 도량 큰 인간이 되라는 뜻인가? 농아? 농아라. 쯔쯔, 그렇담 애가 벙어리 아닌가? 이 아이가 길을 잃으면 가까운 파출소로 데려다 주거나 아래 휴대전화로 연락을 바란다고?」노인이 새삼스럽다는 듯 도량이를 꼼꼼하게 살폈다. 도량이는 비록 듣거나 말하진 못하지만 또래에 비해 영리해 김씨가 정자 아래에서 졸고 있으면 삽사리와 함께 공원을 배회하다 꼭 제자리를 찾아 돌아오곤 했다. 사실 김씨는 박군 가족을 만나 함께 살기 전까지만도 종묘공원으로 나가 소일하지 않았다. 낮 시간은 주호네 건어물 가게로 가서 시간을 보냈다. 작년 1월 어느 날, 김씨는 시장통 돼지국밥집에서 주호와 술을 마시다 그의 말에 속상한 적이 있었다.「둘째놈 사업 자금 대느라 연립주택 월세를 전세로 돌리고 보니 사실 형 용돈 대기도 빠듯해. 고모님이 치매 들기 전에 나와 약속한 건 그렇지 않지만 형편이 그런지라……」하던 주호가 술에 취하자 김씨에게 한 달 치 생활비 15만 원을 내놓으며 말했다.「형, 돈은 구별할 수 있지?」대뜸 뱉는 주호 말이 무슨 뜻인지 얼른 알아듣지 못한 김씨가 그를 멀뚱히 바라보았다.「세종대왕 그려진 푸른 돈이 만 원짜리, 이건 오천 원짜리, 두건 쓴 퇴계 선생 그려진 게 천 원짜리야.」김씨는 주호 말에 마음이 상했다.「내, 내가 아주 바본 줄 아냐? 그 정도는 나, 나도 알아. 그런데……」주호가 김씨 말을 꺾었다.「그러니 내가 하는 말은, 내 형편이 그러니만큼 아껴서 쓰라, 이거야. 내 말 알겠지? 내달부터는 대주는 용돈을 절반쯤 줄여야 할지도 모르니깐. 집도 절도 없는 사고무친에 장애인이라 형은 나라에서 주는 돈을 따로 챙기겠다……」주호의 혀 꼬부라진 말을 듣다 김씨는 받은 돈을 주머니에 넣곤 화장실로 갔다. 그는 그길로 주호가 있는 목로주점에 들르지 않고 곧장 한길로 나섰다. 날씨가 얼마나 춥던지 오금조차 잘 떼어지지 않았다. 김씨는 집으로 돌아오는 길에 연립주택에 거의 다 와서 숨이 차고 어지러워 자신도 모르게 길바닥에 주저앉고 말았다. 술에 취해 부아를 끓인 탓인지, 갑자기 마신 찬바람 탓인지 몰랐다. 담에 기대어 한참을 앉았다가 겨우 정신을 수습하여, 힘들게 연립주택 계단을 올라와서는 3층 현관 앞에서 쓰러졌다. 쓰러진 채 끙끙 앓자 날씨가 추워 집 안에 가둬 둔 삽사리가 바깥의 주인 인기척을 듣고 발로 현관문을 긁으며 콩콩 짖어 댔다. 개가 하도 오래 짖자 옆집 색시가 현관문을 열고 나왔다가 쓰러진 김씨를 보았다. 그네 서방이 연립주택 아래쪽에 있는 삼성제일병원에 연락해서 응급차가 와서 김씨를 싣고 갔다. 김씨는 사흘 동안 입원해 있다 주호의 부축을 받고 퇴원했다. 「형, 이제 나이도 웬만하니 스스로 건강을 챙겨야지. 아무리 머리가 잘 안 돈다 해두 그쯤은 알잖아. 매사에 조심하라고 하늘이 경고를 내린 거야.」 주호가 말했다. 김씨는 아무 말도 않고, 어서 가서 자기를 살려 준 귀염이부터 보고 싶었다. 봄이 올 때까지 그는 삽사리와 함께 방에서 지내며 외출을 삼갔다. 날씨가 풀리자 그는 기동을 시작해서 삽사리를 데리고 주호네 가게가 아닌 종묘공원으로 나다니기 시작했다.

「어서 오세요. 우리 도량이도 땀에 흠뻑 젖었군. 아저씨, 이삿짐은 무사히 옮겼습니다. 승합차는 마땅한 장소를 구할 때까지 당분간 연립주택 마당에 주차하기로 공사 현장 소장과 합의를 보았구요.」 김씨는 박 군 말에 대답할 기운조차 없어 들고 온 비닐봉지를 탁자에 놓고 등받이 없는 플라스틱 의자에 후들거리는 다리를 접는다. 해가 도시 건물 뒤로 넘어갔으나 퇴근하기엔 이른 시간인지 포장마차에는 손님이 없다. 가로에는 넓게 그늘이 내렸으나 바람 한 점 없고 낮 동안 달구어 놓은 지열이 건조한 대기를 채우고 있다. 박 군이 김씨가 들고 온 비닐봉지에 뭐가 들었나 싶어 들여다보니 편의점에서 사왔는지 즉석밥, 북엇국, 김치, 깻잎조림, 마늘장아찌 따위의 가공 식품이 들어 있다. 그는 김씨가 외사촌 조씨 아저씨 집에 가서도 밥을 붙여 먹지 않고 손수 끼니를 해결할 모양이라고 짐작한다. 「귀염이가 안 보이네? 함께 다니지 않았어요?」 오뎅 국물의 간을 보며 박 군이 묻는다. 김씨가 길 건너 을지로 쪽을 돌아본다. 삽사리가 보이지 않는다. 도량이도 눈치로 어른들 말을 알아들었는지 트, 트, 하며 삽사리가 없어졌다는 뜻으로 고개를 가로젓는다. 그러고 보니 점심 때 도량이와 붕어빵을 사먹을 때까지 졸졸 따라다녔던 삽사리를 그 뒤로는 보지 못했다. 「오겠지. 지, 집에 갔나?」 그랬는지도 모른다. 그러나 그 집은 오늘 밤부터 거처할 곳이 아니다. 「집에 가도 사람이 없으면 다시 여기로 찾아오겠죠. 영리한 녀석이니깐요.」 박 군이 말하곤, 시장하실 텐데 도량이와 드시라며 김밥 두 줄을 썰고 꼬치 몇 개를 담은 국물을 내놓는다. 도량이는 아버지가 자기 몫으로 담아주는 김밥 토막을 냉큼 집어 든다. 미아 보호소에서 굶다 나왔는지 애가 밝혀도 너무 밝혀, 하며 박 군이 아들을 보고 혀를 찬다. 「더, 덥군. 아주 사람 진을 뽀, 뽑아. 소주 한 병, 병 주게.」 김씨가 모자를 벗고 부채를 펴 바람을 일으킨다. 종묘공원에서 걸어오느라 지치기도 했지만 날씨가 너무 덥다. 셔츠가 땀으로 찼고 여윈 그의 팔뚝에도 진득한 땀이 배었다. 어질증이 조금 가라앉는 느낌이다. 「아이엠에프보다 더한 불경기니 어쩌니 해도 모두 휴가 떠났는지 요즘은 통손님이 없어요.」 박 군이 목에 걸친 수건으로 얼굴에 맺힌 땀을 닦는다. 그는 소주병 뚜껑을 따며 김씨에게 묻는다. 「아저씨, 제가 그 말 했던가요? 축대 아래 호박이 달린 걸 발견했어요. 호박잎 뒤에 주먹만 한 호박 두 개가 달린 걸 확인했다구요.」 박 군이 포장마차 뒤쪽, 축대를 타고 올라간 호박넝쿨을 돌아보며 말한다. 「그, 그래? 호박이 참말 다, 달렸어?」 소주잔을 들던 김씨가 깜짝 놀라며 잔을 상에 놓곤 갑자기 어정어정 포장마차 뒤를 돌아 축대 앞으로 다가간다. 호박이 달렸다는 박 군 말에 갑자기 그의 가슴이 두근거린다. 「저 위를 보세요. 저기, 이파리 사이에 가려 반쯤 보이잖아요? 또 한 개는 저쪽에 있구요. 조씨 아저씨 얘기에 충격을 받고 심어 본 호박 모종인데, 이제 저만큼 잎 무성하니 열매가 맺었군요.」 김씨는 고개를 젖혀 침침한 눈을 깜박여 가며 호박잎 사이에 숨은 호박을 열심히 찾는다. 박 군 말대로 정말 주먹만 한 푸른 호박이 잎새 사이로 엿보인다. 「저 호박을 따면 안 돼. 따, 따면 초, 총 맞아.」 풍 맞은 듯 떠는 김씨 말에 박 군이, 총을 맞다니요? 아저씨, 전쟁 때나 그랬지 지금 호박 딴다구 누가 총질까지 하겠습니까, 하며 웃는다.

*

　종로, 을지로와 함께 동서로 잇는 서울 간선도로인 퇴계로가 확장 정비되기는 정부가 부산에서 환도한 뒤, 1953년이었다. 그 이전은 흙먼지 풀풀 나는 바닥 파인, 반듯하지 않은 한길이었다. 전봇대가 길 가운데 섰기도 했는데, 퇴계로 5가 쪽의 4가 네거리 주위는 제법 넓은 공터라 아이들은 전쟁 전부터 그곳을 놀이터 삼았다. 여자 아이들은 땅따먹기, 고무줄넘기, 공기놀이를 했고, 사내아이들은 편을 갈라 전쟁놀이나 축구를 했다. 축구공은 가죽 공이 아니었고 타이어 튜브로 만든 검정 고무 공이었는데 자주 빵꾸가 나서 덕지덕지 땜질되어 있었다. 자전거포에서 공에 바람을 탱탱하게 넣으면 새끼를 뭉쳐서 찰 때보다 한결 멀리 나갔다. 그 축구공 임자가 주호라 상급반 아이들은 그를 불러내어야 축구놀이를 할 수 있었고, 주호는 늘 아이들 앞에서 축구공 자랑을 하며 뻐기곤 했다. 아이들은 4가 네거리 공터에서 그런 놀이로 어둠이 내릴 때까지 법석을 떨었다. 당시 모퉁이를 이룬 축대는 길에서 안으로 들어앉았고 그 앞은 이웃 사람이 심심풀이로 붙여 먹던 채소밭이 있었다. 채전 옆은 우마차나 다닐 수 있는 골목을 사이에 두고 영진공업사란 간판을 내단 단층 시멘트 건물 현관이 돌출해 있었고, 그 옆으로 고물상 판자 담장이 길게 이어졌다. 판자담이 끝나는 곳에 작은 네거리가 나섰는데 퇴계로 5가로 내쳐 빠지는 한길과 남산 쪽으로 오르는 좁은 길, 충무로로 내려가는 골목길이 있었다. 전쟁이 나자 4가 네거리 축대 위 선교사 사택의 서양인 가족은 재빨리 피난을 떠나 버렸고, 인공 치하가 되자 그 사택은 북에서 내려온 고급 군관들의 숙소로 사용되었다. 군관들이 잔디밭에서 무슨 파티라도 벌이는지 아이들이 공터에서 놀 저녁 한때면 더러 손풍금 타는 박자에 맞추어 여럿이 손뼉 치는 소리와 왁자한 웃음이 축대 아래 네거리까지 들려오곤 했다.

전쟁이 난 그해, 인민군이 서울을 점령한 뒤 7월 중순부터 미군 전투기 편대가 자주 나타나 서울 사대문 안에 간단없는 폭격을 퍼붓더니, 8월에 들어서는 밤낮을 가리지 않고 날마다 전투기 편대가 날아와 폭탄을 떨구고 기총 소사를 해댔다. 그러던 어느 날, 공교롭게도 퇴계로 4가 네거리를 지나던 소련제 T-34 탱크가 폭격을 맞았다.

전차병 하나가 즉사하고 둘은 크게 부상을 당했고, 탱크는 그렇게 버려졌다. 공터에 나와 놀던 동네 아이들에게 버려진 탱크는 좋은 놀이 기구였다. 전쟁 중이었기도 했지만 초등학교 상급반 애들은 모였다 하면 전쟁놀이였다. 낮 더위를 피해 해거름에 주로 벌이는 아이들의 전쟁놀이는 누가 고안해 냈는지 그 방법이 재미있었다. 여덟 명에서 열 명쯤 모이면 먼저 가위바위보로 편을 가른다. 적과 동지가 된 두 편은 탱크를 가운데 두고 양쪽으로 7, 8미터쯤 물러나 전열을 갖춘다. 마치 서부 영화의 총잡이 결투처럼 1번 아이가 앞으로 나와 15미터쯤 거리를 두어 마주 보고 선다. 둘은 새총에 바둑알만 한 돌멩이 총알을 재어 상대방을 겨누어 날린다. 그때, 아이는 총알을 피할 요령으로 발을 떼거나 몸을 움직이면 안 된다. 양쪽 아이가 쏜 총알이 어느 부분이든 상대방 몸을 맞추지 못하면 한쪽이 맞을 때까지 2탄, 3탄을 쏜다. 어느 한쪽이 총알에 맞으면 전사로 간주해 1번 아이는 물러나고 승자는 계속 새총 쏠 자격이 있으며, 이긴 편은 탱크를 향해 세 발을 전진한다. 전사한 아이 대신 2번 전사가 나서면 마주 보는 둘은 다시 새총 대결을 벌인다. 이긴 쪽 아이는 살아남고 이긴 쪽 편이 다시 세 발 전진하며…… 이렇게 해서 탱크에 먼저 도착하는 편이 이기는, 꽤 합리적인 놀이였다. 그렇게 편을 갈라 전쟁놀이를 할 때 처음 한동안은 명구가 전쟁놀이를 겁내기도 했지만, 어느 편도 명구를 끼워 주지 않았다. 짝이 맞지 않으면 명구 대신 하급 학년인 주호를 끌어들였다. 명태처럼 홀쭉 마르고 얼굴이 헬쑥한 명구가 공부는 잘했으나 붙임성 없고 소심해 또래들은 겁보라 불렀다. 아이 둘이 마주 보고 버텨 서서 돌멩이 총알을 넣은 고무줄을 당겨 상대방을 겨누면, 명구는 구경하는 입장인데도 가슴이 뛰어 눈부터 감았다. 맞았다! 하는 함성이 터져야 그는 눈을 떴다. 어느 날 해거름이었다. 아이들이 편을 갈라 전쟁놀이를 시작하려는데 주호를 끼워 넣어도 한쪽 편에 한 명이 부족했다. 「그쪽 편은 세 명이잖아. 겁보 재도 써.」 탱크 아래 서 있던 명구를 가리키며 한 아이가 말했다. 「겁보, 이리 와. 넌 우리 편 꼴찌에 서. 네가 총을 쏘기 전에 우리가 이길 테니깐.」 맨 앞에 선 6학년생 종규가 으스대며 말했다. 엄마가 알면 큰일 나, 난 전쟁놀이를 못하니 빠질 테야, 하고 속엣말을 하며 명구가 가쁜 숨을 조절하는 사이, 주호가 뛰어와 그를 이끌었다. 「형, 내 뒤에 서. 정말 내 차례에서 끝날 테니깐 형은 새총을 잡아 보지도 못할걸.」 엉겁결에 명구는 한쪽 편 꼬리에 서게 되었다. 그러나 웬걸, 명구 편이 한 차례만 이겨 겨우 세 발을 전진하는 사이 주호마저 전사하고, 상대 쪽은 아직 셋이나 남아 있었다. 이제 마지막 남은 명구 차례였다. 명구는 주호가 돌멩이를 재어 넘겨주는 새총을 잡았다. 「형, 쏠 때 눈 감지 마. 그럼 안 맞아. 춘길이 재 가슴을 겨눠서 쏘아야 해.」 주호가 말했다. 명구는 떨리는 손으로 새총을 눈 높이로 들었다. 발사! 하는 말이 떨어지자, 정신이 빠진 그는 어떻게 새총을 쏘았는지 자신도 알지 못했다. 이겼다는 함성이 자기 편에서 터져 나왔을 때에야 그는 어떻게 이겼는지도 모른 채 망연히 서 있었다. 상대의 총알은 고무줄을 너무 힘껏 당긴 탓인지 명구 귀 옆을 스쳤고 명구는 고무줄을 느직이 당겨 상대의 발등에 떨어졌던 것이다. 명구는 돌멩이 총알에 맞지 않기에 다음 상대와 또 새총질을 해야 했다. 그는 조금 자신감이 생겨 동급생 5반 애를 똑바로 바라보았다. 두붓집 아들 한식이었다. 명구는 팔에 힘을 주어 총알 잰 고무줄을 어깨께로 당겼다. 발사! 하는 말이 떨어지자 서로의 총알이 상대를 향해 날았다. 겁보가 또 이겼다! 하는 함성과 박수가 명구 편에서 터졌다. 이번도 우연일 수밖에 없었다. 명구가 쏜 총알이 한식이 반바지의 사추리께를 맞추고 한식이 총알은 몸피 약한 명구 어깨 옆으로 비껴갔다. 이제 양쪽 모두 마지막 전사만 남게 되었다. 겁보가 새 총 선수란 칭찬과 함께, 학교 운동회의 줄다리기 때처럼 영차, 영차! 하는 구호까지 이어졌다. 상대편이 마지막 아이를 명사수로 세웠는지 이번에는 명구가 전사하고 말았다. 상대 총알은 명구의 배꼽을 정통으로 맞추었고 명구가 쏜 총알은 빗나가고 말았다. 명구 편이 져서 탱크를 차지하지는 못했으나 그날 이후로 전쟁놀이 때면 상급반 아이들이 명구를 놀이에 끼워 주었다. 그러나 명구가 새총놀이를 싫어했기에 한사코 꼬리를 뺐고, 축구에는 더러 끼였으나 공이 자기쪽으로 날아오면 이를 몸이나 발로 받으려 하지 않고 피했기 때문에 겁보란 별명은 면할 수 없었다. 전쟁놀이를 할 때면 코흘리개 저학년 아이들, 전쟁이 나고 부쩍 늘어난 깡통 든 거지 아이들, 아기 업고 바람 쐬러 마을 나온 노친네들이 그 놀이를 구경했다. 그들 중에는 아둔한 어른도 하나 끼여 있었다. 키가 껑충한 선돌이는 열아홉 살로 의용군에 뽑혀 나갈 나이였으나 조금 모자라는 팔불출이었다. 그는 늘 미소를 입에 달고 누가 무슨 말을 건네면 혀짤배기소리로, 고맙습니다, 하곤 머리를 까딱이는 버릇이 있었다. 선돌이는 고물상집 아들로 전쟁 나기 전에는 아버지를 따라다니며 폐지 수집일을 도왔다. 전쟁놀이를 구경할 때면 그는 옆사람에게, 재밌지, 그치? 하고 묻곤 했으나 아이들의 놀이 방식을 제대로 이해하지 못했다.

　어느 날 해거름이었다. 아이들의 전쟁놀이가 끝나 이긴 편이 탱크를 점령해 탱크 위에 올라가 만세를 부르고, 어떤 아이는 포신에 매

192

달려 다리를 대롱거리며 즐거워했다. 그날은 명구가 끼인 편이 이겼
는데, 주호는 하급 학년이라 전쟁놀이에 끼이지 못해 시무룩해 있었
다. 인민군 하급 군관이 공터를 지나다 아이들을 보곤 걸음을 멈추
었다. 아이들이 젊은 군관 옆으로 우르르 몰려갔다. 아이들은 그 군
관을 자주 보아 왔기에 잘 알고 있었다. 군관은 절도 있는 걸음걸이
로 중구 관내를 자주 순찰했다. 붉은 테가 있는 군모를 쓰고, 어깨에
금딱지 군관 계급장을 단 누른 인민군복은 늘 깨끗이 다림질되어 바
지 줄이 빳빳이 섰다. 몸매가 날씬했고 굵은 눈썹에 콧날이 오뚝한
미남이었다. 그는 날마다 면도를 하는지 구레나룻 자국이 새파랬고
윤곽 선명한 입술이 붉었다. 그의 말에 따르면 자신은 서울대학교
재학 중인 1947년에 월북하여 평양정치군사학원을 졸업하고 남조
선 해방을 달성하기 위해 참전했다고 했다. 그가 부녀동맹 모임에서
자기를 소개한 말이었다. 부녀동맹은 폐쇄된 교회에 사무실을 두었
는데, 군관은 아녀자들의 그 모임에서 조국 통일의 당위성과 김일성
장군의 항일 투쟁을 두고 여러 차례 연설했고, 소년단 모임에도 나
와 새나라소년단이 인민공화국을 위해 할 일을 두고도 강연했다.
서울시 중구 인민위원회 선전책인 젊은 군관은 청년단원들을 인솔
하여 벽보 붙이는 일로 관내를 돌기도 했다. 벽보는 그날 자 〈인민일
보〉나 지원병 모집 광고, 전쟁 포스터였고, 때로 남한까지 그려진 전
황을 소개한 지도도 붙였다. 전황 소개 지도는 몇 월 며칠 현재 인민
군이 남조선 어느 지방까지 해방시켰는가를 화살표로 표시했다. 8월
초순을 넘기자 대구에서부터 경상도 낙동강 동쪽 지역만 남기고 남
한 땅 4분의 3이 온통 붉은색으로 덮여, 인민군이 그 지역을 해방시
켰음을 알렸다. '남조선 전역 해방 완수 목전에 당도!' '10일 내에 부

산 점령 확정적! 9월 1일 서울시당 인민위원회 청사(옛 시청) 앞 광장에서 조국 통일 완수, 남조선 해방 기념식 거행 예정!' 이런 문구도 쓰여 있었다. 고물상 판자담이 게시판 역할을 해서 그 담벼락은 온통 그런 선전물로 채워져 사람들을 모았다. 「군관 동무 아저씨, 그 총 진짜 총 맞지요?」 「아저씨 동무, 그 총에 총알도 들어 있어요?」 「우리 보는 앞에서 총 한번 쏴보세요.」 아이들은 군관이 허리에 차고 있는 권총을 보며 너도나도 말했다. 허리에 찬 혁대의 총집 안에는 권총이 손잡이를 보이고 있었다. 「그럼 진짜 총이지요. 총알도 들었구.」 군관이 미소 띠며 허리에 찬 권총을 뽑았다. 그는 팔을 뻗어 들고 권총 방아쇠 고리에 손가락을 걸곤 한쪽 눈을 감으며 남산 쪽 축대를 목표점으로 겨냥했다. 윤기 있는 군청색 권총 총구에서 곧 총알이 발사될 것 같은 조마조마함으로 아이들이 숨을 죽이고 총구와 담쟁이덩굴, 호박잎으로 덮인 축대를 번갈아 보았다. 그러나 총알은 발사되지 않았고, 군관은 치켜들었던 팔을 내렸다. 「피, 총 안 쏘네.」 「총알이 없는 모양이야.」 「잘 맞히지 못하나 봐.」 실망한 아이들이 한마디씩 했다. 아이들의 핀잔에도 군관은 미소를 입꼬리에 물고 말했다. 「진짜 총은 소년 동무들의 고무줄 새총처럼 장난으로 쏘는 게 아닙니다. 꼭 필요할 때만 쏘지요.」 군관 말에 아이들이 나섰다. 「그때가 언젠데요?」 「전쟁터에 나가서만 쏘나요?」 「반동 국방군과 미제국주의 군대를 만나면 쏘겠죠?」 권총을 총집에 꽂은 군관이 둘러선 아이들 머리를 쓰다듬어 주며, 소년 동무들 말이 맞아요, 소년대원들이 얼른얼른 커서 장차 영용한 인민군 전사가 되면 얼마든지 총을 쏠 수 있어요, 하고 말했다. 빙긋 웃는 군관에게 아이들이 다시 응석을 떨었다. 우리들 앞에서 총을 한 방만 쏴봐 달라는 주문이었다. 채소밭 뒤편의 축대를 타고 오른 호박넝쿨을 가리키더니 어른 키의 두 배 높이에 달려 있는 호박을 발견하곤 그걸 맞혀 보라고 졸라 댔다. 「호박 심은 주인은 피난 갔어요. 임자 없는 호박이에요.」 「저 호박은 아무도 따지 못해요. 너무 높이 달렸거든요.」 「군관 아저씨, 호박 한 번만 맞혀 보세요.」 아이들의 성화가 빗발쳤다. 축대를 타고 오른 호박 줄기에 달린 호박잎 중 어른 손 뻗어 닿는 높이의 잎은 다 따먹었고, 작은 수박통만 한 호박은 2층 높이에 높다랗게 달린 채 제 무게에 겨워 늘어져 있었다. 그 호박을 보는 순간, 군관의 얼굴에서 미소가 사라졌다. 「좋아요. 꼭 한 번만입니다. 내가 호박을 맞혀 보지요.」 군관은 밭을 가꾸던 주인이 없는 데다 자라던 푸성귀를 이웃 주민들이 다 따버린 축대 아래 묵정밭으로 걸어갔다. 아이들이 군관을 에워싸고 축대 쪽으로 걸었다. 주호와 선돌이, 거지 아이도 따랐다. 노친네들은 걸음을 멈추었고, 명구는 군관이 총 쏘는 걸 보고 싶지 않아 따라가지 않았다. 할머니나 엄마가 부르러 오기 전 집으로 가고 싶었으나 군관이 쏜 총알이 호박을 맞힐지 못 맞힐지가 궁금했다. 「형, 재밌잖아. 왜 거기 섰어. 오라니깐.」 주호가 명구를 불렀다. 명구는 그 자리에서 꼼짝 않고 서 있었다. 벌써부터 가슴이 뛰기 시작했다. 「소년 동무는 부모님이며 집이 없어요?」 군관이 따라오는 깡통 든 소년에게 물었다. 질문을 받자 소년이 당황해하며 때꼽 낀 고개를 빠뜨렸다. 「재 부모는요, 재만 빠뜨리고 피난 가버렸어요. 우리 학교 삼학년인데요, 먹을 게 없어 거지가 됐어요.」 춘길이가 말했다. 「아냐. 집 지키고 있으면 곧 오신댔어. 천안 할아버지 댁에 가신 거야.」 소년이 눈물 글썽한 얼굴로 되받았다. 「전쟁으로 길이 막힌 모양이군. 곧 통일이 되면 부모님이 소년 동무를 찾

아올 거예요. 그동안 기죽지 말고 집 잘 지켜야지.」군관이 소년의
머리를 쓰다듬어 주었다. 「길 막혔쪄. 아버지두 길 막혀쪄 못 와.」따
라가던 선돌이가 벙글거리며 말했다. 인공 치하 서울 시민은 먹을거
리 때문에 난리였다. 시장이 제 기능을 못해 양곡이며 채소류가 유
통되지 않자 어른들은 집 안의 귀중품이며 옷가지를 들고 양곡과 교
환하러 서울 근교로 빠져나갔다. 그래서 2, 3일 걸려 당분간 입에 풀
칠이나 할 잡곡 한 자루를 구해서 메고 왔다. 「고물상집 선돌이는 바
보예요.」한식이가 말했다. 선돌이가 누른 대문니를 보이고 벙글거
리며, 고맙씀니다, 하고 군관에게 머리를 까딱했다. 그래요? 하며 군
관이 선돌이와 달린 호박을 번갈아 보더니 둘러선 아이들에게 물었
다. 「소년 동무들, 호박이 곡식입니까, 채소입니까?」아이들이 채소
라고 대답했으나 곡식이라고 말하는 아이도 있었다. 「맞습니다. 호
박은 채소입니다. 그러나 호박은 인민이 식량으로 대용할 수도 있는
영양가 많은 좋은 먹을거리입니다. 더욱, 요즘 같은 전쟁 시기에는
인민들이 식량 구하기가 힘드니 호박은 대용 식량이지요.」아이들이
그 말을 듣고 있자, 군관이 다시 물었다. 「인민을 보호할 책임이 있
는 인민군이 그런 호박에 대고 총질해서야 되겠어요?」아이들은 다
소곳해져 호박에 총을 쏘면 안 된다고 대답했고, 어떤 아이는 머리
를 끄덕였다. 그러나 군관이 총을 쏘지 않으려고 꾀를 부린다고 판
단한 눈치 빠른 아이도 있었다. 「그럼 호박 말고 다른 걸 맞히면 될
것 아닙니까?」종규였다. 축대와 적당한 거리를 두고 멈추어 선 군
관은 거지 소년이 들고 있던 깡통을 달라더니 그것을 선돌이에게 주
며 말했다. 「청년 동무, 저 축대 아래 이걸 번쩍 들고 서시오.」선돌
이는 영문을 몰라 군관을 멀거니 보더니 또, 고맙씀니다, 하며 머리

를 까딱했다. 「이렇게, 이걸 들고 저기, 저 밑에 서보시오.」 선돌이는 군관이 시키는 대로 묵정밭 새끼 울타리를 넘어 축대 아래로 걸어갔다. 그는 그때에야 무슨 감을 잡았는지, 갑자기 다리가 후들거렸다. 깡통을 높이 치켜든 팔이 떨려 깡통조차 흔들렸다. 멀리서 이 광경을 지켜보던 명구는 너무 저어되어 숨조차 제대로 쉴 수 없었다. 그의 창백한 안색이 순간적으로 벌겋게 달아올랐다. 명구는 총소리를 듣지 않으려 손으로 귀를 막고 눈을 감았다. 군관이 허리에 찬 총집에서 권총을 뽑아 팔을 쭉 뻗었다. 그는 한쪽 눈을 감고 선돌이가 들고 있는 깡통에 총구를 겨누었다. 주위에 둘러선 아이들이 숨죽이곤 선돌이를 보았다. 늘 웃음을 물고 있던 선돌이가 그때만은 눈을 질끈 감았고 굳게 다문 입술이 곧 울음을 터뜨릴 듯 씰룩거렸다. 이어, 귀청 먹먹할 정도로 총소리가 터졌다. 선돌이가 들고 있던 깡통이 요란한 소리를 내며 축대에 부딪쳐 떨어졌다. 총알이 정통으로 깡통을 차고 나간 것이다. 선돌이는 팔을 든 채 눈을 끔벅이며 넋이 빠진 듯 멀뚱히 서 있었다. 거지 아이가 재빨리 자기 깡통을 찾으러 뛰어가고 다른 아이들도 뒤따랐다. 「와, 정말 대단하다!」 「깡통을 정통으로 맞혔어!」 「아저씨 동무는 일등 인민군입니다!」 아이들이 군관을 우러러보고 손뼉을 치며 환호했다. 의기양양해진 군관이 허리춤에 양손을 짚고 말했다. 「호박 주인이 없는 마당에 누구든 저 호박을 따면 안 돼요. 그건 남의 물건을 훔치는 나쁜 짓입니다. 소년 동무들도 학교에서 배웠지요? 남의 물건을 훔치거나 거짓말하면 나쁜 사람이란 걸. 새 나라 인민은 정직해야 돼요. 소년 동무들은 정직한 새 나라 사회의 새싹입니다. 그러므로 호박을 심은 주인이 피난지에서 돌아올 때까지 소년 동무들이 저 호박을 잘 지켜 줘야 해요. 돌아온 주인이 지금보다 더 커다랗게 달려 있는 저 호박을 보면 얼마나 반가워하겠습니까?」군관 말에 아이들은 모두, 그 말이 맞다며 손뼉을 쳤다. 이어, 군관이 큰 소리로 말했다.「저 호박이 잘 큰다는 건 우리 인민의 희망입니다! 조국 통일의 날이 빨리 와서 주인이 돌아올 그 날을 기다리는 희망 말입니다.」군관은 빙긋 웃으며 손을 흔들곤 꼿꼿한 자세로 자리를 떴다. 그는 한순간에 아이들의 영웅이 되었다.

이튿날 아침이었다. 전시라 수돗물이 끊겨 묵정동 사람들은 남산 약수터 물을 길어다 먹었는데, 선돌이 엄마가 약수터에서 아낙들에게 말했다.「글쎄, 우리 선돌이가 간밤에 경기에 들려 온몸을 떨며 밤새도록, 총 맞았다며 헛소리를 했지 뭐예요. 구경하던 애들 말로는 군관이 총을 쏠 때 겁에 잔뜩 질려 울음을 터뜨릴 듯 입을 비죽거렸다는데…….」그러자 철물점 아낙인 종규 엄마가 말했다.「그 총각 군관 말이죠? 얼마나 인기가 높던지 부녀동맹 작업장에서는 그 군관 말만 나오면 처녀들이 위문대 만들기도 손 재어 놓고 한숨만 폭폭 쉰답니다. 그런 멋쟁이 총각이 전선에 나간다면 그 부대에 여전사로 따라가고 싶다나 어쩐다나. 짝사랑하다 목매는 처녀들도 나올걸요.」그네의 농담에 두붓집 한식이 엄마가 다른 말을 했다. 그네는 기독교 교인이었다.「짐승에겐 영혼이 없지만 인간은 누구나 자기 혼을 가졌대요. 인간만이 영혼을 가졌기에 죽은 후 그 혼이 갈 처소가 있지요. 천당과 지옥 말입니다. 선돌이는 착해도 너무 착한 영혼을 지녔기에 세속에 물든 사람들은 선돌이를 마치 혼 빠진 사람으로 보지요. 군관 권총이 자기를 겨누자 선돌이의 영혼이 그때에야 이를 짐작해, 이제 내 육신은 죽는구나 하고 놀란 겁니다. 다행히 총에 맞지는 않았겠지만 총구가 자기를 겨누자 얼마나 놀랐겠어요?」그 말이 어려운지 선돌이 엄마가 고개를 빼딱하게 틀어 물었다. 「그렇다면 우리 선돌이 영혼은 장차 천당으로 가겠군요?」

그 사건 이후 선돌이의 입가에 미소가 사라졌고, 더 멍청해져 버렸다. 말을 잃고 아주 바보가 되었다. 의정부 쪽 친척 집을 찾아 양식을 구하러 갔다 닷새 만에 돌아온 제 아버지를 보고도 그는 낯선 사람을 대하듯 멀거니 바라보기만 했다. 날마다 4가 네거리의 축대 밑으로 나가 나날이 조금씩 크기를 키워 가는 호박을 하염없이 올려다보며 서 있곤 했다. 그러던 어느 날 한밤중이었다. 야간 통행금지가 실시되어 밤이면 민간인들은 일절 바깥으로 나다닐 수 없었다. 서울 시내 일환에는 내무서원과 청년단원들이 짝을 지어 야간 순찰을 돌았다. 그날 한밤중, 비행기 소리도 뜸해 사위가 고요한 중에 4가 네거리의 축대 주변 사람들은 잠결에 적막을 찢는 날카로운 총소리를 들었다. 그 한 번의 총소리뿐, 사위는 다시 적막에 잠겼다. 이튿날 새벽, 한방을 쓰는 자식 잠자리가 비어 있자 선돌이 부친은 간밤에 아주 가까이에서 들렸던 총소리를 기억해 냈다. 그는 불길한 예감이 들어 4가 네거리 모퉁이 축대 아래 묵정밭으로 나가 보았다. 축대 아래에는 웃통이 알몸인 채 등판이 피로 물든 선돌이 시신이 엎어져 있었다. 이웃 사람들이 몰려왔다. 청계천 바닥에 버려진 시체도 많이 보아 왔기에 그들은 선돌이의 시신을 보고도 외면하거나 놀라지 않았다. 축대 아래쪽엔 호박잎이며 담쟁이덩굴이 떨어져 짓밟혀 있었고 벽에 붙은 잎사귀들이 힘없이 늘어져 있었다. 호박 줄기를 통째 당겼는지 호박이 제 위치에서 조금 아래로 처져 있었으나 떨어지지 않고 여전히 달린 채였다. 그러나 주위의 호박잎들이 생기를 잃고 축축 늘어져 있었다. 「선돌이가 저 호박을 따러 축대로 올라가려 했나 봐. 미련한 짓 하고서는. 사다리도 없이 저기까지 무슨 재주로 올라가겠어.」「아니야, 줄기째 당겨 내리려고 용을 썼겠지.」「선돌이가 어리석다 보니 밤중에 나다니면 경친다는 걸 몰랐으니 그랬겠지. 선교사 사택이 군관들 숙소이니 경비를 오죽 단단히 서겠어.」「개도 속생각은 있어 제딴엔 집안 양식감 보탠다고 사람이 안 볼 밤중에 호박을 따러 몰래 나섰나 봐. 순진한 생각이 그만 생목숨을 날렸어.」 구경꾼들이 혀를 차며 수군거렸다. 아침나절에 장충단 계곡에 떡 감으러 가자며 주호가 명구를 찾아왔다. 주호는 명구에게 선돌이의 죽음 소식을 들려주었다. 「선돌이 시체는 고물상 아저씨가 지게에 지고 남산으로 올라가서 묻었대. 그런데 호박은 그대로 달려 있어. 형, 떡 감으러 가기 싫다면 축대에 달린 호박 보러 안 나갈 거야? 군관 아저씨가 우리더러 호박을 잘 지키라 했잖아.」 주호가 말했다. 명구는 선돌이의 시신을 떠올리자 너무 끔찍해 그곳에 가볼 마음이 없었다. 「안, 안 나갈 거야.」 명구는 가슴이 뛰어 말까지 더듬었다. 명구는 젊은 군관이 선돌이를 축대 아래 세우고 그가 치켜든 깡통을 겨누어 총질하는 장면을 보고 온 뒤부터 변비로 똥을 제대로 누지 못해 고생하고 있었다.

*

자기를 부르는 주호의 호출이 셔츠 주머니에서 울려 김씨는 휴대전화 뚜껑을 연다. 「형, 지금 거기 어디야?」 조씨가 묻는다. 「너 그, 그때 말이야, 왜…….」 더위도 더위지만 소주를 반 병 넘게 비웠기에 김씨가 숨찬 목소리로 말한다. 「형, 지금 무슨 말 하는 거야? 지금 거기가 어디냐구?」 그제야 김씨는 그해 여름의 기억에서 깨어난다. 축대에 달린 호박과 취기가 얼버무려져 또 부질없는 생각으로 속을 달구던 참이다. 「나, 여기 그 추, 축대 아래 말이야, 박 군 포장마차 이, 있잖는가……」 김씨가 헉헉대며 제풀에 역정을 낸다. 「알았어. 그럼 거기 꼼짝 말고 있어. 내가 갈 테니.」 전화가 끊긴다. 김씨 옆자리의 젊은 손님 몫으로 프라이팬에 물오징어를 양념 쳐서 덖던 박 군이, 조씨 아저씨지요? 하고 묻는다. 주호가 여기로 온다며, 김씨가 다시 술 한 잔을 목구멍에 털어 넣는다. 그는 줄곧 그해 여름에 호박 때문에 축대 아래서 죽은 선돌이 형을 생각하고 있었다. 그는 그 뒤부터 호박나물이나 호박이 들어간 음식을 보면 목이 메었다. 국수에도 호박 고명이 얹혔으면 축대 위쪽에 달려 있어 아무도 딸 수 없었던 그해 여름철의 호박 생각이 났다. 그와 더불어 축대 아래 벌 서듯 깡통을 들고 선 선돌이 형의 겁에 잔뜩 질렸던 얼굴이 떠올랐다. 선돌이 형이 죽은 뒤 축대를 덮은 그 많던 호박잎이 시나브로 시들더니 노랗게 탈색한 호박잎과 함께 호박도 더 크지 않고 곯아 갔다. 동네 사람들은 선돌이가 호박 줄기를 당겨 내려 줄기가 끊어졌다고 말하면서도, 가련한 선돌이 영혼을 따라 호박도 세상을 하직했다는 한식이 엄마 말이 그럴듯한 해석이라고 여겼다. 전시의 서울 서민들의 입살이가 하도 각박했기에 축대 주변 이웃들은 곯아 버린 호박이라도 양식감에 보태고 싶어 자주 쳐다보았으나 누구도 감히 그 열매를 딸 엄두를 내지 못했다. 그 호박을 따려다 선돌이 형이 그렇게 죽었지. 그 뒤부터 엄마와 할머니는 내가 여기로 놀러 나오는 걸 극구 말리셨어. 「설마 그 젊은 군관이 선돌이를 죽이진 않았겠지. 그래도 그렇지, 사람을 세워 놓고 총질을 하다니. 우리가 사람을 잘못 봤어. 양식 갖다 주었다고 착한 사람이라 여겼더니 못쓰겠구면. 자기 솜씨만 믿고 그렇게 총질하다 사람이 맞을 수도 있잖아.」 초전댁이 염주알을 굴리며 입장댁에게 말했다. 시어머니 삼베 적삼과 무명 치마를 다림질하던 입장댁이 뜸을 들이더니 나직이 그 말을 받았다. 「야밤에 순찰 도는 청년단원 짓일 겁니다. 그자들이 작당해서 집집마다 돌며 반동 분자와 양곡 색출에 얼마나 무작하게 설쳐대요.」 그 말에 초전댁이 명구를 보고 말했다. 「명구야, 이 할미 말 잘 들어. 넌 집에만 있어야 해. 그 축대 아래엔 얼씬도 마. 거기엔 마가 끼었어. 축대 아래서 선돌이처럼 누군가 또 죽게 될 거야.」 선돌이가 죽은 사건이 있고 난 뒤 명구는 한동안 축대 아래는 얼씬하지 않았다. 동네 아이들과 주호가 전쟁놀이나 축구를 하자며 부르러 오면 초전댁이, 명구가 집에 없다며 그 애들을 쫓아 버렸다. 명구는 그 더운 한 철을 변비로 고생하며 집 안에서만 지냈다.

「허허, 형 벌써 취했어. 연립주택 떠나자니 심사가 꽤나 편찮은 모양이군. 박 군은 묵정동 꼭대기, 이사 잘 마쳤어? 중구에서 그래도 산동네가 남은 덴 묵정동, 장충동하고 몇 군데밖에 없어. 따지고 보면 사람 사는 게 다 그렇지, 뭘. 우리 집 둘째놈은 쇠고랑 안 찬 것만도 다행이야.」 조씨가 너스레를 떨며 김씨 옆 의자에 앉는다. 「지방 어음들도 줄줄이 부도랍니다. 그래도 자제분 어음들은 대충 수습된 모양이군요?」 박 군이 묻는다. 「우리 세대는 하도 고생을 해서 만 원 한 장 쓸 때도 이리저리 견주어 보는데, 요즘 간 큰 젊은 애들 보라구. 카드를 막 긁잖아. 몇십만 원도 못 버는 주제에 몇천만 원씩이나. 그 빚 감당 못해 살인하거나 자살해 버리구. 그렇게 일부터 먼저 저질러 놓고 보니, 이를 감당해야 하는 부모가 등골이 빠지지. 둘째

놈은 어디로 도망다니는지 그 녀석 못 본 지도 열흘 넘었어」하더니, 조씨는 바람 한 점 없다고 더운 날씨를 두고 투덜거린다. 「박 군, 꼼장어나 좀 구워. 누군 돈 쓸 줄 몰라 안 쓰나. 여름철에 스태미나 식을 먹어야 기운을 차리지.」박 군이 새 잔을 조씨에게 넘겨 술을 한 잔 친다. 조씨가 잔을 비우고 오뎅 국물로 입을 헹군다. 「아저씨, 축대 호박넝쿨에 호박이 달렸어요. 벌써 사과보다 더 큰걸요. 어둡기 전에 보실래요?」박 군 말에 조씨가, 그래? 어디 보자며 포장마차 뒤로 돌아간다. 박 군이 뒤따른다. 한참 뒤에 둘이 다시 포장마차로 돌아오며, 조씨가 하던 말을 잇는다. 「…… 글쎄 말이야. 그 덜된 양반이 호박을 따려다 허무하게 죽었지. 요즘은 말이 안 되는 말이지만 전쟁 땐 입 한 번 뻥긋 잘못 떼었다간 그대로 당하던 시절 아냐. 그러니 어디다 항의할 데도 없었지. 실제로는 통금 어기구 임자 없는 물건을 훔치려던 게 죄였지만 그게 어디 총질까지 당할 죈가? 군관들 숙소에 침입하려던 불순분자로 오해를 샀으니깐 선돌이가 당한 거지. 하긴 선교사 사택에 살던 고급 군관이 사람 모자라는 그 양반 시신을 두고 그렇게도 말했다더군. 히틀러가 유대인만 학살한 게 아니라 정신병자, 바보나 천치도 이 지상에서 사라져야 할 존재라며 모아서 죽였다구. 미국도 이십 년댄가, 그런 시절이 있었다더군. 어떤 주는 아이큐가 아주 낮은 남녀 바보들을 추려 내어 어릴 적에 모두 고자로 만드는 불임 수술을 시켰대.」조씨가 의자에 앉고, 주위가 어둑스레해져 박 군이 승합차 천장에 매달린 알전구를 켠다. 그동안 김씨는 소주 한 병의 마지막 잔을 비우고, 도량이를 멍청히 보고 있다. 도량이는 의자에 앉아 다리를 대롱거리며 제 아버지가 사준 얼음과자를 빤다. 「제발, 다리 대롱거리지 말래두. 다리 털면 복 나간

대. 사람이 경박해 뵈구.」명구가 마루 끝에 앉아 찐 옥수수를 먹으
며 다리를 대롱거리자 입장댁이 늘 되풀이하던 잔소리를 했다. 그때
가 언제였던가. 전쟁 나기 전인가, 훈가. 김씨는 머리를 채우는 술기
운으로 정신이 흐리마리해 그 시간대를 가늠할 수 없다. 「형, 오늘
정말 왜 이래? 꿀 먹은 벙어리가 따로 없네. 나한테 뭐 유감이라도
있어?」조씨가 김씨에게 말한다. 김씨는 대답이 없다. 「잠자리를 옮
기려니 마음이 안정을 못 찾는 것 같아요. 아까 오실 때 즉석밥이며
인스턴트 반찬거리를 사들고 오셨더군요.」불판 위 적쇠에 올려진
꼼장어에 양념 간장을 바르던 박 군이 말한다. 「그랬어? 보자 하니
형도 너무하네. 요즘 쌀값이 몇 푼 된다구, 큰아들놈이 그런대로 장
사를 하는데 내가 형 끼니 안 챙겨 드릴까 봐 밥까지 사다 날라? 고
모님이 당신 눈감으면 부디 형 잘 돌보라구 신신당부한 게 엊그젠
데……. 그러나 형이 정 우리 식구와 합상 안 하겠다면 할 수 없지.
막말로 형이 박 군 따라 옥탑방으로 간대두 난 안 말려. 여지껏 형을
부양했으니 나도 고모님 약속을 얼추 지킨 셈이니깐.」부아가 끓는
지 조씨가 술병을 들었으나 빈 병이다. 어지간히 마셨군, 하며 그는
박 군에게 술 한 병을 청한다. 「아저씨 말씀이 조금은 야박합니다
만……. 김씨 아저씨는 제가 모실 수도 있습니다. 우리 도랑이를 돌
봐 주는 것만도 저로서는 큰 짐을 더는 셈이니깐요.」박 군이 김씨를
보며, 아저씨, 단칸방이긴 합니다만 오늘부터 제가 얻은 옥탑방에서
함께 사시죠? 하고 묻는다. 딴생각에 잠긴 김씨는 초점 없는 동공을
술상에 풀어놓은 채 대답이 없다. 흐리마리한 그의 머릿속에는, 망령
이 든 할머니가 띄엄띄엄 중얼거리던, 말이 안 되는 소리를 엄마가
지치지 않고 응대해 주고 있다. 「예, 예. 수미산에 다녀왔어요. 약사

여래님이 점지해 주셔서 곧 명구 동생을 낳게 될 거예요. 제가 그 애를 잘 키울 테니 어머님은 이제 걱정 놓으세요. 명구 아버지하고 살기는 한 달이 채 못 되었구 어머님하고 한솥밥 먹으며 함께 산 세월이 예순 해쨌데, 제가 어머님 속마음을 모를 리 있나요.」누워 있는 초전댁의 땀 찬 얼굴을 물 축인 수건으로 닦아 주며 입장댁이 말했다.「명구 아범 말이다…… 남정네들은, 그게 말이다…… 집 떠나면 안 와. 글쎄, 일본에서 지진이 났을 때, 그 양반이…… 어디 갔어? 어멈아, 어디 있어?」초전댁이 며느리를 앞에 두고 찾았다.「저 여기 있잖아요. 어머님, 이제 눈감으셔도 될 텐데, 찾는다고 돌아오지 않아요. 아버님도 아범도 돌아오지 않는다니깐요. 저는 이 세상에서 그들 만나기를 아주 단념해야 할까 봐요. 그러면 얼마나 속이 편하겠어요. 누구를 기다린다는 것은, 그 긴 세월을 기다리며 산다는 건…… 애간장이 다 녹아 없어졌어요.」김씨의 눈앞에 줄곧 두 노친네 모습이 어른거린다. 당장 집으로 가면 두 노친네를 만날 것 같다. 그러나 할머니, 엄마와 함께 산 그 집은 없어진 지 오래고 엄마와 마지막으로 살았던 연립주택마저 이제 돌아갈 수 없다. 꼼장어를 안주로 거푸 두 잔째 소주잔을 비운 조씨가 박 군을 상대로 혈기를 올린다.「박 군 자네, 오해 말더라구. 내 언젠가도 말했지? 그 연립주택은 일제 시대 말기 일반 가옥 시절에 고모님이 시집을 가게 되자 지짐이 부쳐 팔던 사돈마님 처지가 신혼방 한 칸 얻을 형편이 못 되어 할아버지가 그 집을 사주셨다는 것 말이야. 그러니 그 연립주택은 어디까지나 종손인 내 몫이야. 입은 비뚤어져도 말은 바로 하란 대로, 형, 내 말 어디 틀렸어? 고모님도 살았을 적엔 그렇게 말씀하셨잖아.」김씨가 말이 없자, 조씨가 토를 단다.「들은 얘기지만, 고모부

4가 네거리의 축대 205

는 결혼하고 한 달 만에 감옥으로 가게 됐구, 그것으로 영영 생이별을 하게 됐으니 형이나 나나 그분 얼굴도 못 보고 자랐지. 들은 말로는, 전쟁 때 원산과 속초를 거쳐 내려오는 인민군 부대에 정치위원으로 참전했다니 서울에 들를 기회도 없었겠구, 전쟁 와중에 어찌 됐는지……」 조씨의 말이 채 끝나기 전에 내내 침묵을 지키던 김씨가 불쑥 묻는다. 「어찌 됐지? 우리 기, 귀염이 어찌 됐어? 귀염이 모, 못 봤니?」 김씨 말에 꼼장어 한 점을 젓가락질하던 조씨가, 귀염이라니, 삽사리 말인가? 아닌 밤중에 홍두깨라더니, 아직 칠순도 안 됐는데 고모님처럼 망령 났나? 형, 엔간히 취한 모양이네, 하고 되받는다. 「참말, 삽사리가 안 보이네. 연립주택 삼층 방에 먼저 올라가서 기다리나? 빈집에서 기다리면 뭘 해. 영리한 놈이니깐 여기로 다시 오려나……」 박 군이 말하며 주위를 살핀다. 얼음과자를 벌써 먹어 치운 도량이는 의자 위로 올라가 쪼그려 앉아선 꼼장어 담긴 접시를 노려보며 한 점을 집을까 말까 망설인다. 김씨가 의자에서 엉거주춤 일어난다. 삽사리 찾으러 가냐며 조씨가 묻는다. 김씨가 말없이 포장마차 뒤 축대 쪽으로 허청허청 걷는다. 「오줌 누러 가나 봐요. 아저씨, 양철통에 누세요.」 박 군이 뒤돌아보며 말한다. 김씨는 비틀걸음으로 축대 턱밑으로 가서 박 군이 준비해 놓은 양철통에 오줌을 눈다. 박 군은 손님들의 오줌을 모아 호박 뿌리에 거름으로 썼다. 김씨는 오줌을 누며 잎 무성한 호박넝쿨을 올려다본다. 가로등이 불을 밝혔으나 어두워 호박이 달린 위치를 가늠할 수 없다. 김씨가 오줌을 누고 바지춤을 여미자 어디선가 홀연히 앓듯 옹알거리는 개 신음 소리가 난다. 취기가 머리끝까지 올라 정신이 흐릿했지만 김씨 귀에는 분명 귀염이의 앓는 소리다. 「기, 귀염이 어디 있어?」 그는 어두운 축대 아래 양쪽을 둘러보며 삽사리를 찾는다. 삽사리의 신음을 들었는데 그 자태는 어디에도 보이지 않는다. 「명구야, 어미다. 그런데 너와 귀염이는 오늘 어디서 잠을 자겠다는 거냐? 딱한 자식 같으니라구. 네 처지가 그렇게 내몰릴 줄 내 이미 다 알았다. 그 소식을 듣더니 어머님이 식음을 전폐하고 누웠어.」 축대 모퉁이의 어둠 속에 쪼그리고 앉아 입장댁이 말한다. 「엄마, 왜, 왜 거기 있어요? 수, 수미산에서 언제 오셨어요? 그런데 우리 기, 귀염이가 어, 어디 있어요?」 김씨가 축대 모퉁이로 걷자 순간적으로 입장댁 모습이 사라진다. 내가 헛것을 보았나, 꿈을 꾸고 있나, 하며 김씨가 걸음을 멈추자 축대 위쪽에서 이제 제법 또렷한 소리로 삽사리가 콩콩 짖는다. 축대 위에는 그해 여름 인민군 군관들 숙소라 초병이 정문을 지켜 민간인은 아무도 출입할 수 없었다. 선교사 사택이었던 시절에도 철대문은 늘 굳게 닫혀 있었고 큰 개가 잔디밭에서 어슬렁거렸다. 그런데 귀염이가 거기로 어떻게 들어갔을까 싶다. 「기, 귀염아, 이리 온. 이, 이리 내려온. 왜 거, 거기에 있어.」 김씨가 축대 위를 고개 쳐들고 보며 삽사리를 부른다. 그러자 개 짖는 소리가 문득 끊어진다. 그래, 맞아. 지금은 교회당이야. 교회당은 밤에도 정문을 잠그지 않아 아무나 들랑거릴 수 있지, 하는 생각이 퍼뜩 들자 김씨는 축대 모퉁이를 돌아 남산 쪽으로 트인 한길을 비틀걸음으로 걷는다. 귀에는 주인을 찾아 삽사리가 짖어 대는 소리가 이명으로 들린다.

「김씨 아저씨가 대답을 안 하니 그 점이 궁금해서 늘 묻고 싶었던 말인데……. 김씨 아저씨는 결혼한 적 없이 평생 독신으로 사셨나요? 그렇담 왜 결혼을 안 하셨어요?」 박 군 질문에 조씨가 축대 쪽을 힐끔 보곤 도리어 묻는다. 「자네, 명구 형과 목욕탕에는 안 가

봤을 테고, 화장실에서 같이 몸 씻은 적 없어?」손님이 없어 한가한 참이라 박 군이 조씨 말에 솔깃해하며 말한다. 「화장실이야 따로따로 사용하죠, 뭘. 도랑이 몸 씻겨 줄 때나 함께 쓸까. 그런데 김씨 아저씨 몸에 무슨 이상이라도 있나요?」조씨가 겸연스러운 미소를 입꼬리에 물며 힘들게 말을 꺼낸다. 「그게 말이지…… 말을 하자면 얘기가 길어. 명구 형이 삼대독자라 장수하신 사돈마님이며 고모님이 평생을 명구 형 하나 바라보며 눈물로 보내셨지. 형이 장가를 안 간 게 아니라 못 가서, 슬하에 자식을 못 둔 사연으로 말하자면…….」

*

그해, 유난히 무덥던 8월을 넘기자 고물상 판자 담장에는 새로운 전황 지도가 붙지 않았다. 전쟁이 교착 상태에 빠지자 해방구에 변동이 없으니 전황 지도를 갈아 붙일 새 소식이 궁했다. 부산 점령을 눈앞에 두어 남조선 해방이 임박했다며 악대를 앞세워 거리를 행진하던 청년동맹원들과 부녀동맹원들의 기세도 풀이 꺾였다. 해방 전쟁 완수를 위한 지원병 모집을 떠들던 내무서원들도 강제 징집 쪽으로 돌아 거리 곳곳에서 불심 검문이 행해졌고 심야에도 느닷없이 들이닥쳐 가택 수색으로 분탕질을 쳤다. 열예닐곱 살에서 마흔 안쪽 남자들은 밖으로 나다닐 수가 없었고, 집 안에서도 폭격을 피하기 위해 파두었던 방공호조차 대피처가 못 되어 따로 숨을 데부터 찾아야 했다. 낙동강 돌파를 앞둔 마지막 단계에서 인민군 쪽 전황이 여의치 않음은 날마다 서울 하늘을 덮는 연합군의 폭격기와 전투기 편대에서도 잘 감지되었다. 제공권을 빼앗긴 해방구 서울은 무수히 투하되는 폭탄 세례를 고스란히 당할 수밖에 없었다. 위용을 자랑하던 뭉게구름도 차츰 자취를 감추고 아침저녁으로 서늘한 기운이 찾아 드는 9월로 들어서자, 서울 시내 사대문 안은 폭격으로 멀쩡한 곳이 없게 파괴되어 갔다. 그러나 아이들은 어느 쪽이 이기고 지든 전쟁 상황에는 별 관심이 없었다. 공습으로 길가 건물이 무너져 막혀 버 린 도로를 개통시키느라 낮 동안은 소년단에 동원되어 거리 정비에 나서서 무너진 건물의 벽돌 따위를 치웠고, 거기서 풀려난 해 질 녘 이면 파괴된 탱크가 버려져 있는 4가 네거리의 공터에 모여 여러 놀 이를 즐겼다. 사내아이들은 어두워질 때까지 편 갈라 전쟁놀이와 축 구로 시간을 보냈다.

「군관 동무다!」「오랜만에 보네.」「아저씨, 안녕하세요.」전쟁놀이 를 하던 아이들이 젊은 군관을 보자 우르르 그쪽으로 달려갔다. 을 지로 쪽에서 올라온 군관은 퇴계로에서 길을 틀어 5가 쪽으로 바삐 걷고 있었다. 그는 여전히 권총 달린 혁대를 차고 있었다. 아이들은 명사수 군관을 오랜만에 만난 셈이었다. 명구는 고무 축구공을 들고 탱크 옆에 우두커니 서 있다 군관을 보았다. 축구공은 주호가 전쟁 놀이에 끼게 되자 그에게 잠시 맡겨 두었던 것이다. 「소년단 동무 들, 그동안 잘 있었어요?」군관이 손을 흔들며 웃었다. 아이들은 군 관을 에워싸고, 그동안 어디 갔다 왔느냐, 전선에서 오는 길인가, 하 고 물었다. 그도 그럴 것이 늘 빳빳하던 군관의 인민군복이 후줄그 레했고 깎지 못한 수염으로 구레나룻이 시커멨다. 간밤에 제대로 잠 을 못 잤는지 눈두덩이 부어 있었고 눈의 흰자위에 핏줄기가 보였 다. 「이제 앞으로는 소년 동무들을 못 볼 것 같군요. 나도 전쟁터에 나가게 됐으니깐요.」피곤에 절어 보이는 군관의 말은 전과 달리 힘이 빠져 있었다. 종규가 불쑥 나섰다. 「그럼 아저씨 동무와는 오늘이 마지막이네요. 기념으로 총 한 번만 쏴보세요.」그 말에 달아 아이들도 한마디씩 했다. 「그래요. 딱 한 번만 더 쏴보세요.」「군관 아저씨를 본받아 우리도 이담에 총 잘 쏘는 인민군이 될 테예요.」「군관 아저씨 총 쏘는 솜씨가 너무너무 멋져요.」명구는 그들과 거리를 둔 채서서 군관을 졸라 대는 아이들을 보고 있었다. 더위가 한풀 꺾인 석양 무렵이라 고추잠자리들이 공터 하늘을 낮게 날며 모기 따위의 먹이를 쫓고 있었다. 그는 주호에게 축구공을 돌려주고 집으로 갈까 어쩔까 망설였다. 그러나 주호가 있는 아이들 쪽으로 가기는 싫었고, 축대 아래에서 죽은 선돌이 형이 떠오르자 군관이 총질하는 걸보고 싶지도 않았다. 「여러분이 정 원한다면 마지막 작별 선물로 딱한 번만, 한 번만 총을 쏴봐 주지요.」아이들이 조르자 하는 수 없다는 듯 군관이 어깨를 늘어뜨리고 말했다. 아이들이 손뼉을 치고 팔짝팔짝 뛰며 좋아했다. 그때, 명구는 축구공을 들고 퇴계로 5가 쪽으로 걷고 있었다. 축구공을 주호에게 돌려줘야 했으나 그쪽으로 가기 싫어 집으로 가던 참이었다. 소년 동무! 하고 군관이 소리쳤으나 명구는 자기를 부르는 줄 모르는 채 내처 걸었다. 군관이 두 번째 부를 때에야 명구가 겁먹은 얼굴로 뒤돌아보았다. 「소년 동무, 공 가지고 여기로 와봐요.」군관이 손짓으로 명구를 불렀다. 「예?」저만치 서서 부르는 군관을 보자 명구는 너무 놀라 그쪽으로 걸음이 떼어지지 않았다. 「빨리 와, 겁보야.」「군관 아저씨가 부르시잖아.」「형, 내 축구공 돌려줘.」아이들이 한마디씩 했다. 「소년 동무, 이리로 오라니깐.」군관이 다시 손짓했다. 명구는 이러지도 저러지도 못한 채 떨고 있었다. 집을 향해 도망간다면 군관이 총을 쏠 것만 같았다. 그러나

210

군관 명령에다 축구공을 주호에게 돌려주어야 했기에 그는 그쪽으로 가지 않을 수 없었다. 비척비척 걸으며 너무 겁을 먹은 나머지 그는 그만 오줌까지 지리고 말았다.「그 공을 들고 저 축대 아래 서봐요.」군관이 명구를 보고 미소 띠며 말했다. 명구는 군관의 말을 들었으나 지남철에 붙은 듯 발을 움직일 수 없었다.「별명이 겁보라니? 새 나라 어린이는 씩씩해야 돼요. 소년 동무, 지금도 전쟁터에서 조국 통일을 위해 목숨 내놓고 투쟁하는 인민군 전사들을 생각해 봐요. 그런 전사가 되려면 담이 커야지. 내 말 알겠어요?」군관이 떨고 서 있는 명구의 맨송머리를 쓰다듬었다.「빨리 축대 아래로 가서 서봐.」「선돌이처럼 축구공을 번쩍 들고 서라니깐.」「그럼 내 축구공이 빵꾸 나잖아.」「신기료장수한테 때우면 돼. 지난번에도 거기서 땜질했잖아.」아이들이 떠들었다. 명구는 축구공을 들고 떼밀리듯 축대 쪽으로 걸었다. 그는 자신이 걷고 있다는 사실조차 느끼지 못할 만큼 너무 겁을 먹어 제정신이 아니었다. 누렇게 시들어 저녁 바람에 너울대는 축대에 붙은 호박잎들이 그의 눈앞에 어른거렸다. 명구가 축대 아래에서 축구공을 높이 들고 서자, 러닝셔츠 밖으로 드러난 수수깡 같은 팔과 풀색 반바지 아래 장작개비 같은 다리가 센 바람을 탄 듯 흔들렸다. 저만치에서 군관이 권총을 뽑아 들고 자신을 겨누자, 명구는 끝내 울음을 터뜨리고 말았다. 눈을 감기 전 눈물로 어룽지는 그의 눈앞에 고추잠자리 한 마리가 빠르게 지나쳤다. 그러나 총소리가 들리지 않았다. 아니, 총소리가 터졌으나 명구가 못 들었을 수도 있었다. 그는 귀청을 찢는 총소리를 이명으로 여러 차례 들었고, 그때마다 그의 쳐든 팔이 움찔거리며 더 심하게 떨렸다.「내가 간밤을 뜬눈으로 새웠기도 했지만, 조준할 수가 없어. 저렇게 떨어서야 어디 총을 제대로 쏘겠나.」 군관이 고개를 흔들며 혼잣말을 했다. 사실 명구의 치켜든 팔은 곧게 펴지지 않은 채 벽시계 불알보다 더 빠른 속도로 흔들리고 있었다. 「축구공을 다리 사이에 끼워 봐요.」 이 말을 군관이 했는지 아이 중 하나가 했는지 명구는 분별할 수 없었다. 그만큼 그의 머릿속은 뒤죽박죽이 되어 혼미했다. 그는 할머니나 엄마가 나타나 군관이 총질을 못하게 말려 주었으면 싶었다. 그래서 속으로 엄마를 부르며 울었다. 「겁보야, 어서 다리 사이에 끼우라니깐.」 「축구공을 자지 아래 꽉 끼워!」 아이들이 외쳤다. 쳐든 팔이 저리기도 했지만 명구는 시키는 대로 축구공을 떨리는 다리 사이에 끼웠다. 그는 공포에 질려 두 다리를 떨며, 엄마! 나, 날 살려 줘…… 하고 흐느껴 울었다. 반바지 아래 종아리로 오줌이 흘러내렸다. 명구는 다시 손을 쳐들고 눈을 감았다. 일순의 정적에 이어, 총소리가 터졌다. 그러나 분명 바람 빠지는 소리와 함께 터져서 쭈그러져야 할 축구공은 탱탱하게 그대로 있었다. 그 대신 명구의 반바지 오줌 구멍 아래가 피로 물들더니, 오줌 줄기로 젖은 종아리를 타고 피가 고랑을 이루어 흘러내렸다. 명구의 다리가 낫날에 베이듯 꺾이고, 그는 쓰러져 실신하고 말았다.

*

「……소년 적부터 약골이었지만 원체 마음이 여리고 소심했던 사람이었어. 그 사건이 있고, 명구 형은 많이 앓았지. 고자가 된 건 둘째치고 너무 혼겁을 먹어 제대로 뭘 먹지 못하고 토하기만 하더니 유엔군이 다시 서울로 들어오고 가을이 다 갈 때까지, 요즘으로 치면

212

지독한 독감이랄까, 열병에 걸렸어. 내가 놀러 갈 때면 뼈만 남은 꼬치꼬치 마른 몸으로 팥죽같이 땀을 흘리며, 추 축구공, 공 가져가, 하는 헛소리까지 했으니깐. 당시는 전시라 무슨 약이 제대로 있었겠어. 삼대독자를 살려 내려는 두 노친네의 지극정성이 아니었담 명구 형은 그길로 세상을 떴을 거야. 형은 겨울에 들어서야 기적적으로 자리에서 일어났는데, 그때부터 말을 더듬기 시작했어. 뇌 어느 부분이 파괴되었는지 사람이 아주 바보가 됐지. 전쟁 전에는 공부를 썩 잘했더랬는데, 그 꼴이 되니 학교조차 못 다닐 수밖에. 머리가 아둔해져 도무지 수업을 따라갈 수 없었으니깐. 전쟁이 심약한 소년을 그렇게 망쳐 놓았다고나 할까. 평생 동안 명구 형은……」 조씨가 말을 멈추고 담배 한 대를 빼어 입에 무는 순간, 축대 아래에서 퍽, 하고 무엇인가 떨어지는 소리가 들렸다. 그러나 둘은 자동차들 소음으로 그 소리를 듣지 못했다. 잠시 뒤, 도량이가 뛰어와 숨넘어가듯 크, 크, 하며 제 아버지 셔츠 자락을 끌었다. 박 군은 아들이 끄는 대로 축대 뒤로 가보았다. 어둠 속, 김씨의 몸뚱이가 축대 아래 널브러져 있었다. 박 군이 황급히 조씨를 불렀다. 조씨가 이미 숨이 끊어진 김씨의 시신을 확인하곤 축대를 올려다보았다. 축대 위는 허리 높이의 난간이 있어 김씨가 발을 헛디뎌 떨어진 실족사가 아니었다.

(《문학과사회》, 2003년 가을호)

손
풍
금

● ● ● ● ● ● ● ● ●

케테 콜비츠, 〈이별 *Abschied*〉, 1940~41.

손풍금

1

    내가 손풍금을 배우기로 마음먹기는 악기를 다루는 데 소질이 있다거나 그럴싸한 취미 한 가지쯤 익혀 두려는 한가로운 생각에서 출발한 건 아니다. 할아버지의 환심을 사기 위해서이고, 의도적으로 말한다면 과거의 기억 중 어느 부분만은 철저히 입을 봉해 버린 할아버지 회상을 내 손풍금 연주를 통해 재생시켜 보려는 데서부터 시작되었다. 석사 논문으로 정한 '인민 박광수 연구'를 완성하자면 할아버지의 보다 구체적인 회고담이 필요하기 때문이다. 박광수란 분은 역사에 이름을 남긴 인물이거나 기록상 묻혀 버렸으나 발굴이 필요할 만큼 현대사 한 가닥에 중요한 행적을 남긴 알려진 인물이 아니다. 박광수는 나의 작은할아버지로, 내가 태어나기 전인 1960년대 초 우리 집안에 평지풍파를 일으킨 장본인이기도 하다. 작은할아버지는 내가 초등학교에 입학했던 해 여름에 타계했기에 나로서는 그분에 대한 기억이 흐릿할 수밖에 없다. 두 번인가 세 번쯤 그분을 뵌 적은 있었으나 당시의 인상이 선명하게 잡히지 않는다. 형 둘 아래로 집안의 셋째인 내가 태어나자 부모님이 남대문시장 뒷거리에 식당을 차려 분가했으므로, 명절이나 제사 때 부모님 손에 끌려 강남 저 아래쪽, 지금은 시가 됐지만 당시는 용인군이었던 수지면 중손골 할아버지 댁으로 가서 한나절쯤 머물다 온 게 고작이었으니 그럴 만도 했다. 명절이나 제사 때 할아버지 댁으로 가면 폐지를 꽉꽉 채운 마대 자루나 궤짝 꼴로 각지게 묶어 집채만큼씩 쌓아 둔 폐지더미 속에 함석으로 지붕 덮은 니은자형의 판잣집에 작은할아버지도 함께 있었던가 하는 의문이 들 때도 있다. 왜냐하면 작은할아버지는 오랜 감옥 생활을 거쳐 할아버지 댁에 얹혀 지낸 게 1년이 채 못 되었고, 나날이 몸이 쇠약해져 가족 앞에 모습을 보이지 않은 채 일꾼들이 숙소로 썼던 골방에 홀로 자리보전했을 수도 있었다.

작은할아버지는 생전의 모습을 사진으로 남기지 않았다. 가족사진 어디에도 당신 모습은 끼여 있지 않다. 본인도 자기 얼굴을 사진으로 남기고 싶지 않았을 테고, 할아버지 역시 아우의 온전치 못한 모습을 무슨 증거 삼아 남겨 두고 싶지는 않았을 것이다. 그러나 내가 소년기를 보낼 동안 집안 어른들은 은밀한 자리에서 낮은 목소리로 혀를 차며 그분 생전 일화를 소곤거렸기에 나는 우리 집안에 그런 무서운 분이 계셨다는 정도의 궁금증으로, 꿈에라도 나타날까 봐두려움에 떨었던 기억은 남아 있다. 작은할아버지는 화상으로 얼굴이며 손등이 멍게처럼 요철을 이룬 데다 살색이 얼룩덜룩했다. 집안어른들 말로는 화상 입을 때 성대를 상해 목소리마저 쉬어 말을 할때면 쉬쉬 하는 바람 소리가 났다고 했다. 내 소년 시절에 어른들로부터 들은 작은할아버지의 얼굴과 목소리를 떠올리면, 그분이 한 평

채 안 되는 독거 감방에서 꼬박 스물한 해를 보내셨다는 게 믿어지지 않았고 만화나 판타지 영화에서 볼 수 있는 유령, 또는 악령의 모습부터 연상되었다. 세월이 흘러 내가 대학에 입학해 사회과학도의 안목으로 우리 현대사를 인식하자, 그분 생애가 현실감 있게 내 의식에 침투해 왔다. 마치 죽은 자가 부활하듯 작은할아버지는 흐릿한 기억으로 남은 으스스한 예전 모습으로 나타나 쉰 목소리로, 이젠 너도 성인이 되었잖아, 민족 분단으로 찢긴 내 생애에 관심 가질 만한 나이가 됐어, 하며 소곤소곤 말을 걸어 오기 시작했다. 대학 재학 중 군 복무를 마치고 졸업하던 해 신문사와 방송국에 이력서를 냈으나 낙방하자, 나는 '업자'란 주위의 눈총이나 면하려 장래에 대한 별 기대 없이 대학원에 진학했다. 「삼팔따라지 집안이라 먹고 사는 데만 급급해 우리 대와 웃어른 대는 대체로 장사치가 됐는데 너희 대에 이르자 네가 유일하게 대학원에 입학했구나.」 아버지가 대견해하며 했던 말이 내게는 쑥스러웠다. 아버지는 자식 대에서 대학교수 하나쯤은 기대하는 눈치였으나 나는 여전히 신문사와 방송국 취업을 목표로 했기에 낮 시간은 강의실과 도서관에서 배겨 냈고, 영화관과 록카페를 들락거리며 사랑앓이도 겪었다. 온라인 게임 1세대라 게임 중독에 빠져 밤을 밝히기도 했고, 인터넷과 이메일로 시간을 까먹으며 어영부영 이태를 보내자, 슬며시 떠오른 얼굴이 박광수 그분, 작은할아버지였다.

작은할아버지의 생애와 그분이 살았던 시대를 두고 석사 논문을 쓰겠다는 마음이 애초부터 있었던 건 아니다. 그분이 설령 남이라 해도 분단 현실에 희생양으로서 당신 생애가 관심을 끌 만했는데, 제삼자가 아닌 바로 우리 집안 어른이었다. 논문 부제로 붙인 '분단 시대 어느 사회주의자의 생애'에 합당한, 고난으로 점철된 그분 생애는 누구든 정리해 볼 만한 값어치가 있었다. '국민의 정부'가 들어서고 남북 화해 물꼬가 햇볕 정책이란 이름으로 트이자 북한에 대해 거리낌 없이 말해도 좋을 만큼 시대가 달라졌다. 그러자 작은할아버지는 유령의 가면을 벗고 지하에서 지상의 가족 앞에 그 모습을 드러냈다. 명절이나 집안 길흉사로 가족이 모이는 날이면 그분에 대한 일화가 이제 쉬쉬하지 않고 어른들 입에 자연스럽게 오르내리게 되었다. 작년 할머니 기일 때였다. 큰댁 식구, 고모네 식구에, 우리 식구가 할아버지 댁에 모이니 어린 조카들까지 합쳐 스물에 이르렀다. 속칭 '1·4후퇴' 때 월남한 조부모 대 아래 50년 사이 후손이 그만큼 가지를 쳤던 것이다. 그날도 추모 예배 끝에 작은할아버지에 관한 일화가 어른들 입에서 오르내렸다. 「할아버지, 이제 새 천 년 이십일 세기가 시작됐는데 올해부터 우리 집안 쪽에서라도 작은할아버지 기일을 찾아 줘야 되잖겠어요? 그날 오늘처럼 가족이 모여 추모 예배를 보면 어때요?」 큰집 준식 형이 말을 꺼냈다. 「지금 너 뭐랬니? 대학 때 속깨나 썩이더니 아직도 삐딱한 생각을 청산 못했군. 뭐라구, 작은아버지 제사? 말이나 되는 소리니? 그 양반 제사를 우리가 왜 지내? 그 양반이 집안을 쑥대밭으로 만들었는데. 아버지도 그럴 맘 없겠지만, 난 반대야. 무슨 낯짝 있다구 우리 집 제삿밥 얻어먹어? 그 양반 망령인들 기독교식 제삿밥 먹으려 들갔어?」 술이 거나해진 큰아버지가 당신 맏아들인 준식 형을 삿대질하며 꾸짖었다. 그때도 할아버지는 의자에 꼬부장히 앉은 채 어깻숨으로 헐떡거릴 뿐 그 말을 못 들은 체 손가락으로 코딱지만 후볐다. 주름살투성이로 쭈그러진 할아버지의 손은 크고 험했다. 남한으로 내려온 뒤 칠순이 넘도록 폐지더미에 묻혀 살아온 할아버지의 마디 굵은 손은 하층 근로자의 생애를 웅변하고 있었다. 평생을 잡동사니 폐지더미와 곰팡이 먼지 속에 살아온 탓인지 노년에 들어 할아버지는 기관지가 좋지 않았다. 몇 년 전부터 호흡이 훨씬 거칠어졌다. 저러시다 갑자기 털컥 숨이 멎지 않을까 조마조마해 할아버지 댁에서 전화가 올 때마다 아버지는 신경을 곤두세웠으나 그럭저럭 팔순 연세를 바라보게 되었다. 누구나 인정하지만, 할아버지는 정신력, 의지력, 고집이 남다른 분이셨다. 어느 날 아버지가 내게 말했다. 「아버지야말로 우리 집안에 중시조로 추앙받아 마땅한 분이시지. 맨주먹으로 월남해 오늘의 우리 집안을 일으키신 분이잖나. 경식이 넌 넝마주이를 본 적 없지? 육십 년대 중반까진 커다란 바소쿠리를 등에 메고 집게로 휴지 줍던 하층민이 있었어. 남으로 내려와 아버지는 넝마주이로 출발했구, 형님도 어릴 적엔 학교 쉬는 일요일이면 아버지 따라다니며 궂은일을 했지. 나는 막대 끝에 바늘을 박아 거리에 버려진 담배꽁초를 찍고 다녔구. 장초라도 발견하면 웬 떡이냐 싶었지. 나는 허구한 날 쓰레기더미 속에 묻혀 사는 게 싫어 나이 들자 중손골을 떠나 살 궁리만 했지. 그러나 고졸 출신에 직장 같은 직장이 걸려야지. 하는 수 없이 형님과 함께 아버지 일을 도왔어. 결혼하자 아버지께 분가 말을 꺼냈다가, 이남 내려와 막내와 네 어미 먼저 죽구 남은 가족이래야 넷인데 희옥이가 떨어져 나갔으니 너들 형제라두 아비를 지켜야지 분가가 말이나 되는 소리냐며 호통 쳐 결단을 못 내렸어. 내 손으로 너네 자식들 대학 공부까지 다 시킬 테니 내 밑에 눌러 있으라잖아. 할아버지 고집은 너두 알지? 그러나 네 어민 살림 따로 나자구 자나깨나 내게 바가지를 긁어 댔지. 네가 태어나 애가 셋 딸리자 자식들 교육 문제를 내세워 내가 첨으로 사생결단해, 내 식구 데리구 서울로 나가겠다구 말했어. 네 어민 너를 업구 일주일이 멀다 하구 서울 친정집으로 나다니더니 남대문시장에다 살림방 딸린 가게부터 덜렁 얻었으니, 아버지두 고집을 더 부릴 수 없었지. 아들만 내리 셋을 낳은 활달한 네 어미를 아버지가 무척 귀여워하셨거든.」 지난 시절을 얘기할 적이면 아버지 목소리가 처연했다. 아버지, 작은할아버지가 고향에서 인민학교 교사를 거쳐 군당 선전대에서 손풍금 타던 시절을 자세하게 증언해 줄 분이 없을까요? 하고 내가 물었다. 「아버지가 그 얘기라면 아주 입을 다무셨으니 난들 별 아는 게 있어야지. 전쟁 나던 해 형님 나이 여덟 살이었으니 개천 시절은 소상히 알지두 못할 거구, 너두 큰아버지 성미 알잖니. 작은아버지 얘기라면 무조건 말두 꺼내지 말라잖아. 나는 청계천 복개되기 전 개천변에 굴딱지처럼 늘어선 판잣집들만 첫 기억으로 아슴아슴 남았으니 엄마 따라 평안도에서 어떻게 피난 나왔는지, 먼첨 이남에 내려온 아버지를 인천 피난민 수용소에서 어떻게 만났는지두 들어서 알 뿐 아무런 기억이 없어.」 아버지는 전쟁 나던 해에 네 살이었으니 고향인 평남 개천에 대한 기억이 남았을 리 없었다. 개천군 향우회에 그럴 만한 분이 없을까요? 하고 내가 물었다. 「개천 읍내에 살다 피난 나온 서너 집안과 내왕이 있었으나 우리가 용인으루 내려와 살다 보니 그쪽과두 연이 끊긴 지 오래됐구, 전쟁 난 지가 언젠데, 연세가 웬만큼 됐으니 이젠 다들 타계하셨을 거야. 개천읍에서 전쟁 전에 먼저 내려와 서청(서북청년단) 서울 중구지부에서 설쳐 댔던 황점술 씨가 내 중학교 때까지 중손골에 들러 아버지로부터 돈을 뜯어 갔으나 오일륙 나자 발길을 뚝 끊었구. 악독한 짓을 많이 했던 사람이라 제명

껏 살지두 못했을 거야.」 황씨가 서청 출신이라는 아버지 말에, 그분에 대해서 아는 대로 말씀해 달라고 내가 말했다. 「나두 들은 얘기지만 일제 때 헌병대 끄나풀로 개천 지방 민족운동 씨를 말렸다더군. 황씨가 나타나면 개들두 꼬리를 사린다는 말이 있었대. 그러니 해방되자 처자식 버려두구 남한으로 줄행랑쳐 서울 명동을 터 삼아 서청에서 장검과 몽둥이 들구 좌익 혐의자들 조지는 데 소매를 걷어붙였다잖아. 서청은 지부마다 전쟁 전 일본 관공서를 차지해 사무실을 차렸는데, 중손골로 들어온 황씨가 하루는 평상에 앉아 자랑스레 말하더군. 전쟁 나기 전 잘 나갔던 한 시절, 지하 고문실로 좌익들 잡아들여 족치다 피범벅이 된 채 숨길 끊어지면 새벽에 가마니에 말아 끌어내선 남산에다 묻었다구. 그러다 전쟁 끝난 후론 이기붕 밑에서 정치 깡패가 됐지, 뭐. 청계천 육가에 살 때부터 심심하면 아버지를 찾아와 돈을 뜯어 갔지. 아버지두 황씨 그 사람 땜에 골치를 무척 썩였구. 개라면 잡아먹구 싶다구까지 말했으니깐.」 아버지는 그 말에 달아, 작은아버지에 관해서라면 어쨌든 아버지가 입을 열어야 해, 하곤 말문을 닫았다. 그러나 할아버지는 작은할아버지에 관해 입을 열 분이 아니었다. 「난 몰라. 모른대두. 그 녀석이 쓰레기 속에 묻혀 살던 형을 왜 찾아와 평지풍파를 일으켰는지⋯⋯.」 내가 작은할아버지에 관해 뭘 물었을 때, 할아버지가 숨결도 거칠게 짜증 내어 뱉은 말이었다.

넝마주이에서 시작한 할아버지의 쓰레기 뒤지기는 청계천 6가의 폐지 수집상으로 발전했고, 청계천 복개 공사가 시작된 1959년엔 판교 아래 수지면 중손골 뒤쪽 밭을 매입해 집하장으로 늘려 이사했다. 이듬해 4월에 학생 혁명이 터졌고, 그다음 5·16이 났던 해 2월,

작은할아버지가 북에서 남한으로 공작차 넘어와 증손골 할아버지를 찾아왔다. 반공을 국시로 삼았던 자유당 정권이 무너지자 북한은 남한 측에 남북연방제 촉구와 남북 회담을 제의해 왔고, 광화문통과 시청 광장에서는 남으로 오라, 북으로 가자, 휴전선에서 만나 자주적 민족 통일 문제를 논의하자는 '민족통일연맹' 측 학생들과 진보·혁신 계열 재야 인사들의 데모로 연일 북새통을 떨 때였다. 작년 추석날 증손골에 집안 식구가 모였다. 내가 한국전쟁 전후 월남민 남한 정착 과정을 석사 논문으로 쓰겠다며 자료 발굴 얘기를 꺼내자, 아버지가 말했다. 「온 김에 저기 다락을 뒤져 봐. 잡동사니 속에서 뭐가 나올는지 모르니깐. 수원으로 자전거 통학하던 고등학교 때, 하꼬방 사무실을 기웃거리면 아버지가 주판알 튀기다 일진지 뭔지 그런 걸 쓰던 눈치더구먼. 조심스러운 분이라 심중의 말을 어디 제대로 기록이야 했겠냐만……」 나는 헛일하는 셈 치고 할아버지가 뒷동산 묘터로 산책 나간 사이 전짓불 켜들고 다락으로 올라갔다. 십수 년 전 할아버지와 사돈어른 곽씨가 폐지 야적장 속에 있던 판잣집 생활을 청산하고 언덕 위에 서른댓 평짜리 벽돌집 두 채를 나란히 지어 나누어 들었는데, 부엌 위 다락이야말로 내려앉을까 위험할 정도로 판자 바닥이 삐걱거렸다. 못 쓰게 된 소형 냉장고에서부터 낡은 선풍기, 찌그러진 철제 사물함, 시간이 멈춘 벽시계, 각종 연장들, 헌 책, 놋쇠 주발까지 보관한, 아무짝에도 쓸모없는 온갖 잡동사니 고물로 어수선한 다락을 뒤지다 나는 안쪽 구석에서 라면 박스 두 개를 발견했다. 박스 속에는 언제 쑤셔 넣어 두었는지 비상 식량 라면 봉지가 수북이 들어 있었고, 그중 하나에는 라면 봉지 아래 사무용 봉투가 여럿 있었다. 봉투에는 폐지 집하장을 운영하며 기록했던 여러 권의 출납 대장, 금전 출납부, 각종 영수증 따위가 들어 있었다. 그중에 발견된 대봉투에는 1983년이라 적혀 있었는데, 그해가 바로 작은할아버지가 임종한 해였다. 내 눈이 번쩍 뜨일 수밖에 없었다. 나는 그속에서 공책 한 권과 공책 갈피 속에 끼인 명함 크기의 수첩을 찾아냈다. 어렵사리 쥐게 된 불에 타다 만 낡은 공책은 할아버지가 끼적거려 놓은 낙서장이었고, 수첩은 작은할아버지 것이었다. 내가 작은할아버지 생애를 논문으로 재구성해 보려 마음먹은 직접적인 동기가 두 분 기록장을 찾아냄으로써 비롯되었으니, 우연찮게 얻은 귀중한 소득이었다. 작은할아버지의 수첩을 발견했을 때는 숨을 멈출 정도로 기대가 컸으나 기록 내용은 이에 부응하지 못했다. 수첩은 작은할아버지가 안양교도소에서 스물한 해 감옥 생활을 마감하고 출소한 뒤 할아버지 댁에 기거할 때 기록해 둔 것이니, 그분이 마지막으로 남긴 필적인 셈이었다. 연필 글씨는 교사 출신답게 단정했다. 앞쪽에는 자신의 이력과 북에 두고 온 아내와 1남 2녀 자녀의 생년월일이 적혀 있었다. 주소록란에는 비전향 장기수로 2, 30년째 옥중 생활 중인 남파 간첩이나 전쟁 전후에 체포된 빨치산·인민군 들의 간단한 인적 사항과 수감된 교도소 명칭을 메모해 두었는데 그 수가 쉰 명에 이르렀고, 여성 장기수 이름도 서넛 있었으며, 그중 몇은 옥중 사망 연도를 적어 두었다. 비전향 장기수로 복역 중인 동료의 증언 중에는 간단한 이런 기록도 몇 가지 있었다.

— 김문창(57세) : 황해도 은율 출신. '50년 10월에 전북 도당 지령에 따라 지리산으로 들어가는 길에 남원 부근에서 토벌대와 총격전 끝에 대원 10여 명이 죽고 나는 다리에 총상을 입어 체포되었다. 남원경찰서와 특무대로 옮겨 다니며 고문을 엄청 당했다. 처음 대전

교도소에서 복역할 때, 굶어 죽은 동지들도 많았다. 고무신에 밥을 담아 주는데 양이 너무 적어 나는 쥐까지 잡아먹은 적이 있다. 72년부턴가, 전향 공작이 절정에 달해 전향서를 쓰면 사면 석방해 주겠다는 회유에, 이를 거부하자 고통을 많이 당했다. 배식이 중단되었고 열흘 넘게 날마다 몽둥이질을 당하기도 했다. 주림과 몰매질, 질병으로 죽은 동지도 내 눈으로 몇 명이나 보았다.'

그 외 작은할아버지 자신이 복용 중인 상비약 이름, 투병 중 특별하게 통증이 온 날의 증상을 기록해 두었다. 간단하게 정리해 둔 그런 객관적인 메모 외, 사적인 기록은 북에 두고 온 자녀들에게 남긴 심중의 말 몇 마디뿐이었다. 유언 삼아 기록해 두었는지, 당시로서는 보안 관찰 처분을 받아 마땅할 만큼 그 선언이 단호했다.

— 나는 시시각각 닥쳐오는 죽음에 **의연하게** 대치하려 노력한다. 돌이켜 보건대 북남조선 시대에 평탄치 않은 생애를 살아왔으나 내가 걸어온 길을 두고 나는 한 번도 **후회하지 않았다.** 감방에서도 하루 몇 차례씩 남조선해방전쟁 전후 혁명 전사로서 젊었던 한 시절, **무지개 같았던 나날과 손풍금 타던 즐거움을 되새겼기에** 나는 그 긴 날들을 평상심으로 이겨 낼 수 있었다. 너희들은 마르크스·레닌주의자로서 초심에서 결코 흔들림이 없었던 아버지로 나를 기억하라.

위 글에서 굵은 글자는 내가 임의로 만들어 보았다. 작은할아버지는 마치 안중근이나 윤봉길 의사의 최후처럼 목전에 둔 죽음을 의연하게 받아들였으며, 스물한 해를 독거 감방에서 보냈으나, 무지개 같았던 젊은 시절의 즐거움을 되새길 수 있었고 양심수로서 일관했기에 살아온 삶을 후회하지 않는다고 썼다. 하고 싶은 말을 아낀 기록을 장본인의 심중으로 헤아려 풀어 보자면, 자식들에게는 자상한 아비 노릇은 제대로 못했을망정 조국 분단을 깨부수려 견결하게 나섰던 민족해방 전사로서 영광스러운 투쟁으로 생을 마친 아버지로 당신을 기억해 달라는 유언이었다.

모서리가 불에 탄 공책은 할아버지가 1980년대 초반에 쓴 낙서장이었다. 낱장이 떨어져 나가고, 갈피마다 화기가 스민 낙서 첫 장에는 신약성경 중 로마서 9장 1절부터 4절까지의 말씀을 기록해 두었는데, 그리스도를 향한 할아버지의 애절한 기원, 즉 가족 중 특히 작은할아버지에 대한 골육으로서의 사랑을 사도 바울의 편지를 통하여 암묵적으로 압축하고 있었다.

── 내가 그리스도 안에서 참말을 하고 거짓말을 아니하노라. 내게 큰 근심이 있는 것과 마음에 그치지 않는 고통이 있는 것을 내 양심이 성령 안에서 나로 더불어 증거하노니 나의 형제 곧 골육의 친척을 위하여 내 자신이 저주를 받아 그리스도에게서 끊어질지라도 원하는 바로라.

할아버지의 낙서장은 고단한 근로의 나날, 검소와 검약으로 일관한 생활담, 만난 사람과의 대화, 갈 수 없는 고향 땅을 그리는 소박한 염원을 담고 있었다. 그중 1983년 어느 여름날 기록으로 다음과 같은 대목이, 다른 어떤 날의 기록보다 내게 주목을 끌었다.

── **정 군**의 눈동자가 한껏 열렸다. 천장 한 점에 고정된 부릅뜬 눈빛이 평소와 달리 날카로워 섬뜩했다. (……) 갑자기 사지가 뻣뻣해지더니 온몸이 경련으로 떨다 축 늘어졌다. 정 군은 내 품에서 그렇게 숨을 거두었다. 육신으로는 나보다 더 늙어 버린 정 군을 안고 나는 오랜만에 통곡했다. 정 군을 살려 보려고 안 찾아다닌 병원과 한약국이 없고, 갖은 민간요법도 시도했건만 (……) 정 군의 부릅뜬

눈을 감겨 주며, 저세상에 가서는 **네가 원했던 나라**에서 행복하게 살라는 말 이외 내가 해줄 수 있는 말은 (……) 참으려 해도 묵은 슬픔까지 합쳐 설움이 북받치는데, 문득 정 군이 마지막 했던 말이 무엇이더라는 데 생각이 미쳤다. 「**꿈에도 고향으로 돌아갈 생각은 마세요. 거긴 지옥이에요.**」 아니다. 그 말은 어제저녁, 꺼져 가는 쉰 목소리로 뱉은 말이다. 「제 손풍금 생각나세요? **지리산 갈 때도** 가지고 갔죠. 갑자기 **폭우를 만나** 계곡물이 엄청 불어 대원들이 우왕좌왕하자, 밧줄을 연결해 계곡을 건너기로 했어요. 대장이 대원들에게, 비상식량과 **피켓**만 소지하고 다 버리라기에 나 역시 배낭을 버렸지요. 배낭 속에 손풍금이 들어 있었는데…… 왜 그 생각이 나는지.」 (……) 정 군이 혼수상태에서 깨어나 잠시 평온을 되찾았을 새벽녘에 했던 말이다. 그래, 생각나. 생각나고말구. 정 군 자네가 어깻짓하며, 땅바닥에 발을 팍팍 굴리며 신나게 우쭐우쭐 손풍금을 탔지. 우리는 손에 손잡고 둥글게 원을 그리며, 뭐라 했더라? 잊었어. 그렇게 여럿이 빙글빙글 돌며 춤을 추었구. (……) 자네 말처럼 난 한시도 젊었던 한때, 한 울타리 안에서 우리 가족이 함께 살았던 그 시절 한때를 잊은 적이 없어. 그 시절엔 흉터 없던 네 자랑스러운 얼굴에 미소가 떠나지 않았지. 그 시절이 있었기에 나는 쓰레기더미에 묻혀 (……) 주님, 꿈에도 그리던 가족을 상봉 못하고 한 많게 숨을 거둔 불쌍한 우리 정 군을 부디 **천당으로** 인도하소서.

낙서장의 (……)는 불기가 스쳐 연필 글씨를 알아볼 수 없는 부분이고, 낙서장의 굵은 글자는 내가 임의로 만들어 보았다. 정 군이 누군가? 할아버지 품에서 숨을 거둔 당사자는 분명 그해 별세한 작은할아버지였다. 할아버지는 자신이 쓰는 기록장을 누가 볼까 두려워 아우 박광수 이름을 정가로 둔갑시켰고, 정가 성은 남한에 내려온 작은할아버지의 가짜 도민증에 박혀 있던 성씨였다. 할아버지가 박가를 정가로 성을 바꾸었듯, 능청스레 작은할아버지의 입을 빌려 고향은 지옥이니 돌아갈 생각을 말라고 썼다. 숨을 거두기 전 작은할아버지가 정말 그렇게 말했을까? 독거 감방에서 21년을 일관된 신념으로 당국의 집요한 회유 공작에도 전향서를 쓰지 않고 버텼으나 위장암 말기로 판명받자 살날이 얼마 남지 않았다고 판단해 석방 조건을 전향서와 바꾸지 않을 수 없었던 작은할아버지의 심중을 나는 짐작할 수 있었다. 문민 정부 출범 이후 언로의 물꼬가 트이자 제 목소리를 내기 시작한 골수 공산주의 장기수들의 옥중 수기, 회고집, 인터뷰 기사를 통해서도 간접적이나마 작은할아버지의 마음을 이해할 수 있었다. 마르크스·레닌주의자로 후회 없는 생애를 보냈다고 자부한 그분이 죽음을 앞두고 설마하니 할아버지에게 북한 땅을 지옥이라고 말했을까? 두 분의 글은 모순으로, 어느 한쪽이 거짓말을 하고 있음이 분명했다. 먼저, 작은할아버지가 북의 자식을 그리며, 사망 후에라도 당당한 아버지로 기억을 심어 주고 싶어 죽음 직전 마음에 없는 말로 위장하지 않았느냐란 점에 주목했으나 그럴 가능성은 희박했다. 1983년 당시는 광주민주화운동을 무력으로 진압한 군사 정권의 서슬 푸른 국가보안법 아래, 지하 학생 서클이나 진보적 재야 인사들 사이에는 북한이 요람에서 무덤까지 삶의 한살이를 국가가 책임져 주고 세금이 없는 세계 유일의 이상적인 복지사회주의 국가란 속삭임이 환상적 설득력을 얻고 있었고, 동구권과 소련 등 사회주의 국가가 몰락되기 훨씬 전이었다. 성의 개방과 타락이 위험 수위에 도달한 남한 사회를 빗대어, 북한은 성병이 없는 세계 유일한 국가라는 우스갯말도 돌았다. 당시 북한은 혹심한 식량난을 겪을 때도 아니었고 그쪽 내부 사정이 남한에 전혀 알려지지 않았던 시절이라 작은할아버지 역시 북한 사정에 깜깜했을 텐데 북한의 현실을 두고 지옥이라 말한 점은 설득력이 없었다. 북한의 권력 구조를 두고 보더라도 우리 쪽 신자유주의나 보수주의적 입장에서는 부자 세습 체제로 주체주의란 미명 아래 영구 독재 집권을 획책한 북한 정치의 폐쇄성이 이 시대에 웬 쇄국 봉건 왕조로의 회귀냐며 코웃음칠 만도 하다. 그러나 영국이나 일본 등 서구 여러 나라가 아직도 왕실 제도를 유지하는 마당에, 저쪽 인민은 아이 적부터 김일성 부자를 태양 같은 존재로 세뇌시켰기에, 부자 세습이야말로 최면술에 걸린 듯 당연한 귀결로 받아들일 수밖에 없었을 것이다. 한편, 작은할아버지가 1961년 2월에 당의 지령에 따라 남한으로 넘어왔지만, 만약 진정 지옥을 탈출했다면 관계 당국에 자수할 일이지, 당신이 부모와 처자식 남겨 두고 떠나온 땅을 지옥이라 말했을 리 없었다. 할아버지가 오매불망 고향 땅 한 번 밟고 죽는 게 소원인 줄은 작은할아버지도 뻔히 알았을 텐데, 그곳이 지옥이니 꿈에도 돌아갈 생각을 말라는 따위는 말이 돼잖은 발언이었다. 작은할아버지가 하고 싶어했던 말을 짐작해 보건대, 할아버지에게 이렇게 전했을는지 모른다. 「살아생전 형님이 고향 땅 밟는 날이 오면 제 처자식한테, 아비는 죽는 날까지 양심수로 지조 있게 살았으며 휴전선 건너 남조선 땅에서나마 너희들을 그리며 사랑했다고 전해 주시고 뼛조각이나마 고향 땅에 옮겨 주세요…….」할아버지가 작은할아버지를 천당으로 인도해 달라는 마지막 대목도 가식으로 봐야 했다. 작은할아버지는 마르크스주의자로 무신론자였기에 죽은 후 네가 원하는 나라에 가서 살라고 해놓고선, 마지막엔 주님으로 하여금 천당으로 인도케 해달라니, 그 역시 말의 앞뒤가 맞지 않는 이율배반이 아닐 수 없었다. 그러므로 내 마음은 자연스럽게 할아버지의 낙서를 의심하는 쪽에 혐의를 둘 수밖에 없었다.

할아버지 고향은 평남 개천군 개천읍으로, 당신은 살아생전 고향 땅 밟기를 지금도 소원하는 분이다. 지난겨울 작은할아버지에 관해 고모님 회고담을 들으려 남산 중턱 해방촌 연립주택으로 찾아갔을 때, 고모님이 말했다. 「몇 해 전인가, 아버지가 폐지 수집에서 일손 놓은 후 서울 나들이 나와 우리 집에서 하룻밤 묵으실 때, 소주 한 병을 드시며 인천 피난민 수용소에서 엄마와 우리 형제를 찾아낸 얘기 끝에, 너한테만 살짝 귀띔하는데 만약 고향에만 갈 수 있다면 몇 년을 살더라도 거기 가서 죽고 싶다더라. 이북은 예수도 마음놓고 믿지 못하게 하는 지옥이라며 남 앞에선 대놓고 저쪽을 욕질하던 분이라, 무슨 엉뚱한 소린가 싶어 깜짝 놀랐지. 속마음은 저렇게 다른 무서운 분이구나 싶어 아버지를 다시 보게 됐어. 이북에서 살다 남한으로 넘어온 늙은이들은 저쪽이 공산당 독재하는 줄 뻔히 알면서도 고향 땅이라면 무조건 거기에 뼈를 묻고 싶다니, 알고도 모르겠어.」 고모님 말을 유추 해석해 보더라도 할아버지는 작은할아버지가 체포된 1961년 그해 가을 이후부터 확고부동한 자본주의 체제의 신봉자로 보이려 매사에 조신했으며, 교회의 주일 낮 예배를 빠뜨리지 않았다. 그런 의미에서, 만약 어떤 일로 일신상 다시 위기를 당했을 때 낙서장이 증거 자료로 채택된다면 빠져나갈 구멍을 만들려 위장했음이 분명했다. 그렇게 볼 때, 당국에 발각당하면 적잖은 고초를 겪게 될 작은할아버지의 수첩을 할아버지가 왜 없애 버리지 않았으며,

소설 같은 거짓말투성이인 낙서를 왜 구태여 썼을까. 철부지 시절이었던 중학교 때, 할아버지는 왜 평안도에서 피난 나오셨어요? 하고 내가 물은 적이 있었다. 남한엔 무엇보다 종교 자유가 있지 않니. 그리스도 영접하러 자유의 땅으루 피난 나왔지, 하고 할아버지가 자랑스럽게 말했음을 미루어 볼 때, 아우가 죽음이 임박한 줄 스스로 알자 자식들 앞에 체면 세우려 유언을 그렇게 적어 뒀는지 모르지만 죽을 때는 분명 북한 땅을 지옥이라구 내게 말했고 나는 그 말을 사실이라 믿구 있으며, 독실한 기독교인이오, 하고 수사관 앞에서 당당하게 우기려고? 설령 그렇다 해도 나로선 고개를 저을 수밖에 없다. 고령이다 보니 이웃에 사는 큰어머니와 옆집 사돈댁에서 날마다 먹을거리를 해다 나르고 말벗이 되어 준다지만 할아버지가 여든에 이른 연세에도 혼자 살기를 고집하는 만큼, 당신은 아직 강단 있고 치매 증세를 전혀 보이지 않는다. 지금도 6·25전쟁이 났던 해가 몇 년이냐고 내가 물으면 50년 6월 25일, 한창 더위가 쪄올 때라고 분명하게 말하는데, 18년 전에 착란증이 있었다고 단정 지을 근거는 어디에도 없었다. 당시 할아버지의 심정을 나 역시 정확히 집어 낼 수는 없으나, 골수에 맺힌 한 많은 사연이라 이렇게라도 끼적거려 위안으로 삼고 싶다는 억하심정? 남북 문제라면 가위눌려 살아온 할아버지의 심중은 이해할 수 있으나 해석이 이쯤에 이르면 손자로서 실소를 지을 수밖에 없다. 그나마 할아버지의 기록 중 정직한 기술은, 작은할아버지가 손풍금을 무척 아끼며 어디든 가지고 다녔다는 점이다. 한편, 작은할아버지는 젊어서부터 손풍금 연주에 능숙했고, 개천읍에서 대식구가 한 울타리 안에 살던 시절, 할아버지가 아우의 그 연주를 무척 대견하게 여겼음이 분명했다.

내가 생각기로 8·15해방과 한국전쟁 사이, '해방 공간'이라 일컬어지는 약 5년간은 작은할아버지의 손풍금 연주와 연관된 즐거운 나날이 있었음이 틀림없었다. 1945년 해방 당시 할아버지 연세 스물셋, 작은할아버지가 스물한 살이었다. 두 할아버지에게는 그야말로 청춘의 황금기였다. 두 분은 일제 말 태평양전쟁 때 강제 징집을 염려해 일찍 자손이나 보아 두자며 할아버지는 열아홉 살, 작은할아버지는 스무 살에 결혼했다. 두 분 아래 자식들이 생겨 가지를 쳤으니 부모님 합쳐 대식구가 한 울타리 안에 오순도순 살았던 그 시절의 추억은, 갈 수 없기에 볼 수 없는 얼굴들이라 더 그리울 수밖에 없었을 터였다. 할아버지가 이태 반을 옥살이하고 나온 뒤 그 부분에 대해 일체 함구했음에도 불구하고, 손풍금과 연관된 청춘의 한때, 가족 공동체의 체험을 마음 깊숙이 숨긴 채 아름다운 추억으로 간직해 왔으리라. 그래서 할아버지는 낙서장을 통해 고난 찬 생애를 마치고 저승에 들면 네가 원했던 손풍금을 마음껏 탈 수 있는 그런 세상에서 살라는 연민과 염원을 담았을 것이다. 그런 측면에서 보자면 할아버지의 기독교관은, 말끝마다 들먹이는 '종교의 자유'로 미루어 볼 때 남한 토양에 종교로 뿌리내렸다는 안도감에서 출발하여, 나라와 혈육을 위해 고난받는 자를 사랑한 예수 정신에 의지해 온 신심이었다. 주일날 큰어머니는 할아버지를 모시고 중손교회에 나갔으나 큰아버지는, 내게 종교 같은 건 없다며 교회에 나가지 않았다. 그래서 명절이나 할머니 기일에 조상 전례의 제례를 따르지 않고 기독교식 추모 예배로 대신함을 늘 못마땅하게 여겨 당신만이 따로 제상에 삼배를 했다. 「우리 집안이 언제부터 예수 섬겼어? 평안도가 예수꾼 천지였으나 개천에 살 때 우리 집은 이를 믿지 않구 제사를 모셨지.

피난 나와, 그때 영락교회가 평안도 출신이 많으니깐 아버지가 그 덕좀 보겠다구 껴붙은 거지. 북괴가 종교를 박해하니 전쟁 전 월남민은 교인이 많았으나 전쟁 후에 월남한 비교인들은 적수공권으로 남한에 내려와서 어디 기댈 데도 없구 사는 처지가 외롭다 보니 의지처 삼아 교회에 나가게 된 거야.」 내가 고등학교 적에 언젠가 큰아버지가 말했다. 아버지는 집사요 어머니는 권사로, 나 역시 어린 시절에는 교회에 나갔으나 지금은 비신자 입장이라, 매사에 솔직한 큰아버지 말에도 일리가 있었다.

지난 설날에는 손풍금이 반주된 스페인 플라멩코 춤곡, 러시아 민속곡 시디를 가져와 그 곡조를 할아버지에게 들려주며, 나는 할아버지의 표정에 나타나는 반응을 놓치지 않았다. 카세트에서 흘러나오는 곡조를 듣던 할아버지의 구릿빛 얼굴을 온통 덮은 주름살이 순간적으로 긴장을 띠더니 의자 등받이에 머리를 기대고 눈을 감았다. 이윽고 당신 입가에 어설픈 미소가 떠올랐고 눈 가장자리로 눈물이 흘러내렸다. 겹주름진 목울대가 격정으로 들먹거렸다. 나는 그 기회를 잡아 녹음기를 끄고 할아버지께, 작은할아버지가 손풍금 탔던 개천 살 때를 얘기해 달라고 말했다. 「아무 할, 할 말이 없어. 해방되던 해 말이지, 일찍 장가들어 자식 둘을 뒀으나 내 나이 한창때였어. 암, 누구한테나 그 나이는 좋은 시절이지. 젊을 땐 힘이 넘치구 세상 모든 게 좋게 보이잖아? 넌 안 그래? 해방되구서 전쟁 났던 해까지, 지금 생각함 눈 깜박할 사이에 지나가 버린 개천 시절이야. 그러나 부모님 모시구 식구가 한 울타리 안에 살던 그때를 생각하면 여름 산천처럼 푸르렀구, 그립구⋯⋯.」 여기서 할아버지는 입을 다물었다. 내가 거푸 물었으나 할아버지는 더 이상 입을 열지 않았다. 낡은 응접 의자에 기댄 채 눈을 감고 손풍금이 반주되는 음악만 들었다. 이렇게 아니라 내가 손풍금을 배워 할아버지 앞에서 직접 연주해 보자고 마음먹기가 그때였다. 작은할아버지가 손풍금을 연주하던 '해방 공간'의 시절이 무지개 같았다고 했으니, 내가 쓸 논문 내용과도 직접적인 관련이 있고 거기서부터 작은할아버지의 생애에 어떤 매듭이 풀릴 거라는 판단이 강하게 마음을 움직였던 것이다. 지리산, 폭우, 피켓을 내가 굵은 글자로 표하기는, 수첩에 정리해 둔 자신의 이력을 토대로 짐작건대 작은할아버지는 1950년 가을부터 51년 여름까지 머물렀던 지리산 산채에서도 손풍금을 지참해 전사들 앞에서 연주를 했다는 해석이 가능하다. 좀 더 직접적으로 해석하자면, 고립된 후방부인 산채에서의 게릴라 활동이 화기 부족, 병참 지원의 동결로 소기의 투쟁 목적을 달성하기 어렵게 되자 지리산 산채를 떠나 대원들과 함께 월북 루트를 따라 북상 도중 태백산맥의 소백산이나 설악산쯤에서 폭우가 아닌, 공비 토벌대 국군과 조우하자 필사의 탈출을 위해 비상 식량과 피켓이 아닌 총기만 지참하고 부득불 손풍금이 든 배낭을 버리지 않을 수 없었다. 그렇다면 할아버지는 산 이름 역시 태백산맥 중에 있는 어느 산 이름을 작은할아버지로부터 들은 대로 쓰지 않고 지리산으로 위장했거나, 착각했을 수 있었다. 얼토당토않게 등산을 끌어들여 폭우를 만났다는 거짓말로 미루어 보건대, 위장 기록이 더 정확할는지 모른다. 좌파, 좌익, 빨갱이, 폭도, 괴뢰, 오열, 불순 분자, 부역자, 공비, 간첩, 공산주의자, 사회주의자, 진보적 급진파, 인민민주주의자, 보도연맹 가입자, 이런 쪽 사람이 악령으로 취급되고 그 용어를 입에 올리기조차 두려웠던 한 시절, 할아버지 역시 그 악몽에 얼마나 가위눌림당했느냐를 나는 할아버지의 낙서장을 통해 쉬 짐작할 수 있었다. 나는 할아버지가 기록한 공책과 작은할아버지의 수첩 입수를 할아버지는 물론 집안 식구 누구에게도 발설하지 않은 채 내가 보관하고 있다.

2

손자 녀석이 손풍금 띠를 양 어깨에 걸더니 연주를 시작한다. 「할아버지, 이 노래 아시죠? 북한에 계실 때 이런 곡조 들어 보셨죠?」 녀석이 고함을 지른다. 이 녀석아, 내 귀에 말뚝 박히지 않았어, 왜 그렇게 고함질이야, 하고 나도 맞받아 소리친다. 내가 아직 귀 먹보가 되지는 않았기에 손풍금 반주에 실린 그 곡조는 들어 본 것 같기도 하고 생판 귀 설기도 하다. 「작은할아버지가 이런 곡조로 손풍금 연주도 하셨죠? 작은할아버지는 전선 문예선전대 연예 대원으로 활동하셨잖아요. 손풍금 연주를 아주 잘하셨고. 이 노랜 원래 스페인 민온데 우리말 가사를 붙여 일제 때도 많이 불려졌대요. 일제의 착취가 하도 가혹해 권솔 이끌고 만주로, 보국대나 징용에 팔려 일본으로, 그 당시엔 앉아서 굶어 죽을 수 없어 고향 떠난 유랑민이 오죽 많았어요? 농경 민족의 민족 대이동과 가족 해체가 일제 압박 통치에 의해 본격화된 시기였잖아요. 정든 고향 땅 떠나 객지를 떠돌 때, 이 노래가 얼마나 심금을 울렸겠어요.」 둘째 아들 종건이의 막내아들이 분명한데 준식인가, 명식인가, 경식인가, 이름조차 헷갈린다. 손자 녀석이 또 그 질문질이다. 중손골로 할아비를 자주 찾아와, 광수에 대해서는 내가 할 말이 없다고 잘라 말했는데도 녀석은 말끝마다 끈질기게 광수만을 물고 늘어진다. 황점술, 그 개자식이 하던 짓

236

거리와 똑같다. 4·19 나고 중손골로 돈 뜯으러 왔다 우연히 광수와 맞닥뜨리자 놈은 사냥개 본성을 드러내어 나를 협박하기 시작했다. 아우가 나를 뒤따라 월남했으나 서로 생사를 모르다가 몇 년 전에 동대문시장에서 지게꾼질하는 광수를 우연히 만났다는 내 말을 그 자식은 한사코 믿으려 들지 않았다. 경찰에 신고해 보상금이나 타야 겠다며 그가 협박할 때마다 제 발 저린 나는, 내 말이 사실이지만 광수와 내가 경찰서로 불려 다니며 취조받는 게 성가시다며 궤짝에 차곡차곡 모아 둔 돈을 헐어 쥐여 주었다. 손자 녀석도 그 시절 황가놈처럼 숫제 몽둥이 안 든 수사관 행세를 하려 덤빈다. 할아비가 치매에 걸렸나 안 걸렸나 시험해 보자는 속셈일는지도 모른다. 고드러진 풀처럼 육신은 이제 만신창이지만 정신만은 아직 흐리지 않다. 무심코 수저를 냉장고에 넣는다든지, 신발을 짝 안 맞게 신는다는 따위를 노망났다고 우기면 할 말이 없다만, 그건 건망증일 터이다. 나는 손풍금을 연주하는 손자 녀석을 마치 망령 난 늙은이처럼 멍청한 낯짝으로 바라본다. 광수 문제를 시치미 떼자면 차라리 녀석 앞에 멍청이 노릇을 하는 게 낫다. 그래야 녀석도 성가신 질문을 더 안 할 터이다. 녀석이 손풍금 반주에 맞추어 노래를 부른다.

「사랑하는 나의 고향을 한 번 떠나온 후에/날이 가고 달이 갈수록 내 맘속에 사무쳐/자나깨나 나의 고향 잊을 수가 없으니…….」 나는 눈을 감고 손자 녀석의 노래를 듣는다. 녀석의 속셈을 뻔히 알지만 노추한 할아비를 위로하려 부르는 노래라 녀석의 의도야 어쨌든 좋게 생각하기로 한다. 손풍금까지 켜며 재롱을 떨고 있으니, 하는 짓이 기특하긴 하다. 어쨌든 손풍금 소리와 노랫말을 들으니 새삼 지난날이 떠오른다. 까마득한 저쪽 시간인데, 그 시절이 머지않은 과거 같다. 어느 때부턴가, 작년, 재작년, 몇 해 전, 이렇게 가까운 과거는 내가 뭘 했는지, 누가 뭘 물으면 까맣게 잊어 생각이 나지 않는 대신 먼 과거는 전기 스위치가 한순간에 어둠과 밝음을 바꾸어 놓듯 빛같이 빠르게 그 시절로 넘어간다. 입속말로, 고향을 자나깨나 잊을 수 없구나 하고 녀석 노랫말을 따라 읊자, 떠나온 고향 전경이 눈앞에 어린다. 방죽 따라 늘어선 실버들 아래 동무들과 씨름하던 강변 모래톱이 있었고 소쿠리로 물고기 잡거나 고둥 줍던 개천 강물은 바닥의 곱돌이 비쳐 보일 정도로 맑았다. 겨울철엔 꽁꽁 언 얼음판에 썰매를 탔다. 남북으로는 평양과 삭주로, 동서북으로는 안주와 만포로 가는 십자꼴 열차 정거장은 밤낮으로 기적 소리가 그치지 않았다. 역 앞 신작로에는 광산 경기가 좋았던 일제 때부터 시가지가 정비되고 왜식 기와집들이 줄지어 들어섰다. 갖가지 점방이며 여관도 생겼다. 조금 아래쪽에 장터가 있었고 대장간은 장터 한쪽 개천 강변에 있었다. 봄이면 소풍 갔던 비호산엔 진달래꽃 붉게 피고, 새 국가가 건설되자 소년단 단원들은 붉은 기 앞세워 혁명가를 부르며 연해주 시절 김일성 수령님의 고난에 찬 항일 투쟁을 복습하느라 산행 훈련에 열심이었다. 그 시절, 나와 아내는 개천역 저탄장에서 석탄을 무게차에 지게질로 날랐다. 일제 때는 철광산에서 열두 시간, 심지어 열다섯 시간씩 노동했으나 새 나라는 토요일과 일요일 휴무에 하루 여덟 시간 노동제가 철저히 지켜졌고 당 간부든, 선생이든, 노동자든 평등한 대우와 균등한 봉급을 받았다. 배급제로 식구 수에 따라 양곡을 받았고, 학교는 학비를 받지 않았고, 아픈 자는 진료소나 병원이 무료로 치료해 주었고, 도시 근로자, 광산 노동자, 소작 농민, 고용 농민 들이 인간다운 대접을 받기가 단군 성조 이래 처음이

238

라고들 말했다.

「……언제나 사랑하는 내 고향에 다시 갈까/아, 내 고향 그리워라.」 손자 녀석의 노랫말이 맞다. 살아생전 나는 다시 고향에 갈 수 없을 것 같다. 고향에 가본들 부모님은 별세하셨고, 지금 내 나이가 얼만데, 누가 나를 알아보고 반갑게 맞아 주랴 싶다. 별세하신 선대 얘기를 자상하게 들려줄 분이 살아 있을 것 같지 않다. 혼례 올릴 때 나이가 어려 이팔청춘이라 놀림도 받았던 제수씨 정도는 아직 살아 있을는지 모른다. 그 당시 새댁이라 고왔던 얼굴이 떠오른다. 그해 겨울, 그 드센 폭격통에 살아남았더라도 그쪽 사정으론 양식이 턱없이 모자라 인민들 고생이 많다는데……. 제수씨나 조카애들, 사촌과 육촌 식구라도 만날 수 있다면 거동이 자유로울 때 고향 땅을 꼭 한 번만이라도 밟고 싶다. 고향 산천도 엄청 변했을 것이다. 내가 중손골 여기에 정착했던 40년 전엔 밭뙈기만 널린 층층의 따비밭에 잡목만 무성한 야산이었다. 그런데 지금은 도로가 훤하게 닦였고 고층 아파트가 촘촘히 들어섰다. 40년 만에, 아니 십수 년 만에 천지개벽되듯 강산조차 죄 바뀌어 버렸다. 햇수가 얼만데 고향인들 변하지 말라는 법이 없다. 그해 초겨울 미군기 폭격으로 역이며 읍내가 잿더미로 내려앉았는데, 전후 복구 사업에 길조차 달라졌을 터이다. 할아버지, 고향에서 불렀던 노래 한 곡 불러 보세요, 하고 손자 녀석이 말한다. 나는 깜짝 놀라 어깻숨을 쉰 뒤 고개를 끄덕인다. 으스스 한기가 느껴진다. 기침이 터지더니 콧물이 흐른다. 나는 소매로 콧물을 닦는다. 손자 녀석이 할아비를 위해 손풍금까지 들고 왔으니 고향 노래쯤은 녀석 비위를 맞춰 줄 수 있다. 「내 개천 살 때, 아버지와 대장간 일 하며 이런 노랠 부르곤 했지.」 나는 잔기침 끝에 목청을 가다듬고 고향 쪽 민요를 흥얼거린다.

「영변에 에헤에헤/약산에 동대야/아하아하 아하아하/네 부디 편안히 잘 있거라/나두 명년양춘은 가절이로다/또다시 보자……」 숨이 차서 나는 노래를 더 부를 수 없다. 노래에 맞추어 손풍금으로 대충 반주를 넣던 손자 녀석이, 할아버지, 작은할아버지 말입니다, 전쟁 전 고향 개천읍에서 인민학교 교사 시절 손풍금을 탈 때 말입니다…… 하고 또 그 말을 꺼낸다. 말릴 수 없을 만큼 집요한 녀석이다. 「이봐, 광수 그놈 남파 간첩 맞지? 요즘 통 안 보이는데, 어디다 숨겼어? 방첩대에 찌르기 전에 솔직히 말하라구.」 황점술이 능갈맞게 물었다. 자유당 정권 때 명동 바닥에서 정치 깡패로 설쳤던 황가놈은 5·16이 나서 군인들 세상이 되자 몸을 피해 동가식서가숙하던 처지였고, 자신도 살길을 찾자면 광수를 방첩대나 경찰에 신고하는 방편밖에 없다고 집요하게 협박했다. 광수가 황가놈한테 들킨 뒤부터 나는 광수를 폐지더미 속에 숨겨 두고 있었다. 손자 녀석을 보고 나는 손사래를 친다. 「다 까먹었어. 모른대두. 이놈아, 언제 적 얘긴데 그 애 말은 왜 또 꺼내.」 역정을 내곤 나는 속으로 다짐한다. 녀석이 아무리 물어도 어림없다. 광수에 대해 하고 싶은 말이야 폐지더미처럼 쌓였지만 아무한테도 말하고 싶지 않다. 나 혼자 간직했다 죽어 저세상 가서 부모님이며 광수 만나면 흉금 터놓고 며칠 밤 새워 얘기하고 싶다. 그런데 광수가 전쟁 전에 개천서 인민학교 교사로 지낸 걸 어린 녀석이 어떻게 알아냈는지 신통하다. 수사관처럼 꼼꼼하게 광수 뒷조사를 했는지도 모른다. 「우리가 뒷조사를 다 해뒀어. 박씨, 우릴 속일 생각 마.」 수사관의 다지름이었다. 광수부터 족쳐서 자백을 받아냈겠지만 그들이 휴전선 넘어 천 리 북쪽의 우리 집안을 죄 꿰 뚫고 있다는 게 신통했다. 이틀째 잠 못 자고 얼마나 얻어터지며 추달당했는지 나는 제정신이 아니었다. 「나는 예수님 섬기는 기독교 신자요. 일사후퇴 때 종교의 자유를 찾아 가족 데리구 죽을 고비를 몇 차례나 넘어 월남했어요……」 나는 그 말만 되풀이했다. 광수의 세뇌 교육에 혹해 고정간첩이 됐다느니, 광수와 동반 월북해 거기서 간첩 교육을 받고 재남파를 시도하지 않았느냐는 저들 말에, 나는 목숨을 담보하고 끝까지 부인했다. 차라리 입 다물고 죽기로 작정했다. 나는 가빠 오는 숨길을 느낀다. 그때 일은 생각만 해도 가슴이 뛰고 온몸이 경직된다. 나는 석 달에 걸친 취조 과정과 재판을 거쳐 간첩 불고지죄로 이태 반을 징역 산 그 악몽을 잊지 못한다. 교도소에서 나오기 전, 아내는 서방과 큰애를 감옥에 둔 화병으로 어질머리를 앓다 뇌혈관이 터져 불귀의 객이 되고 말았다. 그때부터 나는 광수 면회는 물론 자식 면회도 가지 않았고, 영치금 따위도 넣지 않았다. 고향과 연결된 모든 과거를 철저히 잊기로 했고, 나 이외는 어느 누구도, 목사나 자식마저도 믿지 않기로 했다. 쉰 나이 후반 한 시절엔, 교회만 잘 섬기면 누구나 천당에 갈 수 있다는 목사 설교가 듣기 싫었다. 손톱 밑에 까만 때 지워질 날 없는 험한 손 맞잡고 기도하는 나를 두고 예수님은, '나의 아들아, 나는 권세 있는 자보다 가난한 자, 버림받은 자, 멸시당하는 자를 더 사랑했느니라. 고통의 짐인 너의 쓰레기를 지고 지상의 교회 위 천상에 있는 나를 따르라'고 말씀하는 듯해서 중손교회 당회장이 바뀔 서너 해 동안은 교회조차 나가지 않고 집에서 혼자 예배 보기도 했다. 고향 땅과 죽은 아내가 사무치게 떠오를 때마다 곽가를 불러 주거니 받거니 폭음 끝에 곯아떨어졌다. 만며늘애가 내 건강을 보살피지 않았다면 나는 벌써 황천객이 되었을 것이다. 어디에다 희망을 걸고 살아야 할지도 잊은 채, 어둠 그치면 일어나 어둠 내릴 때까지 마소처럼 폐지 먼지 속에서 일만 해온 세월이었다. 아니다. 넝마주이 시절의 천대받던 눈물을 새기고 새기며 최소한의 생활비로 근검했다. 집안 혼례식 외에는 양복 입어 본 적 없이 단벌 작업복으로, 그나마 해져 걸레로도 쓸 수 없을 때까지 기워 가며 십수 년씩 입었다. 맏며늘애에게 특별한 날이 아니곤 밥과 국 외 반찬도 세 가지 이상 상에 올리지 못하게 했다. 외식을 하지 않았고 술집에 나가 술을 먹어 본 적도 없었다. 돈이면 처녀 불알도 살 수 있는 남한 땅에 왔으니 악착같이 돈 모아서, 언젠가 그 땅 다시 밟게 된다면 고향을 위해 쓰겠다는 희망 하나만을 간직했다.

「할아버지, 작은할아버지가 인민학교 교사에서 군당 선전대에 소환된 게 사십팔년 삼월 맞지요? 당시는 새 학기가 사월이었잖아요. 오십년 유월, 전쟁이 발발하자 작은할아버지는 전선 문예선전대 연예 대원으로 화선에 투입되잖았습니까. 그래서 낙동강 방어선인 저 경상남도 창녕까지 내려갔다 발이 묶인 채 쌍방 치열한 공방전으로 일진일퇴를 되풀이하던 끝에 시체는 언덕을 이루었고……. 할아버지, 제 말 맞지요?」 나는 총 들고 전장에 나서지 않았으나 당시 참전했던 이들로부터 들은 바대로, 전쟁이 얼마나 무서운지 당해 보지 않은 녀석이 그 시절 정황을 잘 짚어 낸다. 집요하게 캐묻는 게, 수사관이나 황가놈이 따로 없다. 나는 손자 녀석의 말고문에 숨길이 더 가빠지더니 연달아 기침이 터진다. 폐지 하치장 일을 놓자 체력이 떨어진 탓인지 겨우내 감기를 달고 산다. 기침을 진정하자 손자 녀석 말에 대꾸할 필요가 없어 나는 눈을 감는다. 그래, 그래서 어쨌단 말인가, 하고 중얼거리며 내 생각이 그 시절로 달려간다. 광수는 오

242

산고보를 졸업하고 모교 훈도로 부임해 왔다. 대장장이 아들이 훈도가 되어 환고향했다며 장터 사람들이 아버지를 추켰다. 아버지는 대장장이란 천직에서 일거에 사부님이 되셨다. 그게 언제였던가? 해방되기 전해다. 이듬해 8월 중순 어느 낮, 웃통 벗은 맨살 위로 땀이 고랑을 팠다. 아버지와 허씨는 괭이를 만드느라 벌건 시우쇠를 이리저리 돌려 가며 연방 맞메질했고 나는 풀무질하다 역전에서 나는 만세 함성을 들었다. 아버지와 허씨도 그 소리에 놀라 잠방이 걸치고 역으로 뛰어갔다. 절름거리다 보니 내 걸음이 처졌다. 개천 철광산에서 막장 붕괴 사고로 다리뼈를 분질러 나는 왼쪽 다리에 부목을 대고 있을 때였다. 역 광장은 인산인해였다. 거기서 우리는 광수를 보았다. 광수는 학동들에 둘러싸여 조선 해방 만세를 부르고 있었다. 「형님, 조선이 해방됐어요. 일본이 무조건 항복했답니다.」 아우는 뭐가 그렇게도 좋은지 어리둥절해 있는 아버지와 나를 끌어안고 개구리처럼 뛰었다. 광장을 메운 사람들이 뙤약볕 아래 모두 길길이 뛰며……. 「할아버지, 드세요. 드시며 그 시절을 떠올려 보세요. 할아버진 기억력이 남다르셔서 분명 그 시절이 생각날 거예요.」 손자 녀석이 내게 생크림빵을 권한다. 나는 빵을 받아 한 조각을 입에 넣는다. 단맛이 금방 혀에 녹는다. 맛을 아는 혀만은 예나 지금이나 변함이 없다. 설탕은 달고 소금은 짜다. 그 맛조차 구별하지 못한다면 저승사자가 찾아올 것이다. 세월이 좋아, 이가 좋지 않은 노인들이 먹기 좋은 희한한 빵을 잘도 만들어 낸다. 예전에는 붕어빵도 꿀맛이었다. 나와 함께 일하기 전 곽가는 동대문시장 길거리에서 손수레에 빵틀을 놓고 붕어빵 장사를 했다. 곽가가 내 한 팔이 되어 주지 않았다면 오늘의 내가 없었을 것이다. 땅 판 돈 절반을 잘라 자식들에게 나누어 줄 때 나는 곽가에게도 한몫을 떼어 주었다. 그가 사돈이란 점을 떠나서라도 이날까지 선한 인연을 이어 왔으니 마땅히 그 공을 갚아야 했다. 내가 대꾸 않고 빵만 떼어 먹자, 손자 녀석이 더 묻기를 포기한다. 「달포만 지내면 할아버지 생신날 돌아오잖아요. 학원에서 열심히 배우고 있으니 그때쯤이면 손풍금 연주를 훨씬 잘 할 수 있어요.」 녀석의 말에 나는, 알았어, 광수처럼 너나 열심히 해 봐, 어깨에 멘 것 타며 고향 못 가는 노래나 그냥 하라구, 하곤 의자 등받이에 기대어 눈을 감는다.

맏며늘애가 현관문을 열고 들어온다. 들고 오는 소쿠리에 쑥이 소복이 담겼다. 「왜 이렇게 썰렁해. 춥잖니? 경식아, 광에서 나무 좀 날라 와. 할아버지 감기 덧나시겠다.」 며늘애 말에 손자 녀석이 손풍금을 벗어 내려놓고 밖으로 나간다. 어미가 뜯었냐고 내가 묻자, 며늘애가 양지 언덕바지에는 쑥이 많이 자랐다고 말한다. 「아버님, 오늘 저녁에는 콩가루 풀어 쑥국 끓일게요. 아파트에 돼지고기도 목살로 사다 놨어요. 수육 만들어 올 테니 친정아버지 불러 약주도 한잔 하시구요.」 며늘애가 불씨만 남은 페치카 옆에 앉아 신문지 펴놓고 쑥을 다듬기 시작한다. 쑥에 붙은 검불과 누렇게 탈색된 겉이파리를 뜯어낸다. 맏이는 몇 해 전 폐지 야적장에 대단위 아파트가 들어서자 그쪽에 아파트 한 칸과 상가 건물에 편의점을 차려 살림을 났으나 며늘애는 하루 한두 차례씩 언덕길을 올라와서 시어른과 친정 부모 섬기기는 예전대로 지성이다. 쑥국이라? 쑥국 좋지, 하자 향긋한 쑥 내음이 내 코끝에 스친다. 어느 해 춘궁기던가, 점심 끼니로 쑥떡만 먹었던 생각이 난다. 아내와 어린 자식 셋을 인천 피난민 수용소에서 빼내 온 뒤니 까마득한 저쪽 세월이다. 신문지나 비료 부대 종이에 싼 푸석한 쑥떡을 아내가 주머니에 찔러 넣어 주면 바소쿠리 메고 만이와 함께 명동 쪽으로 나다니던 시절이었다. 당시엔 휴지나 고물 줍기도 경쟁이 심했으나 멋쟁이들이 붐비던 그쪽이 그래도 벌이가 나았다. 다리품을 어지간히 팔아 낮참이 되면 허리가 접혔다. 골목 건물 처마 밑 아무 데나 쭈그려 앉아 큰애와 쑥떡으로 허기를 껐다. 멀건 죽 사발에 떨어지는 눈물을 먹어 본 사람만이 인생을 안다는 말이 실감 나던 시절이었다. 손자 녀석이 땔감을 한 아름 안고 들어온다. 몇 해 전 아랫동네 무허가 판자촌 철거 때 나온 판자 쪼가리와 헌 각목들을 땔감에 쓰려 곽가와 함께 손수레로 며칠에 걸쳐 옮겨 둔 게 요긴하게 쓰이는 참이다. 손자 녀석이 헌 신문지를 구겨 라이터로 불을 댕겨 페치카 안에 넣는다. 그 위에 판자 쪼가리와 각목을 얹는다. 재작년에 둘째 애가, 혼자 지내시는데 이렇게 춥게 겨울을 나셔야 되겠냐며 조립형 페치카를 사와 설치해 주었다. 둘째는 겨울 한 철만이라도 아버지를 모시겠으니 마포에 있는 자기네 아파트로 가서 겨울을 나자며 권했고, 맏며늘애도 겨울철엔 산장에 혼자 지내시기 적적할 테니 아파트로 내려가 같이 살자고 했으나 나는 하루라도 이곳을 떠나고 싶지 않다. 광수는 스물한 해를 혼자 꿋꿋이 감방살이를 해냈다. 아직은 정신 온전하고 수족 놀리기에 별 지장이 없는 나라고 혼자 못 살라는 법이 없다. 며늘애가 전기밥솥에 밥해 놓고 냉장고에는 반찬 있으니, 잘 차려입은 아파트 주민 앞에 불구멍 숭숭한 오리털 점퍼 입은 추레한 늙은이 모습 안 보이고 혼자 사는 게 편하다. 「여기에 터를 잡은 지 사십 년이구, 맏며늘애와 옆집 사돈네가 수발 잘해 주니 늙은이 살기엔 여기가 편해. 아파트에선 숨이 맥혀 어떻게 살아. 공중에 뜬 방구석에 가둬 놓구 늙은이를 죽일

셈인가. 뒤 언덕엔 눈만 주어두 마음이 아리는 아내와 광수 묘가 있는데. 난 하루두 여길 떠나 콩나물시루 같은 데선 못 살아.」 나는 고집을 꺾지 않았다. 나는 페치카 옆에 앉아 쑥을 다듬는 맏며늘애 뒷모습을 본다. 이날 이때까지 시아비와 친정 부모 모시고 살아온 맏며늘애는 효부 소리를 들어 마땅하다. 멀리 떨어져 사는 딸애보다낫다. 맏며늘애도 환갑 나이가 다 됐다. 손자 녀석이 속불꽃을 살려내자 화력이 좋아 금방 불길이 판자를 핥으며 날름댄다. 나는 기세좋게 살아나는 불꽃을 멀거니 본다. 열기가 얼굴에 닿는다. 활활 타오르는 불만 보면 늘 고향 대장간이 떠오른다. 보통학교를 졸업하자나는 아버지 조수가 되었다. 열여덟 살이 되기 전까지 아버지는 내게 징과 메를 들지 못하게 했기에 아버지와 맞메질은 허 서방이 했고 나는 허구한 날 조개탄으로 불을 지펴 풀무질로 불길을 살리고집게로 벌건 시우쇠를 화덕에서 집어내어 찬물에 식히는 허드렛일이나 했다. 페치카의 불이 괄게 타자 판자에 박힌 얼음이 소리 내어터지며 불티를 튀긴다. **「박씨, 저기 봐. 치솟는 저 불티 좀 보라구. 개미조차 살아남지 못하겠는걸.」** 옆자리에 앉은 이씨가 소곤거렸다. 「오폭으로 이 차가 한 방 먹는다면 우린 뼛가루가 될걸요.」 내가 말했다.「미제 비행기가 어디 오폭 따지며 폭탄을 떨구던가. 어쨌든 어디로가든 그나마 우린 살아남았으니 다행이야. 남녀노소 가리지 않구 열이든 스물이든 잡아채는 족족 패 죽이지 않으면 생매장시키는 꼴 봤잖아.」 뒤쪽에서 애꾸 천씨가 속달거렸다. 개천읍에서 노무자로 징발당한 3, 40대 예닐곱이 탄약 상자가 적재된 국군 군용 트럭 뒷자리에 한껏 몸을 움츠려 앉아 있었다. 낮참에 임시로 가설된 군용 부교로 대동강을 넘어섰는데, 멀리로 보이는 평양 시내의 비행기 공습은

246

대단했다. 1950년 12월 초순이었다. 제비 떼같이 창공에 뜬 폭격기 편대가 몰아치는 눈보라를 뚫고 엄청난 양의 폭탄을 퍼붓고 있었다. 폭탄이 떨어지는 지점마다 불티가 하늘로 치솟았다. 종전 전 일본 땅에다 그랬듯 미제가 원자 폭탄을 투하할 거란 소문이 거짓말이 아니란 생각이 들었고, 봄이 와도 저 땅엔 풀인들 싹을 틔우겠냐 싶었다. 나는 고향 땅에 남겨 둔 부모님과 처자식 걱정이 태산 같았다. 전쟁이 나도 나는 인민군에 소집되지 않았고, 개천역 저탄장 작업소에서 일했는데, 일제 때 유경험자라 개천광산 석탄 채굴 노동자로 작업터를 바꾸었다. 열댓 살짜리까지 전선으로 빠지고 40대 장정이 대부분을 차지한 광산 노동자들은 전쟁 와중에도 전선에서 쓸 석탄 채굴에 여념이 없었다. 전황이 기울어 평양을 남쪽에 내줬다는 소식이 광산까지 전해지기가 10월 초, 탄광이 폐쇄되어 읍내 집으로 돌아오자 아나나 다를까, 뒤이어 국군과 연합군이 읍내를 점령했다. 뒤따라 들어온 치안대, 한청(대한청년단), 청방(청년방위대)이 좌익 분자 색출에 혈안이 되어 꼬투리가 잡혔다 하면 하루를 못 넘겨 처형되거나 제 묻힐 구덩이 제가 파서 생매장당했다. 사람 목숨이 파리 목숨처럼 한순간에 사라지던 험한 시절이라 청년노동자동맹 분소 부부장이었던 나로선 우선 살아남자면 우익 지푸라기라도 붙잡아야 할 처지였다. 중공군 참전 소식이 들리고 마침 개천읍에 주둔해 있던 국군 부대 병기창이 철수를 서두르며 노무자를 징발하기에 나는 거기에 자원했다. 부대로 찾아온 어머니가 내게, 너들 식구만이라도 남으로 내려가 몸을 피하라고 아내에게 이르겠다 했는데, 아내와 젖먹이 딸린 자식 넷이 읍내에 남아 있는지 피난길에 나섰는지 알 수 없었다. 「너들 식구는 피난 나서더래두, 우리 양주야 살 만큼 산 목숨 아닌가. 그러니 배가 앞산만 한 광수 아내와 우리 양주는 여기 남을래. 광수가 살아서 집 찾아 돌아올 날까지 대장간을 지켜야지」하던 어머니의 마지막 말이 줄곧 귓바퀴에서 맴돌았다. 나는 개털모자를 눌러썼는데 트럭이 속력을 내자 몰아치는 눈바람에 안면이 내 살 같지 않았고 무명으로 감싼 발톱은 집게로 뽑듯 아렸다. 그해 겨울, 결국 발가락 두 개가 동상으로 떨어져 나갔다. 생각만 해도 끔찍한 시절이었다. 늙고 할 일 없으니 자나깨나 그 시절 생각이다. 손자 녀석까지 남의 심사를 박박 긁으니 초조함과 불안이 온몸을 옥죄어 온다. 나는 의자 등받이에 몸을 붙이고 일렁이는 불꽃을 본다. 「여보, 봉창 밖이 왜 저렇게 환해요? 불이 난 게 아니에요?」 갑자기 죽은 아내 목소리가 들린다. 중손골로 찾아온 맏이 녀석과 한바탕 난리를 치르고 난 뒤 화가 가라앉지 않아 곽가 불러 술이나 한잔 하려 아내에게 술상을 차리라고 말한 뒤라, 나는 깜짝 놀라 뒷봉창을 보았다. 봉창이 훤했다. 나는 방문을 열고 뛰어나갔다. 변소 뒤 군용 천막으로 덮어 둔 폐지더미에서 불길이 일고 있었다. 덩이덩이 쌓아 둔 폐지더미가 바람을 타고 불길에 휩싸였다. 「여보, 어떡해요. 작은서방님이…….」 뒤쫓아 나온 아내가 울먹였다. 폐지는 다 타버리더라도 광수부터 살려야 했다. 나는 정신없이 불길 속으로 뛰어들었다.

기침이 쏟아지고 갑자기 숨길이 가쁘다. 더 앉아 배겨 낼 수가 없다. 나는 의자에서 기우뚱 일어선다. 옷걸이에 걸린 10년 넘게 입어 온 점퍼를 걸친다. 할아버지, 어디 가시게요? 하며 손자 녀석이 며늘애와 함께 빵을 먹다 돌아본다. 나는 대답 없이 현관으로 가서 테두리에 인조털 달린 겨울용 검정 고무신을 신는다. 며늘애가 손자 녀석에게, 네가 슬픈 노래를 부르니 아버님 심사가 울적해진 거지, 하고 핀잔을 준다. 내가 현관문을 열자 며늘애가 달려와 내 팔을 부축한다. 아버님, 햇볕은 따뜻해도 아직 바람이 찹습니다, 하고 말하는 며늘애 손을 뿌리치고 나는 부득부득 바깥으로 나선다. 따라 나온 손자 녀석이, 사돈어르신 댁에 가시느냐고 묻는다. 「따라나서지 마. 걸을 힘은 있으니 날 내버려 둬! 네놈이 광수 이야기로 기어코 이 할아비를 죽이려구 덤벼!」 내가 헉헉대며 소리치자, 녀석도 놀라 멈칫하며 물러난다. 늙은이 성미는 죽 끓듯 한다는 말대로 녀석이 손풍금을 탈 때는 옛 생각에 사무쳤다가 잠시 뒤 제풀에 틀어진 꼴이다. 바깥으로 나서니 입춘을 넘겼으나 바람이 차갑다. 「친정아버지한텐 이쪽으로 저녁 자시러 오라고 제가 전화 낼게요. 멀리 가시지 말구 마당 의자에서 쉬세요.」 며늘애가 현관 앞에서 말한다. 잔디밭 저쪽 느티나무 아래에는 곽가가 판자때기를 주워 와서 만들어 놓은 긴 의자가 있다. 마음이 심란해 거기에 앉을 생각이 없고 잔디밭 건너 경계 표시로 쳐둔 개나리 울타리 너머에 있는 곽가 집에 놀러 갈 마음도 없다. 나는 광으로 쓰는 천막 건물 뒤로 돌아간다. 대문간에 앉았던 진도가 뛰어와 발 앞에서 꼬리를 흔든다. 진돗개 잡종으로 짖는 소리가 우렁차고 영리해 집을 잘 지킨다. 대문간에 '개조심'이란 팻말을 붙여 두었기에 아파트 사는 이들의 새벽 산행도 우리 집은 피해서 언덕으로 올라간다. 따라가지 않아도 되겠어요? 하고 손자 녀석이 뒤쪽에서 물었으나 나는 대답 않고 천천히 돌계단을 밟는다. 바깥출입하면 내가 늘 찾는 장소다. 진도가 길동무로 힘차게 앞장을 선다. 폐지 하치장을 문 닫을 때 둘째 애가 가져온 강아지니 5, 6년째 집 지킴이 노릇을 하고 있다. 아카시나무 사잇길로 얼마 오르지 않으면 무덤 두 개가 있다. 아내 무덤과 광수 무덤으로, 조만간 나도 이곳에 묻히게 될 것이다. 무덤의 시든 뗏장 사이사이에 질경이며 쑥이 연약한 잎새를 떨고 있다. 나는 광수 무덤 옆에 놓아둔 플라스틱 의자에 앉는다. 아파트 단지로 내려가면 입주한 젊은 부부들은 더 쓸 수 있는 멀쩡한 장롱, 응접 의자, 책상 따위를 폐품으로 내버린다. 그렇게 버려진 멀쩡한 의자만도 주워다 놓은 게 댓 개는 된다. 나는 집 마당 저 아래쪽의 아파트 단지를 내려다본다. 큰길이 있는 아파트 앞쪽에 대형 마켓이 보인다. 봄맞이 세일 애드벌룬을 높이 띄워 놓았다. 바람결에 애드벌룬이 창공을 한가롭게 노닌다. 큰애가 사는 아파트와 상가 건물도 보인다. 그 앞쪽 주민들의 쉼터인 정자가 있는 소공원에 눈이 머물자 내 숨길이 갑자기 빨라진다. 황점술의 망령은 내가 눈감을 때까지 따라다닐 것이다. 나는 소공원에서 얼른 다른 데로 눈길을 돌린다. 2년 반의 옥살이 동안 나는 불고지죄 죄인으로 갇힌 몸이 되었다고는 한 번도 수긍해 본 적 없고, 설령 황가놈이 벌레 같은 존재였을지라도 한 생명을 빼앗은 죗값으로 옥살이를 치른다고 수양하는 마음으로 갇혀 살았다.

내가 1천2백여 평 임야 낀 밭뙈기를 헐값에 사서 여기로 이사 올 당시, 여기야말로 그린벨트란 말조차 들어보지 못했던 시절이었고 춘궁기로 봄살이가 힘든, 가난을 면치 못하던 예전 그대로의 농촌이었다. 그로부터 십수 년이 지나 공업화다 수출이다 하는 덕분에 먹고 살 만해지자 길가로 무슨 무슨 가든들이 큼지막하게 집을 지어 간판을 달고, 화훼 단지, 물류 창고, 레미콘 공장, 쓰레기 하치장, 폐차장이 들어섰다. 도시 사글셋방에서 밀려난 난민이 밀려들어 비닐촌과 판자촌이 형성되었다. 그즈음부터 도시민 생활 수준이 향상되자 헌 신문, 잡지류, 골판지가 주종을 이루는 폐지 장사가 잘되었다. 나는 재혼도 포기하고 넝마주이 시절을 떠올리며 곽가와 함께 일에 묻혀 살았다. 1990년대 초, 한창 성업할 땐 폐지 운반용 트럭 세 대가 서울 시내 중간 집하장을 돌며 쉼 없이 폐지를 실어다 날랐고, 지게차 두 대, 집게차 한 대가 이를 처리했다. 분류와 묶음이 끝난 폐지를 제지 공장으로 나르는 트럭 두 대도 있었다. 일꾼을 열 명 넘게 부렸으니, 향우회원들 말처럼 넝마주이 출신치고는 크게 성공한 셈이었다. 70년대 중반부터 나는 버는 대로 나무 궤짝에 돈을 모아 두었다 틈틈이 주위의 땅을 야금야금 사들였으니, 지금은 아파트촌이 된 땅 일부가 내 소유였다. 쓰지 않고 모으기만 하니 나무 궤짝에 돈이 차곡차곡 재였다. **「청계천 시절부터 버는 대로 나무 궤짝에 쑤셔 넣었잖아. 그 돈 어딨어?」** 술 취한 맏이가 식칼을 휘두르며 내게 말했다. 다시 심장이 뛰어 나는 눈을 감는다. 그 당시 종호는 인간 되기 글렀다고 내 눈밖에 나기도 한참이었다. 청계천 6가에 살 때, 맏이는 고등학교에 들어가고부터 오간수다리를 터 삼은 양아치 패와 어울려 사창가 팸프질, 친구들과 작당해서 패싸움을 일삼으며 경찰서를 들락거리다가 2학년 때 학교에서 퇴학당했다. 내가 용인군 수지면 중손골로 터를 옮겼으나 그 애는 폐지더미에 묻혀 살지 않겠다며 청계천 바닥에 그대로 눌러앉아 양아치 애들과 어울려 지내다 자주 중손골로 찾아와 제 어미한테 용돈을 뜯어 갔다. 5·16이 났던 그해, 대대적인 깡패 소탕령이 내려지고 깡패 고수 이정재, 임화수, 신정식이 사형 선고를 받고 처형되었다. 그해 시월 맏이가 술에 취해 중손골로 들어와, 피신할 자금을 내놓으라며 행패를 부렸다. 나는 그런 돈은 네놈한테 1원도 줄 수 없다며 차라리 경찰에 자수하라고 그애와 맞섰다. 자식이 부엌에 뛰어 들어가서 식칼을 찾아 들고 나왔으나 나는 겁내

지 않았다. 피난 나와 굶기도 많이 굶고 죽을 고비도 여러 차례 넘겼
는데 제깟 놈이 칼을 들었다고 꼬리 사릴 내가 아니었다. 대장간일
과 광산 노동으로 다져진 몸이라 힘자랑이라면 누구에게도 지지 않
았다. 「찔러, 아비를 찔러 봐! 그래, 자식놈 손에 죽구 말자!」 나는 윗
도리를 벗어 팽개쳤다. 달려온 곽가와 아내가 우리 부자 사이를 막
아섰다. 녀석이 식칼을 내던졌다. 나는 방으로 들어왔다. 밖에서 아
내가 맏이에게 몇 푼 돈을 집어 주는 눈치였다. 나는 아내에게 곽가
불러 술 한잔 할 테니 술상이나 보라고 말했다. 종호가 집을 떠난 직
후, 폐지더미에 불이 났다. 맏이 나이 열아홉 살 때였다. 종호가 집을
떠난 열흘쯤 뒤, 광수 불고지죄로 수원경찰서에 나와 함께 갇혔다 모
르쇠로 버틴 끝에 겨우 혐의를 벗고 풀려난 아내가 미결감에 갇혀
있던 나를 면회 왔다. 「종호가 도피 자금을 마련하려 친구들과 작당
해 자동차 부속품 점방을 털다 경찰에 잡혔대요. 엎친 데 덮친다구
삼촌 때문에 당신이 이 경을 치르는데, 이제 종호까지…… 우리 집
안은 쫄딱 망했어요.」 종호 면회부터 먼저 갔다 오는 길이라며 아내
가 말했다. 그로부터 나는 이태 반을 감옥에서 보내고 나왔으나, 종
호는 여섯 해를 옥살이했다. 교도소가 사람을 아주 버려 놓기도 하
지만 새사람으로 만들기도 해서, 여섯 해 만에 집으로 돌아온 종호는
내 앞에 무릎을 꿇더니 망나니 시절의 불효를 사죄했다. 그때부터
맏이는 집 떠날 궁리를 않고 홀아비로 일에 묻혀 사는 나를 돕기 시
작했다. 청계천 시절부터 함께 일해 온 곽가 딸애와 짝을 맺어 주니
아래로 자식을 셋 두게 되었다. 술에 취하면 옛 버릇대로 성정이 거
칠어져 일꾼들에게 욕지거리도 했으나 제 자식들 앞에서 기물을 부
수는 따위의 행패를 부리지는 않았다. 1980년대 중반에 들어서자

서울 근교 땅값이 뛰기 시작했다. 맏이는, 땅 판 돈 은행에 넣어 두고 살아도 당대는 걱정이 없다며, 아버지도 연로하시니 이제 더러운 사업 걷어치우고 서울 마포 둘째 아파트 부근으로 이사를 가자고 졸랐다. 맏이 손자 셋을 서울에 있는 학교에 보내느라 마포 둘째네 집에 맡겨 두어 맏며늘애가 일주일에 한 번씩 뒤를 봐주러 나다니던 때였다. 「아비가 빈 몸으로 남한 땅에 내려와 넝마주이 끝에 성취한 보람이 이 땅인데, 이 땅을 팔아 치우다니. 여기서 네 어멈과 광수가 죽지 않았느냐. 내 눈감기 전엔 이 땅만은 한 평두 절대 안 팔아. 손자놈들까지 먹이구, 재워 주구, 공부시켜 줬으니 네놈한테 한 푼두 물려줄 게 없어. 유산 물려주면 돈 잃구 자식까지 망친다는 말두 못 들었어?」 종호는 내 말에 불퉁한 얼굴로 물러났으나, 술이 늘었다. 맏이 말을 따르지 않았던 게 다행인지 90년대 중반, 불어닥친 용인 지역 개발 붐에 따라 어쩔 수 없이 언덕 위 집터만 남기고 내 땅 6천5백 평이 아파트 부지로 수용당했다. 폐지 하치장은 문을 닫을 수밖에 없게 되자, 나는 비로소 일손을 털었다. 내 나이 이미 칠순 중반에 이르렀고, 곽가도 칠순을 넘긴 나이였다. 「아버지, 저도 쉰 중반으로 손자까지 본 몸입니다. 아버지 도우며 허구한 날 폐지더미에 묻혀 고생할 만큼 했잖습니까. 이제야말로 여기 생활 청산하구 우리 땅에 올라서는 아파트로 내려가서 삽시다.」 맏이가 이제는 대놓고 다시 졸랐다. 이번만은 호락호락 물러설 기세가 아니었다. 제 어미 손에 끌려 피난 나와 고사리손 호호 불어 가며 나와 함께 집게로 휴지 줍던 그 어렵던 시절이 암암하게 떠올랐다. 「난 아파트에 안 살아. 닭장 속에선 숨이 막혀 못 살아. 난 이 집 지키며 네 장인 옆에 두구 함께 살다 여기서 뼈를 묻을 테니 네 식구나 저 아래루 내려가서 아파트에 살아.」 그제야 나는 맏이의 원대로 은행 돈을 헐어 서른다섯 평형 아파트 한 채와 상가 스무 평짜리를 매입해 주었더니, 그애는 목 좋은 상가에 편의점을 개설해 눈 아래 보이는 아파트로 분가해 나갔다.

「그리던 집이여/기쁨에 넘쳐 가슴 설레며 돌아가누나/벅차게 부푼 가슴을 안고/숲 사이 오솔길 돌아가누나······.」 바람결에 손풍금 소리와 함께 노래가 들려온다. 내려다보이는 아래쪽, 손자 녀석이 느티나무 아래 긴 의자에 앉아 손풍금을 타며 목청도 높게 노래를 부르고 있다.

3

'일제하 적농(적색농민조합) 연구'란 저서를 최근에 펴낸 바 있는 지도 교수에게 내가 석사 논문으로 쓰게 될 '인민 박광수 연구' 발췌안을 제출했을 때, 권 교수는 괜찮은 착상이라며 자료 조사와 증언 채록을 충실히 해서 열심히 써보라고 격려했다. 역사의 행간 속에 묻혀 버린 민초를 통해 당대 현실의 진실을 추수함은 답이 뻔하게 결론 난 거대 담론보다 알찬 성과를 기대할 수 있다는 것이다. 한 교수는 작년 석사 논문에 통과된, 발로 뛴 증언 채록이 돋보였던 '노근리 양민 학살 사건 연구'를 예로 들었다. 노근리 양민 학살 사건은 한국전쟁 당시 충북 영동군 황간 지역 경부선 기찻굴에서 노인과 어린이 등 노약자 다수가 포함된 피난민 수백 명을 몰아넣고 미 제7기병 연대 지휘부처가 발포 명령을 내려 고의적으로 학살한 범죄 행위였다. 나는 우선 석사 논문의 기초 자료로 해방 공간의 남북한 사회 현상 조사에 착수했다.

　1945년 8월 15일, 연합군의 승리로 얻어 걸린 해방이긴 하지만 우리 민족이 35년간의 일제 압박을 떨친 그날 이후 1950년 한국전쟁이 발발하기까지, 해방 공간의 남북한 정치, 경제, 사회 등 각 분야의 기초 자료를 나는 인터넷과 서점을 통해 수집했다. 대체로 《한국 현대사》, 《해방 전후 남북사》, 《해방 전후사 인식》, 《6·25전쟁 기원사》 등의 대한민국 측 이론서와, 북한 자료로는 《조선 통사》, 《조선 공산주의 해방 투쟁사》 등의 북조선민주주의인민공화국 건국 전후 관련 서적을 참고했다. 사회과학도로 익힌 짧은 지식으로도 대충 그러리라 짐작은 했지만, 해방 공간의 남북한 문제를 다룬 남한 사회과학서가 남한 측은 대체로 비판적으로 수용하고 북조선 측은 비교적 비판 없이 객관적으로 다루고 있음에 나는 다시 한 번 놀랐다. 인터넷을 통해 살펴본 그 방면의 저서나 시중 대형 서점의 사회과학서 코너에는 진보적 성향, 또는 수정주의 논조에 동조하는 학자들 저서가 다수를 점유하고 있었다. 해방 후 미군정의 남한 통치나 남한 단독 정부 수립 후 이승만의 정치 역량을 신자유주의나 보수주의적 입장에서 옹호하거나 객관적인 시각으로 정리한 책은 찾기 힘들었다. 남한이 수용한 자본주의, 자유주의를 저술한 저서는 반공 교재 성격의 몇 종류뿐이었고 논리적 측면에서도 설득력이 약했다. 신문지상에 이름이 자주 오르내리는 저명 교수는 물론, 진보를 자처하는 학회, 단체, 출판사가 공저 형태로 출간한 해방 공간 기술 또한 한결같이 남측은 비판적 입장에 섰고, 북측은 객관적 시점을 유지했거나 긍정적으로 평가한 흔적을 읽을 수 있었는데, 군사 정권 시절에는 이적 행위로 간주되어 국가보안법 저촉 여부를 따질 만했다. 그러나 문민 정부가 들어서자 남북 현대사의 자유로운 비판이 묵인되었으니, 자유민주주의의 특권인 언론 자유의 신장 덕을 톡톡히 본 셈이었다. 남한에 부분적으로 소개된 북조선의 해방 공간 기술은 김일성과 김정일 교시에만 충실히 따르는 단일 창구다 보니 일사불란하게 '해방 조국의 위대한 영도자로 태양같이 등장한 김일성 장군'의 치적 일변도요, 남조선은 미제국주의의 식민지 상태에서 반동 관료배가 인민의 고혈을 착취한다는 획일적인 기술이야 당연할 수밖에 없었다. 여러 책을 참고로, 1945년 8월 15일 일본이 무조건 항복하자 소련군은 8월 22일 원산에 상륙, 미군은 9월 8일 인천에 상륙함으로써 38선을 경계로 남북한이 점령군 통치 체제로 들어간 후, 50년 한국전쟁을 맞기까지 남북한 해방 공간의 정치·사회 현상을 입수한 자료를 토대로 간추리면 다음과 같다.

남한 통치를 시작한 미군정은 45년 8월 이후 여운형과 뒤를 이어 박헌영이 장악한 남로당(남조선노동당) 조직인 각 지방 인민위원회를 불법화시키고 포고령 55호와 72호를 잇달아 발표하여, 해방 당시 남한의 가장 큰 정치 세력이었던 좌파의 정치 활동을 중단시켰다. 그 와중에서 극우익, 중도 우파, 중도 좌파, 극좌파의 권력 투쟁과 테러가 무정부 상태로 자행되었고 46년 9월, 26만여 명의 노동자와 이에 동조한 학생들이 총파업에 돌입했다. 쌀 공출제 폐지, 토지 개혁 실시, 극우 테러 반대를 구호로 내걸고 대구에서 시작되어 경상도 지방을 휩쓴 '10월항쟁', 48년 단독 선거와 단독 정부 수립을 반대하여 남로당 지도부가 배후 조종한 '2·7구국투쟁'과 4월의 '제주도 인민 항쟁', 8월의 국군 일부 병력의 반란에서 비롯된 '여순사건' 등으로 많은 인명이 희생되었고, 지리산·태백산 등 산악 지대에 해방구를 설정한 좌익 게릴라 활동으로 남한의 산간 지역은 준전시 상태를 방불케 했다. 극우파의 좌익 테러도 공포의 대상이었지만 극좌파의 우익 테러도 그에 못지않아, 민중은 남한 정치 현실에 공포와 환멸을 체험했으며, 민심이 극도로 흉흉했다. 48년 5월 10일 국회의원 총선거를 거쳐 국회는 초대 의장에 이승만을 선출, 원내 선거를 통해 이승만이 대통령에 취임했다. 8월 15일, 대한민국 정부 수립이 선포되었다. 47년 친일 잔재 청산을 위해 과도 입법 의회는 '민족 반역자, 부일 협력자, 전범, 간상배에 대한 특별법'을 제정한 바 있으나 미군정이 친일 분자를 동맹 세력으로 인정하고 있었기에 그 특별법 실행을 거부했다. 정부 수립 후 제헌 국회가 반민족행위자처벌법을 마련하고 49년 1월부터 체포를 시작했으나 6월에 이승만은 경찰력을 동원하여 '반민족행위 특별 조사위원회' 사무소를 급습, 이를 강제 해산시키고 정권 안정을 위해 행정·사법·군에 친일 인사를 대거 등용했고, 특히 경찰 고위 간부는 일제 때 민족 운동가를 탄압했던 주구들 다수를 요직에 앉힘으로써 건국 초기의 민족 정통성을 상실했다. 48년 3월 7일 신한공사 후신인 중앙토지행정처는 일본인 공유 및 사유 재산 33만여 건 중 광산·제철소·기계 공장은 공영으로, 귀속 재산은 일반 공매를 통해 대부분 일본인 소유자의 연고권자나 일제하에 기반을 닦은 친일 세력에게 헐값으로 공매하여 그들의 사회적 기반을 안정시켜 주었다. 남한의 토지 개혁은 기득권자와 지주 세력의 방해로 지지부진하던 끝에 전쟁 났던 해인 50년 4월에야 유상 몰수 유상 분배 형식으로 일단락 지었다. 경제 개발 측면에서도 일본 자본이 물러감에 따라 공장들이 속속 폐업, 공장 43퍼센트와 노동자 60퍼센트가 줄었다. 해외에 강제 징용되었던 노동자의 대거 귀국으로 실업자가 급속히 늘어나 2백만 명 노동자 중 절반이 실업 상태의 빈민으로 전락했다. 반봉건 지주 소작제가 잔존함으로써 70퍼센트 이상의 농민이 기아 선상에 헤매게 되었다. 악덕 지주와 상인이 쌀을 매점매석하자 쌀값이 폭등했는데 46년 9월 쌀 다섯 되가 6백 원으로 폭등, 미군정청은 농민의 쌀을 강제로 수탈했고 사과와 채소를 먹으라는 엉뚱한 담화를 발표하는 촌극을 빚기도 했다. 배급제를 통해 진정 기미를 보이던 쌀값이 48년 6월 다섯 되에 9백50원, 49년 7월은 가뭄으로 1천2백80원까지 폭등했다. 50년 1월에 2천 원까지 비등하자 정부미 방출로 윗불을 껐다. 독자적인 군사력의 강화도 없이 북침 무력 통일만 주장하던 이승만은 50년 5월 30일 제2대 국회의원 선거에서 의석 2백10석 중 지지 세력을 30여 석밖에 얻지 못하는 참패를 당했다.

해방군으로서 북조선에 들어온 소련군은 10월 3일 조선인에 의한 인민 정부를 발족시키고 각 지방 인민위원회를 통해 실질적 행정을 조선인에게 이양했다. 북조선은 45년 10월 13일 김일성 주도로 조선공산당 북조선분국을 설치하고 친일파, 민족 반역자, 반역 분자들을 숙청하고 민주 건설 사업을 전개하기 시작했다. 12월 17일 제3차 확대집행위원회에서 김일성을 북조선 임시인민위원회 위원장으로 선출했다. 46년 3월 5일에 북조선 토지 개혁 법령을 발표, 전국 토지와 임야를 무상 몰수, 무상 분배하며 공출제를 폐지하고 정부는 수확의 25퍼센트를 현물세로 거두었다. 46년 6월 6일 공산주의 건설의 후비대로 조선소년단을 창설했는데 47년 말에 단원 수가 이미 25만 7천 명을 넘어섰다. 46년 6월 20일 보안간부학교를 창설하여 정규 인민군 창설의 모태가 되었다. 6월 24일에 여덟 시간 노동제로 하는 노동법 제정 실시, 7월 30일 남녀평등권 법령 공포, 11월 3일 도·시·군 인민위원회 선거를 실시했다. 46년 11월 25일 북조선 임시인민위원회 제3차 확대위원회에서는 건국 총동원 운동을 제시하여 마르크스·레닌주의에 입각한 사회주의 대중 운동을 전개하기 시작했다. 47년 2월 29일에는 김일성에 의한 인민 경제 발전에 관한 보고서를 채택했고, 48년 2월 8일에 인민군 창군, 9월 7일에 소련 군대 완전 철수, 9월 9일 조선인민공화국 수립을 선포하는 등, 일사불란하게 새 국가 건설에 총력 매진했다. 그 결과, 일제 말기인 44년과 비교하여 46년에 이미 공업 생산력이 20퍼센트 향상되었고, 경제력이 급성장했다. 김일성은 49년 3월 소련과 경제·문화 협정, 중국 공산군과 비밀 협정을 통해서 동맹국 지지 기반을 다지는 한편, 조국 통일의 결정적 시기를 대비하여 49년 6월 25일 '혁명의 주력군인 노동 계급과 농민 동맹을 중심으로 조국 통일 위업을 실현하기 위한 적극 투쟁'을 목표로 거국적인 '조국 통일 민주주의 전선'을 결성했다. '남조선 혁명은 미제국주의 침략자들을 반대하는 민족 해방 혁명인 동시에 미제의 앞잡이들인 지주, 매판 자본가, 반동 관료배들과 그들의 파쇼 통치를 반대하는 인민민주주의 혁명이다. 남조선은 정치, 경제, 군사, 문화 등 모든 분야에서 미제에 철저히 예속되어 있는 미제의 완전한 식민지다'며, 도탄에서 헤매는 남조선 인민 구출에는 반제 민족 통일 전선에 망라시켜 민족 해방 투쟁에 인입해야 하며, 가장 빠른 결정적 투쟁 형태는 무력 투쟁이라고 주장했다. 미제 압제 밑에 굶주리며 노예 상태로 신음하는 남조선 동포를 해방시켜야 한다는 당 정치 노선의 선전 선동 아래 북조선 전역은 민족 해방과 통일 열기가 확산되었고, 50년 6월 25일 새벽 인민군은 38선 전역에서 대남 무력 침공을 감행했다. 그러나 북측이 일으킨 한국전쟁은 민족 통일을 달성하지 못한 채 휴전으로 매듭지어졌다. 김일성은 국토 완정 통일 실패의 책임을 물어 남로당 간부를 대량 숙청하고 연안파와 소련파를 종파분자로 몰아 제거함으로써 1인 독재 체제를 구축하고, 중·소 간의 대립 분쟁에서 살아남기 위한 전략으로 62년부터 마르크스·레닌주의에서 변질된 저희들 말로 '인간 중심주의적' 새로운 이념인 김일성 주체사상으로 인민을 무장시키고 강제하기 시작했다…….

내가 쓸 논문은 전쟁 후 남한의 이승만 독재 정권을 거친 군사 정권 시대의 통치 행위나 북한의 1인 장기 집권 체제의 권력 구조와 통제 사회에서의 인민들 실상을 밝히는 게 주목적이 아니었다. 해방 공간에 인민 박광수가 체험한 청년기의 추적이 사안의 핵심이었다.

작은할아버지가 남긴 수첩의 이력서를 토대로 내가 임의로 정리한 작은할아버지 이력은 다음과 같다.

박광수(1924~1983) : 본적은 평안남도 개천군 개천읍 241. 향읍에서 대장간을 운영하던 박불출의 2남 1녀 중 막내아들로 출생. 개천 서보통학교, 오산고등보통학교 졸업. 해방 전 1944년 20세에 향읍 개천동보통학교 교사로 부임. 그해 결혼. 자녀 1남 2녀를 둠. 북조선민주주의인민공화국 정권 수립 후 조선노동당 당원 가입, 개천군 세포위원이 됨. 48년 인민학교 교사직에서 개천 군당 선전대로 소환되어 복무. 50년 6월 25일에 전쟁 발발하자 7월 중순 전선 문예선전대 연예 대원에 편입되어 참전. 인민군 6사단 직속 문예선전대 연예 대원으로 복무. 9월 경남 창녕 지구 전투에서 패퇴, 대원들과 함께 후방부 덕유산 입산. 지리산으로 이동, 이현상의 남부군단에 편입. 남부군단 유격 투쟁이 소기의 목적을 달성하지 못하자 51년 8월, 녹음기에 부대원 일부와 함께 덕유산, 노령산맥, 태백산맥을 거쳐 전선을 뚫고 북으로 귀환. 평남 개천군 철광 사업소 사무원으로 복무 중 휴전을 맞자, 개천동인민학교 교사로 복직. 60년 4월, 남한에 4·19학생혁명이 발발해 통일 열기가 고조되자 평양 소재 대남사업지도부에 소환되어 6개월 교육을 필한 후 61년 2월 남파, 충남 서산군 해안에 상륙. 북한 지령에 따라 경기도 용인군 수지면 중손골에 살던 형 박도수와 접선. 남한 정세 분석, 주한 미군 동향을 탐지하며 3개월간 본격 지하 활동. (접선한 남한의 고정간첩은 알 수 없음.) 아지트는 형이 운영하던 폐지 집하장을 이용했음. 61년 5월, 박정희 소장이 지휘한 군사 쿠데타 발발. 북의 지령에 따라 지하 활동을 중단하고 중손골 형 집에 잠복. 그해 10월, 실화로 폐지더미가 소실될 때 폐지더미 속에 숨어 있다가 3도 화상을 입고 수지면 면사무소 소재 민간 병원에서 응급 조치 중 도민증 위조로 신원이 밝혀짐. 남파 간첩으로 체포되어 군사혁명재판소에서 선고 20년을 받고 대전교도소에서 복역 시작. 불고지죄로 형 박도수는 2년 6월을 선고받음. 박광수는 81년이 형 만기였으나 사회안전법 적용으로 계속 수감됨. 안양교도소 수감 중 위장암 말기로 판명되어 82년 9월 전향서를 쓰고 출감. 형이 사는 수지면 중손골에서 투병 중 83년 8월 사망. 당시 59세.

작은할아버지의 이력 중 내가 논문에서 집중적으로 다룰 부분을 다음과 같이 결정했다. 박광수의 출신 성분 및 가족 관계. 해방 공간(45년 8월~50년 6월)의 북한 정책 수행 과정 및 북한 사회상. 전쟁 직전 북한 주민의 대남 조선관. 박광수의 군당 선전대 복무 이력. 북한의 '남조선 해방 전쟁' 준비 과정과 인민군 전선 문예선전대 소속

연예대 위상. 60년 남한 학생 혁명 당시 남한의 통일 열기와 북한의 남한 정세 분석. 군사 정권 대두 이후 남한 정부의 대북 정책. 반공법 위반에 따른 장기수들의 옥중 생활 체험. 박광수의 전향 동기와 심정적 배경. 1·4후퇴 전후 월남하여 남한에 정착한 가족의 박광수에 대한 의견 등이었다. 에이포 용지 서른댓 장 분량으로서는 얼개짜기가 복잡했으나 어쨌든 작은할아버지를 축으로 하여 엮어 보기로 했다.

그동안 내가 작은할아버지의 일화를 채록하기 위해 증언을 녹음하여 이를 공책에 정리해 둔 내용은 다음과 같다.

박종호(59세. 필자 백부. 박광수 장조카) : (큰아버지가 경영하는 편의점 간이의자에서 면담 내용을 녹음기로 채록했음.) 네가 통닭 사들구 날 찾아온 이유를 이제야 알겠군. 작은아버지 그 양반이라면 골치부터 아파서 하구 싶은 말이 없어. 아무 실속 없는 평화 통일이니, 남북 협상이니, 북괴군 배나 채워 주는 북한 퍼주기니, 그런 것에 혈기 올리는 정치꾼이나 통일 운동꾼들조차 정나미가 떨어져. 너희들 세대는 전쟁을 안 겪어 봐서 모를 거야. 사람 때려잡는 예전 서청이니 반청(반공청년단)의 하던 짓두 끔찍했지만 좌 쪽에서 날뛰던 놈들, 골수 빨갱이들 말이야, 그놈들두 인간이기를 포기한 개백정이지. 그 양반 얘긴 젖혀 두구, 그 양반이 체포된 빌미인 내가 일으킨 실화 사건 경위나 들려줄게. 집 떠나서 살던 때라 난 그 양반이 간첩으로 이남에 내려와 뒷간 뒤 폐지 야적장에 숨어 있는 줄은 감쪽같이 몰랐지. 엄마한테 몇 푼 돈을 얻구선 뒷간 뒤에서 오줌을 갈기다 아버지를 욕질하며, 더러운 놈의 집구석 다시 찾아오나 봐라며 짓씹던 담배를 가래 뱉듯 뱉어 버리구 중손골로 내려왔지. 중손골에서 면사무

262

소가 십 리 정도, 수원 나가는 버스가 떨어졌을 시간이라 거기 여인
숙에서 눈 붙이기루 하구 반 마장쯤 걸었을까, 갑자기 뒤쪽이 환해져
돌아보니 불길이 치솟더군. 집에 불이 났음을 알았으나 내가 낸 불
인 줄은 까맣게 몰랐구 취중이라, 싸그리 다 타버리라구 욕질하며 돌
아가 볼 생각을 않구 내처 걸었지. 당시 나는 사춘기를 막 넘긴 혈기
방장한 나이요, 세상에 대한 증오심으로 똘똘 뭉쳐 있었으니깐. 넝
마주이에다 양아치 출신이라 깡패 길로 풀린 게 어쩜 당연했지. 면
소에서 잠자기를 포기하구 내처 수원까지 걸었어. 면소에서 수원이
래야 시오 리라, 통금을 앞둬 시외버스 정류장 부근 숙박업소에서 자
구선 이튿날 아침 버스 편에 서울로 올라왔어. 그 후 내가 사고를 쳐
수원교도소에 갇혀 있을 때에야 엄마가 면회 와서 실화죄로 아버지
가 잡혀 들어갔다 하데. 말이야 바른말이지, 누가 낸 불이든 집에 불
은 잘 났어. 만약 그 양반이 그때 잡혀가지 않았담 틀림없이 아버지
를 대동하구선 비밀 루트를 이용해 월북했을 거야. 아버지가 북괴
쪽 초대소에서 교육을 받구 다시 남한에 내려오는지 북쪽 땅에서 그
쪽 가족을 만나 아예 붙박아 살았는지 모르지만, 그렇게 됐담 이남
의 우리 집안은 아주 콩가루가 되구 말았을 게 아냐? 우리 형제는
사고무친의 고아가 될 수밖에. 따지구 보면 팔자소관이지만, 그때 그
생각만 하면 등골이 오싹해져. 난 집안에 그런저런 엄청난 사건이
터진 줄두 모른 채 옥살이를 했지. 내가 수원교도소서 수감 생활을
할 때 엄마가 네댓 번 면회를 왔으나 삼춘 그 양반에 대한 말씀은 일
절 없으셨구. 감옥살이를 이태쯤 한 후에 희옥이와 종건이가 면회
와서 엄마 별세 소식이며, 아버지가 교도소에 있는데 머잖아 형 만기
로 석방될 거라더군. 그때까지만 해두 실화범인 아버지에게 재판부

가 집행유예가 아닌, 이 년 넘는 중형을 내린 걸 이상하게 여겼어. 수양 실컷 하고 여섯 해 만에 석방되어 중손골로 들어와서야 그 양반이 장기수로 감옥 생활을 하는 줄을 알았구, 그동안 이런저런 집안 사정을 모두 알게 됐어. 팔십 몇 년돈가, 그 양반이 석방됐는데, 집으로 돌아온 몰골이 말이 아니더군. 화상 입은 상판도 그렇지만, 어쨌든 그 양반과 눈만 마주쳐두 섬뜩해서 그 양반이 방에라도 들어오면 난 자리를 피했어. 사상이란 게 사람을 미치광이로 만든다는 것쯤 대학원까지 다닌 너두 책에서 읽었을 테지. 겉으로 표 나는 정신병자가 아닌, 겉보기에는 멀쩡하지만 정신이 외곬으로 미쳐 있어 자기와 반대쪽은 모두 속임수를 쓴다며 무조건 돌아앉아 버리는 벽창호들 말이야. 그 양반 역시 케케묵은 그런 사상에 머리가 아주 돌아 버린 사람이라 도무지 정이 안 가. 입을 굳게 다물구, 사람만 보면 실없이 웃는 게 가식 같았거든. 어느 날, 폐지 하치장 사무실에 들어가니 무슨 얘기 끝인가,「북쪽두 집집마다 오순도순 가정 이뤄 사람이 사는 뎁니다. 여기 부자만큼은 못살겠으나 사는 형편이 모두 평등하구, 이웃이나 사회에 거짓말이 통하지 않으니 모두가 정직하구, 따뜻한 가정 이뤄 서로 협동하며 열심히 살구 있습네다. 형님두 아시겠지만 행복의 조건을 물질의 풍요가 결정해 주지는 않습네다…….」저승에서 막 나온 듯 쉰 목소리로 대충 이런 말을 하더군. 가져다 붙이면 말 안 되는 말 어딨어? 내가 쏘아 줬지.「쓰레기 뒤지며 사는 우리 신세나 피장파장이겠군요. 그러나 자유 없이 마소처럼 매인 몸으루 당이 시키는 일이나 하는 공산 세상이 어디 사람 살 데예요? 삼춘이 그렇게 말한다면 짐승들두 제 새끼 보듬구 열심히 살지요.」내 말이 어디 틀렸어? 내 말에 그 양반도 대답이 없어. 그 양반 말이 그렇다면 거기 살지 왜 남으루 내려왔으며, 간첩질하라구 등 떼밀려 내려왔다면 잡히든 말든 혼자 혁명 과업이나 수행할 일이지 왜 우리 집을 찾아왔으며, 그 바람에 엄마 돌아가시구 아버진……. (큰아버지는 지긋지긋한 얘기는 더 하기 싫다며 소주 한 잔을 마시곤 내가 사간 버터 치킨 다릿살을 뜯더니, 왜 그 양반에 관해 그토록 알고 싶어하느냐고 내게 물었다. 나는 석사 논문 쓰는 데 참고 자료로 필요하다고 말한 뒤, 북한 개천읍에 살던 시절, 보았던 대로 작은할아버지에 대해 말씀해 달라고 간청했다.) 전쟁 전 내가 몇 살이었나, 하여간 나이가 어렸을 때라 그 시절을 떠올리면 자꾸 헷갈려. 그 양반 아래 자식으로 서너 살 되는 애 둘에, 전쟁 나던 해 작은어머니는 셋째 애를 배구 있었지. 손풍금? 아코디언 말이냐? 맞아. 그 양반이 그 연주를 잘했어. 위채 안방은 할아버지와 할머니가 썼구, 우리 식구는 위채 건넌방, 그 양반 식구는 아래채에 살았는데 반공일이나 공일이면 코흘리개 애들을 마당에 모아 놓구 새 나라 소년 동무들 어쩌구 하며 깍듯이 예 붙여선 아코디언 씨루며 항일 혁명가며 그런 노래를 가르치군 했어. 아코디언 솜씨는 읍내에서두 소문이 났으니깐. 그래서 군당 소속 선전댄가 거기에 뽑혀 인민학교 선생질두 그만뒀지. 전쟁 나기 전 곡예 하던 예술단과 악대가 주가 된 위문단은 건설 현장, 탄광, 집채 농장, 학교, 진료소, 병원, 탁아소를 순회하며 공연을 했으니깐. 그 시절을 생각하니 기억이 까마득하군. 전쟁 나던 해 내가 인민학교 일학년이었으니……. 하여간 그 양반은 골수 공산 분자로 공산당 당원이 됐으니깐. 아버지 말씀으론 세포위원으로 당원 학습에두 열성 분자였대. 아코디언만 안 켰어두 김일성대학에 입학했을 거야. 아직까지 살았다면 전향 공작을 이겨 내구 교도소에서 눌러 있다가 작년에 장기수들 북송시킬 때 처자식 찾아 당당히 북으로 갔을 테구. 자기 명줄이 그쯤밖에 안 되니 한편으룬 불쌍한 양반이지. 그쯤 해둬. 더 할 말두 없구. (작은할아버지 일화는 더 말씀 안 하시겠다기에, 50년 12월, 평안도 개천에서 피난 나온 과정으로 내가 화제를 돌렸다.) 아버지가 국군 노무자로 지원해 먼저 남으로 떠나구 사나흘 뒨가, 엄마와 우리 네 형제가 피난길에 나섰지. 빠르면 열흘, 늦어두 한 달이면 개천으루 다시 돌아갈 줄 알았어. 하여간 날짜는 정확히 모르지만 엄청 추운 십이월 초순이었지. 북쪽에서 내려오는 피난민 무리가 눈보라 가르며 가재도구 이구 지구 남으루 쫓겨 가는데, 미군 비행기 폭격은 정말 대단하더군. 비행기에서 내려다보면 우리가 인민군이 아니요 여자와 어린애들이 많은 줄을 뻔히 내려다볼 텐데두 마구잡이루 폭탄을 퍼붓구 기총 소사를 해댔으니. 이북 종자는 깡그리 몰살하겠다는 듯 말이야. 순천을 거쳐 오며 그 폭격통에 피난민이 많이들 희생됐지. 엄마는 개천에 남겨 두구 온 할아버지 할머니 걱정이 태산 같았구. 도시 전체가 폐허가 된 평양까지 내려오자 대동강 다리가 끊겨 강을 건널 수 없다는 거야. 남포로 빠지면 배 편을 이용할 수 있다 해서 피난민들이 그쪽으루 길을 틀었어. 부두는 피난민들이 개미 떼처럼 몰려 있더구먼. 국군이 선주들을 위협해 배를 징발했는데, 신분이 확실한 자부터 먼저 태우구 우리 식구는 이틀을 대기하다 까다로운 신분 조사와 짐 검사를 거쳐 겨우 배를 탔지. 미곡 실어 나르는 중선이었는데 삼사백 명이 콩나물처럼 찡겨 앉아 쫄쫄 굶으며 이틀 만에 인천에 도착하자 피난민 수용소에 옮겨졌어. 엄마 젖이 말라버려 막내 종욱이는 그때 이미 영양실조로 피골이 상접했었지. 감기가 폐렴이 되어 수용소에서 결국 죽었지만, 그게 다 영양 결핍에서 온 거야. 피난민 수용소마다 뒤지던 아버지를 만난 게…… 보자, 아마 오십년 사월이었지. 당시 인천엔 스무 개 넘는 피난민 수용소가 있었구, 나중에 들은 말이지만 인천 각 피난민 수용소에 수용된 월남 피난민 수만두 이십만 명이 넘었다더군. 난민 수용소가 어떤 덴 줄 알아? 공동변소란 게 악취가 풍기구, 긴 줄 꼬리에 붙어섰다 하두 급하니 아무 데나 변을 보구……. 먹는 것조차 제대루 공급이 안 됐으니, 그 시절 고생이야 말한들 고생 모르구 큰 네가 이해나 하겠어? 아무리 설명해두 배부르구 등 따습게 자란 너희들은 그때 피눈물 나던 사정을 몰라. (이어, 큰아버지는 말을 바꾸어 할아버지를 흉보았다. 북한 동포가 굶주린다는 소식이 알려진 뒤, 몇 해 전부터 '북한 동포에게 쌀 보내기'에 교회 헌금으로 매월 50만 원, '탈북 어린이 돕기'에 매월 20만 원씩 헌금하는 외, 본인은 천 원 한 장 섣불리 쓰지 않는 꼼쩨이로, 지닌 돈이 적게 잡아도 6, 7억은 될 텐데 이자가 턱없이 낮은 은행에 꿍쳐 맡겨 두고 있으니 그 연세에 그 짓이 이치에 맞느냐며 할아버지의 근검을 두고 분개했다. 폐지 집하장이 아파트 단지로 수용되자 할아버지가 보상금으로 받은 돈 중에 절반은 자식들과 사돈에게 나누어 주고 나머지 절반 꼬불쳐 둔 돈을 두고 하는 말이었다. 준식 형이 잘 나가는 벤처 기업 젊은 이사로 출세했고 큰아버지는 편의점 점장이신데 이제 돈 쓰실 데가 어디 있어요 하고 내가 묻자, 말이 그렇다는 말이지…… 하고 큰아버지는 말 꽁무니를 뺐다. 더 묻고 싶은 말이 있었으나, 편의점에서 아르바이트 하는 학생이 와서 대담이 중단됐다.)

박종건(54세. 필자 부친. 박광수 조카) : 청계천 복개 공사가 시작되어 폐지 수집처가 철거되자 청계천 육가에서 용인군 수지면으로 이사 온 지 두 해 넘겨, 사일구가 나서 장면 정권이 들어선 이듬해야.

아마 이월 초순이지. 날씨가 몹시 춥던 초저녁이었어. 어머니가 몸살로 누워 누나가 차려 준 저녁밥 먹구 나는 건넌방에서 등잔 밝혀 놓고 공부하구 있었지. 난 당시 중학교 일학년이었어. 복날에 일꾼들 보신용으로 잡으려 집에 개를 여러 마리 길렀는데, 밖에서 개 짖는 소리가 들리더군. 누나가 무섭다며 나보구 바깥에 나가 보라구 해. 언덕바지에 철조망이나 허술하게 둘렀을까, 대문조차 없던 외떨어진 폐지 집하장이라 내가 입구 쪽을 둘레둘레 살펴봤지. 당시 우리 집엔 전기가 들어오지 않았으니깐. 어둠 속에 휴지와 지푸라기만 바람에 쓸리는데 사람 기척이 없구 개만 짖잖겠어. 아랫동네(중손골)에 살며 아버지 일을 돕던 일꾼이 몇 있었으나 퇴근한 후였어. 내가, 누구냐고 사람을 찾았지. 그제야 허름한 외투 입구 개털모자 쓴 웬 어른이 잎 진 오동나무 뒤에 섰다 슬며시 모습을 나타내더니, 아버지 집에 계시냐구 묻데. 누구시냐구 내가 되묻자, 평안도서 피난 나왔는데 도수 형님을 잘 안다구 말해. 듣구 보니 억양이 고향 쪽 맞아. 아버지는 판교로 나갔는데 곧 오실 테니 집에서 기다리시라구 말했어. 판교에 폐지 중간 하치장이 있었구, 뒤채에 살던 곽씨 아저씨와 아버지가 거기에 임시로 모아 둔 폐지를 하루 몇 차례씩 날라오곤 했으니깐. 운전대에 소형 발동기를 부착하구 뒤에 달구지만 한 철제 적재함을 단, 요즘으로 치자면 경운기야. 철공소에서 조립해 그걸루 폐지를 실어 날랐으니깐. 엄마, 손님 오셨어요, 하고 내가 안방문을 열자, 머릿수건 싸매구 앓아 누웠던 어머니가 자리에서 부스스 일어나시데. 마당 어둠 속에 선 남자가 개털모자를 벗으며 쭈뼛거리더니, 형수님, 저…… 광숩네다, 하고 말하지 않겠어. 그 말에 어머니가 얼마나 놀라던지, 서, 서방님이라구요? 하며 말을 더듬더니 너무

268

놀란 나머지 앉은자리에서 졸도하셨어. 그때까지만 해도 나는 그분이 북에서 내려온 작은아버진 줄 몰랐지. 아버지가 귀가한 건 잠시 후였어. 누나와 내가 쓰던 건넌방으로 와서 아버지가 하시는 말씀이, 조금 전에 온 고향 사람에 대해 어느 누구한테도 발설을 말라구 단단히 주의를 주더군. 형이 집에 들르더라도 그 말을 해선 안 된다구 당부하셨어. 당시 형은 청계천 오간수다리 주변에서 양아치들과 쪽방 얻어 합숙하다 심심하면 중손골 집에 나타나, 아버진 손톱도 안 들어가는 분이라 어머니를 졸라 용돈을 뜯어 가곤 했으니깐. (질문 : 작은할아버지가 북에서 남파된 간첩인 줄 알았다면 할아버진 왜 진작 관계 당국에 신고할 마음이 없었는지요? 하고 내가 물었다.) 북에서 온 작은아버지를 보자 왜 아버진들 심적 갈등을 겪잖았겠니. 나라법에 위배되는 줄은 알지만 말이 쉽지 한 형제를 어떻게 고발해. 작은아버지가 자진해서 자수하겠다면 몰라도. 북에 있는 가족이 남한에 피난 나온 연줄을 대어 간첩으로 내려온 경우, 이를 경찰에 밀고 또는 고발한 사례는 거의 없었을 거다. 우리 동포는 어느 민족보다 혈연의식, 가족 개념이 유별나잖니. 타의에 의해 사상이 다른 체제에 살게 된 게 죄지, 혈육을 밀고한다는 건 사람 탈을 쓰구 할 짓이 아냐. 비록 국법을 어기는 범죄 행위라 할지라도 말이야. 북에서도 그런 약점을 고려해서 연줄 있는 자를 남한으로 내려보냈을 테구. 작은아버지가 별세해 뒷산에다 장례 지낸 날 저녁 아버진 술에 흠뻑 취해선 울며, 「내가 이태 반을 감옥 살았어두 후회하지는 않는다. 그 전쟁통을 무사히 넘겨 고향에 부모님 살아 계시구 오매불망 내 가족 돌아오기만 기다린다는 소식을 개가 전해 준 것만두 어딘데, 차마 내 손으로 광수를 어떻게 수갑 채우겠어」 하시데……. (저녁밥 먹은 뒤에 채록한 내용임.) 화재 사건은 일꾼들이 일할 때 몸 녹이려 드럼통에 피워 둔 재에서 미처 덜 꺼진 불티가 날아가 폐지에 옮겨 붙은 실화로 처리됐지만, 우리 식구는 누가 실화범인지 알고 있었지. 군사정부가 들어서구 반공법이 공포되자 중앙정보부가 처음 생겨 혁신계 인사와 좌익 성향자 색출이 강화되구 통·반장이 가족 수를 파악한다며 우리 집을 들락거리며 일꾼들까지 신원 조회를 하자, 작은아버지는 신변에 불안을 느껴 아예 폐지더미 속에 잠자리를 마련하구 있었지. 내 생각으론 상황이 그렇게 되자 작은아버지가 이월 하순에 남파되었구, 오월에 군사 쿠데타가 났으니 북측 지령이 어땠는지 모르지만 그분이 어디 활동인들 제대로 했겠어? 손발 묶인 셈이 됐으니……. 제지소로 보내기 전에 폐지를 마대 자루에 담거나 궤짝 크기의 각진 덩이로 만드는데, 집채만 한 더미 속에 굴을 파듯 판자로 지붕이며 벽을 세워 방을 만들면 그 안은 보온이 잘되어 생각보다 따뜻해. 작은아버진 거길 아지트 삼고 숨어 있었던 거야. 불길에 뛰어든 아버지가 연기에 질식해 까무러친 작은아버지를 업구 수지면 소재 민간 병원으로 십 리 길을 뛰었지. (질문: 병원에 입원한다면 작은할아버지 신분이 밝혀질 텐데, 할아버지가 거기에 대한 대비책은 있었는지요? 하고 내가 물었다.) 아버지 생각으론 작은아버지를 우선 살려 놓구 봐야겠다는 마음부터 앞섰겠지. 화급한 마음에, 의사가 만약 신원을 대라면 폐지 집하장에서 일하는 일꾼이라구 둘러대려 했거나 말이야. 졸도했던 작은아버지는 하루 만에 깨어났으나 숨길만 붙었을 뿐 호스로 음식물을 공급해야 할 만큼 목구멍이 화기로 상했구 얼굴과 손발은 온통 붕대에 감겨 있었으니 병원에서 쉬 빼낼 수가 있어야지. 이튿날, 소방관과 경찰이 들이닥쳐 화재 원인을 캐구

270

인명 피해와 재산 피해를 파악하던 중 일꾼 하나가, 주인어른이 불더미에서 사람을 구해 내서 업구 갔다는 말을 흘려, 작은아버지가 병원에 입원한 사실이 들통난 거지. 그제야 아버지가 아뿔싸 했으나 이미 때가 늦었어. 작은아버지의 위조된 도민증이 들통난 거야. 박 정권이 들어선 초기라 당시 시국이 얼마나 살벌했는지 알아? 전국 깡패 소탕령이 내려져 잡아들이는 족족 국토 개발 사업장에 보내구, 호구 조사가 철저했으니……. 수원경찰서에서 정보부로 옮겨 가며 신문받을 동안 아버지두 고문을 혹독히 당하셨나 봐. 그런 말씀이야 없었지만, 이날 이때까지 날 궂으면 온몸 뼈마디가 쑤신다며 일도 제대로 못하구 자리에 누우니, 그게 다 그때 당한 고문 탓이야. 폐지 대부분과 판잣집마저 불에 타서 이를 복구하는 데 사돈 양반 곽씨 아저씨가 아버지 대신 고생깨나 하셨지. 그 후에도 작은 화재가 두 번 더 있었어. (사흘 뒤 채록한 내용임.) ……아버지도 이태 반을 옥살이하구 나온 이후로는 작은아버지 면회를 가지 않구, 작은아버지에 대해선 일언반구 말이 없으셨지. 아버지가 옥에 계실 동안 폐지 집하장은 곽씨 아저씨가 맡아보셨구. 너를 낳구 내가 남대문시장으로 분가한 후니, 세월이 한참 흐른 후에야 아버지가 면회 날짜에 맞춰 작은아버지 면회를 다닌다는 말을 곽씨 아저씨한테 들었어. 광주사건이 있은 후니 팔십이년이던가, 작은아버지가 중병에 걸려 안양교도소에서 석방되어 중손골에 들어왔다는 아버지 전화를 받구, 내가 뵈러 갔지. 스물한 해 만에 작은아버지를 처음 보게 되는 셈이라, 예전 기억이 가물가물할 수밖에. 작은아버지를 보자 난 깜짝 놀랐어. 예전 모습은 간데없었구 얼마나 깡마르셨던지……. 화상으로 얼굴이 뒤틀리구 울긋불긋한 데다 위장병 악화로 해골이 다 되셨더구먼.

나를 보더니 바람 소리 나는 쉰 목소리로, 네가 종건인가? 하며 미소만 띠시더군. 그동안 고생 많으셨구 면회도 못 가 죄송하다구 말하자, 그 안에 갇혀 있어두 마음만은 편안했다며……. 당신이 얼마 못 살 거란 걸 이미 아시는 눈치였어. 그 후 종종 중손골로 들어가 뵈면 얼굴은 그렇게 찌그러졌어도 양처럼 순박했던 인상은 지금도 눈에 선해.

박희옥(57세. 필자 고모, 박광수 조카딸) : 내 나이 여섯 살에 전쟁 났으니 개천 기억은 가물가물해. 초등학교도 입학하기 전이었지. 아코디언? 작은아버지가 아코디언을 잘 탔다는데, 내겐 그런 기억이 희미해. 개천 살 때 집에서도 작은아버지가 아코디언을 쿵작쿵작 연주했을 텐데, 그랬는지 어쩐지 긴가민가하구나. 참, 징병되어 떠나는 입대 장정 동무들, 역에서 환송 대회 열던 게 생각나는군. 떠나는 장정들을 역 마당에 세워 놓고 가족들이 보는 앞에서 악대가 신바람 나게 환송 연주를 해줬어. 전쟁 나기 전 가을부터지 아마. 새파란 젊은애들이 많이 징집됐고, 남조선에서 국방군과 미제 군대가 쳐들어올 거란 말은 돌았지만, 이듬해 그렇게 빨리 전쟁 날 줄은 다들 몰랐다더군. 그런데 이남 군대가 먼첨 삼팔선을 넘어 쳐들어왔다는 거야. 북에서는 다들 그렇게 알았지. 북측 사람들은 지금도 그렇게 알고 있을 거야. 쳐들어오는 이남군을 영용한 인민군이 내치며 전쟁이 본격적으로 시작되었다구. 그러나 지금 생각해 보면 북에선 그때 이미 전쟁 준비를 착실히 하고 있었던 거야. 두어 달에 한 번꼴로 입대 장정 환송 대회가 있었는데, 장정들이 기차에 올라 차 떠나기 전 승강장에서도 악대가 연주를 해줬어. 그렇고 그런 북쪽 노래들 있잖냐. 장정들은 고래고래 혁명가며 군가를 불러 젖혔을 테구. 이제야 그런 말 해도 되겠지만, 어린 내 눈엔 그들이 참 씩씩해 보였어. 작은 아버지도 아코디언 주자로 악단에 섞여 있었겠지. 그런데 기억은 안 나. 그 당시 작은아버지 얼굴도 통 기억 안 나구. 중손골에서 작은아 버지를 처음 뵌 게 열일곱 살 때였어. 그때 봤을 때 피난 나오기 전 개천 시절 기억이 안 나니 내겐 처음 보는 사람일 수밖에. 그때 적만 해도 작은아버진 남자답게 잘생긴 얼굴이었어. 이듬해 늦가을, 집에 불이 날 때까지 그분을 뵌 적이 별로 없어. 그저 아버지 고향 부근에 서 피난 나온 사람인 줄로만 알았지, 작은아버진 줄은 꿈에도 짐작 못했구. 식사도 식구와 함께 하잖았으니깐 아버지가 하는 폐지 사업 과 관계가 있는 분으로만 알았어. 육십 년대 초만 해도 많은 사람이 집에 들락거렸으니깐. 대체로 불알만 차고 내려온 이북내기들이었 지. 간혹 생각이 나서, 그분 어디 가셨어요 하고 엄마한테 물으면, 숙 소가 일정치 않아 왔다 갔다 하니 엄마도 잘 모른다고 둘러대데. 화 재 사건으로 그분과 아버지가 경찰서에 잡혀 들어가자 비로소 엄마 가 말했어. 그분이 북에서 내려온 작은아버지라구. (질문: 고모님도 작은할아버지가 폐지더미 속에 방을 만들어 사신 줄 아실 텐데, 왜 불고 지죄로 경찰서에 불려가지 않으셨어요? 하고 내가 물었다.) 애야, 당시 집안이 풍비박산된 것, 말도 마. 엄마는 물론이구, 나까지 수원경찰 서로 달려가 이틀 동안 취조를 받았지. 그런데 우리 아버지라 하는 말이 아니라, 아버진 정말 강단 있는 대단한 분이셔. 끝까지 당신이 모든 책임을 뒤집어썼으니깐. 말이 났으니 하는 말인데, 그 당시, 나 중에 오빠 장인 된 곽씨 아저씨도 사실인즉 작은아버지를 아버지가 폐지 속에 숨겨 둔 걸 아셨대. 그러나 아버지는 끝까지 집안 식구와 곽씨 아저씨를 끌어들이지 않아 다들 무사했지. (차를 마시고 요즘 집안 얘기를 하던 끝에, 작은할아버지 얘기를 계속함.) 육십삼년, 아버지 출감을 다섯 달 남겨 두고 엄마가 고혈압으로 쓰러져 열흘 만에 운명하셨으니, 난 엄마 대신 집안 살림을 맡았지. 집안 살림만 살아? 나중에 올케가 된 봉자 언니와 내가 여섯이나 되는 일꾼들 점심이며 새참까지 해댔으니깐. 아버지가 출감하자, 나도 명색이 성숙한 처녀라 폐지더미에 묻혀 사는 게 얼마나 싫었던지 아닌 말로 아버지가 예수 착실히 믿는 새엄마라도 빨리 얻길 바랐다. 그렇게 되면 집 떠나 어디 공장이든, 정 안 되면 버스 차장으로라도 취직할 수 있었잖니. 칠십 년대 말까진 버스에 승객 돈 받는 차장을 둬 여자 애들은 쉽게 일자리를 얻었어. 그런데 아버지 황소고집은 알아줘야지. 이북서 처자식 두고 내려와 독신으로 사는 친구도 많은데, 빗발치듯 한 포탄 사이를 가르고 피난 나와 고생만 하다 죽은 네 엄마가 눈에 밟혀서 내가 어찌 새장가를 가느냐며 나를 부엌데기로만 부려 먹었으니……. 아닌 말로 아버지가 폐지 팔아 돈을 제법 모으자 뺑덕어미 같은 새엄마 만나 쌈짓돈 뜯길까 봐 그 걱정도 했을 거야. 아버지의 돈에 대한 애착은 알아줘야 하니깐. 오빠가 교도소에서 개과천선해 집으로 돌아온 게 여섯 해 만이던가, 그랬지. 오빠가 봉자 언니와 혼인해서 언니가 전적으로 살림을 맡자 이듬해에 안사돈이 된 봉자 언니 엄마가 피난 나온 자기 고향 쪽 출신인 설씨 아들과 맞선 보게 해서, 나도 좋아라며 시집을 갔지. 신랑이 서울 이태원에서 구제품 장사를 하고 있었기에 시집가자마자 해방촌에 쪽방 얻어 살림을 났어. 너도 알지? 할아버지 자식 결혼관쯤은. 남으로 내려온 자식 셋 상대가 모두 이북내기야. 오빠는 함남 영흥 출신 곽씨 아저씨와 사돈 맺구, 나는 예수 잘 믿던 함경도 아바이 설씨 집안에, 네 아버진 황해도

274

장전 출신인 이씨 둘째 딸을 골랐지. 연전에 돌아가신 네 외할아버지 사돈어른은 우리가 청계천 살 때 이웃에서 장전집이란 국밥집을 했어. 네 외가가 지금은 큰 상가 건물을 가진 알부자가 됐지만 당시엔 청계천 일대의 품팔이꾼들 단골식당이었어. 네 아버진 공부만 잘했다면야 당시론 대학도 갈 수 있었는데, 자전거 통학으로 수원서 고등학교를 나오자 집에 들어앉았어. 선생까지 했던 광수도 그렇구, 전쟁 때 보니 배운 놈치구 명대로 사는 놈 못 봤다며 아비 일이나 도우라는 아버지 말에, 순해 빠진 네 아버진 고분고분 순종했지. 연애도할 줄 모르던 맹추라 곽씨 아저씨가 중매를 섰어. 그건 그렇구, 난 해방촌에서 신접살림하다 보니 중손골 친정집과는 뜸해질 수밖에. 줄줄이 애도 낳구. 그래도 친정집에 무슨 일만 있다 하면 아버지가 끊임없이 불러 대어 두 달이 멀다 하고 시외버스 타고 중손골에 들렀어. 너도 알지? 이북 출신들 죽자 사자 제 가족 챙기는 거. 남한에 내려온 아버지가 외롭다 보니 예나 지금이나 그렇게 식구 모으길 좋아했어. 내가 집칸 늘릴 때마다 돈도 보태 줬으니 친정 출입 자주 안 할 수도 없었구. 물론 작은아버지가 교도소에서 장기 복역 하고 있는 줄은 나도 알고 있었어. 작은아버지가 출옥하고, 명절이나 엄마 제삿날에 중손골에 들르면, 예배 끝날 동안 늘 뒷전에 허리 접고 무척 피곤한 모습으로 앉아 가까스로 시간 때우는 걸 봤어. 작은아버진 종교가 없었으니 찬송가도 따라 부를 줄 몰랐구. 내가 아버지께 말했지. 「저쪽 가족은 작은아버지가 이렇게 된 줄 모를걸요? 소련 유학쯤 간 줄로만 알겠죠, 뭘. 북측은 여기 사정을 다 알면서도 집에는 통기해 주지 않았을 테구. 우린들 무슨 수로 소식을 알려 줘요. 사실 따지고 보면 북쪽 작은아버지 집에서 여기 소식을 접했대도 골수에

맺힐 한만 쌓일 테지요.」 작은아버지도 그런저런 사정을 다 아셨겠지만 통 말씀이 없던 분이셨어. 불쌍한 양반이었지. 나보곤 장성한 애들 다 잘 있냐고 쉰 목소리로 안부도 묻구. 그토록 오래 감옥 생활을 한 후 출옥하고 일 년을 채 못 사셨으니…… 그분 살아 계실 동안 중손골로 들어가 네댓 번쯤 봤나 모르겠어.

곽성준(75세. 필자 사돈어른. 백부 박종호의 장인) : 도수 형님 만난 게 오십팔년인가, 그쯤 되지. 채소 장사에, 헌옷 장사에, 엿장수에, 이일 저 일 닥치는 대로 다 해봤으나 실패하고 동대문시장 길모퉁이에 드럼통 놓고 붕어빵 장사하던 시절이었어. 하루는 저물녘에 도수 형님이 리어카에 폐지를 잔뜩 실어 끌고 가다가 점심도 못 먹었다며 드럼통 앞에 리어카를 세우더만. 마침 손님이 없던 참에 붕어빵 먹으며 내 말씨를 듣더니, 함경도 아바이 출신이구면 하데. 내가 고향이 함경남도 영흥 땅이라 했지. 전쟁 초기엔 그렇잖았는데 국군이 밀고 들어올 즈음 사태가 급박해지자 좌든 우든 한쪽에 줄선 자는 마구잡이로 서로가 서로를 쳐죽이니, 장정들은 살아남기 힘든 상황이라. 고향까지 들어온 국군이 철수하며, 남자들을 남겨두면 인민군에 뽑혀 나갈까 봐 쉰 안쪽 장정들은 모두 남쪽으로 떠나라 해서 난 일주일이면 다시 고향에 돌아갈 줄 알고 피난길에 나섰는데, 그 길이 입때꺼정 이남서 살게 될 줄이야. 우리 집은 단속산 아래라 논이 없고 밭농사를 지었는데 식구가 먹고 살기에는 별 부족함이 없었어. 옥수수와 감자를 길양식 삼아 한 자루 지구 혼자 덜렁 피난 내려오다 길에서 만난 장정 예닐곱과 통천까지 왔는데, 치안대에 불심 검문을 당했어. 치안대원이 얼마나 무섭던지 다짜고짜 무지막지하게 패며 전쟁 나기 전의 신분을 밝히라고 추궁하더군. 장정 둘이 고향 살 때 행적을 어물거리자, 빨갱이가 맞다며 그 자리서 총을 쏴버려. 셋은 더 조사해야겠다며 본대로 끌어가구. 난 어릴 적 소아마비로 다리 저는 병신이라 인민군에도 나가잖았고 그 살얼음판에서 살아남았지. 새옹지마란 말대로 병신 덕에 두 차례나 죽을 고비를 더 넘기구, 강릉까지 내려가서 피난민 수용소에 갇혀 있다, 강릉경찰서로부터 겨우 임시 거주증이란 걸 받고 풀려났어. 전시라 어촌에선 일거리 구하기가 힘든 데다 내가 다리를 저니 그나마도 일이 없어 굶기가 다반사라. 그러던 참에 휴전을 앞두고, 아무래도 대처가 살기에 나을 것 같아 무작정 서울로 나왔잖나. 처음은 동대문시장에서 지게질하다 다리를 저니 날쌘 자들한테 일거리를 뺏길 수밖에. 지게에 무, 배추 싣고 골목길 다니며 채소 장사를 시작했지. 그런저런 기구한 사연을 형님한테 늘어놓자, 장가는 갔냐고 묻더군. 흥남서 미군 철선 타고 피난 나와 남의집살이하던 여자를 만나 애 둘을 뒀다고 말하자, 미안하지만 내 앞에서 걸어 보라 해서 형님 앞에 몇 걸음을 걸었지. 보다시피 심하게 저는 처지는 아니었으니깐. 형님이 나를 관상쟁이처럼 찬찬히 뜯어 보더니만 대뜸, 곽씨, 나와 일 같이 안 해 보았소? 하고 묻더구먼. 청계천 육가에서 폐지 수집소를 열고 있는데 식구 주식 문제는 해결해 주겠다는 거야. 내가 다리 병신인 줄 알면서도 말이야. 청계천 개천 위 판잣집 쪽방 한 칸에 사글세로 살던 처지에 웬 횡재냐 싶어 눈이 확 뜨이더구먼. 부엌이 있나, 변소가 있나, 겨울에도 냉동 바닥에서 잠자는 처지 아니었겠나 말이다. 그날 저녁에 전 걸고 형님이 알려 준 폐지 수집소로 가봤지. 언덕처럼 폐지를 잔뜩 쌓아 뒀는데, 그 뒤로 루핑 지붕 올린 일잣집이 있더구먼. 형님 식구에 뜨내기 일꾼 넷이 합숙으로 살림을 사는데, 다 평안도

황해도 따라지 출신들이라. 그날 밤, 그들과 어울려 돼지껍질 안주로 막소주깨나 마셨지. 나흘 후, 보따리 싸서 처자식 데리고 거기로 거처를 옮겼어. 그땐 형님은 넝마주이를 청산한 지 삼 년째구, 넝마주이들이 저녁이면 떼거리로 몰려와 폐지를 넘기구, 형님은 이를 일일이 저울에 달아선 셈을 쳐주더구먼. 형님 도와 거기서 일 년을 함께 일하다 청계천 복개 공사가 시작되자, 나도 형님 따라 용인 수지 중손골로 터를 옮겼어. 그로부터 몇십 년째, 우린 여태 한집안으로 이웃해 주일이면 같이 교회에 나가며 내 것 네 것 없이 지내 왔잖는가. (질문: 개천 출신으로 전쟁 전에 월남해 명동에서 서청일 보았다던 황점술 씨가 오일륙 나고까지 중손골에 들러 할아버지한테 돈을 뜯어 갔다던데, 그 이유가 뭡니까? 하고 내가 물었다.) 황가놈? 그 찰거머린 형님보다 네댓 살 위였지. 한마디로 인간 말짜야. 자유당 시절까진 가죽잠바 입고 깡패질하며 잘 나갔나 봐. 그러나 오일륙이 터지자 동거하던 술집 작부하고도 헤어져 집도 절도 없는 낭인 신세가 되었지. 그 치가 서청에 있다 보니 월남했을 때 도수 형님한테 '서울 거주증'을 만들어 줬나 봐. 그 공을 내세워 찰거머리처럼 돈을 뜯어 갔겠지. 오일륙 나곤 중손골에 너덧 번 얼굴을 비치더니 국토개발대로 끌려갔는지 그 후론 중손골에 영 나타나지 않았어. 지은 죄가 많고 성정이 강포했으니 국토개발대에서나 어디서든 비명횡사 안 당했는가 모르겠어. 그 치가 안 나타나자 형님이 앓던 이가 빠졌다며 시원타고 했으니깐. (질문: 박광수 할아버지에 대해, 첫 만남부터 별세할 때까지 아는 대로 말씀해 주십시오, 하고 내가 물었다.) 형님한테 작은 사돈을 처음 소개받았을 때, 나야말로 말 그대로 북에서 피난 나온 사람 중 하난 줄 알았지, 뭐. 그런데 우리 일을 돕는 게 아니라 형님

집에 기식은 하는 모양인데, 처음 한동안은 밖으로만 나돌았으니 얼굴을 볼 수 없더군. 내가 이상하게 여겨 어느 날 중손교회 나가는 길에 형님께 물었지. 정씨 저 사람 뭐 하는 사람이냐구. 그날 저녁 형님이 나를 따로 부르더니, 자넨 나와 사돈 간이지만 핏줄 같은 형제 사이 아닌가, 그러니 내가 말할 비밀을 무덤에 갈 때까지 가져가겠느냐? 하고 먼저 대못부터 박데. 일사후퇴 때 피난 나와 붕어빵 장사로 입에 풀칠하던 우리 식구를 형님이 살려 줬는데 내가 그 의리 못 지킬 게 뭐 있냐구 대들었지. 그러자 형님이 내게 정씨에 대해 이실직고한 거야. 그분은 정씨가 아닌 박씨로, 형님 친동생이라구. 그러곤 말하데. 「내가 광수한테 이 점 하나만은 못박았지. 너를 수사 기관에 고발하지는 않을 테지만 너도 나를 북쪽 패거리로 끌어들일 생각은 말라구. 남한 땅 내려와 사는 이상 간첩 짓 했다 들키면 사형당하거나 살아난대두 감옥에서 영 나올 수 없다구. 딸린 자식이 있으니 나는 북쪽 심부름할 마음이 절대 없다고 했어. 만약 곽가 너한테도 광수가 그런 말 비치면 나처럼 아주 잡아떼야 해.」 형님 말을 듣자 내가 철저히 비밀을 지키기로 했구, 형님도 만약 무슨 사단이 생기면 절대 나를 끌어넣지 않겠다고 약속했어. 그 말만은 철저히 믿어야지 어쩌겠어. 작은사돈은 나보다 두 살 위였는데 학식이 있어선지 사람이 점잖고 예의가 발라서 정이 가더구먼. 그분이 나를 고정 조직책이나 세포로 끌어넣겠다는 식의 말을 한 적은 한 번도 없어. 자기 때문에 남에게 피해를 주지 않겠다는 생각에선지…… 마음이 여린 분이셨지. 나는 작은사돈이 어디로 돌아다니며 무슨 일을 하는지 알려고도 안 했고 말이야. 일꾼들 퇴근하고 사무실에서 형님과 그분과 함께 자리 같이한 적도 몇 차례 있었으나 우린 피난 나온 애기나 했을까 사상 얘기나 북쪽은 어떻다느니 하는 말은 일절 하지 않았으니깐. 남한에 내려오고 곧 오일륙이 터져 혁명군의 빨갱이 단속이 대단했으니 그분인들 무슨 대남 사업인들 제대로 했겠냐. 형님 또한 시국이 좋잖다며 광수가 활동을 아주 중지한 모양이라고 귀띔하데. 황점술이 자주 출몰하고부터는 폐지더미 속에 그분 숨을 데를 마련해 줘야겠다기에, 나도 그러는 게 좋겠다고 했지. 일꾼들한테는 그런저런 사실을 아주 숨겼구. 변소 뒤쪽 드럼통 쌓아 둔 데 재인 묵은 폐지는 출하하지 않고 미군 천막을 덮어 뒀으니, 누가 그쪽은 얼씬거리지도 않았지. 그 양반이 저 안에서 잠자고 형수가 제때마다 밥을 날라 주겠구나, 난 그 정도로만 생각했어. 그러나 늘 그쪽에 눈이 가면 심장이 뛰고 으스스했지. 나중엔 우리 봉자하고 혼인해서 내 사위가 됐지만, 종호가 버린 담뱃불로 화재 사건이 나구, 형님이 불더미 속에 뛰어들어 작은사돈을 구해 내서 들쳐 업고 뛰는 장면이야 내복 바람으로 뛰어나온 나도 보았지. 일이 그렇게 되자 아랫말 사람들도 몰려왔어. 이거 큰일났구나 하는 생각부터 들었구, 전쟁 때도 살아남았는데 일이 이렇게 터졌다면 이판사판 아닌가 하는 맘도 들더군. (질문: 팔십이년 광수 할아버지 출옥 후 일 년간을 이웃하여 사셨고, 사돈 간이었으니 보신 대로 들려주십시오, 하고 내가 물었다.) 매일 만났지, 뭐. 준식이 어미(백모)가 하루에도 몇 차례씩 양쪽 집을 오가며 들랑거렸으니, 사돈네 집안 사정이야 오늘 아침 반찬 뭐냔 것까지 소상하게 알 정도였지. 작은사돈은 병이 깊어 가자 기력이 쇠하기도 했겠지만, 참 조용한 분이셨어. 스무 해 넘게 독방에서 살았으니 성현 군자가 다 됐지, 뭐. 말수가 적어 묻는 말에도 그저 희미하게 미소만 지을 뿐 대답이 없었으니, 그분한테 밀 제대로 들은 말이 없어. 통일되는 날까지 사셔서 함께 니북 고향 땅 찾아갑시다, 하고 내가 말하면 그냥 미소 띠며 머리만 끄덕이더군. 전쟁 때 인민군으로 참전했다는 소식은 형님한테 설핏 들었구. 그즈음은 세월도 많이 흘러 그분과 전쟁 시절 얘긴 꺼내지도 않았어. 지긋지긋한 그때 얘기가 뭐 재밌다고 화제에 올려. 아코디언? 그러고 보니 이북에 살 땐 인민학교에서 교편을 잡았고 음악을 가르쳤다는 말은 하데. 작은사돈이 아코디언 잘 탔다는 말은 당사자는 물론이고 성님한테도 들은 적이 없었구…….

박준식(33세, 필자 사촌형, 백부의 장남. 온라인 게임 업체 KHN 영업이사) : 우리 형제들이 마포 너네 집 아래채에서 자취하며 학교에 다녔으니 작은할아버지는 방학 때나 중손골 할아버지 댁에 가서 뵈었지. 그나마 일 년을 채 못 사셨으니, 서너 번쯤 봤나? 아버지와 엄마가 말해서 작은할아버지가 그렇고 그런 분이란 건 전부터 알았고. 작은할아버지가 교도소에서 나온 해에 내가 중학교 2학년이었을 거야. 여름 방학 때였어. 이제 아파트 단지가 됐지만 소각장 쪽 오동나무 아래가 그땐 판잣집 앞마당이었어. 평상에서 작은할아버지와 수박을 먹은 적이 있었어. 엄마가 수박을 퍼내어 대접에다 각자 덜어 줬는데 작은할아버지가, 수박이 이렇게 맛있는 줄 몰랐다며 달게 자시더군. 바싹 마른 데다 한센병자처럼 얼굴이 그래서 그런지 무척 가여워 보였어. 목소리까지 쉬어 쇳소리가 났으니깐. 넌 어렸으니 그랬겠지만 난 무섭다거나 그런 생각은 없었고, 스물한 해를 교도소에서 있었다는 점 하나만으로도 내게는 초등학교 때 폐지에 묻혀 와 읽어 본 《몽테크리스토 백작》처럼 보였으니깐. 두고 온 북쪽 가족이 무척 보고 싶겠네요? 하고 내가 묻자, 일제 말 스무 살에 장가갔으니 지금쯤 고향엔 손자도 여럿 있을 거라며 수줍게 웃으시데. 당시엔 북한 김일성이 살아 있을 때여서, 지금도 김일성을 존경하세요? 하고 내가 에멜무지로 묻자 그분 표정이 갑자기 경직되더군. 쉰 목소리로, 그분을 이름자만 함부로 부르면 되느냐고 꾸짖고는, 북에선 그분을 두고 경애하는 수령 동지, 태양같이 위대한 수령님, 아버지 원수님이라 부른다는 거야. 남한에서 그런 말을 서슴없이 할 수 있으니 감옥에서 오래 갇혀 있을 수밖에 없었겠지 싶었으나, 어쨌든 작은할아버지 말에 나는 깜짝 놀랐어. 쑥스러워 입을 다물 수밖에. 초등학교나 중학교 과정에서 우리가 배우기로는 김일성은 공산당 괴수, 독재자, 육이오전쟁 원흉이 아닌가. 김일성에 충성하느라고 이십년을 넘게 옥살이했는데도 작은할아버지가 그 사람을 여전히 존경한다니, 머리가 어찌 된, 지독한 골수분자란 생각이 들더군. 당시로선 기이하게 들리던 그 말이 오래 기억에 남았어. 그 외, 그분에 대해 특별히 생각나는 건 없고. 아코디언? 그걸 타는 건 못 봤지. 아버지가, 고향 살 때 그 양반 손풍금 하나는 잘 탔다는 말은 하더라. 전시때는 연예 대원으로 참전했었다고. 팔십 년대 우리 대학 시절에 말이야, 운동권 정치 집회 열면 단상에서 분위기 잡던 놀이패 있었잖아. 놀이패 활동도 대중 정치 사업의 일환으로 봐야지. 내가 삼팔륙세대 막내둥이로 팔칠학번 아닌가. 그해 박종철 선배가 남영동 대공분실에서 고문으로 죽었고, 전국 백만 명의 시민이 데모에 나선 '육이륙평화대행진' 끝에 노 정권으로부터 '육이구선언'을 얻어 냈잖아. 내가 그렇게 운동권으로 뛸 때에야 별세하신 그분 생각이 간절하더군. 그때까지 살아 계셨담 자주 찾아뵙고 전쟁 당시며 옥중 체험담도 들었을 텐데, 무척 아쉬웠어. 따지고 보면 팔십 년대 군사 정권 타

도와 자주적 민족 통일 쟁취를 외치며 분신 자살한 선배들이나 그분이나, 어떤 면에서는 다 같이 조국 분단을 깨부수러 나섰다 희생당한 순교자들 아니겠어? 대학 때 즐겨 썼던 말, 외세 배격, 자주적 민족 통일, 자유와 정의, 민권과 양심에 입각해 사람을 평가한다면, 그가 어느 체제에 헌신했건 그분도 그 신념 하나로 평생을 사신 양심범이니깐. 내 생각은 그래. 지금의 나를 두고 아직까지 당신은 진보주의자, 혹은 좌파냐고 묻는다면 대답이 궁색하지만, 나도 이십 대 초반 한 시절엔 지하 인쇄물로 나돈 《자본론》 일, 이, 삼 권을 읽으며 동지들과 학습 토론에도 열 올렸고, 공단 야학에도 쫓아다닌 통에 경찰서 구류도 몇 차례나 살았지……. 그런데 말이야, 경식이 넌 그런 생각 안 해봤어? 육이오 전후 이북에서 남한에 피난 나온 사람들, 대표적인 사례로 우리 집안을 두고 봐도, 가족 개념이 유별나잖아? 할아버지를 정점으로 북에 가족 일부를 두고 온 윗대와 남한에서 태어난 우리 세대와 핏줄 잇기랄까, 그 연결 고리 말이야. 모든 생명체는 암수의 결합에 의해 종을 번식시키고 대를 잇지. 자기 씨를 지상에 남기려는 결사적인 종족 보존에는 고등 동물인 인간도 예외가 아니지. 한국 근대사가 국가 해체와 전쟁으로 이어진 탓인지, 우리 민족의 가족 이기주의는 가히 결사적이잖아. 그런 의미에서 보자면 네 형 명식이는 삼팔따라지 이 세대가 아닌 돌연변이지만, 그런 별종은 세계화와 발맞춰 앞으로 더 많이 확산이 되겠지. 혼전 동거, 독신이 무슨 유행처럼 번지고 있으니깐. 골치가 아픈 얘기는 이쯤에서 그치자……. (마침 퇴근 시간이라 형이 모처럼 술이나 한잔 하자고 해서 형 사무실에서 나와 부근 식당에서 생등심에 소주 마시며, 분단 체제 극복과 통일 문제에 관해 의견을 나누었다. 조선조 말처럼 강대국의 간섭 아래 놓인 전망 불투명한 분단 현실을 두고 화풀이하다 2차로 형 단골 카페로 자리를 옮겨 온라인 게임 사업 전망을 얘기하며 폭탄주에 대취했다.)

4

4월 중순인데도 절기조차 뒤죽박죽됐는지 한동안은 구름 낀 날씨라 낮도 우중충했고 기온이 뚝 떨어져 겨울이 거꾸로 오나 할 정도로 쌀쌀했다. 나는 다시 기침이 도져 한밤에도 거친 숨을 다스리느라 진땀깨나 흘리며 고생했다. 숲을 흔드는 밤바람 소리를 들으며 적막강산에서 나 혼자 숨조차 제대로 못 쉬고 온몸이 경련으로 떨다 털컥 숨이 끊어지는 게 아닌가 하는 두려움에 방 벽에다 크게 써둔 만이 아파트 전화번호를 보며 전화를 걸까 말까 한 적도 있었다. 따지고 보면 전화를 걸어야 되겠다고 마음먹을 정도로 정신 온전하고 수족 움직일 수 있다면 목숨이 경각에 달린 다급한 경황이 아닐 터이다. 예정된 죽음이 내일이라도 닥칠 순간이면 전화 따위를 걸 수도, 누구를 불러야 되겠다는 생각도 못 할 테고, 의식과 몸이 한순간에 고목 등걸로 변할 거다. 자식들에게 귀찮은 병 수발 않게 하고 그들이 여기로 올라와 잠자듯 죽은 아비 시신을 확인하는, 나는 그런 죽음을 원한다. 그렇게 죽어도 이제 나로서는 남한에서의 삶에 별 미련이 없다. 전시 당시는 후방이라도 어느 한순간 말 한마디 실수로 허무하게 목숨이 날아갔다. 전쟁 난 그해, 유난히 춥던 12월 초순, 군용 트럭 적재함에 실려 서울까지 내려온 노무자들은 노역 임무가 끝나자 용산에 있던 임시 난민 대기소로 넘겨졌다. 초등학교는 교실

284

마다 월남 난민으로 들어찼다. 예순 명이 넘는 장정은 별도로 수용되어 치안대 분실로 불려가 개별 성분 조사를 받았다. 밤이면 대여섯 명씩 불려 나간 장정은 그날 밤을 넘겨 이튿날도 돌아오지 않았다. 노무자로 다시 징발됐는지 처형당해 버렸는지 알 수 없었다. 오늘도 목숨이 붙어 있으려나 하며 불안한 아침을 맞기 일주일에 이르자, 찍혀 호명당해 나가면 그 길이 죽는 길이란 말이 돌았고 천씨와 김씨는 트럭 타고 내려올 때 탈주하지 않은 걸 두고 후회했다. 둘은 고향에서의 인공 시절, 뒤가 켕기는 구석이 있었고 청년노동자동맹에서 활동한 나 역시 마찬가지였다. 광산 노동자두 빨갱이라구 죽여요? 하고 내가 묻자, 증거 될 만한 증명서나 증언 서줄 사람이 없는 이북 출신은 언젠가는 결국 빨갱이로 돌아선다며 죽여 버린다지 않소, 하고 천씨가 성한 눈을 깜박이며 말했다. 인해 전술로 쓸고 내려오는 중공군이 곧 서울까지 덮칠 거라며 치안대도 후퇴 준비를 서두르던 12월 하순, 수용된 장정은 학교 우물에 처넣고 수류탄을 까넣는다, 새로 만들어진 국민방위대에 넘긴다는 말이 돌았다. 피난민들부터 남으로 도보 이송이 시작되던 어느 날 야밤, 천씨와 나는 죽기를 각오하고 철조망 개구멍으로 탈출했다. 그로부터 나는 굶주림과 추위에 지쳐 정신을 잃은 경우까지 합쳐 세 차례나 죽을 고비를 넘겨야 했다. 그럴 때마다 하느님의 도우심인지 나는 살아남았다. 서울 재수복 이후 저동에서 천막 치고 다시 문을 연 영락교회는 목사가 동향 출신이라 교회에서 운영하던 난민 구호소는 평안도 출신 난민이 둥지 삼기에 적당해서 주일날 그곳에 가면 한 끼를 때울 수 있었고 사방에서 들리는 고향 말투가 귀 설지 않았다. 나는 전쟁 전 개천에 살 때도 개신교 신자였다며 교회에 부지런히 출석했고 가난한 자, 주린 자에게 복을 준다는 주님 말씀에 위안을 받았다. 나는 손쉬운 고물 수집으로 우선 일거리를 잡았다. 그즈음, 명동 바닥에서 우연히 황점술과 맞닥뜨리지 않았다면 불심 검문에서 수상한 불온 분자로 몰려 어느 손에 개죽음을 당했을는지 몰랐다. 일제 때 개천역 헌병 분소 끄나풀로 역전을 터 삼아 정차한 차칸을 이 잡듯 뒤지며 기세등등하게 설쳤던 황이 신분 보증을 서주었기에 나는 가까스로 합법적인 난민 자격을 얻어 서울 체류 허가증을 손에 쥐었다. 서북 청년단 사무실에서 그 증을 쥐니 나는 이제야 살았다 싶었다. 자유로운 통행이 보장되자 틀림없이 남한으로 피난 나왔을 가족을 본격적으로 찾기 위해 서울에 있던 피난민 수용소부터 뒤지기 시작했다. 일 년을 넘겨서야 나는 인천 피난민 수용소에서 학수고대했던 가족을 찾아낼 수 있었다. 그때의 감격이라니! 그러나 막내 종욱이 숨진 뒤였다.

봄을 시샘하던 변덕스러운 추위가 며칠 기승을 떨다 슬며시 물러나자 봄이 생기를 되찾아 날씨가 연일 화창했다. 집 주위의 떨기나무들은 잠시 움츠렸던 연초록 이파리를 다시 펼쳤고, 집 뒤쪽 동산에는 진달래꽃이 지고 산벚나무와 철쭉이 뒤이어 꽃을 피워 만개했다. 내 생일날 아침은 맏이의 대학 다니는 막내녀석이 데리러 와서 아파트로 내려가 아침밥을 먹었다. 맏이 종호는 아들 둘에 딸 하나를 뒀는데 장남과 딸은 출가해 서울에 살고 막내아들만 데리고 있다 보니 식구가 단출했다. 맏며늘애가 차려 낸 시아버지 생일상이 걸었다. 「아버지 생신 축하는 이번 일요일 낮에 산장에서 하기로 했어요. 종건이도 일요일에나 식당 문 닫구, 설 서방두 둘째 애 점포 봐줘야 한다며 노는 날에나 시간이 난답디다. 젊은것들두 평일은 직장일이 바쁘니……」 생일 밥을 함께 먹으며 맏이가 말했다. 언제부터 그렇게 불렸는지 곽가와 내가 사는 집이 녹지가 시작되는 언덕 위에 있다 해서 산장으로 둔갑했다. 저녁에는 곽가가 제 맏이를 성남 모란시장에 보내어서 구해 온 황구 뒷다리 한 짝을 삶아 둘이서 소주를 마셨다. 늙은이에게는 살이 무른 개고기가 먹기에 좋았다.

소일로 나날을 보내다 보니 요일 가는 줄도 모르다가 아침밥 먹고 나서 묘지 뒷산을 산책하고 돌아오니 맏이네 식구가 먹을거리 재료를 잔뜩 꾸려 언덕길을 올라온다. 「진도 이놈, 오늘은 손님 많이 오는데 얌전히 있어야 해.」 맏이 막내아들이 진도 목에 쇠줄을 걸어 대추나무에 묶어 둔다. 녀석은 책가방 같은 컴퓨턴가 뭔가 들고 자주 할아비 산장으로 올라와 건넌방에서 밤 깊도록 그 기계 앞에 앉았다 늦잠 자고 가기도 했기에 진도와도 친하다. 「오늘 할아버지 생신 잔치 하는 줄 아시죠?」 녀석이 묻는다. 그러고 보니 어제 맏며늘애가 올라와, 아버님 생신 맞아 내일 집안 식구가 산장으로 죄 소풍 나온다고 말했음이 생각난다. 이렇게 기억이 깜박깜박 나가 버리니, 머릿속 한 부분의 풀려 버린 나사를 다시 조일 방법이 없다. 은행에 맡겨 둔 돈이 걱정된다. 어느 날 돌연 기억력이 아주 망가져 돈을 은행에 맡겨 둔 사실까지 잊어버릴는지도 모른다. 내일쯤 아들이 낸 편의점 옆 은행으로 내려가 통장이며 입금액이 그대로 있는지 개인 금고를 확인해 봐야겠다. 「나 이외 누가 내 도장 가져오구 비밀번호 맞게 대더라두 내 얼굴 보기 전에는 현찰을 내줘선 안 되우. 설령 여기 옆에 편의점 하고 있는 자식놈이 오더라두 말이우. 은행 다른 지점에서는 절대 내 통장 돈 찾아 쓰지 못하게 해줘요.」 나는 은행에 갈 때마다 객장 대리에게 다짐해 두었다. 자식들이야 그럴 리 없겠고, 진도가 지킨다지만 노인 혼자 사는 집이라 도둑이 들어 협박 끝에 도장과 비밀번호를 알아내 예금을 찾아갈 수도 있었다. 비밀번호는 나만이 알고 있는 1천1번으로, 고향 개천의 천 자에서 앞뒤 두 자를 따왔다. 한참 뒤, 씨름 선수같이 체격이 좋은 맏이 큰자식이 제 아내와 자식 둘을 차에 태워 온다. 어릴 적부터 영특하던 애였다. 준식인가, 명식인가, 종호 맏이애는 대학 다닐 때 말썽도 부렸으나 지금은 만화를 영화로 만들어 수출하는 직장에 젊은 이사로 돈벌이를 아주 잘한다고 맏며늘애가 늘 자랑했다. 종호는 젊은 한때 삐뚜로 나가 감옥살이까지 하는 바람에 군대에도 안 갔지만 자식 셋은 잘 두어, 결혼한 남매는 좋은 대학을 나왔다. 종호는 고등학교를 중퇴한 채 교도소에서 나와 갑년에 이르도록 내게 기대 살아왔지만 중학교밖에 안 나온 곽가 맏딸 며늘애는 머리 있고 심덕 좋으니 누구 말처럼 그 자부야말로 굴러 들어온 복덩어리다. 해가 산 위로 올라섰을 때, 식당 전용 승합차 편에 둘째네 식구가 무더기로 온다. 할아버지 생신을 진심으로 축하해요, 하고 승합차를 운전하고 온 둘째의 맏아들이 인사를 한다. 「아버지, 자주 찾아뵙지 못해 죄송해요.」 「아버님, 주님의 가호 아래 여전히 건강하시네요. 건강하게 오래오래 사셔야죠.」 둘째와 그의 아내가 인사를 한다. 한배에서 나온 자식인데도 제 형과는 성격이 판이해 어릴 적부터 샌님이던 둘째는 아들만 셋을 두어 맏아들을 혼인시켰다. 남자 못지않게 활달한 종건이 아내는 분가해 나가자 남대문시장에다 친정 때 경험을 살려 식당을 시작하더니 이제 소문난 함흥냉면집으로 성공했다. 함흥 가까운 증평 출신인 안사돈이 늦마까지 뒤를 봐준 덕분이다. 종건이는 평생을 전표 떼고 돈 받는 카운터에서만 죽치고 앉아 생활해 왔으나 아비한테 하는 짓은 효자요,

마누라 덕에 자식들을 잘 키웠다. 젊을 때부터 호박꽃처럼 푸짐했던 종건이 아내가 포대기에 싼 갓난애를 안고 차에서 내리고 둘째가 기저귀 가방을 들었는데, 뒤따르는 갈색 머리 한 새파란 손자 며늘애는 대가리에 리본 달린 쬐끄만 개를 안고 여왕 행차하듯 나실나실 걷는다. 「할아버지, 저 왔어요.」 차에서 내리며 환하게 웃는 둘째의 셋째 아들 손에 트렁크가 들렸다. 그 트렁크는 할아비 집에 나타날 때면 들고 오는 손풍금이 들어 있음이 틀림없다. 저 녀석만 보면 머릿속이 지끈거린다. 오늘은 또 광수에 대해 뭘 물고 늘어질는지 알 수 없다. 열한시를 넘겨서야 딸애 식구가 승용차 두 대로 나누어 타고 나타난다. 허옇게 센 상고머리의 사위 설 서방도 이젠 늙은이가 다 됐다. 희옥이네 딸애는 울산공단에 살기에 못 오고 서울 사는 아들 둘이 어린 자식들을 달고 왔다. 옆집에 사는 곽가가 소문 내어 그쪽 자식들도 무언가 싸들고 개나리 울타리 사이로 넘어온다. 한 가족과 다를 바 없는 곽가 식구만도 예닐곱 명이다. 젊은것들부터 조무래기들이 어울려 마당이 좁아라 인사를 나누며 왁실대니 누가 누구 손인지 알 수가 없다. 잔디밭에 휴대용 은박지 깔개를 여러 개 잇대어 펴고 교자상들을 줄 맞춰 놓는다. 둘째가 식당에서 가져온 가스판 여러 개를 펼쳐 놓고 각자 집에서 준비해 온 먹을거리 재료를 볶고, 지지고, 끓이니, 음식 익는 냄새가 맑은 공간에 진동한다. 예전엔 돼지고깃국 내음만 맡아도 군침이 돌았는데 식탐도 나이와 함께 가버려 그 냄새에도 뱃속은 아무런 자극이 없다. 「아버지, 아직 시장하시지 않으시죠? 조금만 기다리세요.」 갈비찜을 만들며 희옥이가 말한다. 그 옆에는 곽가 맏이 며늘애가 제육을 썰고, 맏며늘애는 씻은 상추와 쑥갓을 소쿠리에 담는다. 종건이 아내는 마당귀에 설치해 둔 함

실 달린 무쇠솥에 장작불 피워 생닭 여러 마리를 넣어 백숙을 만든
다. 여름철이면 일꾼들과 함께 개 잡아 끓여 먹던 노천 솥인데, 쌀부
대꼴로 퍼질러 앉은 둘째 며늘애는 냉면집 안주인답게 일솜씨가 난
들이다. 종건이 맏이애 아내만 일을 않고 제 자식과 강아지를 돌본
다. 머리칼에 갈색 물을 섞어 들인 젊은 녀석이 늦게 마당으로 들어
선다. 「명식이, 넌 이런 가족 모임 싫어하잖아? 빠질 줄 알았는데 웬
일이야?」 종호 맏이가 막 도착한 젊은애를 돌아보며 묻는다. 명식이
라니, 종건이 둘째 아들이다. 유전 인자 검사 안 받겠담 일 년에 한두
번쯤은 친자 확인을 해야지요, 하고 녀석이 시틋하게 말을 받곤 내
쪽으로 와서 성의 없이 고개만 꾸벅한다.

나와 곽가는 느티나무 그늘 밑 의자에 앉아 부산하게 움직이는 식
구를 구경하며 한담을 나눈다. 햇살은 눈부시게 환하고, 봄바람이
부드럽게 살랑거린다. 나는 식구 하나하나를 관찰한다. 내년 내 생
일에는 다시 볼 수 없는 모습일는지 모른다. 얼굴, 말투, 특징을 잘
보아 두어야만 저세상에 들어 아내와 부모님 만나면 웃음꽃 피우며
전해 줄 수 있을 것이다. 「만물이 광명하는 춘삼월이라더니, 형님은
좋은 절기에 태어났어요. 비가 안 와 탈이지 춥지도 덥지도 않구, 요
즘 날씨가 얼마나 좋아요.」 곽가 말대로 하늘엔 솜털구름이 몇 점씩
떠 있을 뿐 쾌청하다. 벌과 나비가 맑은 공간을 누빈다. **「우리 맏이 생
일은 어찌 이리 날씨도 좋을까.」** 내 생일날이면 엄마가 늘 말했다. 개천
지방은 3월에도 자주 눈이 내렸으나 4월에 들면 봄볕 따스한 날이
이어지다 중순을 넘기면 들과 산이 푸르름으로 넘치고 온갖 꽃이 다
투어 피었다. 남한 사람들은 생일날 미역국을 먹지만 고향에서 내
생일 아침상에는 늘 꿩국이 올랐다. 개천 지방은 쇠고기나 돼지고기

290

는 구하기 어려워도 꿩고기는 흔했다. 겨울이면 꿩이 많이 잡혀 냉면 육수도 꿩고기 삶은 국물에 동치미 국물을 섞어 썼다. 나는 갑자기 시원한 냉면이 먹고 싶다. 양력 4월 중순을 막 넘겼으니 여름은 아직 멀었고 7월은 되어야 맏며늘애가 냉면을 만들어 줄 것이다. 너네 집 냉면 먹으러 남대문에 한번 나가야겠다, 차 좀 보내럼, 하고 둘째에게 말하려다 나는 한 끼 배 채우겠다고 거기까지 나다니기가 귀찮아 말을 도로 삼키고 만다. 따지고 보면 요즘은 냉면 육수조차 포장용이라 물만 부으면 되니 요즘 여편네들은 팔자가 늘어졌고, 그렇게 만든 냉면이나 얻어먹는 신세가 되었다. 세탁은 물론이고 맏이 아파트에 내려가면 그릇 닦는 기계까지 들여놓았다. 어머니는 겨울에도 개천강에 나가 얼음 깨고 손 시린 물에 빨래했는데 요즘 여자들이란 그저 자식 까는 기계다. 자식도 한둘에 그치고, 그것도 수술로 아기를 빼낸다니 누가 뭐래도 말세다. 「참말 대식구네. 형님 내외분 남한에 내려와 이쯤 손을 뒀으면 자식 농사에는 성공했어요. 지난 설날 우리 집에 모인 식구를 세어 보니 젖먹이 증손자까지 합쳐 열둘입디다. 단신 월남한 나도 자손 농사는 성공한 셈이지요.」 곽가가 말한다. 하긴 그렇다. 인천 피난민 수용소에서 처자식을 찾아내어 청계천 6가로 데려오고 이듬해 전쟁이 멈춰 휴전선 철책이 가로막았으니, 고향 돌아갈 길이 까마득히 멀어져 버렸다. 자식이나 많이 둬 고향 못 가는 설움을 풀자고 했으나 당시엔 사는 형편이 어려워 또 굶어 죽을 처지에 내몰리지나 않을까 싶어 남한에서는 자식을 더 두지 못했다. 피난민 수용소에서 잃은 자식조차 채우지 못했으니, 지금 생각하면 다른 무엇보다 그게 아섭다. 남한에서 자식 서넛만 더 뒀어도 손이 지금의 배로 늘어났을 것이다. 그 자식들 다 데리고 고

향 가는 기차를 탄다면……. 평안도 정중앙에 위치해 사통팔달 교
통 요충지였던 개천역에서 시도 때도 없이 들리던 기적 소리가 귓가
에 메아리친다.
　「아버지, 다 됐나 봅니다. 이쪽으로 와 앉으세요. 장인어르신두 오
시구요.」 맏이가 손짓하며 말한다. 곽가와 나는 깔개 위에 한 줄로
놓인 교자상 상석에 앉는다. 상다리 부러져라 차린 음식이 상에 가
득하다. 푸짐한 음식상을 보니 두 끼니마저 제 양껏 못 먹는다는 북
쪽 동포가 떠올라 수저 들 마음이 없다. 종건이 맏이애가 상 가운데
놓인 케이크에 꽂힌 촛대에 라이터 불을 댕긴다. 종건이가 잠시 식
기도 드리자더니, 일흔아홉 해 생신을 맞은 아버지의 건강을 주님께
서 지켜 주시고 집안 식구들 모두 건강하게 생업과 학업에 열심하게
해주시니 감사드린다고 기원했다. 식기도가 끝나자 손자를 안고 있
던 종건이 아내가, 애들아, 그렇게 뛰어다니지 말고 이리 와 얌전히
앉아, 점심밥 먹어야지, 하며 잔디밭에서 노는 애들을 부른다. 애들
은 머리 색깔이 제각각이다. 상 끄트머리에 앉은 젊은 여자 애들도
머리를 염색했고 귀고리를 걸고 있다. 머리칼까지 물을 들이다니, 요
즘 세상은 어떻게 돌아가는지 도무지 알 수가 없다. 한 시절엔 구찌
베니만 빨갛게 칠해도 양색시라 놀림을 받았는데 머리칼을 노랗게
붉게 칠하고 다니는 세상이 내 생전에 도래하리라곤 상상도 못했다.
「우린 산에 올라가 전쟁놀이할 테야. 아빠, 밥 먹으면 살찐다며?」 빨
간 운동모 쓰고 장난감 총을 허리에 찬 예닐곱 살쯤 된 몸집 비대한
사내애가 아이스크림을 먹다 말고 말한다. 맏이 맏손자 같은데 누구
한테 하는 말인지 말버릇이 고약하다. 녀석이 조무래기 동생들을 뒤
에 달고 대장처럼 앞장서서 묘터 쪽으로 어적비적 줄행랑을 놓는다.

292

비만 아이가 하나 더 섞여 뒤뚱거리며 큰애를 따른다. 「요즘 애들 큰일이야. 저렇게 아이스크림이며 햄버거 따위의 가공 식품, 고기만 먹어 대니 뚱뚱이가 되는 거지.」 설 서방이 뒤뚱거리는 사내애를 보고 말한다. 「제 아비부터 다이어튼가 뭔가, 그걸 해야 해요. 못 먹어 환장 들린 시대도 아닌데.」 맏며늘애가 몸집 굵은 맏아들 들으라고 눈을 흘기며 한마디한다. 「놔둬요. 쟤도 모처럼 저렇게 산을 타니 찐 살이 조금은 내리겠죠.」 애 아비가 백숙 다리를 집어 소금에 찍으며 한가롭게 말한다. 아닌 게 아니라 내가 봐도 아비며 자식 몸이 너무 굵다. 종건이 맏이애가, 할아버지 일흔아홉 해 생신 축하곡 부릅시다, 하곤 손뼉에 맞추어 〈생일 축하합니다〉를 시작한다. 일손 놓고 상 주위에 모여 앉은 식구가 나를 주목하더니 손뼉 치며 합창한다. 「경식아, 뭘 해? 아코디언 얻다 써먹으려 아껴?」 종호 맏이애가 닭다리를 먹으며 말한다. 그 말에 종건이 셋째 녀석이 트렁크에서 손풍금을 꺼내 가슴 앞에 메더니 노래에 반주를 맞춘다. '사랑하는 할아버지, 생일 축하합니다'로 노래가 끝나자, 아버지 만수무강 축배를 들자는 맏이 말에 각자 앞에 놓인 잔에 술이며 음료수를 채운다. 곽가 옆에 앉은 둘째가 내 잔과 곽가 잔에 백세를 사는 술이라며 술을 따른다. 축배 순서가 끝나자 모두 상에 차려진 푸짐한 갖가지 먹을거리를 열심히 먹어 대기 시작한다. 자리마다 재잘거리는 소리, 떠드는 소리, 웃음소리로 시끄럽다. 나는 닭죽을 먹는다. 수삼, 대추, 밤에 통마늘을 듬뿍 넣고 끓인 백숙이다. 「아버님, 한잔 받으시고 만수무강하세요.」 곽가 맏이가 잔을 가져와 내게 술을 채우고 제 아비가 비운 잔에도 술을 따른다. 나는 그 애에게, 지난 번 개 다리 구해 줘서 네 아버지와 잘 먹었다고 알은체한다.

「성님, 중손골 늙은이들이 곗돈 헐어 제주도로 봄놀이 간대요. 우리도 거기에 끼입시다. 살면 몇 년을 더 산다구, 거동 자유로울 때 나다녀야지요.」「아버님 수발은 누가 해주구, 덜렁 집 나서?」「삼사 일은 제 며늘애한테 맡기면 돼요.」 맏며늘애와 곽가 맏이 아내가 갈비찜을 먹으며 나누는 말이다. 「뭘 백화점까지 가요. 인터넷으로 주문 내면 재까닥 배달되는데. 잔칫상도 컬러 화면 보고 골라잡아 찍으면 날짜, 시간 맞춰 택배해 줘요. 온라인으로…….」「홈 쇼핑몰에 들어가면…….」 젊은 여자 애들이 하는 말인데 무슨 소린지 도무지 알아들을 수가 없다. 「은행에 넣어 두지 말라니깐요. 물가 상승과 따지면 마이너스 아닙니까. 형님, 제 말대로 소형 아파트를 잡으세요. 보증금 받고 월세 받으면 은행에 넣어 두는 것보다 낫다니깐요. 월세 금리는 최하가 일 부 계산입니다.」「우린 은행밖에 몰라. 이자 적으면 적은 대로 쓰지, 뭘. 하나 장가보내면 끝인데 돈 쓸 때가 뭐 있다구.」 맏며늘애와 둘째 며늘애가 하는 말이다. 「형님, 드세요. 오늘 같은 날은 취해야지요. 여기만 나와도 공기 좋아 숨 쉴 만하네. 형은 이 산장 절대 처분 마세요. 서울 근교에 이런 별장 지대는 구하려 해도 못 구합니다. 뒤는 산이고 걸어가서 쇼핑할 수 있는 백화점까지 눈 아래 있잖아요.」 곽가 맏이애가 종호에게 말한다. 「너, 말 한번 잘했다. 세월만 가면 장인어른 산장이 내 차지다, 이 말 아냐?」「그럼 형님은 이 산장 누구한테 주려우?」 양 집안 자식들이 이웃해서 자라다 보니 친형제와 다를 바 없다. 「젊은 사돈이 보자 하니 뭘 좀 알고 하는 소리네. 암, 뭐니 뭐니 해도 부동산이 확실한 재테크지.」 설 서방이 문자를 쓴다. 둘째 아들이 점포 낸 잡화점에 나가 소일한다는 설 서방은 함경도 또순이 자식답게 생활력이 강해 젊을 때부터 제 앞가림에 빈틈이 없었다. 내가 유산 삼아 자식 셋에게 얼마씩 나누어 준 돈으로 설 서방이 소형 아파트 한 채를 잡았다는 말을 맏며늘애로부터 설핏 들은 것 같다. 어린것들은 산으로 올라가 먹자판에는 빠졌다. 「딸이면 어때요. 하나면 됐지. 요즘엔 결혼하고 금방 피임에 돌입하는 애들도 많아요.」「형, 모네의 〈소풍〉이 따로 없네. 어린이날, 터져 나가는 대공원 갈 것 없이 애들 데리고 여기로 모이자고. 가족 친목 대회 겸해서.」「그래도 좋겠군. 우린 포커 한 판 치고.」「명식이넌 은옥인가 걔와 오피스텔 함께 쓴 지 일 년 다 됐잖아? 어울리는 커플이던데 계약 동거가 뭐니? 질질 끌지 말고 식 올려.」「원맨으로 돌아가얄 것 같아요. 혼자 사는 게 편해요. 간섭 안 받고 자유로우니. 윗세대들이 우리 가족, 우리 가족, 하는 소리 털 나고부터 들어와 귀에 딱지가 앉았어요. 처자식 딸려 봐요. 새끼 치는 바퀴벌레가 연상돼 너무 썰렁하잖아.」젊은 애들이 맥주를 마시며 떠들어 댄다. 그중 사내녀석 하나는 고슴도치 머리를 노랑물 들였고 큰 귀고리를 걸고 있다. 뒷동산 묘터 쪽에서는 놀이에 열중한 애들의 앙칼진 고함소리가 들린다. 늙은 것들에서 젊은 애들까지 하는 말들이 귀에 거슬렸으나 식구가 모여 이렇게 왁자글거리니 나는 흐뭇하다. 알거지로 남한 내려와 이쯤 자손을 퍼뜨렸고 그들이 다 제 앞가림 하며 살아가고 있으니 내 삶은 성공한 축에 끼일 만하다. 지금부터 유산은 천 원 한 장 더 물려줄 필요가 없다. 남은 돈 챙겨 부모님 산소라도 찾아가야 한다. 그때까진 눈을 감을 수가 없다. **오마니, 여기 제 식구들 봐요. 이만함 이남 내래와 성공했잖소?** 내 말에 어머니는 대답이 없다. 생이별이 이렇게 길 줄은 몰랐다. 기차 타고 간다면 한나절이면 개천역에 당도할 수 있고, 역에서 한달음에 달려가 대장간으로 뛰어

들면 아버지가 내리치던 메를 놓고, 도수가 돌아왔다며 안채에 대고 고함칠 거고, 어머니가 맨발로 달려 나와 나를 맞을 것 같다. 광수가 너 데리러 남조선에 내려갔는데, 그때 왜 안 올라오구 우리 양주 죽구 난 후 이제야 왔어? 어머니가 말한다. 오마니, 내가 여기 있잖아요, 하며 광수가 아래채에서 방문을 열고 나와 마당으로 내려선다. 형님 집에 불이 안 났담 월북했지요. 형님도 부모님 뵈러 저 따라 잠시 북으로 올라갔다 내래가겠다고 했구요. 광수가 말하곤, 손풍금 켜며 나를 맞아 환영 노래를 부른다. 얼굴에 흉터가 없고 목청 좋았던 시절, 젊었을 때의 그 모습이다. 동네 사람들이 대장간 집에 경사가 났다며 모여들고……. 그러나 감옥 생활을 오래했던 광수 탓인지, 내 옥살이가 호적에 남은 탓인지, 아니면 방북 신청자들이 워낙 많아 경쟁이 심한 탓인지 이산가족 상봉 신청은 지난번 4차에서도 낙방되었다.

「형님, 무슨 생각에 그리 골몰해요? 엔간히 먹었으니 우린 일어섭시다. 우리가 빠져 줘야 젊은 애들이 담배질하며 마음 놓구 놀 테지요.」 곽가가 일어선다. 멍청하니 환영에 사로잡혔던 나는 홀연히 현실로 돌아온다. 닭죽은 반 공기 정도 먹었으나 여기저기서 건네주는 술잔에 나도 어질머리를 느껴 곽가를 따라 일어난다. 볕이 너무 눈부셔 그늘을 찾고 싶다. 「젊은것들 보니 참 좋은 세월입니다. 그래도 우리야 늙마에 등 따시구 배부른 세월 누리다 죽는다지만 선대야말로 뼈 빠지게 고생만 했지요. 일제 때 공출에 징병에다, 해방되자 좌우익 싸움에 전쟁 겪으며 자식 한둘은 잃구…… 그건 그렇구, 텔레비에 나오는 북한 사람들 보면 왜 그렇게 모두 키가 작고 홀쭉 말랐는지, 꼭 예전 부모님들 모습이라요. 북한은 어린애들과 노친네들이

한 해에도 수만 명씩 굶어 죽는대요. 이쪽은 배 터지게 먹으니 살 뺀다구 난린데, 저쪽은 먹을 게 없어 굶어 죽는다니, 같은 하늘 아래 사는데 어찌 형편이 그리도 다른지…… 평양 시민으로 살면 모를까, 저쪽 땅 지방은 식량난이 대단하대요. 높은 놈들만 원수님 은덕이라며 잘 먹고 잘 살면 뭘 해요. 우선 백성을 배불리 먹이고 봐야지. 굶다 못해 중국으로 탈출해 떠도는 탈북자 동포가 수만 명이 넘는답니다.」 느티나무 밑 의자에 앉으며 곽가가 말한다. 「북쪽 사정까지 따질 게 뭐 있어. 여기두 점심 굶는 아동이 많대. 쌀이 남아돌아간다는데 애들이 가장인 달동네엔 왜 못 풀어 멕여. 먹구 살 만한 층은 흥청망청 낭비하니 조만간 하느님이 벌을 내릴 거야. 암, 천벌받구말구.」 내가 시퉁하게 대꾸한다. 「하긴 그래요. 먹다 버리는 음식 찌꺼기만도 연간 몇조 원이랍니다. 그것만 모아 북한에 가져다 줘도 그렇게까진 굶주리지 않고 살 겁니다. 형님, 기억하시죠? 미군 부대 쨈밥통에서 나온 찌꺼기로 꿀꿀이죽 먹던 시절 말입니다. 지금도 어떤 땐 그 맛이 혀에 붙어 며느리가 남은 음식 버리면 내가 불호령을 내리지요. 형님 집에 진도도 있는데 왜 그냥 버리냐구.」 「꿀꿀이죽? 기억나구말구. 청계천변 길바닥에 바소쿠리 벗어 옆에 두고 쭈그리구 앉아 자주 먹었지. 그땐 오늘 차린 진수성찬보다 더 꿀맛이었어.」 내 눈에 열심히 먹어 대며 떠드는 식구들 모습이 흐릿하게 지워진다. 「형님은 어때요? 꿀꿀이죽도 못 먹는 이북 고향에 가서 살라 하면?」 곽가가 작은 소리로 묻는다. 「이제 애들이야 여기서 자리 잡구 걱정 없이 사니 나 같은 늙은이야 있으나마나 아닌가. 자네나 나나 이남내래와 산 세월, 북에 주저앉아 살았어두 그렇게 죽자 살자 일하지는 않았을 거야. 일한 만큼 돈이 생기니 밤에두 불 밝혀 폐지더미에 묻혀 살았잖는가. 돈이 뭔지, 늙어서 보는 낙은 또 뭔지…… 그러나 고향 찾기에 이젠 때가 너무 늦었어.」 누가 수갑 채워 잡아갈 나이도 이미 넘었고, 곽가는 믿을 수 있어 마음에 둔 말을 했지만 그래도 뱉고 나니 찜찜하다. 고향 떠나 부모님 못 모신 빚 갚는 셈 치고 은행에 맡겨 둔 돈을 몽땅 헐어선 양곡을 트럭으로 수십 차 사서 싣구 가면 되지. 암, 거기서 남은 여생 살다 죽구 싶고말구. 나는 그 말을 입속에 삼키고 만다.

나는 의자에서 일어나 뒷산으로 오르는 계단을 밟는다. 「너들만 먹지 말구 진도한테도 뭘 좀 멕여. 인간 덜된 사람보다 나은 영물이니.」 곽가가 내 뒤를 따르며 식구들에게 소리친다. 묘지 가까이 숨길 고르며 올라갔을 때, 갑자기 묘 뒤에서 아이 머리가 불쑥 솟는다. 빨간 운동모 쓴 애가 장남감 총을 내게 겨누어 총 쏘는 시늉을 한다. 「아얏, 내 총 받아라. 탕, 탕, 탕!」 나는 깜짝 놀라 옆에 선 소나무 등걸을 잡고 어깻숨을 몰아쉰다. 빨간 운동모가 묘 뒤로 숨는다. 노할아버지 정말 총에 맞았어? 하고 묻는 소리가 들린다. 「**월남한 반동 가족은 쓸어 버리구 떠난다나 어쩐다나, 그런 소문두 돌아. 또 줄초상 나갔구먼.**」 바깥에서 돌아온 아버지가 민청원한테 들었다며 말했다. 미군 비행기 폭격은 날로 심해지고 순천 내려가는 신작로 쪽에서 포 소리가 들렸다. 「전쟁 나기 전엔 좋았는데 세상이 점점 왜 이렇게 살벌해져요? 우린 피난 안 나가두 되나요?」 내 막내 애를 품에 안은 어머니가 아버지에게 물었다. 「피난 간다면 만주 땅 아닌가. 엄동은 닥치는데 얼어 죽거나 굶어 죽겠다면 나설까, 어디 원……. 우리 식군 집 밖에 한 발짝두 나가지 마.」 우리 가족은 대장간 옆 고철더미 쌓인 창고 바닥을 파서 방공호를 만들어 두었다. 광수 식구까지 합쳐 우리는 당분간 방공호에 몸을 숨기기로 했다. 밤낮으로 폭격이 계속되더니 이틀 뒤, 국군과 유엔군이 탱크를 앞세워 개천 읍내로 밀고 들어왔다. 폭격으로 역사가 파괴된 역 광장에서 있은 국군 입성 환영 대회에 나가 보니 철길변에는 아직도 치우지 않은 인민들 시체가 작은 동산을 이루고 있었다. 어느 쪽에서 작살 냈는지 모를 그 현장을 목격하곤 나는 좌든 우든 악으로 덤비는 골수분자들은 믿지 않기로 했다. 광수가 나를 찾아 중손골로 왔을 때 나는, 전쟁은 원수라며 그 점을 분명히 못박았다. 내 말에 광수가 말했다. 「전쟁은 멀쩡한 사람의 잠재의식 속에 숨은 광기를 불러냅니다. 내가 왜 이러냐를 반성할 수 없게, 사람을 한순간에 미치광이로 만들어 버리지요. 어느 전쟁이든, 폭력의 속성으로 이해해야지요.」 광수 말은 어려웠다. 「이놈들, 노할아버지께 무슨 짓들이니. 다른 데 가서 놀지 못해!」 곽가가 아이들을 꾸짖자, 적군이 쳐들어왔다, 후퇴다, 후퇴! 하며 아이들 댓이 산 쪽으로 달아난다. 애들이란 예나 지금이나 별 뜻 없이 끔찍한 장난질을 즐긴다. 텔레비전을 켜면 죄 총 쏘고 칼로 치고 몽둥이질하는 짓거리다. 아이들이 그걸 배웠는지, 젊은이들도 데모에 나서면 전경들과 맞서서 쇠파이프와 각목 들고 설쳐 댄다. 곽가와 나는 플라스틱 의자에 앉는다. 아래쪽 마당에서는 왁자지껄한 웃음소리에 이어 박수 소리가 요란하다. 잠시 뒤, 합창이 터지더니 손풍금 타는 소리가 어울러든다.

「어머님의 손을 놓고 돌아설 때에/부엉새도 울었다네 나도 울었소……」 낮술이 거나하게 오른 큰애가 악을 쓰며 울부짖는다. 손풍금 소리가 반주를 맞춘다. 곽가 맏이애가 일어나더니 몸을 흔들면서 손뼉 치며 종호 노래에 어울러든다. 「가랑잎이 휘날리는 산마루 터에…….」 청계천 시절부터 술 한잔 들어가면 곽가와 내가 줄기차게 불렀던 노래다. 곽가는, '불러 봐도 울어 봐도 못 오실 어머님을/원통해 불러 보고 땅을 치며 통곡해요'로 시작되는 〈불효자는 웁니다〉가 십팔번이었다. 곽가가 그 노래를 2절까지 부르면 절로 콧마루가 시큰해지고 눈물이 맺혔다. 노래 불러 본 지가 까마득하다. 몇 년 전 큰애 생일날 저녁, 걔네 식구들과 외식하고 노래방이란 데도 가서 손자 녀석들이 하도 부추겨 한 곡조 부른 것 같기도 한데 무슨 노래였는지 기억이 없다. 저 애는 장사 잘돼? 하고 내가 곽가 맏이애를 두고 묻는다. 「학교 앞 문방구란 게 그렇잖아요. 애들 공부시키구 겨우 밥이나 먹지요. 둘째 애 전파상이 오히려 나은 것 같습디다. 뭘 고치든 아파트 출장 나가면 재료비 말구 무조건 출장비를 만 원씩 따로 받잖아요.」 곽가는 맏이애 식구는 함께 살고 둘째 애네 식구는 분당에 따로 산다. 「생일잔치 차려 준다 하구선 저희들 들놀이판이군. 늙은이 우린 잘 빠져나왔지.」 내가 말한다. 「할멈은 뭘 한다구 눈총받으며 거기 끼여 앉았어?」 곽가가 아래쪽을 내려다보며 제 아내를 두고 구시렁거린다. 큰애 맏이가 고모부도 한 곡조 뽑으라고 부추겼는지, 설 서방이 노래를 시작한다. 「눈보라가 휘날리는 바람 찬 흥남 부두에/목을 놓아 불러 봤다 찾아를 봤다…….」 설 서방은 갑년 나이인데도 목청이 좋다. 「누가 출신지 안 물어볼까 봐 저 애는 또 흥남 부두 타령이군.」 곽가가 말한다. 「전쟁 당시 나이 어렸어두 들은 말이 있으니 맺힌 한을 푸는 거지.」 내가 대꾸한다. 노래판이 앉은 자리대로 돌아가며 이어진다. 흥이 나는지 여자들도 서슴없이 노래를 부른다. 종호 맏이애가 굵은 몸을 일으키더니 노래를 시작한다. 「저 들에 푸르른 솔잎을 보라/돌보는 사람도 하나 없는데/비바람

맞고 눈보라 쳐도……」대학교 다닐 때 운동패답게 종호 맏이애 노래는 늘 저런 곡조다. 노랫소리가 차츰 귓가에서 멀어진다. 손풍금 소리가 가까워지더니 종건이 셋째 녀석이 혼자 언덕을 올라온다. 마당에서 놀지 않고 묘터로 올라오는 녀석을 보자 나는 바짝 긴장한다. 녀석이 틀림없이 또 광수 말을 꺼낼 것이다. 「할아버지, 새로 배운 노래예요. 이 노래 들어 보시면 예전 기억이 살아날 거예요. 사돈 할아버님도 이 노래 들으시면 함경도 영흥 살던 때가 절로 떠오르실 겁니다. 그럼 시작합니다.」 손자 녀석이 손풍금 연주로 바람을 잡더니 노래를 부르기 시작한다.

「넘쳐 흘러가는 볼가 강물 위에 스텐카라진/배 위에선 노랫소리 드높다/페르샤의 영화의 꿈/다시 찾은 공주의 웃음 띤 그 입술에/노랫소리 드높다……」 손자 녀석은 고개를 갸웃거리고, 어깨를 가볍게 흔들며, 조금은 구슬픈 소리로 노래를 부른다. 그거 소련 노래 아닌가? 소련군 들어오구 그런 노래 많이 불렀지, 하고 곽가가 말한다. 「돈코사크 무리에서 일어나는 아우성/교만할손 공주로다/우리들은 주린다/다시 못 올 그 옛날의 볼가 강은 흐르고/꿈이 깨인 스텐카라진/외롭구나 그 얼굴……」 학예회 무대에 선 학동처럼 손자 녀석이 한껏 재주를 뽐내는데, 광수 젊었을 때의 목청에 비하면 어림없다. 손풍금 켜는 솜씨도 광수 따라잡으려면 몇 년은 더 걸리겠다. 광수의 손풍금 타는 손가락 놀림은 어머니 채 써는 솜씨보다 재빨랐다. **「광수 잰 창가와 악기 다루는 재주를 타고났어.」** 아버지가 말했다. 「저 애는 노래 부르는 걸 저렇게 좋아하고 무슨 악기든 만졌다 하면 잘 다루잖아요. 시숙이 평양에서 사다 준 하모니카로 며칠 만에 〈아리랑〉을 멋지게 붑디다.」 어머니가 채를 썰며 말했다. 「저러다 훈도 집어치우구 유랑 각설이패 따라나설까 걱정이군. 임자두 개를 너무 추어 주지 마.」 아버지가 말했다. 「형, 나 착실히 월급 모아 평화 시대가 오면 도쿄나 경성으로 나갈 테야. 전문학교에서 음악 공부를 더 하고 싶어.」 광수가 내게 말했다. 태평양전쟁이 막바지에 올라 마구잡이 징병이 한창이던 때라 나도 아내와 자식을 집에 남겨 두고 개천 철광산에 징용을 나갔다. 개천광산에서 무연탄과 흑연이 많이 생산되었고 철광석은 이북서도 양질로 소문이 높았다. 철광산에서 일곱 달 만에 몸을 다쳐 집으로 돌아와 아버지를 도와 대장간 일을 할 때였다. 광수는 훈도라 용케 징집을 면했고, 시국이 한창 어수선할 때라 읍사무소 옆에 점방 내고 있던 사법 서사 홍 주사 딸과 서둘러 혼례를 올렸다. 광수가 손풍금을 구입해 취미를 붙이기가 장가들기 전후, 아마 그즈음부터였을 것이다. 그러나 아우의 유학 꿈은 좌절되었으니, 곧 8·15 민족 해방을 맞았다. 우리 집안은 출신 성분이 좋았다. 대장장이였던 아버지는 노동자 대표로 읍 인민위원회 대의원으로 뽑혔다. 광산 노동자 출신인 나는 청년노동자동맹 분소 부부장이 되었다.

「할아버지, 지금은 북한 노래 부른다고 잡아가지는 않아요. 텔레비전에서 북한 소식 시간 보면 북한 애들이 꼬까옷 입고 재롱떨며 김정일 장군님 찬가도 부르잖아요. 해방 후 공산 정권 들어서고 배웠던 노래 한번 불러 보세요. 배운 지 얼마 안 되어 연주 솜씨는 서툴지만 엔간한 노래는 따라 맞출 수 있어요.」 손자 녀석이 손풍금 연주를 멈추고 말한다. 손자 말에 문득 〈기민(饑民) 투쟁가〉던가, 김일성 장군이 항일 무장 투쟁 시절에 애창했다는 혁명 가요가 생각난다. 「오직 한 길, 혁명에서 살길을 찾자/나리님도 하느님도 돕지 않는다/우리에겐 감옥밥만 차려지거니/제 힘으로 새 사회를 어서 세우자……」 나는 광수가 교도소에 있었던 긴 세월 동안, 폐지와 씨름하며 허덕거리다 주위에 듣는 귀가 없으면 이 노래를 흥얼거리기도 했다. 어느 누구도 나를 돕지 않으니 내 힘으로 뼛골 빠지게 일할 수밖에 더 있겠느냐며 용기를 부추겼다. 「몰라. 모른대두. 난 이북 있었던 긴 세월 동안, 대장장이에 광부질 노동만 해서 노래두 못 배웠어. 네놈이 할아비 복장만 지르니, 내려가자.」 녀석이 광수 얘기를 물어 올까 봐 나는 잘라 말하곤 의자에서 일어선다. 식곤증인지 몇 잔 마신 술 탓인지 졸음이 몰려온다. 어젯밤에도 잠을 설쳤기에 방에 들어가서 눕고 싶다. 우리 셋은 묘터를 떠나 마당으로 내려온다. 젊은 여식애 하나가 팔다리를 나풀거리며 귀 설은 노래를 부르고 있다. 모두 흥겹게 손뼉 장단을 맞춘다. 오후 들고 바람이 조금 세어졌다. 훈훈한 봄바람인데도 내게는 그 바람이 얼굴에 닿자 서늘하게 느껴지고 한차례 오한이 스친다. 「할아버지도 한 곡조 하세요.」 「내년 팔순 생신 때는 회관 홀 빌려 잔치 크게 열어 드릴게요.」 「사둔어른두 앉으세요.」 「음식 많이 남았습니다. 더 드세요.」 여러 말에 곽가는 노래 한 곡조 부르고 싶은지 주저앉고, 나는 손을 저으며 마당을 질러간다. 「아무래두 난 좀 쉬어야겠다.」 내 팔을 잡는 맏며늘애 손을 뿌리치고 나는 현관으로 걷다, 문득 저 아래쪽 고층 아파트 단지 사이 정자가 있는 소공원에 눈길이 머문다. 예전 폐지더미 쌓아두었던 그 땅 아래 이제 썩어 백골만 남았을 황점술 시신이 묻혀 있다. 갑자기 숨길이 가빠 오자 나는 가슴에 손을 얹고 큰 숨 쉬기로 뛰는 심장을 가라앉힌다. 「형님, 황씨를 그대루 뒀다간 아무래두 수사 기관에 신고할 것 같아요. 이젠 쥐여 주는 돈 정도론 순순히 넘어갈 것 같지

않습네다.」 광수가 말했다. 월남 직후 황가놈이 내 서울 거주증을 만들어 주기는 했으나, 나 역시 그 길밖에 다른 방도가 없겠다 싶었다. 간첩을 신고하면 정부가 주는 보상금은 내가 놈에게 쥐여 주는 돈의 수백 배고, 정치 깡패로 수배된 황가는 우선 수사 기관을 피해 다니는 데 진력을 내고 있었다. 일제 때부터 자유당 정권 때까지 황가놈이 저지른 행실이야말로 누구 손에 죽어도 마땅했다. 피신해야 할 사고무친의 떠돌이 신세라 그가 지상에서 사라져도 수소문할 사람이 없겠다 싶었다. 어느 날 오후, 폐지 집하장 우리 집에라도 당분간 기식해야 되겠다며 찾아온 황가에게 나는 술을 진탕 먹였다. 바깥으로 나가 폐지더미에 대고 오줌을 누는 그의 뒤통수를 나는 망치로 내리쳤다. 전쟁 났던 해에 편 갈라 집단으로 처지르듯, 나는 황가놈을 그렇게 혼자 처치했다. 황가가 오줌을 누던 근방에 숨어 있던 광수를 불러내어 황가 시신을 폐지더미 아래 깊숙이 묻었다. 자식들은 물론 한 울타리 안에 사는 곽가도 모르게, 형제가 치러 낸 매장이었다.

나는 격앙되는 감정을 다스리며 거실로 들어오자 여럿 앉는 응접 의자에 몸을 눕힌다. 열어 놓은 창을 통해 바깥에서는 노래가 이어진다. 손뼉 치는 소리가 들리고 어샤 어샤, 하는 응원에 이어 곽가가 나서는 모양이다. 〈불효자는 웁니다〉가 아닌, 다른 노래다. 「고향이 그리워도 못 가는 신세/저 하늘 저 산 아래 아득한 천 리/언제나 외로워라……」 곽가의 노래가 처음은 돼지 멱따는 소리로 치닫다, '저 하늘'부터 갑자기 목소리가 처지더니 울음 울듯 서러워진다. 노래와 손풍금 반주 소리가 귓가에서 멀어지고, 나는 한기를 느끼며 아슴아슴 잠에 빠진다. 사지가 녹작지근하게 풀어져 꼼짝하기 싫은

데, 누가 이불이라도 덮어 주었으면 싶다.

「아버님, 방에 들어가서서 편히 주무세요.」 눈을 뜨니 맏며늘애다. 해가 기울어 창으로 밀려든 햇살이 거실 벽을 황금색으로 물들였다. 누가 덮어 주었는지 나는 응접 의자에서 홑이불을 덮고 잠을 잤다. 두세 시간쯤 잤을까, 정신이 맑다. 나는 부스스 몸을 일으킨다. 「여기 앉아 있겠어. 식혜 있으면 한 잔 다오.」 나는 꿈을 꾸다 부르는 소리에 눈을 뜬 참이다. 창문으로 들어오는 바람에 한기를 느껴 이불을 둘러쓰자, 흐릿하게 떠오르는 꿈은 몹시 추운 겨울이었다. 밤이었고 사방은 황량한 들판이었다. 왜 겨울 들판에 나 홀로 있어야 했는지, 나는 담요를 둘러쓰고 추위 속에 웅크려 앉아 있었다. 들녘의 억새를 쓸고 가는 바람이 드세었는데, 이제야 생각난다. 길게 꼬리를 끄는 날카로운 바람 소리 속에 멀어지던 손풍금 타는 소리가 들렸다. 경쾌한 빠른 곡조였다. 어둠 속에 검은 그림자로 손풍금을 타며 등을 보인 채 멀어져 가던 사람의 뒷모습은 분명 광수였다. 그는 깨금발로 원을 그리며 신나게 손풍금을 타며 걸어갔고, 나는 그냥 우두커니 앉아 어둠 속으로 사라져 가던 그의 뒷그림자를 보고 있었다. 창으로 바람이 밀려드는데 바깥의 손풍금 소리가 멎는다. 가족은 아직도 마당에서 줄기차게, 삼팔따라지 한을 노래로 몽땅 풀겠다는 듯 봄날의 한때를 지치지도 않는지 잘도 논다. 「그 곡 제법 괜찮은데, 한 번 더 불러 봐.」 종호 맏이애 목소리다. 앵콜, 부라보! 하고 젊은 여자 애가 손뼉을 치며 거든다. 「할아버지한테 들려주려 배웠지요. 그럼 〈저녁 종소리〉를 다시 시작할게요.」 종건이 셋째 녀석이 손풍금 반주에 맞춰 노래를 부른다.

「저녁 종소리, 저녁 종소리 / 얼마나 많은 생각을 불러일으키는지 /

고향 땅에서 보낸 어린 시절/거기서 나는 사랑했고, 거기에 내 부모님의 집이 있었지⋯⋯」손풍금 반주가 차츰 빨라진다. 빠른 가락에 맞춰 손뼉 치는 소리가 어울러든다. 내가 젊은 시절에 들어 본 곡조 같기도 하다. 소련군이 들어온 이듬해던가, 열성자 대회 때 인민들은 발을 빠르게 구르는 경쾌한 소련 춤인 콜로미카, 카마린스카야를 소련 군인들로부터 배웠다. 남녀 인민들이 손에 손잡고 원무를 그리며 콜로미카를 출 때, 광수는 가운데에서 홀로 손풍금을 연주하며 카마린스카야를 추었다. 공중뛰기를 하다 쪼그린 자세로 엉덩이를 들고 한쪽 발을 앞으로 바꾸어 내밀어 가며 땅바닥을 팍팍 찼다. 광수는 손풍금 연주 솜씨도 대단했지만 날렵한 몸놀림으로 소련 춤도 썩 잘 추었다. 우리는 모두 광수의 연주와 춤 솜씨에 취해 입을 다물지 못했다. 모두들 땀 찬 얼굴로 휘파람을 불고 탄성을 질렀다.「⋯⋯고향과 영원히 이별할 때/거기서 들었네, 마지막 종소리/그리고 많은 날들이 지났지만 지금도 생생하네/그때는 참 즐거웠고 젊었었지/저녁 종소리, 저녁 종소리/얼마나 많은 생각을 불러일으키는지⋯⋯」손자 녀석의 노랫말을 듣자 가슴이 메어 온다. 노랫말처럼 그때 그 시절은 젊었고, 즐거운 나날이었다. 손풍금을 켜며 노래 부르는 지금 손자 녀석이 그 시절 바로 내 나이였다. 광산 십장 하던 일본놈들, 그 아래 붙어먹던 간살쟁이 친일 도배, 역전 상가 경영권을 쥐고 일수놀이하던 부르주아, 가렴주구로 작인 등쳐 먹던 지주, 협잡질 일삼던 사기꾼도 자취를 감춘, 근면하고 정직한 무산자 인민이 주인이던 새 세상이었다. 광수는 군당 선전 대원들과 함께 집채 농장과 광산을 돌며 소련 노래와 항일 혁명가를 부르며 손풍금을 켰다. 리별 집채 유희 시간에 춤가락에 맞춰 손에 손잡고 원무로 춤을 추면 노랫소리는 차츰 빨라지고, 그 동아리 가운데에 광수가 손풍금 타며 깨금발로 춤을 추었다. 전쟁이 터진 그해 7월 초, 나는 역 저탄장에서 일하다 볼일이 있어 집에 들렀다가 남조선 해방 전쟁 출정식이 있다고 해서 역 광장으로 나갔다. 전선으로 떠날 홍안의 소년 전사들과 이를 환송 나온 환영꾼들로 역 광장은 발 디딜 틈이 없었다. 나는 거기서 고갯짓하며 손풍금을 연주하던 광수의 환하게 웃던 모습을 보았다. 연예 대원들이 혁명 투쟁가를 소리 높여 부르고 악대들이 연주를 했다. 「전선으로 떠나는 나의 가슴엔/동무의 붉은 피가 흐르고 있네/시련에 찬 나날에 정성 다해 준/혁명 동지 그 사랑 잊지 않겠네……」 그로써 광수와 나의 젊은 시절은 끝났다. 7월 중순, 광수가 인민군에 소집당해 전선으로 떠났기 때문이었다. 광수와 나의 청춘은 해방과 전쟁 사이, 우리 가족이 한 울타리 안에 살았던 한 시절이었고, 그 한때는 분명 한여름날 소나기 끝에 보게 되는 오색찬란한 무지개, 그렇게 영롱하게 빛나던 시간대였다. 아슴아슴 그 생각에 빠져드는 순간, 나는 내가 정말 노망에 들지 않았나 움찔 놀란다. 남한에서 살 동안, 죽기 전까지 생각이 그렇게 돌아서는 안 된다고 수없이 다짐했는데 팔순 나이에 이르자 돌아갈 수 없는 그 시절이 왜 그렇게 안타깝게 떠오르는지 알 수 없다. 누구나 한 번은 맞게 되는 죽음처럼, 누구에게나 젊은 한때는 오직 한 차례, 조금 전 꿈처럼, 꿈결이듯 짧게 스쳐 가버리기 때문일까.

(《문학인》, 2002년 여름호)

■ 해 설

병든 세상 껴안기

김병익(문학평론가)

　김원일은 고생스러웠던 10대 중반의 소년 시절을 회고하는 자리에서 "빨리 늙은이가 되고 싶었다"고 쓰고 있다. "내가 살고 있는 현실을 절망과 비극의 세계로 파악했고, 나에게 가정적·사회적 책무를 지워 그런 일감을 감당해 나가는 나를 지켜볼 주위의 시선으로부터 해방되려면 빨리 늙은이가 되는 길밖에 없다고 생각"(〈자전 에세이 2〉, 《김원일 깊이 읽기》, 문학과지성사, 58쪽)한 때문이었다. 그리고 다른 자리에서 그는 자신이 예순의 나이를 넘길 만큼 살 수 있을까 예상하기도 했다. 그런 예상을 비켜나, 그는 작년(2002년) 봄에 회갑을 맞았고 두 외손 자녀를 둔, 그래서 그가 바라는 대로 '늙은이'가 되었다. 그러나 그가 빨리 늙기를 바란 이유가 된 '가정적·사회적 책무로부터의 해방'에는 실패한 듯하다. 그 나이 또래의 다른 사람들처럼 그 역시도 여전히 가장으로서, 사회인으로서의 책무가 그를 붙들고 있지만 작가로서의 책무는 오히려 그 자신이 붙들고 놓지 않은 채 왕성한 필력으로 발휘하고 있어, 빨리 벗어나고 싶다는 그 자신의 희망을 배반하고 있는 것이다. 그의 진갑에 나오는 이 소설집《물방울 하나 떨어지면》도 그 배반이 일구어 낸 훌륭한 성과이다. 이 작품집에 수록된 다섯 편의 중·단편은 2000년과 2003년에 발표된, 그러니까 그의 갑년을 전후해서 쓰인 것으로 기록되고 있지만, 그사이의 세 해 동안을 그는 놀기는커녕 오히려 더 정력적으로 집필하고 창작하는 데 시간과 정력을 바쳤다. 그동안 그는 죽음에 임박한 노인들의 내면 독백을 연작으로 서술하여 그에게 '이수문학상'과 '무영문학상'을 함께 안겨 준 장편 소설《슬픈 시간의 기억》(2001, 문학과지성사)을 상자했고, 아홉 권짜리 대하 소설《늘푸른 소나무》를 두터운 세 권짜리 총 1천9백 쪽으로 개작(2002, 이룸)했으며, 2백 자 원고지 2천6백 장으로 화가 피카소의 평전을 썼다(그 중 1부인《발견자 피카소》가 2002년에 동방미디어에서 간행되었고 이 책의 수정본과 후속편을 한 권으로 한 책이 곧 나올 예정이라 한다). 그는 사석에서 "지난 1년 6개월 동안 3천 매의 원고를 썼다"고 내게 말한 적이 있지만, 그의 딸마저 두려움으로 탄복하고 그 자신도 대견하게 여기는 이 '근면함'이 이순(耳順)의 나이에 오히려 더 집요하게 발산되고 있음은 '천천히 늙기'를 바란 내게 거의 기적적인, 적어도 이례적인 사건으로 보인다. 그의 회갑을 맞아 간행된《김원일 깊이 읽기》의 자료를 찾아보니 그때까지 그는 다섯 권의 중·단편집과 그것들을 묶은 다섯 권의《김원일 중·단편전집》, 열세 편이지만 권수로는 서른 권에 이르는 장편 소설들, 그리고 세 권의 산문집을 발간했는데, 그의 글쓰기의 욕망은 게으름을 피울 핑계가 되는 '늙은이'가 되고서도 줄어들기는커녕 더욱 뜨거워지는 모양이었다.

그런데 내가 김원일에게 경탄하는 것은 그 창작에의 열의와 집필에의 집념에 대해서만은 아니다. 그에 대한 짤막한 소묘(〈김원일의 내면 풍경〉,《김원일 깊이 읽기》)에서 이미 밝힌 바 있지만, 그의 대가풍의 문체를 마주하면, 마치 이런저런 예쁜 산, 재미있는 봉우리들을 압도하는 듯한, 덩치 자체가 엄청 크고 듬직해서 그 속에 세상의 갖가지 인간사들을 폭넓게 품어 안고 있지만 그 겉모습은 밋밋하고 대범한, 마치 지리산 속으로 드는 듯한 인상을 갖게 된다. 그 구성에서도 그렇지만 그의 문장은 전혀 멋을 안 낸 듯한, 덤덤한 느낌을 준다. 가령 이 소설집의 첫 작품으로 수록된 단편 〈미화원〉의 서두부터 그렇다 : "김씨가 사무실에서 일일 사납금을 맞추고 공용 주차장을 나서기는 자정이 넘어서다. 종점 부근은 편의점과 술집 몇 군데만 불을 밝혔을 뿐 거리가 한산하다. 며칠 사이 날씨가 완연히 달라졌다. 밤바람이 한결 서늘해 반소매가 선뜩하다. 그 무덥던 더위가 물러가고 어느덧 가을이 성큼 다가왔다." 수식어며 부사는 거의 끼워 넣지 않은 채 접속사 없이, 명사와 동사로 이어지는 이 무덤덤해 보이는 문장에서 '김씨'의 직업과 지금의 계절과 시간, 그리고 한밤의 고즈넉한 분위기가 한눈에 전개된다. 섬세한, 선병질적인, 현란한, 경쾌한, 멋진, 까다로운, 난해한, 실험적인 등등의 이른바 '현대적인' 문체를 등지고 객관적인 묘사로 일관하고 있는 그의 글쓰기는 아마도 사실주의적 묘사법의 훌륭한 모범을 보이고 있을 것이다. 아니, 그도 문체적 실험을 한 적이 있었다. 아우의 죽음을 서술한 작품에서는 판소리체를 활용하기도 했고 치매 노인들의 독백을 기록한 《슬픈 시간의 기억》은 대체로 내면적인 회고며 의식의 흐름 기법으로 이루어진 것이다. 그러나 그 특이한 수법은, 내가 보기에, 그 작품의 주제에 효과적으로 상응하는 문체를 선택하면서, 나도 이런 유의 글을 쓸 수 있다는 김원일식의 자기 확인으로 보일 뿐, 김원일 문체의 주조는 객관적 묘사체임이 분명하다. 이런 유의 문체는 염상섭에게서도 그런 것처럼 글읽기의 신선하고 혹은 자잘한 재미를 주는 효과를 버리는 대신 감정을 절제하고 객관적인 사유로 사건과 정황을 정시하며 그 사태의 내면을 바라보게 만드는 문학적 진지함의 성과를 유도한다. 그러기에 이런 문체는 쉽게 읽히는 것만큼 결코 쉽게 쓰일 수 있는 것이 아니다. 나는 그의 많은 원고를 교정 보면서 그가 문장 하나하나마다 얼마나 세심하게 사용하고 또 끊임없이 수정을 가하는가를 지켜보았지만, 완벽한 묘사를 위한 그의 각고는 내가 황순원 선생의 작품을 볼 때 느낀 바로 그 장인 정신의 또 다른 표현임을 확인하지 않을 수 없었다.

앞서 나는 주제에 따라 김원일 역시 문체적 실험을 해왔다고 썼지만, 객관적인 사실주의적 수법으로서는 좀 비켜나는 시제와 시점의 교차를 그가 빈번히 사용하고 있다는 점도 환기되어야 할 것이다. 가령 이번 작품집의 〈물방울 하나 떨어지면〉에서처럼 현재의 시제 안에 과거의 시제를 싸안는 방식은 흔한 수법이라고 볼 수 있지만, 〈4가 네거리의 축대〉는 현재-과거-현재의 시간상의 교체로 진행되고, 2002년 '황순원문학상' 수상작인 〈손풍금〉은 손자와 할아버지의 1인칭 시점 교대로 구성되고 있는 것이 그렇다. 이 수법은 우리 문학에서도 드문 일이 아니지만 김원일의 경우에는 중요한 작품에서 애용되는 방법이어서, 그의 초기 대표작 《노을》은 40대의 현재의 나와 소년 시절의 나로 장을 바꾸며 전개되고, '한국일보문학상'을 안겨 준 문제작인 중편 〈도요새에 관한 명상〉은 네 가족의 시점으로 순환하며 서술되고 있다. 리얼리즘이 통시적 시제와 전지적 시점을 갖는 것이라면 문체의 사실주의를 유지하면서도 시점과 구성에서의 이런 변형은 약간은 변칙으로 보아야 할 것이다. 그러나 김원일은 이런 변칙을 통해 한 개인 또는 하나의 시공간을 택함으로써 빚어진 진실의 사상(捨象)을 구해 내는 것이다. 그러니까 〈손풍금〉에서 할아버지는 손자가 집요하게 알아내고자 하는 작은할아버지의 생애와 작은할아버지와 겪은 사건들에 대해 끝내 함구하는데, 이야기가 이렇게만 진행되면 할아버지는 왜 그런 고집을 부리는지 그의 동생은 어떤 사람이었는지의 숱한 사실들이 영원히 은폐되고 말 것이며, 그럼으로써 그가 겪은 한 시대의 진실이 사라져 버릴 것이다. 작가는 그 사라져 버릴 수 있는 진실의 진상을 독자가 인식해 주기를 바란다. 그 딜레마를 해결해 주는 것이 바로 할아버지 자신의 1인칭 시점을 통한 회고와 현재의 내면이다. 〈4가 네거리의 축대〉가 취하고 있는 시제의 교차도 이 비슷한 효과를 드러내고 있는데, 주인공은 지능이 모자라고 나이까지 많아 기억이 몽롱한 노인이어서 자신의 생애를 결정적으로 구속하게 되는 소년 시절의 사건을 적확하게 독자에게 술회하기는 어렵다. 작가는 시제의 소급을 통해 50년 전의 이야기를 전지적 수법으로 서술함으로써 주인공이 말하지 못하는 부분을 독자들이 청취하도록 장치를 바꾸는 것이다. 이 시제와 시점의 교체는 작가가 예컨대 《불의 제전》 같은 대하 소설에서 취한 전지적 시점을 포기하면서 그럼에도 현실적 민족사의 경험을 소재로 끌어들이는 데서 채용된 대용법이긴 하지만 그 의미는 단순한 수법적 보완의 수준으로 그치는 것은 아니다. 그것은 그가 대면하고 경험한 현실과 역사는 전체적이고 보편적인 것이며, 그로 말미암아 치르게 되는 고통과 상처는 그 자신의 개인적 생애를 통해서임을 방법적으로 보여 주고 있는 것이다. 김원일이 그의 대부분의 소설적 주제로 다루고 있는 전쟁 전후의 역사는 우리 민족 전체의 것이라는 객관적인 인식, 그 수난의 전형적인 예를 그의 개인적 운명으로 감당해야 한다는 것을 청년 시절의 실존주의적 감수성으로 수용함으로써 전체사와 개인사의 어긋남을 조정하여 상통의 효과를 거두어들이려는 의도가 이 방법론으로 실행되고 있는 것이다. 우리 모두의 총체적 경험을 개인적 운명의 하나로 받아들여 그것을 소설의 공간 속으로 형상화해야 한다는 인식이 시점·시제의 교차란 수법으로 발현된 것이다.

김현은 김원일의 '이야기의 뿌리, 뿌리의 이야기'(《김원일 깊이 읽기》)가 '가족'에 있음을 상세하고도 깊이 있게 해명하고 있다. 사실 그가 다루고 있는 소설의 이야기들은 식민지 시절이든 6·25 당시든 혹은 산업화된 현재의 시기이든 그 대부분이 가족을 중심으로 펼쳐지고 있다. 그는 전쟁의 참혹함이며 이념의 치열한 대결 혹은 자본주의 체제의 타락이라는 사회사적·정신사적 경험들을 작은 가족의 테두리 속으로 응축시킨다. 바로 그 집단적·민족사적 사건들을 견본처럼 보여 주고 있는 그 자신의 가족의 역사가 물론 그의 소설을 위해 '불운한 다행'이었을 것이다. 그의 아버지는 해방 공간기에 좌파 운동에 투신했고, 그래서 집과 가족을 팽개쳐 두고 잠복 활동하다 월북했고, 그런 남편 때문에 그의 어머니는 수사 기관에 끌려가 몰매를 당하는 고통과 네 자녀를 양육해야 하는 책임으로 억척같은 여인이 되어 지아비를 원망하며 근검과 절약으로 자식들을 모질게 키웠고, 그의 형제들은 가난과 굶주림으로 유아·소년기를 힘들게 살아 내야 했다. 그의 가족 일가가 곧 한국전쟁과 분단의 비극을 체현해 내고 있었던 것이다. 출세작인 〈어둠의 혼〉 이후 자신의 사사로운 가족 이야기를 쓰면 그것이 우리 민족 전반의 역사적 사태의 중심에 가 닿는 것이고 사회적·시사적 논의거리가 곧 한 가족 구성원의 실제와 그들 간의 관계 속에 삼투해 있음을 아마 그 스스로 인식했을지도 모른다. 사회 구성의 가장 작은 핵 단위로서의 가정과 그것에 투영된 사회적·집단적 문제성의 교삽(交揷)은 그의 또 다른 대표작인 《마당 깊은 집》으로부터 '동인문학상' 수상작인 중편 〈환멸을 찾아서〉를 거쳐 뛰어난 단편인 〈미망〉에 이르기까지 두루 나타나며, 지리산 공비 작전을 소재로 한 《겨울 골짜기》조차에도 양편으로 갈린 형제가 등장하며, 월남민 일가가 남한 사회에서 성공적으로 정착하며 오늘의 생활을 누리게 되는 과정을 묘사한 한 장편의 제목이 바로 '가족'이다. 〈손풍금〉의 박도수 노인 생신에 가족들 모두가 모여 벌이는 잔치에서 "가족 개념이 유별"(283쪽)난 한 집안의 현장이 묘사되고 있거니와 김원일에게는 가족이란 이 세계의 모든 것의 축도이며 그들의 성격과 삶 속에 이 세상의 갖가지 것들이 축약되어 있는 것으로 보인다. 그러니까 그에게 있어 가족이란 자본주의 사회 이후에 구조화한 가족의 사회적 관념이나 우리의 봉건 체제에서 기능한 가치 개념으로서의 가족이기보다, 우리의 현대사가 겪어 온 모순과 갈등, 사랑과 증오, 의지와 배반으로 점철된 이 세계의 만화경 같은 민족사적·집단적 경험의 체현체가 되는 것이다.

소설집 《물방울 하나 떨어지면》 역시 가족 소설 혹은 가족이 결핍됨으로써 오히려 가족의 의미를 반추하게 만드는 작품들로 구성되어 있다. 〈미화원〉은 아버지와 아들, 〈손풍금〉은 손자와 할아버지 그리고 그 일가들의 이야기로 이루어져 있고, 표제작 〈물방울 하나 떨어지면〉은 고아로 가족이 없음으로써 타인을 가족으로 껴안는 여자의 헌신이 기록되고 있으며, 〈4가 네거리의 축대〉는 노인의 외로운 삶과 그와 동거하는 아빠, 아기 가족을 축으로 전개되고 있다. 그러니까 김원일은 가족이 없는 사람의 경우에도 가짜 가족을 참여시켜 하나의 가족 공동체로 싸안고 있는 것이다. 그런데 극히 흥미로운 것은 이즈음의 김원일의 가족 구성이 그의 초·중기 시절 소설의 가족 구성과 다르다는 점이다. 장·단편 다섯 작품을 분석하며 김원일 소설에서의 가족적 성격을 도식으로 가름한 김현의 설명에 의하면, 이 작품들의 가족적 정황은 "1) 아버지는 없고, 어머니가 생계를 꾸려 나간다. 2) 그들을 도와주는 사람은 거의 없고(예외가 있다면 이모 정도이다), 그는 집안의 장남이다. 3) 자기가 결국은 집안(어머니와 형제, 자매)을 돌봐야 한다"(〈이야기의 뿌리, 뿌리의 이야기〉, 《김원일 깊이 읽기》, 225쪽)는 것으로 되어 있다. 그리고 이 가족적 정황은 자신의 이력이나 회고를 통해 드러내는 바로 김원일 자신의 것이고 그것들이 변주·변형되면서 그의 이전의 소설에 미만해 보여 주고 있는 이야기의 테두리가 이 가족적 구성 속에 그어지고 있었다. 그러니까 자신의 가족과 그 경험들을 술회함으로써 분단과 전쟁이라는 민족사적 비극의 구체적 실례를 그는 보여 준 것이다. 그래 온 그의 소설들에서 언제부턴가, 자전적 가족 구성이 바뀌기 시작한다. 시대를 당대 이전의 시기로 설정한 《늘푸른 소나무》며 《사랑아, 길을 묻는다》의 장편 소설은 물론 현대 소설인 《가족》이며 《히로시마의 불꽃》, 《슬픈 시간의 기억》 등의 장편과 근래의 중·단편을 모은 이 《물방울 하나 떨어지면》에서의 가족들은 기왕의 김원일 소설다운 가족 구성이 아니다. 전에는 야멸친 모상으로 보여 준 어머니의 존재는 사라지거나 약화되고 기왕에는 없거나 가족적 불행의 원인이 되었던 아버지가 어엿한 부권적 존재로 들어선다. 그리고 그 가족들은 남을 돕기도 하고 타인의 도움을 받기도 하며, 그래서 화자는 어려서부터 집안의 생계를 책임져야 하는 가혹한 운명을 지고 있는 것이 아니라 오히려 아버지의 따뜻한 보살핌을 입고 있는 존재로 바뀐다. 이런 가족 구성은 김원일의 자전적 가정이 아니라 오늘의 우리 사회에서 흔하게 볼 수 있는 일반적 가족 형태인 것이다.

　이렇다는 것은 그가 자서전적 테두리를 벗어나, 민족사적 개념으로서의 가족에서 당대의 사회 구조적 가족으로의 이야기 틀의 변화를 이룩하고 있음을 지시한다. 그는 자신의 가족이 6·25전쟁과 분단의 상처 자체임을 술회하는 데서 오늘의 한국적 삶의 구조와 형태로서의 가족의 의미를 천착하고 있는 것이다. 아마 이럴 수 있게 된 것이 한국전쟁에 대한 대하적 접근을 성공리에 완성한 《불의 제전》 즈음부터가 아닌가 싶다. 자전적 가족 구성을 벗어나게 된 장·중·단편들이 이 대하 소설이 진행되어 가고 마침내 완결을 보게 될 전후해서이기 때문에 이런 심증이 가능해진 것인데, 여기에는 현실적으로는 그에게 근원적인 억압체였던 어머니가 작고한 후의 50대 중반에 이르러 그 스스로 사회적·문학적 성취를 충실히 이룩함으로써 마침내 소년기적 콤플렉스로부터의 해방감을 얻게 된 점이 크게 작용했을 것이고, 무엇보다 문학적으로는 《불의 제전》을 통해 그의 평생의 현실과 내면에 응어리진 분단과 전쟁의 거대한 압력들을 마침내 카타르시스 할 수 있게 된 것이 그의 의식과 무의식의 변화에 강하게 작동했을 것이다. 권오룡이 그와의 대담에서 지적한 것처럼

《불의 제전》은 "선생님(김원일) 개인에 대해서는 어려서부터 줄곧 선생님을 짓누르고 있었던 것, 즉 역사로부터 해방되는 계기로서의 의미"(〈대담 : 열정으로 지켜 온 글쓰기의 세월〉, 《김원일 깊이 읽기》, 41쪽)를 그에게 깊이 있게 제공한 것이다. 그러고서, 그리고 그럼으로써, 그는 자신의 가족이란 울타리를 벗어나 외부 사회와 사람들에 대한 타자성을 새삼 발견하게 된다. 그 타자성의 발견 역시 여전히 가족이라는 매개를 통해서 이루어지고 있지만 이때의 가족은 그가 소속함으로써 괴롭힘을 당했던 역사적 비극의 자리로서의 자전적 가족이 아니라 이 사회의 현실적 모순과 불행의 투영체로서의 가족이다. 그 가족은 밑바닥 삶을 어렵게 감당해야 했던 아버지와 아들, 혹은 월남해서 힘들게 근면과 노력으로 일구어 마침내 성공한 가족으로 정착한 3대에 걸친 일가뿐 아니라 가족이 없기 때문에 전혀 피붙이가 아닌 사람을 맞아들여 가족으로 삼는 의사(擬似) 가정으로 번져 나간다. 그것은 김원일이 자기로부터 타인으로, 과거에서 현재로, 비극적 인식에서 연민의 공감으로, 갈등의 싸움에서 사랑의 헌신으로 인물들을 변화시키고 있음을 말해 준다. 《물방울 하나 떨어지면》의, 이순의 경지에 다다른 작가의 중후한 문학적 성취가 이런 변화를 구체화시켜 주고 있는 것이다.

《물방울 하나 떨어지면》에 수록된 다섯 편의 중·단편은 김원일이 그동안의 문학적 이력에서 이미 다룬 다양한 주제나 인물들을 여전히 다시 형상화하고 있다. 중편 〈손풍금〉과 〈4가 네거리의 축대〉는 그가 이제껏 가장 중요한 관심사로 짚어 온 분단과 6·25의 이야기로, 〈손풍금〉의 가족은 장편 소설 《가족》을 연상시키고 〈4가 네거리

318

의 축대〉의 무대는《불의 축제》의 일가가 서울에서 살고 있던 퇴계
로 4가이다. 운동권에 관여했다는 이유로 구속되어 처형당하는 사
건을 기록한 〈고난 일지〉는 '이상문학상' 수상작인 중편 〈마음의 감
옥〉의 변주이며, 〈물방울 하나 떨어지면〉의 주인공 김금순은 그의 가
장 긴 소설이며 뛰어난 성장 소설인《늘푸른 소나무》주인공인 '어
진이＝석주율'의 여성판이고, 한 편의 정갈한 단편을 보는 듯한 〈미
화원〉의 인물은 엄마가 목욕탕에서 아들을 씻겨 주는 〈깨끗한 몸〉과
'한무숙문학상' 수상작으로 자폐아의 성장과 모험을 따라가는 장편
《아우라지로 가는 길》을 불러들인다. 이 작품들이 기왕의 김원일 문
학의 자장권 안의 것들과 연계되어 있다 해서 단순한 반복이나 변형
으로 볼 것은 물론 아니다. 인물들은 새로이 설정되고 이야기는 전
혀 달리 짜이고 거기서 제시하고 있는 주제는 다시 따뜻한 눈으로
바라보게 된 이 세상 삶의 외롭고 안쓰러운 모습들이다. 그것이 어
떤 소재이든 그 줄거리는 단순하다. 자신의 죽음이 임박하면서 자폐
아 아들을 고속버스 터미널의 미화원으로 취직시키는 이야기(〈미화
원〉), 중증 지체 부자유자를 남편으로 보살피면서 장애 어린이들을
돌보아 주고 보육 시설을 위해 재산을 내놓게 되는 과정(〈물방울 하
나 떨어지면〉), 인혁당원으로 찍혀 체포되고 고문 끝에 사형되는 한
인물의 이력(〈고난 일지〉), 6·25 때 고자가 된 사건으로 지능이 퇴
화하여 후견자가 없으면 살 수 없는 사람의 이야기(〈4가 네거리의
축대〉), 그리고 한 사회주의자의 생애를 추적해 보려는 손자와 할아
버지의 흥정(〈손풍금〉)이 그 이야기들이다. 그 다섯 개의 이야기들
이 중편과 단편의 한 권짜리 작품집으로 늘어날 수 있게 된 것은 그
기둥 줄거리를 옆에서 보태 주고 밑에서 받쳐 주는 '자질구레한 삽화

들'이다. '자질구레한 삽화들'이란 말은 김현이 붙인 것이지만 그러나 그는 그것에 무의미한 것이 아니라 오히려 "무서운 구심력을 보여 기본적인 줄거리를 더욱 강하게 느끼게 한다"는 매우 적극적인 의미를 부여하고 있다: "그 삽화들을 제거해 버리면 앙상한 줄거리만 나타나지만, 그 삽화들 덕택으로 그 줄거리는 그 앙상함을 감추고 풍부한 구체성을 획득한다."(〈이야기의 뿌리, 뿌리의 이야기〉, 같은 책, 217쪽) 실제로 기둥 줄거리보다 더 많고 잡다한 사건과 묘사들을 통해 6·25의 그 살벌한 장면이며 유신 독재기의 삼엄한 분위기, 교외 신도시의 개발 현장, 가난한 연립주택 마을 등등의, 우리가 겪었고 지금도 관찰할 수 있는 시절과 공간과 사람들의 갖가지 모습들을 실감 있게 바라보고 따라가면서, 그 인물이 왜 그렇게 될 수밖에 없었는가의 사태와 사건의 필연성을 우리는 납득하게 된다. 가령 〈물방울 하나 떨어지면〉의 김금순이 전혀 남자 구실을 할 수 없는 동수와 결혼하면서 평생 처녀로 늙을 수 있는 자신감을 가진 것을 우리가 이의 없이 받아들일 수 있는 것은 그녀가 고아원에서 성폭력을 당했다는, 무심한 척 미리 깔아 놓은 이야기 때문이며, 〈손풍금〉의 할아버지가 많은 사건들에 대해 손자에게까지 함구하고 있는 것은 이 소설의 줄거리 속으로 간악한 황점술이 필요 없는 불청객처럼 끼어든 때문에 이해될 수 있는 정황이다.

　무엇보다 이번의 소설집에서 내게 충격으로 다가오는 것은 육체적으로나 정신적으로 장애자가 작품의 내역을 압도하고 있다는 점이다. 그의 이전의 여러 소설에서도 이미, 가령 《아우라지로 가는 길》의 마시우가 자폐아였던 것처럼, 많은 인물들이 저능이거나 불구였는데 그것이 다시 반복되고 있는 것이다. 〈미화원〉의 아들 종수는 저

능의 자폐아여서 혼자서 길도 못 찾는 정신 지체아이며, 〈물방울 하나 떨어지면〉의 동수는 자폐아에 층계에서 굴러 떨어져 휠체어 생활을 하며 대화도 못하는 거의 식물인간으로 살고 있고, 〈4가 네거리의 축대〉의 명구는 6·25 중의 인민군 사관이 하는 사격놀이에 하초를 잃고 고자가 된 데다가 그때의 충격으로, "장애인으로서의 신체적 고통만이 아니라 정신마저 황폐화한 전쟁 후유증"(166쪽)을 앓을 이라크 전쟁의 피해자와 다름없이 혼자서는 생활과 활동이 어눌한 노인이다. 이들은 모두 누군가의 돌봄을 받아야 할 불구자들이다. 〈손풍금〉의 인물들과 〈물방울 하나 떨어지면〉의 주인공 김금순만이 육체의 불구를 면하고 있지만 그러나 대신 그들은 마음에 깊은 상처를 입어, 김금순은 고아원에서 학대받으며 자라면서 외부와 거의 차단한 "비애, 쓸쓸함, 애잔함, 슬픔 이런 따위의 감정"(57쪽)으로 스스로를 자폐적 상황으로 몰아가며 "비극 자체를 사랑한다거나 내가 비극의 주인공이 되고 싶다는 사춘기적 그 어떤 복수심"(58쪽)으로 응어리져 있고, 〈손풍금〉의 박도수 노인 역시 동생 광수 때문에 간첩 불고지죄로 고문받고 2년 반 동안 옥살이한 후 "남북 문제라면 가위눌려 살아"(232쪽)가는 인물이 된다. 정신적으로나 육체적으로 이런 불구성을 면하고 있는 유일한 주인공인 〈고난 일지〉의 김종호는 대신 1974년에 조작된 인혁당 사건에 연루되어 사형 언도로 처형을 받게 된다. 다섯 작품에 미만해 있는 이 장애와 '고난'의 인간상들은 이 세계가 고통받는 사람과 장애자들의 자리라는 형상을 드러내 주고 있는데, "10대 중반에 벌써 나는 내가 살고 있는 현실을 절망과 비극의 세계로 파악"(〈자전 에세이 2〉)하게 된 그의 때이른 부정적 관점이 60대의 이제까지 그의 의식 바닥에 깊숙이 깔려 있음(아, 세계에 대한 원초적인 비극적 인식의 끈질김!)을 그것은 깨닫게 해주는 것일지도 모른다. 그는 20대 그의 초기 실존주의적 작품들에서부터 보인 세계에 대한 절망적 인식이 오늘에도 여전히 유효하다는 것을 우리에게 확인시켜 주고 있는 듯하다.

안타까운 것은, 장애자이거나 고난받는 그 인물들이 모두 선량하고 미덕을 갖춘 정의로운 사람들이라는 점이다. 자폐아 종수는 수줍고 조용하며 청결벽을 가진 청년이고, 말은커녕 어떤 감정도 좀처럼 표현하지 못하는 중증의 복합 장애자 동수는 "너무 순수한, 어린아이같이 착한"(63쪽), 더 없이 선량한 "무위자연인"(67쪽)이며, 명구 역시 소심하고 부끄러움을 타는 사람으로 수줍고 순진한 인품의 공통성을 갖는다. 〈고난 일지〉의 김종호 역시 "매사에 회의적인 소심한 성격"(119쪽)이지만 "의리 있는 진실한 인간이 되자, 하층민 민중들의 복지 향상을 위해 그들과 함께 살아야 한다"(119쪽)는 사회주의적 이상을 품고 있으며, 〈손풍금〉의 박도수도 근면과 성실로 넝마주이에서 집안을 일으켰으며 자신이 번 돈을 "언젠가 그 땅 다시 밟게 된다면 고향을 위해 쓰겠다"(242쪽)고 작심하고 있다. 이 주인공들 곁에서 이야기를 돕고 있는 인물들도 박도수를 괴롭히는 황점술을 빼고는 모두 선량하다는 점도 지목되어야 할 것이다. 김원일의 장애자들이 하나같이 '수줍고' '부끄러움 잘 타고' '소심'하며 착하고 그래서 순진하고 순수한 인간형을 보여 준다는 것은 어쩌면 김원일 자신의 고정관념일지도 모른다. 그러나 우리는 그가 감동받은 도스토예프스키의 《백치》의 주인공 미슈킨이 간질 환자이면서 김원일의 장애자와 같은 순수하고 수줍으며 지혜롭고 순결한 성품을 가지고 있다는 점에 상도하면, 그 장애자들이야말로 성서가 말하는 '가난한

322

마음'으로 '천국'을 자기들 것으로 만들 수 있는 아름답고 무구(無垢)한 인간상이라는 김원일의 믿음을 보여 주는 것일 것이다. 뿐만 아니라, 그의 작품들에서, 〈미화원〉 김씨의 직장 동료거나 〈4가 네거리의 축대〉의 명구가 데려와 동거하게 되는 박 군과 그의 아들 도량이, 〈손풍금〉의 박도수 영감이 역시 데려와 동거하며 동업자가 되는 곽씨 일가, 특히 〈물방울 하나 떨어지면〉의 김금순을 신부로 선택하여 중증의 신랑을 맡기는 오 여사와 그의 딸 등 이름을 가진 인물들이 모두 따뜻하고 밝고 선량하다. 이렇게 착하고 아름다운 인간들이 모여 살고 있음에도 왜 세상은 병들어 있을까. 여기서 다시 김원일의 저 도저한 부정적 혹은 비관적 세계 인식을 아프게 확인하게 된다.

그런데 내가 이 소설집에서 작가의 아픈 비관에 동조하면서 그것을 뛰어넘는 감동을 받는 것은, 인물들과 그들을 창조한 작가가 그 비극적 인식에 끝내 함몰되지 않고 마침내 그것을 극복하고야 마는 태도를 보여 주는 데서이다. 그 태도는 관념적인 구원이나 초월적인 지양에서가 아니라 서로 몸을 대고 살이 맞닿는 구체적인 싸안음에서 발견되는 것이어서 어떤 유보 없이 우리에게 달겨드는 사랑의 실천적 정감을 유발한다. 그 정감은 도움 주는 사람과 도움받는 사람이 서로 살갗을 비벼 대는 데서 솟아나는 것이다. 〈미화원〉에서 죽음을 얼마 앞두지 않은 아버지와 누군가 돌보지 않으면 어찌 될지 모를 '순한 양' 같은 종수가 목욕탕에서 서로의 등을 밀어 주는 장면과 〈물방울 하나 떨어지면〉에서 김금순이 장애아 보육원에서 자원 봉사 하며 그 장애아들을 안아 주는 모습들이 이렇게 아름답게 묘사되고 있다.

어쩌면 종수 몸의 때를 씻어 주는 게 이것으로 마지막이 될는지 모른다는 생각이 들자 김씨의 코끝이 시큰해진다. 손을 통해 닿는 자식과의 피부 접촉이 김씨에게는 그 어느 때보다 정겹다. 내 죽으면 이제 누가 종수를 목욕탕에 데리고 다니며 몸 씻겨 주랴 하고 생각하자, 김씨는 이 연약한 생명이 험한 세상을 어떻게 살아 나갈까 싶어 목젖이 아려 온다. 그래서 그는 더 정성을 들여 종수의 여윈 몸을 골고루 씻어 준다. (〈미화원〉, 36~37쪽)

나는 아이들 곁으로 다가가 하나하나 눈을 맞추고 안아 주거나 뺨에 입을 맞춰 준다. 누구 말처럼 애정은 말보다 행동으로, 특히 부모 형제의 정을 모르고 자란 버림받은 장애아의 경우는 피부 접촉이 보다 확실한 사랑의 표현 방법이다. 나 역시 보육원에서 보낸 어린 시절, 내 뺨에 입을 맞추어 주거나 안아 주었던 사람은, 그 짓이 비록 일회의 의례적인 형식에 그쳤더라도 지금까지 그 모습이 더러 떠오르곤 한다. (〈물방울 하나 떨어지면〉, 85쪽)

두 중·단편은 그 주제며 배경이며 성격이 전혀 다르다. 〈미화원〉은 실직과 암을 겹쳐 당한 아버지와 순진하지만 세상 물정 모르는 장애아 아들이 불행하게 살아야 할, 마치 현진건의 〈운수 좋은 날〉을 상기시키는 한 가정 이야기이며, 〈물방울 하나 떨어지면〉은 불구의 장애자들을 위해 봉사하는 한 여인의 이야기로, "한 알의 밀알이 땅에 떨어지면"의 성경 구절을 연상시키는 그 제목에서 이미 시사하듯이 복음서적 박애의 정신과 행동을 그린 작품이다. 뛰어난 단편적 성과를 획득하고 있는 〈미화원〉은 어둡고 답답한 세상살이의 그늘이 드리워져 있고, 기독교 정신의 훌륭한 현현인 〈물방울 하나 떨어지면〉은 그 그늘을 걷고 봉사 행동에서 삶의 활기를 찾고 새 희망을 안겨 주는 결말을 보이고 있지만, 그 두 이야기의 화해적 동기가 '피부 접촉'에 있음을 위의 두 대목은 똑같이 확인시켜 주고 있다. 그 '살을 맞대기'의 행위는 에로스가 아니라 아가페의 사랑이며 인간과 인간이, 그 관계가 부자의 육친 간이든 장애인과 정상인 간이든, 상호 소통할 수 있는 근원적 매개이다. 김원일은 여기에 진정한 사랑과 박애, 헌신과 유대가 살아 있음을 우리에게 보여 주고 있는 것이다. 그것은 병든 세상을 껴안기이며 절망과 비극을 이겨 낼 서로의 싸안음이다. 그는 이 싸안음과 껴안기의 윤리에서 카뮈의 '함께 배 타기'의 실존주의적 연대 의식을, 혹은 중생이 아프니 나 또한 아프지 않을 수 없는《유마경》의 자비를 우리에게 손짓해 주고 있는 것 같다. 그것이 이 허망하고 부조리한 세계를 위한 계시일지도 모른다. 김원일이 비극적 세계와의 싸움 끝에 다다른 다음의 깨달음을 보라.

물방울 하나가 고요한 수면에 떨어지면 그 중량으로 파문이 겹으로 커지며 넓게 퍼지다가 스스로 넉넉한 물에 섞여 자취를 감춘다. 그 이치와 같이 베풂이나 선행, 우리네 삶 그 자체도 그런 물방울 하나이리라. 언젠가, 그이와 나도 물방울 하나로 떨어져, 끝내는 그렇게 이 지상에서 흔적 없이 사라지리라. (〈물방울 하나 떨어지면〉, 114쪽)

물방울 하나 떨어지면

초판 1쇄 인쇄일 · 2004년 1월 5일
초판 1쇄 발행일 · 2004년 1월 10일
지은이 · 김원일
펴낸이 · 임성규
펴낸곳 · 문이당

등록 · 1988. 11. 5. 제 1-832호
주소 · 서울시 성북구 동소문동 4가 111번지
전화 · 928-8741~3(영) 927-4991~2(편)
팩스 · 925-5406
ⓒ 김원일, 2004

홈페이지 http://www.munidang.com
전자우편 webmaster@munidang.com

ISBN 89-7456-242-1 03810